ALIEN™

ALIEN

공허의 그림자

팀 레본 지음 / 조호근 옮김

제우미디어

에일리언 공허의 그림자

초판 1쇄 | 2016년 1월 4일

지은이 | 팀 레본
옮긴이 | 조호근

펴낸이 | 서인석
펴낸곳 | 제우미디어
출판등록 | 제 3-429호
등록일자 | 1992년 8월 17일
주소 | 서울시 마포구 독막로 76-1 한주빌딩 5층
전화 | 02-3142-6845
팩스 | 02-3142-0075
홈페이지 | www.jeumedia.com

ISBN | 978-89-5952-470-9
ISBN | 978-89-5952-472-3(SET)
• 파본은 본사나 구입하신 서점에서 교환해드립니다.

제우미디어 소설 공식 카페 | cafe.naver.com/jeunovels
제우미디어 페이스북 | www.facebook.com/jeumedia
제우미디어 공식 블로그 | blog.naver.com/jeumediablog

만든 사람들
출판사업부 총괄 손대현 | **편집장** 전태준 | **책임 편집** 여인우 | **기획** 홍지영, 김혜리, 윤여은, 김주원, 문대현, 이유리
디자인 총괄 디자인수 | **제작** 김금남 | **영업** 김영욱, 박임혜

"우주는 선의도 적의도 없는,
그저 무심한 존재처럼 보인다."

− 칼 세이건 −

연례 진행 상황 보고:

수신: 웨이랜드 유타니 사, 과학 담당 부서

　　　(참조: 코드 937)

일시 (불확실)

전송 (대기 중)

탐색은 계속된다.

PART 1

괴　물

1

매 리 언

크리스 후퍼는 괴물을 꿈꾸었다.

모든 아이들이 그렇겠지만, 어린 시절의 그는 괴물에 매혹되어 있었다. 그러나 수 세대 전의 아이들과는 달리 그에게는 실제로 탐험을 하고 괴물을 발견할 수 있는 장소가 존재했다. 더 이상 동화책이나 상상력 넘치는 영화 제작자들의 디지털 영상에 붙들려 있을 필요가 없었다. 인류가 우주로 진출한 덕분에 은하계 전체라는 가능성이 활짝 열렸으니까.

그래서 그는 어린 시절부터 별을 바라보았고, 괴물의 꿈 역시 고스란히 간직하고 있었다.

20대 초반이 되자 목성의 위성 중 하나인 칼리스토에서 1년 동안 일할 기회가 생겼다. 몇 킬로미터나 지하로 내려가 광물을 캐는 일이었는데, 근처에 있던 중국인 채굴반의 갱도에서 지저의 바다가 발견되었다. 갑각류와 새우, 초소형 동갈방어, 길이가 30미터나 되는 쉽게 부서지는 이파리 모양의 생물 등이 나왔다. 그러나 그의 상상력에 불을 붙일만한 괴물은 모습을 드러내지 않았다.

기술자 신분으로 다양한 수송선, 탐험선, 광물 채굴선에 승선해서 태양계를 떠나 외우주를 여행하는 동안, 그는 머나먼 소행성에서, 행성이나 위성에서 마주친 외계 생명체에 관한 이야기를 열심히 긁어모았다. 성인이 되자 보다 평범한 걱정거리 – 가족간의 불화, 수입, 건강 등 – 때문에 어릴 적의 생생한 상상력이 희석되기는 했지만, 그는 여전히 이야기를 원했다. 그러나 수년이 흘러도 그의 상상 속의 산물에 버금가는 것은 전혀 나타나지 않았다.

이렇게 시간을 보내며, 후퍼는 괴물이란 아직 발견되지 않았기 때문에 괴물이라고 불리며 우주가 한때 꿈꾸었던 것만큼 놀라운 장소는 아닐지도 모른다는 사실을 받아들이기 시작했다.

적어도 지금 이곳은 그랬다.

매리언 호에 있는 네 군데의 도킹 베이 중 하나에서 작업을 하다가, 그는 잠시 손을 멈추고 혐오와 권태가 섞인 눈으로 아래의 행성을 내려다보았다. LV178. 모래에 뒤덮인 채 폭풍에 시달리는, 생명이 살 수 없는 끔찍한 바윗덩이. 그래서 제대로 된 이름조차 붙지 못한 곳이었다. 그는 여기서 3년이라는 기나긴 세월을 보내며 쓸 기회조차 없는 상당한 수입을 벌어들였다.

트라이모나이트는 인류에게 알려진 금속 중 가장 높은 경도와 강도를 가지고 있다. 따라서 이곳처럼 풍부한 광맥을 발견하면 충분히 채굴할 가치가 있었다. 그는 50일 주기의 교대 기간이 끝날 때마다 언젠가는 고향으로 돌아갈 것이라 다짐하곤 했다. 7년 전에 그가 도망쳐 나온, 아내와 두 아들이 있는 고향 행성으로, 언젠가는. 그러나 이제 이런 생활이 몸에 배어버린 것은 아닌지 두려워지고 있었다. 이곳의 삶이 길어질수록 빠져나가기는 더 힘들어질 것이 명백했다.

"후퍼!" 깜짝 놀란 후퍼는 얼른 뒤를 돌아보았다. 그러나 조던은 이미 키득거리고 있었다.

1년 전 그는 선장과 잠시 관계를 가졌다. 비좁은 거주 공간과 스트레스가 심한 작업 환경 때문에 이런 관계는 꽤나 흔하게 생겨났으며 당연하게도 그리 오래 가지 못했다. 그러나 후퍼는 그녀와 친밀한 사이로 남을 수 있어 다행이라고 생각했다. 성행위라는 변수를 제거하고 나자, 그들은 서로 가장 친한 친구가 되었다.

"루시, 간 떨어질 뻔 했잖아."

"조던 선장님이라고 불러야 할 텐데." 그녀는 창밖으로는 눈길도 돌리지 않고 그가 작업하고 있던 기계를 살펴보았다. "아무 문제없지?"

"그래, 열 차폐 장치는 교체해야 할 것 같지만, 파월하고 웰포드를 불러서 맡길 생각이야."

"그 끔찍한 쌍둥이 말이지." 조던이 웃으며 말했다. 파월은 2미터에 가까운 꺽다리에 흑인이고 장대처럼 비쩍 마른 남자였다. 웰포드는 족히 30센티미터는 작은 백인에 몸무게는 파월의 두 배가 나가는 친구였다. 극과 극으로 다른 모습이기는 해도 이 우주선의 기술자 두 명은 모두 실력있는 친구들이었다.

"아직 연락이 없어?" 후퍼가 물었다.

조던은 가볍게 얼굴을 찌푸렸다. 지표와 연락이 끊어지는 것 자체야 그리 드문 일도 아니었지만 이틀 연속으로 연락이 되지 않는 일은 흔하지 않았다.

"저렇게 지독한 폭풍은 지금까지 본 적이 없어." 그녀는 창문 쪽으로 고갯짓을 하며 말했다. 480킬로미터 상공에서 보는 행성의 표면은 평소보다 더욱 가혹한 모습이었다. 셀 수 없이 많은 모래 폭풍의 눈이 휩쓸고 지나간 자리마다 불에 타 거무죽죽한 오렌지색, 노란색, 갈색, 선홍색 자국이 선명했다. "금방 누그러질 거야. 아직까진 그리 걱정되지는 않지만, 다시 수송선과 연락이 되면 정말 기분이 좋아질 것 같아."

"그래, 너도 그렇고 나도 그렇고. 교대 기간의 매리언은 버림받은 우주선

같으니까."

조던은 고개를 끄덕였다. 걱정을 하고 있는 기색이 역력했다. 잠시 어색한 침묵이 흐르는 동안, 후퍼는 그녀를 위로하기 위해 뭔가 다른 말을 덧붙여야 하나 고민했다. 그러나 그녀는 이런 상황을 해결할 수 있기 때문에 선장의 자리에 있는 것이다. 그리고 고약할 정도로 강인한 사람이기 때문이기도 하고.

"오늘 밤에는 라샹스가 또 스파게티를 만든대." 그녀가 말했다.

"프랑스 녀석치고는 제법 이탈리아 요리를 할 줄 안단 말이지."

조던은 가볍게 웃으며 말했지만, 후퍼는 그녀의 긴장감을 느낄 수 있었다.

"루시, 그냥 폭풍 때문에 그런 거야." 후퍼는 확신할 수 있었다. 그러나 동시에, '그냥 폭풍'만으로도 충분히 재난이 일어날 수 있다는 사실도 잘 알고 있었다. 인류에게 알려진 우주의 가장 먼 해역, 기술과 지식 그리고 깨달음의 최전선에서 켈런드 채굴 회사가 독점한 변방 지역을 개척해 나가는 지금 상황에서는, 사소한 일도 심각한 문제를 불러올 수 있었다.

후퍼는 자신보다 더 나은 기술자를 만나본 적이 없었고 바로 그 때문에 지금 이곳에 오게 되었다. 조던은 숙련된 우주선 선장으로 경험이 많고 현명했다. 라샹스는 냉소적이고 퉁명스러운 친구였지만, 우주에서 만나는 수많은 위험과 우주 그 자체를 존중할 줄 아는 훌륭한 조종사였다. 그리고 나머지 대원들도 온갖 부류가 있었지만 모두 자기 일은 확실히 해낼 수 있는 친구들이었다. 채굴반은 강건한 친구들이었고 대대수가 목성과 해왕성의 위성에서 힘든 작업을 수행한 경험이 있었다. 하나같이 고약한 농담을 시도 때도 없이 입에 올리는 거친 개자식들이었다. 대부분 그들이 찾고 있는 트라이모나이트만큼이나 단단한 족속이었다.

그러나 아무리 경험이 많고 자부심, 강건함, 고집이 강하더라도 운명을 피할 수는 없는 법이었다. 그들 모두 이 일이 얼마나 위험한지 잘 알고 있었다. 대부분은 그런 죽음과 맞닿아있는 위험 속에서 살아가는 일에 익숙해져 갔다.

수송선 샘슨 호가 1번 베이에서 도킹을 시도하다 벌어진 사고로 세 명의 광부들이 목숨을 잃기도 했다. 겨우 일곱 달 전의 일이었다. 딱히 누구의 잘못이라 할 수도 없었다. 갱도 안에서 50일을 보낸 후 비교적 편안한 우주선으로 빨리 돌아오고 싶어 했을 뿐이었다. 이에 덧붙여 에어록이 제대로 폐쇄가 되지 않았고, 계기판 하나가 오작동을 일으켰다. 그로 인해 남자 둘과 여자 하나가 질식사했다.

후퍼는 조던이 아직도 그 일 때문에 잠을 이루지 못한다는 사실을 알고 있었다. 채굴반의 가족들에게 애도의 말을 발신한 후 그녀는 사흘 동안 자기 선실에서 나오지 않았다. 후퍼는 바로 그런 점 때문에 그녀를 훌륭한 선장으로 여겼다. 강인하지만 선원들에게 마음을 쓰는 사람이었으니까.

"그냥 폭풍일 뿐이지." 그녀가 그의 말을 반복했다. 그녀는 후퍼를 지나쳐 격벽에 몸을 기대면서 창문 아래쪽을 바라보았다. 맹렬한 폭풍에도 불구하고, 이 위에서 보는 행성의 모습은 꽤나 아름답게 보였다. 가을 풍경을 그리는 화가의 팔레트 같은 모습이었다. "난 이 빌어먹을 곳이 싫어."

"돈이 나오잖아."

"하! 돈 따위……." 감상에 빠진 모양이었다. 후퍼는 이런 모습을 보는 일을 좋아하지 않았다. 어쩌면 친밀한 관계라서 치러야 하는 대가일지도 모른다. 다른 선원들이 절대 알지 못할 그녀의 다른 일면을 볼 수 있는 셈이니까.

"거의 끝났어." 그는 이렇게 말하며 헐거운 도관을 발로 툭툭 건드렸다. "한 시간 후에 오락실에서 만나자고. 포켓볼 한 판 어때?"

조던은 눈썹을 치켜세웠다. "또 한 판 하자고?"

"가끔은 내가 이기게도 해줘야 할 거 아냐." 후퍼가 말했다.

"당구로는 평생 가도 나를 이길 수 없을 텐데."

"내 당구봉을 가지고 놀게 해줬던 게 엊그제 같은데."

"선장한테 그런 발언을 하면 영창에 처넣어 줄 수도 있어."

"네, 그러시겠죠. 혼자서 열심히 해 보시지?"

조던은 후퍼에게 등을 돌렸다. "시간낭비는 그만하고 작업을 재개하도록, 수석 기술자 양반."

"예, 선장님." 그녀가 어둑한 통로를 걸어가 미닫이문 뒤로 사라져 버리자, 그는 다시 혼자가 되었다.

홀로 이곳의 공기를, 기계의 소음을, 우주선의 냄새를 견뎌야 했다······.

우주 벼룩의 배설물에서 나는 악취였다. 그 작고 짜증나는 벌레들은 아무리 박멸하려고 노력해도 끈질기게 수가 불어났다. 아주 작은 벌레였지만 백만 마리의 벼룩이 배설을 해 대면 코를 찌르는 고약한 냄새가 공기 중에 맴돌게 된다.

온갖 기계들이 잠시도 쉬지 않고 웅웅대고 있었지만, 신경 써서 귀를 기울이지 않으면 그런 소리는 제대로 들리지도 않는다. 항상 배경음으로 울려대고 있었기 때문이다. 멀리서 둔탁하게 덜걱거리는 소리, 어딘지 모를 내부 공간에서 울리는 마찰음, 환경 조절기와 차폐 장치를 따라 흘러가는 공기의 움직임, 우주선의 육중한 동체가 움찔거리며 흔들리는 소리 따위가. 너무 익숙해져서 정체를 식별할 수 있는 소리도 있었고 때로는 그런 소리의 부재에서 문제를 찾아내기도 했다. 열리지 않는 문, 송풍관 개폐기의 닳아버린 베어링, 제대로 작동하지 않는 전동장치 등을.

그러나 때로는 정체를 알 수 없는 소리가 우주선 안에 울려 퍼지기도 했다. 멀리 떨어진 복도를 머뭇거리며 걸어가는 육중한 발자국처럼 들리는 소리나 한두 층 위에서 비명을 지르는 것처럼 들리는 소리도 있었다. 후퍼는 이런 소리의 정체를 알 수가 없었다. 라샹스는 우주선이 지루해서 비명을 지르는 거라고 즐겨 말하곤 했다.

후퍼는 그게 전부이기를 빌었다.

매리언 호는 선수에서 선미까지 걸어서 30분이나 걸리는 거대한 우주선이지만 광활한 우주 속에서는 고작해야 점 하나에 불과했다. 주변을 둘러싼 공허가 그에게 부정적인 압력을 가해 왔다. 그런 생각에 너무 깊이 빠지면 자신이 폭발해 버릴 것 같다는 생각이 들곤 했다. 세포 하나하나, 분자 하나하나까지 갈기갈기 찢어져서 자신의 근원인 우주 속으로 퍼져나가게 될 것만 같았다. 그의 몸은 별에서 온 물질로 만들어져 있으니까. 괴물을 동경하고 우주로 찾으러 나가는 꿈을 꾸던 어린 시절에는 그런 생각 때문에 자신을 특별한 존재라고 여겼다.

이제는 그런 생각을 할 때마다 그저 자신이 한없이 작게 느껴지기만 했다.

여기 매리언 호에서 아무리 서로 밀착한 채로 살아가도, 결국 그들은 이 우주에 홀로 내던져진 존재일 뿐이었다.

후퍼는 잡념을 떨쳐내고 다시 몸을 숙이며 작업을 재개했다. 혼자라는 느낌을 지우기 위해 필요 이상으로 절그렁거리는 소리를 내면서. 당구를 친 다음 조던이 다시 자기 엉덩이를 철썩 때리는 순간이 간절히 기다려졌다. 동료와 지인은 수도 없이 많았지만 절친한 친구라는 표현이 어울리는 사람은 오직 그녀뿐이었다.

오락실이란 매리언 호의 거주 구역 후미에 딸린 네 개의 구역으로 구성된 시설 전체를 일컫는 말이었다. 여기에는 큰 화면과 좌석이 딸린 영화 상영관, 다양한 감상용 설비가 설치되어 있는 음악 감상실, 편안한 의자와 독서용 단말기가 설치된 독서실이 있었다. 그리고 마지막 하나는 백스터의 바였는데, 사람들은 흔히 비비즈라는 이름으로 불렀다. 조쉬 백스터는 이 우주선의 통신 장교지만 동시에 바텐더의 일도 맡고 있었다. 끝내주는 칵

테일을 만드는 친구였다.

거주 시설과 다른 구역들 사이의 외딴 곳에 끼어 있기는 해도 비비즈는 이 우주선의 사회적 중심지나 다름없는 곳이었다. 당구대 두 개, 탁구대 하나, 여러 종류의 구식 컴퓨터 게임기, 그리고 탁자와 의자가 흐트러진 채 버려져 있는 술집 구역이었다. 우주선의 설계 담당자들을 고용한 회사 측에서는 이 구역을 그리 중요한 곳으로 여기지 않았다. 그 덕분에 천장은 생활 구역에서 이어지는 도관으로 가득했고 바닥은 격자무늬가 들어간 금속판이었으며 벽은 페인트칠도 하지 않은 채로 텅 비어 있었다. 그러나 비비즈를 이용하는 승무원들은 이곳을 보다 편안한 분위기로 만들기 위해 최선을 다해 왔다. 의자에는 패드를 깔았고 분위기 있게 은은한 조명도 달았으며 수많은 채굴반 사람들과 승무원들이 벽에 담요를 걸어 장식하자는 백스터의 아이디어에 동참해 주었다. 담요에 그림을 그린 사람도 있었고, 찢어서 매듭을 지은 사람도 있었다. 하나하나가 독특한 모습이었다. 덕분에 오락실에는 전반적으로 거의 미술관에 가까운 편안한 분위기가 감돌았다.

채굴반은 50일 교대로 행성에 내려가 작업을 하기 때문에, 우주선에 있는 동안은 꽤 많은 사람들이 여기서 휴식 시간을 보낸다. 알코올 배급이 엄격하게 제한되어 있기는 하지만, 그래도 그 친구들 덕분에 종종 꽤나 소란스런 밤이 흘러가곤 했다.

조던 선장이 허락한 일이었다. 사실 긍정적으로 장려하기까지 했는데, 그런 행동에는 이 우주선에서 견뎌내기 힘든 긴장감을 해소해 주는 효과가 있었기 때문이다. 고향에 있는 사랑하는 이들과 연락을 하는 것은 무리였다. 너무 거리가 멀고 시간이 오래 걸리기 때문에, 의미 있는 접촉을 하는 것 자체가 불가능했다. 사람들에게는 마음의 안식을 찾을 곳이 필요했고 비비즈가 바로 그런 역할을 해 주었다.

후퍼가 도착했을 때 바 안은 텅 비어 있었다. 손님이 없는 업무 교대 시간 동안 백스터는 바에 쌓인 것들을 치우고, 방을 정돈하고, 다음 번 습격에 대비하며 시간을 보냈다. 백스터가 바 뒤편에서 조용히 병맥주를 들여놓고 마른안주를 준비하는 모습이 보였다. 우주선의 식수는 언제나 금속 맛이 나기 때문에 그는 여러 종류의 음식에 김빠진 맥주로 수분을 공급했다. 아무도 그걸 놓고 불평하지 않았다.

"이제 도착하셨군." 조던이 말했다. 그녀는 병을 든 채로 당구대 옆의 의자에 앉아 있던 중이었다. "후퍼가 또 패배의 맛을 보고 싶은 모양인데. 그쪽 생각은 어때, 백스터?"

백스터는 후퍼를 향해 가볍게 고개를 끄덕여 인사했다.

"벌을 받고 싶어 근질근질한 모양이군." 그도 동의했다.

"그래. 기대가 되는 모양이야."

"아니, 뭐 딱히 나하고 치고 싶지 않다면야……." 후퍼가 말했다.

조던은 자기 의자에서 미끄러지듯 내려와서는 당구봉 걸이에서 하나를 뽑아들어 그를 향해 던졌다. 그러나 후퍼가 허공에서 당구봉을 낚아챈 순간 선내 통신기가 울리기 시작했다.

"아, 이런. 이번에는 또 뭐야?" 조던이 한숨을 쉬었다.

백스터가 바 건너편에서 몸을 뻗어 인터컴 버튼을 눌렀다.

"선장님! 누구든 좋으니까!" 우주선 조종사인 라샹스였다. "당장 선교로 올라와 주십시오. 수송선 하나에서 통신이 들어왔습니다." 라샹스의 프랑스식 억양이 평소보다 훨씬 강하게 느껴졌다. 기분이 언짢거나 압박감이 심하다는 뜻이었는데, 양쪽 모두 흔히 볼 수 있는 일은 아니었다.

조던이 바 쪽으로 달려가서 통신 버튼을 눌렀다.

"어느 쪽 수송선인가?"

"샘슨 호입니다. 하지만 상황이 엉망인데요."

"그게 무슨 소린가?" 라샹스의 횡설수설하는 설명과 소란스러운 선교의 소리 뒤편으로 후퍼는 잡음이 섞인 비명 소리를 들었다. 그는 조던과 눈빛을 교환했다.

다음 순간 두 사람은 달리기 시작했고, 백스터도 그 뒤를 따랐다.

매리언 호는 트라이모나이트 압출보다는 대규모 지저 광석 채굴 쪽에 적합한 거대한 우주선이기 때문에, 선교에 도달하는 데는 몇 분의 시간이 걸렸다. 거주 설비를 휘감아 도는 곡선형 복도를 지나서 승강기로 세 층을 올라가야 하기 때문이다. 그들이 가르시아와 카샤노프의 등 뒤에 도달해 걸음을 멈추었을 즈음에는 모든 승무원들이 이미 그곳에 모여 있었다.

"무슨 일이 생긴 건가?" 조던이 물었다. 백스터는 서둘러 통신 장비 쪽으로 달려갔고 라샹스는 기꺼이 일어나며 자리를 비워 주었다. 백스터는 머리에 헤드폰을 쓴 다음 수많은 다이얼과 스위치 위로 왼손을 이리저리 움직였다.

"몇 분 전에 잡음을 뚫고 소리가 들려왔습니다." 라샹스가 말했다. "주파수를 높일수록 선명하게 잡히더군요." 무뚝뚝하고 비관적인 태도 때문에 사람들은 그를 '가능성 제로' 라샹스라고 불렀다. 하지만 사실 그는 승무원들 중에서도 가장 냉정하고 분별력 있는 사람들 중 하나였다. 후퍼는 지금 그의 표정에서 무언가 심각하게 그를 동요하게 만들었다는 사실을 읽어낼 수 있었다.

선교를 둘러싸며 설치되어 있는 확성 스피커에서 흥분한 숨소리가 지직거렸다.

"샘슨 호, 조던 선장님이 지금 선교에 도착했다."

"현재 그쪽 상황을 설명해 주-" 백스터가 말하자 심하게 뒤틀린 목소리가 들렸다.

"빌어먹을 설명이든 뭐든 할 시간이 없다고. 당장 의료용 포드를 가동시켜 놓기나 해!"

조던은 백스터 옆에 놓인 헤드셋을 집어 들었다. 후퍼는 통신 장비를 둘러싸고 모여 서 있는 다른 사람들을 살펴보았다. 선교 자체는 넓었지만 사람들은 모두 한데 모여 서 있었다. 모두가 지금 느끼고 있을 긴장감이 역력히 드러난 얼굴이었다. 심지어는 언제나 침착한 과학 장교 카렌 스니든도 마찬가지였다. 이 호리호리하고 엄격한 얼굴의 여성은 다른 모든 승무원들을 합한 것보다 더 많은 행성, 소행성, 위성에 가 본 사람이었다. 그러나 그녀의 눈동자 속에도 공포가 어려 있었다.

"샘슨 호, 조던 선장이다. 무슨 일인가? 갱도 속에서 무슨 일이 벌어지고 있는 건가?"

"……그 짐승이! 우리는—"

그대로 통신이 끊겼다. 선교 안에는 정적만이 맴돌았다.

널찍한 관측창 밖으로는 눈에 익은 우주 공간과 행성이 그리는 원호가 아무 일도 벌어지지 않은 것처럼 똑같이 펼쳐져 있었다. 낮은 소리로 웅웅거리는 기계 소리에 흥분한 사람들의 숨소리가 더해졌다.

"백스터." 조던이 나직한 소리로 말했다. "다시 통신을 연결해 주었으면 하는데."

"최선을 다하고 있습니다." 그가 대답했다.

"짐승요?" 우주선의 위생병인 가르시아가 초조한 듯 자기 턱을 가볍게 두드렸다. "갱도 안에서 생물을 본 적이 있던가요?"

"저 바윗덩이에는 박테리아 말고는 아무 것도 살지 않아요." 스니든이 말했다. "어쩌면 그렇게 말한 것이 아닐 수도 있어요. 전송이나 뭐 그런 말을 하려던 것일 수도 있죠."

"추적 장치에 수송선이 포착되지는 않는 건가?" 조던이 물었다.

백스터는 자신의 왼쪽, 제어 패널 옆에 비스듬히 붙어 있는 세 개의 화면

쪽으로 손짓을 했다. 어두운 녹색으로 빛나고 있는 화면 하나에 그들을 향해 빠른 속도로 다가오고 있는 두 개의 작은 점이 보였다. 행성의 대기층 상부에서 발생하는 전자기 폭풍으로 인한 간섭이 화면 위에서 불꽃을 튀기며 지나갔다. 그러나 점은 굳건히 자리를 지켰다. 움직임을 명확하게 알아볼 수 있었다.

"어느 쪽이 샘슨 호인가?" 후퍼가 물었다.

"앞쪽의 점이 샘슨입니다." 라샹스가 말했다. "델라일라가 따라오는 중입니다."

"10분 거리 정도 되겠어." 조던이 말했다. "델라일라 호에서 들어온 통신은 없나?"

아무도 대답하지 않았다. 그걸로 충분했다.

"아무래도 이대로 저 친구들이……." 후퍼가 입을 열었지만 그 순간 스피커에서 소리가 터져 나오기 시작했다. '도킹하게 놔두면 안 될 것 같은데.' 그는 이렇게 말하려 했었다.

"─그 사람들 얼굴에 붙었어!" 목소리가 들렸다. 여전히 누구인지 식별할 수는 없었다.

백스터가 다이얼 몇 개를 돌리자 그의 자리 위쪽에 달린 커다란 화면이 깜빡이며 켜졌다. 샘슨 호의 조종사인 빅 존스의 얼굴이 흐릿하게 화면에 떠올랐다. 후퍼는 그의 얼굴 너머로 수송선의 내부 선실 상황을 확인하려 했지만 LV178의 대기권을 탈출하는 과정에서 발생하는 진동 때문에 아무것도 제대로 알아볼 수가 없었다.

"지금 거기 몇 명이나 있나?" 후퍼가 물었다.

"후퍼? 자네야?"

"그래."

"다른 교대조에서 뭔가를 발견했어. 끔찍한 놈이야. 그쪽에서는 거의 아무도-" 목소리가 다시 잦아들었다. 대기 중의 교란이 강해졌는지 화면이 움찔거리며 흔들렸다.

"카샤노프, 가르시아와 함께 격리 병동으로 가서 의료 포드를 가동시켜 놓도록." 조던은 주임 의사와 위생병에게 명령을 내렸다.

"지금 농담하는 거겠죠." 후퍼가 말했다. 조던이 그를 돌아본 순간 다시 잡음 섞인 존스의 목소리가 울려 퍼졌다.

"-넷 중에서 나하고 스티키만 안 당했어. 지금은 다들 괜찮지만- 몸을 떨면서 액체를 뱉고 있어. 얼른 도킹을- 하라고!"

"감염되었을 가능성도 있지 않습니까!" 후퍼가 말했다.

"바로 그 때문에 그대로 격리 병동으로 이송하려는 거다."

"이건 빌어먹게 심각한 상황이란 말입니다." 후퍼는 존스의 얼굴이 계속 깜빡이며 흔들리고 있는 화면을 향해 고갯짓을 했다. 목소리는 계속 끊기며 점점이 들려오고 있었다. 존스가 하는 말은 대부분 알아듣기 힘들었지만 그가 느끼는 끔찍한 공포만은 확실하게 전달되었다. "저 친구도 완전히 맛이 가 있지 않습니까!"

카샤노프와 가르시아가 서둘러 선교를 떠났고 후퍼는 지원을 바라며 스니든을 돌아보았다. 그러나 예의 과학 장교는 백스터 뒤편으로 몸을 숙인 채로 존스가 하는 다른 말을 알아들으려 애쓰며 얼굴을 찌푸리고 있을 뿐이었다.

"존스, 텔라일라는 어떤가?" 조던이 자기 헤드셋에 대고 말했다. "존스?"

"……동시에 출발했는데- 뭔가 배에 올라타서-"

"뭐가 올라탔다는 건가?"

화면이 뿌옇게 흐려지며 통신기에서 잡음이 지직거렸다. 선교에 남은 이들은 두렵고 끔찍한 기분에 휩싸인 채로 서로 몇 초 동안 시선을 교환하며 서 있었다.

"도킹 베이로 내려가 봐야겠군." 조던이 말했다. "코널, 따라오도록. 백스터, 3번 베이로 도킹하라고 전달해."

후퍼는 믿을 수 없다는 듯 크게 웃었다.

"보조 요원이랍시고 저 친구를 데려간다는 겁니까?"

"우리 배의 보안 장교다, 후퍼."

"술에 취해 있잖습니까!" 코널은 후퍼를 마주 쏘아보기는커녕 눈을 제대로 맞추지도 못했다.

"하지만 총을 가지고 있지." 조던이 말했다. "귀관은 여기 남아서 선교 내를 지휘한다. 라샹스, 도킹 유도 작업을 시작하도록. 필요하다면 수송선을 원격 조작해도 좋아."

"그쪽 시스템에 연결이 된다면 말이지요." 라샹스가 말했다.

"할 수 있다 치고, 어서 하기나 해!" 조던이 쏘아붙였다. 심호흡을 하는 모습을 보고 있자니 그녀의 생각이 귓가에 생생하게 들리는 것만 같았다. '이렇게 상황이 엉망이 될 줄은 몰랐어. 침착하게 상황을 통제해야 해.' 후퍼는 조던이 목숨을 잃은 세 명의 광부에 대해서 생각하고 있다는 걸, 또다시 승무원을 잃게 될까 봐 두려워하고 있다는 것을 알고 있었다. 그녀가 후퍼를 똑바로 쏘아보았다. 후퍼는 얼굴을 찌푸렸지만 다시 한 번 반대 의견을 표하기도 전에 그녀가 먼저 몸을 돌려 선교에서 나가 버렸다.

후퍼는 절대 샘슨 호가 도킹을 하게 두면 안 된다는 사실을 알고 있었다. 만약 도킹을 해 버린다면 안전이 확인되기 전까지 외부에서 에어록 조작을 못 하도록 차단해야만 했다. 채굴반 인원은 스무 명씩 두 개조로 구성되어 있었다. 한 조가 지표로 내려갔고 다른 한 조가 돌아올 예정이었다. 그러나 지금은 매리언 호에 타고 있는 열 명의 승무원을 우선해야 하는 상황이었다.

그는 백스터의 통신 패널로 다가가서 다시 레이더 추적 장치를 살펴보았다. 샘슨 쪽 점에는 이제 이름이 적힌 꼬리표가 달려 있었고 모범적인 접근 방식대로 원호를 그리며 대기권을 탈출해 항성 쪽에서부터 매리언의 궤도에 접근하고 있었다.

"라샹스?" 후퍼가 화면을 가리키며 물었다.

"빠르게 접근하고 있군요. 존스가 최대한 빠르게 수송선을 몰고 있는 모양입니다."

"매리언에 도달하고 싶어서 안달이 난 거겠지."

"하지만 저건 좀 이상한데……." 라샹스가 중얼거렸다.

"뭐가 말인가?" 후퍼가 물었다.

"델라일라 말입니다. 방향을 틀고 있어요."

"백스터, 델라일라 호의 진로 궤적을 표시해 보게." 후퍼가 말했다.

백스터가 버튼 몇 개를 누르자 화면이 깜빡이며 변했다. 델라일라 호에서 푸른 점선이 뻗어 나오기 시작했고, 이윽고 두서없이 사방으로 오락가락하는 진로 표시가 화면 위에 펼쳐졌다.

"이번 교대에서 델라일라 호는 누가 조종하기로 되어 있나?"

"젬마 키치입니다." 웰포드가 대답했다. "훌륭한 조종사일 텐데요."

"오늘은 아닌 모양인데. 백스터, 델라일라 호에 연락을 하던가, 아니면 그쪽 선내에서 무슨 일이 벌어지고 있는지를 확인하고 싶은데."

"최선을 다하고 있네."

"그래." 후퍼는 백스터를 상당히 높게 평가하고 있었다. 그는 쉽사리 다른 사람들과 어울리지 않는 묘한 친구였다. 바 앞쪽에서 사람들과 어울리기보다는 바 뒤에 서서 더 많은 시간을 보내는 이유도 아마 그 때문일 것이다. 그러나 통신 기술에서는 천재적인 친구였고 문제가 생길 경우 고향 행성과 연락이 가능한 생명선이나 다름없는 존재인지라 매리언에서 가장 중요한 사람 중 하나였다.

"배에 뭐가 탔는지 전혀 모르는 상황이잖아요." 파월이 말했다. "무슨 일이 일어날지 모른다고요."

"아까 샘슨에 여섯 명밖에 없다고 하지 않았나요?" 웰포드가 물었다. "다른 사람들은 어떻게 된 거죠?"

후퍼는 어깨를 으쓱했다. 양쪽 수송선 모두 스무 명의 승객에 조종사 한 명이 탑승한다. 만약 샘슨 호가 절반도 채우지 못한 채로 돌아오고 있다면, 그리고 델라일라 호에 몇 명이나 타고 있는지 알 수가 없다면, 나머지 사람들에게는 대체 무슨 일이 일어난 것일까?

그는 잠시 눈을 감고 마음을 가라앉히려 애썼다.

"델라일라와 화면이 연결됐어!" 백스터가 말했다. 그는 자기 컴퓨터 키보드를 몇 번 더 누르고는 빈 화면 하나에 전원을 넣었다. "음성 연결은 안 되고, 내 호출에도 대답을 하지 않지만 어쩌면……." 그러나 그의 목소리는 곧 잦아들었다.

그들 모두 델라일라에서 벌어지는 일을 똑똑히 볼 수 있었다.

조종사 젬마 키치는 자리에 앉은 채로 비명을 지르고 있었다. 겁에 질려 자기 앞의 창문에서 눈을 떼지 못한 채였다. 완벽한 정적 속에서 그런 공포를 목격하는 것만으로도 끔찍한 일이었다. 그녀 뒤로 움찔대며 몸을 뒤틀고 있는 형체들이 보였다.

"백스터, 카메라." 후퍼가 나직하게 말했다.

백스터가 키보드를 두드리자 화면은 키치의 머리 뒤편 천장에 달린 카메라로 바뀌었다. 와이드스크린 카메라라서 이미지가 압축되기는 해도 객실 전체를 살펴볼 수 있었다.

그리고 피가 보였다.

세 명의 채굴반 사람들이 조종사 바로 뒤에 무릎을 꿇고 있었다. 두 명은 단단하게 뭉친 모래층을 파헤치는 데 쓰는 가벼운 합금제 곡괭이를 들고 있었다. 뭔가를 향해 곡괭이를 휘두르고 있는데, 공격 대상은 화면 밖에 있는 것 같았다. 가운데 있는 광부는 플라즈마 토치를 들고 있었다.

"저 안에서 저걸 쓰면 안 되는데." 파월이 말했다. "저걸 쓰면 저기서는…… 저 사람은…… 저건 또 뭐야?"

좌석 위에 벨트로 고정되어 있는 광부들이 보였다. 머리는 뒤로 젖혀지고 피칠갑이 된 가슴팍에는 찢어진 옷 사이로 튀어나와 있는 갈비뼈와 살점이 보였다. 아직 격하게 떨며 몸부림을 치고 있는 여성의 가슴에서는 뭔가 나오고 있었다. 그것도 스스로의 힘으로 억지로 뚫고 나오고 있었다. 그녀의 피로 번들거리는, 매끈한 곡면의 외피가 인공조명의 불빛 아래에서 반짝였다.

다른 광부들은 객실 바닥 여기저기 누워 있었다. 이미 사망한 것으로 보였다. 뭔가가 시체 사이를 오가며 사방으로 난도질을 하고 있었다. 벽은 피투성이가 되었고 바닥에도 피가 흥건했다. 천장에서도 흘러내리고 있었다.

객실 뒤쪽으로 세 마리의 작은 형체가 닫힌 문을 향해 계속해서 돌진하는 모습이 보였다. 후퍼는 문 뒤에 칸막이 두 개와 세면대 하나밖에 없는 작은 화장실이 있다는 사실을 알고 있었다. 그리고 그 안에 저것들이 원하는 뭔가가 있는 모양이었다.

저것들.

작은 고양이 정도 크기에 진한 황토색의 몸체가 끔찍한 출생 과정 때문에 젖어 번들거리고 있었다. 고향 행성에 있는 대형 딱정벌레나 전갈처럼 날카로운 느낌이 드는 생김새였다.

화장실 문은 이미 심하게 우그러들어 한쪽 옆이 터져 나가기 직전이었다.

"5센티미터 두께의 강철 문일 텐데." 후퍼가 말했다.

"저 사람들을 도와줘야 해요." 웰포드가 말했다.

"이미 도와줄 수 있는 상황은 아닌 듯합니다만." 스니든이 이렇게 말하자 후퍼는 잠깐 동안 그녀를 후려치고 싶은 충동을 느꼈다. 그러나 그녀의 말이 옳았다. 키치의 소리 없는 비명이 그 사실을 확고하게 입증해 주고 있었다. 지금까지 그들이 목격한 상황에 따르면, 그리고 저 수송선의 조종사도 분명 알고 있겠지만, 델라일라 호에 가망이 없다는 사실은 명백했다.

"화면 꺼." 후퍼가 말했지만, 백스터는 그 말을 따를 수가 없었다. 선교의 여섯 사람은 계속 화면을 바라보고 있었다.

작은 짐승들이 화장실 문을 뚫고 안으로 비집고 들어갔고 사람들은 계속해서 움찔거리며 몸부림을 쳤다.

모래 곡괭이를 든 광부 하나가 누가 밑에서 다리를 잡아채기라도 한 것처럼 뒤로 넘어지더니 그대로 앞으로 끌려나갔다. 플라즈마 토치를 들고 있던 남자는 버둥대는 동료를 피하려다 오른쪽으로 넘어져 버렸다. 수많은 다리가 달린 무언가가 카메라 위를 지나가는 바람에, 한순간 동안 이 모든 광경이 시야에서 사라졌다.

카메라가 다시 방 안을 비추었을 때, 플라즈마 토치는 이미 점화가 되어 있었다.

"아, 안 돼." 파월이 말했다.

눈부신 하얀 섬광이 일어나며 화염이 객실 안을 가로질렀다. 그리고 이어지는 끔찍한 몇 초 동안, 자리에 고정되어 있는 광부들의 시체가 지글거리며 타오르고, 옷이 불타버리고 살점이 흘러내리는 모습이 보였다. 아직까지 몸을 뒤트는 사람은 하나뿐이었고, 그의 가슴을 뚫고 튀어나온 존재는 불덩어리로 변해 그대로 객실 안을 뒹굴었다.

다음 순간 플라즈마의 불길이 다시 카메라 쪽으로 밀어닥쳤고, 이윽고 모든 것이 하얗게 변해버렸다.

백스터가 키보드를 두드리자 화면은 다시 조종석 카메라로 돌아왔다. 젬마 키치의 몸에 불이 붙은 모습이 보였다.

그제야 그는 화면을 껐다. 지금까지 본 모든 영상에는 소리가 없었지만, 화면을 끈 것만으로도 선교 전체가 정적에 휩싸이는 것만 같았다.

가장 먼저 움직인 사람은 후퍼였다. 그는 우주선 내부 전체 방송 버튼을 누르고는, 그에 답하듯 지지직거리며 들려오는 소음에 얼굴을 찌푸렸다.

"루시, 저 수송선이 도킹하게 놔두면 안 돼." 후퍼는 마이크에 대고 말했다. "내 말 들려? 델라일라 호에…… 그 안에 놈들이 타고 있었어. 괴물들이." 그는 눈을 감으며 자신의 순수했던 어린 시절에 애도의 작별 인사를 했다. "모두 죽었다고."

"아, 안 돼!" 라샹스가 말했다.

후퍼는 그를 돌아보았다. 프랑스인은 레이더 화면을 보고 있었다.

"너무 늦었습니다." 라샹스가 중얼거렸다. 후퍼도 상황을 파악하고 자신을 저주했다. 이 생각을 했어야 하는데! 그는 다시 버튼을 누르고 소리쳤다.

"조던, 코널, 당장 거기서 나와. 도킹 베이 구역에서 나오라고. 최대한 멀리 떨어져. 달려, 달리라고!" 그로서는 그들이 자기 말을 알아듣고 그 말에 따랐기를 빌 수밖에 없었다. 그러나 다음 순간, 그는 어차피 상관없는 일이었다는 사실을 깨달았다.

상처 입은 델라일라 호가 매리언 호를 향해 돌진해 들어왔고, 이어진 충격과 폭발 때문에 모두 그대로 균형을 잃고 쓰러져 버렸다.

2

샘 슨

사람과 기계 모두가 일제히 비명을 지르고 있었다.

여러 개의 경고음이 동시에 울부짖었다. 근접 경보, 피해 확인, 동체 파손. 승무원들은 혼란과 공포, 경악에 빠져 소리 질렀다. 그리고 우주선 자체의 낮은 신음소리가 그 모든 것을 감쌌다. 매리언은 고통을 받고 있었고 그 육중한 동체는 마찰과 함께 둘로 갈라지는 중이었다.

루시하고 코널은 어쩌지. 후퍼는 바닥에 쓰러진 채로 생각했다. 그러나 지금 당장 그들의 생사는 현 상황에 아무런 영향도 끼칠 수 없었다. 지금 함교에서 최고 선임장교는 바로 그였다. 겁에 질리고 충격을 받았다는 것은 모두 마찬가지였지만, 그에게는 남은 인원을 통솔할 의무가 있었다.

후퍼는 고정식 좌석을 붙들고 몸을 일으켰다. 사방에서 불빛이 번쩍였다. 원래 자리에서 떨어져 나온 전선과 패널, 조명이 여기저기서 흔들리고 있었다. 적어도 인공 중력은 아직 작동하는 모양이었다. 그는 눈을 감고 심호흡을 한 다음, 훈련받은 내용을 떠올리려 해 보았다. 우주로 나가기 전에 받은 교육 과정 중에 '대규모 사고 대책'이라는 이름의 수업이 있었다. 당시 강사는 항성계 위성 탐사에 일곱 번, 외우주 탐사에 세 번을 참가한 늙은 베테랑이었는데, 뭔가 한 가지를 가르쳐 줄 때마다 '어쨌든 ……라는 것을 잊지 말게'라는 말로 끝맺곤 했었다.

그게 무엇인지를 생각해 내는 데는 한참 시간이 걸렸다.

그 늙은 비행사는 이렇게 말한 것이었다. "어쨌든…… 제대로 망했다는 사실만은 잊지 말게."

이런 재난이 발생하면 모든 것이 끝장이라는 사실을 모르는 사람은 없었다. 하지만 그렇다고 해서 마지막까지 발버둥치지 않을 것이란 뜻은 아니었다.

"라샹스!" 후퍼가 소리쳤지만, 그는 이미 가장 큰 창문을 마주하는 조종석에 앉아 몸을 고정시킨 상태였다. 손은 벌써부터 제어판 위를 빠르게 움직이고 있었다. 계속해서 울려대는 경고음과 사이렌 소리만 없었다면, 거의 안도감을 느낄 만한 모습이었다.

"조던 선장님과 코닐은 어떻게 합니까?" 파월이 물었다.

"당장은 별 도리가 없지. 다들 무사한가?" 후퍼는 함교 안을 둘러보았다. 백스터는 코피가 터진 코를 문지르며 자기 자리에 몸을 고정시키는 중이었다. 웰포드와 파월은 함교 뒤편의 둥그런 벽에 붙어 서로를 부여잡고 있었다. 스니든은 바닥에 엎드려 있었다. 그녀 아래의 바닥으로 피가 뚝뚝 떨어지고 있었다.

그리고 몸을 떨고 있었다.

"스니든?" 후퍼가 그녀를 불렀다.

"네." 스니든은 후퍼 쪽으로 고개를 들었다. 오른쪽 볼과 코 위로 깊이 베인 상처가 보였다. 눈은 흐릿하고 초점을 잃은 상태였다.

후퍼는 그녀에게 다가가 일으켜 주었고, 파월은 응급처치 도구함을 가지고 돌아왔다.

매리언 호가 격렬하게 진동하기 시작했다. 새로운 경고음이 시끄럽게 울려댔지만, 주변의 혼란 때문에 후퍼는 어떤 경고음인지를 알아들을 수 없었다.

"라샹스?"

"공기가 방출되고 있습니다. 잠깐 기다려 보세요." 라샹스는 이렇게 말하며 계기판을 살펴 키보드를 두드리고 화면에 떠오르는 패턴을 읽어 내렸다. 다른 이들은 화면의 내용이 무슨 뜻인지조차 제대로 알지 못했다. 긴급 상황이라면 조던도 매리언 호를 조종할 수 있었다. 그러나 라샹스는 이곳의 승무원 중 가장 경험이 많은 사람이었다.

"우린 끝장이야." 파월이 말했다.

"가만히 좀 있어." 월포드가 그에게 말했다.

"이걸로 끝이라니까. 우린 끝장이야. 게임 오버라고." 파월이 대답했다.

"제발 좀 닥쳐!" 월포드가 소리쳤다.

"당장 탈출용 구명정으로 가야 한다고!" 파월이 말했다.

후퍼는 그들의 대화를 흘려 넘기려 했다. 그는 라샹스 쪽에 신경을 쏟고 있었다. 조종석에 단단히 몸을 고정한 채로, 최선을 다해 우주선 안쪽 어딘가에서 주기적으로 울리는 진동을 애써 무시하려 하고 있었다. 이건 느낌이 안 좋은데. 그는 이렇게 생각했다.

네 개의 도킹 베이는 우주선의 선수 하단에 돌출되어 있기 때문에 기관실까지는 400미터 이상 떨어져 있었다. 그러나 방금과 같은 충격이 오면 우주선 전체에 걸쳐 심각한 구조적 문제를 야기할 가능성이 있었다. 피해를 확인하는 가장 확실한 방법은 직접 눈으로 확인하는 것이지만, 가장 빠른 판단을 내리는 방법은 조종사와 그가 조작하는 기계들에게 맡기는 것이었다.

"당장 탈출해야 해." 파월이 말을 이었다. "매리언이 파괴되기 전에 여기서 벗어나 행성으로 내려가야 한다고. 그러면—"

"그런 다음에는 어쩔 건가?" 후퍼는 고개도 돌리지 않은 채 쏘아붙였다.

"구조대가 올 때까지 2년 동안 모래라도 파먹으면서 살 텐가? 그것도 애초에 회사 측에서 구조대를 보낼 필요가 있다고 결정을 내릴 경우의 이야기지." 그리고 그는 덧붙였다. "그러니 이제 좀 닥쳐!"

"좋습니다." 라샹스가 말했다. 그의 손은 조종간 위에 올라가 있었다. 그의 기분이 전해졌는지, 후퍼마저도 제대로 숨을 쉬기 힘들 지경이었다. 이렇게 거대한 우주선이 저렇게 조그마한 조종간으로 움직인다는 사실은 후퍼에게 언제나 경이롭게만 보였다.

라샹스는 그 조종간을 '주님의 막대'라고 불렀다.

"좋습니다." 라샹스는 같은 말을 반복했다. "델라일라 호가 도킹 베이의 1번과 2번 구역을 완전히 날려버린 것 같습니다. 3번에도 피해가 있을 수 있지만, 센서가 전부 나가버렸으니 확인할 수가 없군요. 4번은 괜찮은 것으로 보입니다. 3층, 4층, 5층에서 공기가 새어나가고 있습니다. 격벽은 전부 폐쇄된 상태지만, 2차 안전장치의 일부가 오작동해서 방출이 계속되는 것으로 보입니다."

"그럼 우주선의 나머지 부분은 일단 괜찮다는 말인가?" 후퍼가 물었다.

"당장은 그렇습니다." 라샹스가 화면 중 하나에 떠 있는 배의 입체도를 가리키며 말했다. "충돌 지점에서는 계속 문제가 일어나는 중이지만 말입니다. 정확한 상황은 파악할 수 없지만, 아마 저 아래쪽에서는 상당한 양의 파편이 떠돌고 있을 겁니다. 파편이 조금만 있어도 우주선이 추가 피해를 입을 수 있습니다. 방사능 준위가 일정한 것으로 보아 델라일라의 연료 전지가 융해되지는 않은 모양입니다. 하지만 동력부의 노심이 저 아래에서 떠다니고 있다면……." 그는 말을 맺지 못했다.

"좋은 소식은 없나요?" 스니든이 물었다.

"방금 그게 좋은 소식입니다." 라샹스가 대꾸했다. "후방 제동기 두 개가 날아갔고, 우현의 보조 추진기 일곱 개 중에서 세 개가 작동하지 않습니다.

게다가 이런 문제도 있지요." 라샹스는 수많은 선들이 서로 가로지르며 춤추고 있는 다른 화면을 가리켰다.

"궤도 항로 아닌가?" 후퍼가 물었다.

"맞습니다. 충격 때문에 궤도에서 이탈했습니다. 게다가 제동기와 추진기가 망가진 이상, 궤도를 수정할 방법도 없습니다."

"시간이 얼마나 남았나요?" 파월이 물었다.

라샹스는 근육질의 어깨를 으쓱해 보였다.

"그리 급하진 않겠지. 계산을 해 보아야 알 것 같군."

"하지만 당장은 괜찮다는 말이겠지?" 후퍼가 물었다. "앞으로 1분이나 1시간 안에 끝장나지는 않는다는 거지?"

"제가 확인한 바로는 그렇습니다."

후퍼는 고개를 끄덕이고 다른 사람들을 둘러보았다. 모두가 그를 바라보고 있었고, 그와 마찬가지로 공포와 충격에 빠진 표정이었다. 그러나 후퍼만은 정신을 차리고 이성을 유지해야 했다. 최대한 빨리 사고의 충격에서 벗어나, 사후 처리 단계로 들어가야 했다.

"카샤노프와 가르시아는?" 후퍼는 백스터를 보며 이렇게 물었다.

백스터는 고개를 끄덕이고는 인터컴의 '함내 전체 방송' 버튼을 눌렀다.

"카샤노프? 가르시아?"

반응이 없었다.

"의료 구역에도 유출이 발생했을지 모릅니다." 파월이 말했다. "여기보다 앞쪽이고, 도킹 베이에서도 별로 멀지 않으니까요."

"개인 통신기로 연락해 보게." 후퍼가 말했다.

백스터는 키보드를 두드리고는 다시 헤드셋을 썼다.

"카샤노프, 가르시아, 내 말 들리나?" 그는 얼굴을 찌푸리더니 들리는 내용을 스피커 쪽으로 옮기는 스위치를 올렸다. 군데군데 끊겨 들리는 신음

소리가 스피커에서 울려 퍼졌다.

"방금 대체 뭐야……?" 카샤노프가 이렇게 말하는 소리가 들렸고, 모두가 안도의 한숨을 쉬었다.

"둘 다 괜찮나?" 백스터가 물었다.

"괜찮아요. 갇힌 것 같기는 하지만…… 어쨌든 괜찮네요. 무슨 일이 벌어진 거죠?"

"델라일라가 충돌해 왔어." 백스터가 후퍼를 올려다보며 말했다.

"현재 위치에서 움직이지 말고 있으라고 이르게." 후퍼가 말했다. "상황을 안정시킨 다음에 돌아다니기 시작하는 쪽이 나을 것 같아."

백스터는 다시 말하기 시작했다. 그리고 후퍼가 두 번째 수송선에 대해 막 떠올렸을 때, 스니든이 그의 마음을 읽기라도 한 듯 말했다. "샘슨 호는 어떻게 합니까?"

"연락할 수 있겠나?" 후퍼가 물었다.

백스터가 몇 차례 시도를 해 보았지만 들려오는 것은 잡음뿐이었다.

"카메라는 어때요?" 스니든이 말했다.

"연결 자체가 되지 않는데."

"아뇨, 3번 베이의 카메라를 틀어 보자는 겁니다." 스니든이 말했다. "만약 아직도 도킹을 할 생각이고, 존스가 피해 상황을 확인했다면, 분명 3번 베이를 향하고 있을 테니까요."

백스터는 고개를 끄덕이고는 계기판 위로 바삐 손을 움직였다.

화면 하나가 깜빡이다가 켜졌다. 계속해서 끊기고 있기는 했지만, 3번 베이의 도킹 구역 외부의 모습이 분명하게 보였다.

"이런 젠장." 후퍼가 중얼거렸다.

샘슨은 이제 도킹 구역에서 1분 거리도 떨어져 있지 않았다.

"하지만 그 생물들은……." 스니든이 말했다.

'당신이 여기 있었으면 좋겠어, 루시.' 후퍼는 생각했다. 그러나 루시와 코널은 죽은 것이 분명했다. 이제는 그가 지휘를 맡아야 했다. 그리고 지금 매리언 호는 치명적인 피해를 입었고, 당장 처리해야 하는 심각한 문제가 남아 있는 상황이었다.

"저 아래로 내려가 봐야겠네." 후퍼가 말했다. "스니든, 웰포드, 나를 따라오도록. 우주복을 착용한다."

웰포드가 함교 후미의 보관함에서 비상용 우주복을 꺼내는 동안, 후퍼와 라샹스는 눈빛을 교환했다. 후퍼가 불미스러운 일을 당하기라도 하면 지휘권은 라샹스에게 넘어가게 될 것이다. 물론 그 단계에 이르게 되면 지휘를 받을 사람 자체가 별로 남지 않게 되겠지만.

"계속해서 연락을 유지하겠네." 후퍼가 말했다.

"좋습니다, 도움이 되겠군요." 라샹스는 웃으며 고개를 끄덕였다.

세 사람이 우주복의 호흡장치를 장착하는 동안, 매리언이 다시 한 번 크게 흔들렸다.

"샘슨이 도킹을 시도하고 있어." 백스터가 말했다.

"잠금 장치를 해제하면 안 돼." 후퍼가 말했다. "전부 잠근 상태로 두게. 도킹 구역, 에어록, 내부 복도, 전부."

"상어 궁뎅이만큼 꽉 조여 놓지요." 라샹스가 말했다.

후퍼는 머릿속이 복잡했다. 피해 상황을 확인해야 해. 조난 신호가 제대로 전송되었는지 확인하고, 의료 구역으로 내려가 보고, 긴급 수리를 해서 시간을 더 벌어야 한다고.

그러나 샘슨 호에는 치명적인 문제로 발전할 수 있는 위험이 잔존해 있었다.

그쪽에 우선순위를 두어야 했다.

지휘를 맡은 입장에서도 후퍼는 여전히 선임 기술자의 눈으로 모든 것을 바라보고 있었다. 조명이 들어왔다 나갔다를 반복하며 깜빡이는 것을 보니 전기 배선과 도관 여기저기에 피해가 발생한 모양이었다. 우주복의 센서를 통해서 공기 상태가 비교적 안정적이라는 정보가 들어왔지만 그는 이미 스니든과 웰포드에게 계속 헬멧을 쓰고 있어야만 한다고 일러둔 상태였다. 매리언 호의 피해 상황이 지금도 확산 중일지도 모르니까.

그들은 승강기를 놔두고 커다란 중앙 층계를 통해 2층 높이를 내려갔다. 우주선은 아직도 심하게 진동하고 있었고 가끔가다 멀리 떨어진 곳에서 깊고 육중한 굉음이 울려왔다. 후퍼는 그 소리가 무엇인지 짐작조차 할 수 없었다. 대형 엔진은 궤도상에서는 사용할 일이 없는지라 격리되어 있는 상태였다. 생명 유지 장치를 돌리는 발전기는 우주선 후미 깊숙한 곳, 휴게실 근처에 자리 잡고 있었다. 그가 추측할 수 있는 것은 단 하나, 충돌로 인해 우주선의 기초 골조가 약화되어 피해가 확산되는 중이 아닐까 하는 것뿐이었다. 계속해서 균열이 일어나고 밀폐 장치가 망가지며 하나씩 우주로 터져나가는 중일지도 모른다.

만약 그런 일이 일어나는 중이라면 궤도에서 벗어나는 일 따위를 걱정할 필요는 없을 터였다.

"샘슨이 자동 도킹을 시작했네." 우주선 통신기에서 백스터의 목소리가 들렸다.

"수송선 내부 상황을 파악할 수는 없나?" 후퍼가 물었다.

"무리야. 지금도 연결을 시도 중인데, 샘슨은 완전히 침묵하고 있네."

"계속 상황을 보고해 주게. 곧 샘슨 앞에 도달할 거야." 후퍼가 말했다.

"거기 도착하면 뭘 하실 겁니까?" 뒤편에서 웰포드가 물었다.

"모든 것이 완벽하게 잠겨 있는지 확인을 해야지요." 스니든이 말했다.

"바로 그거지." 후퍼도 동의했다. "스니든, 우리가 델라일라에서 본 생물들이 무엇인지 아는 바 있소?" 그는 말을 아꼈고, 통신기 안에서는 동료들의 숨소리만 울렸다.

"아뇨." 스니든이 작고 나직한 목소리로 대답했다. "그런 놈들은 본 적도, 들은 적도 없어요."

"광부들의 가슴을 뚫고 태어나는 것처럼 보이던데."

"외계의 생명체에 대해서는 안 읽어본 책이 없어요." 스니든이 말했다. "첫 외계 생명체가 발견된 것은 80년 전이고, 그 후로 정규 탐사에서 발견된 모든 외계 생명체는 보고와 분류, 채집과 검사 과정을 거쳤어요. 하지만 이런 비슷한 것은…… 전혀 없었어요. 가장 유사한 쪽은 기생성 곤충이 아닐까 싶어요."

"광부들의 가슴을 뚫고 깨어난 것이 맞다고 치면, 알을 낳은 건 대체 어떤 놈입니까?" 웰포드가 물었다. 그러나 스니든은 대답하지 않았다. 당장 해답을 떠올리고 싶은 질문도 아니었다.

"정체가 뭔지는 몰라도, 어쨌든 우리 우주선으로 옮겨오게 하면 안 되네." 후퍼는 아까보다 훨씬 단호한 목소리로 이렇게 말했다. "별로 크지도 않으니, 일단 매리언으로 옮겨오고 나면 두 번 다시 찾아낼 수 없을 걸세."

"배가 고파지기 전까지는 말이죠." 웰포드가 말했다.

"그러고 있던 건가? 먹이를 먹던 중인 건가?" 후퍼가 물었다.

"확신할 수는 없습니다." 스니든이 말했다.

그들은 아무 말 없이 움직였다. 마치 상상 속의 외계 생명체와 마음속으로 사투를 벌이기라도 하는 듯한 모습이었다. 마침내 후퍼가 침묵을 깼다.

"어쨌든 스니든, 여기서 살아나가면 보고할 거리가 생기는 셈이지 않겠소."

"이미 기록을 하고 있어요." 문득 스니든의 목소리가 공허하고 기묘하게 들려서, 후퍼는 우주복의 통신기에 문제가 생긴 것은 아닐까 하는 생각을 했다.

"너무 으스스하게 굴지 마세요." 웰포드가 이렇게 말했고 과학 장교는 가볍게 웃었다.

"자, 어서." 후퍼가 말했다. "이제 도킹 구역에 거의 다 왔어. 눈 크게 뜨고 있게." 충격이 다시 한 번 우주선 내부를 뒤흔들었다. 정말로 우주선이 구역별로 터져나가고 있는 중이라면, 눈을 크게 뜨고 있어봤자 칸막이가 통째로 터져나가며 우주로 빨려나가는 광경, 그리고 빨려나간 공기의 압력으로 매리언에서 멀리 밀려나는 모습을 똑똑히 보게 될 뿐이었다.

우주로 날아간 우주 비행사에 대한 이야기는 그도 읽어본 적이 있었다. 일단 한번 밀려나 버리면 계속 자기 우주선에서 멀어지는 쪽으로 흘러가다 마침내 공기가 떨어져 질식하게 된다. 그러나 더욱 끔찍한 것은 아주 살짝 밀려나는 사람들의 경우였다. 생명줄을 제대로 연결하지 못하거나 발을 헛디디거나 해서, 아주 천천히 우주선에서 멀어져 가며 우주선을 정면으로 바라보면서 숨이 끊어져 가는 사람들 말이다.

때로는 우주복 안의 공기로 이틀까지 살아있는 경우도 있다고 한다.

그들은 도킹 베이가 있는 층으로 내려가는 진입 통로의 끝에 도달했다. 격벽이 내려가 있는 상태였기 때문에 후퍼는 잠시 우주선의 센서를 확인해 보았다. 외부의 공기 상태는 정상인 듯했다. 그는 수동 제어 코드를 입력했고 잠금장치는 나지막한 소리를 내며 해제되었다.

슛 하는 소리와 함께 문이 벽 안으로 미끄러져 들어갔다.

왼쪽 길은 1번과 2번 베이로, 오른쪽 길은 3번과 4번 베이로 통하고 있었다. 왼쪽 복도로 9미터 정도 떨어진 곳에서 후퍼는 핏자국을 발견했다.

"아, 망할." 웰포드가 말했다.

방화벽 옆의 벽에 묻은 걸쭉한 핏자국은 정찬용 쟁반 크기였다. 피가 벽 위에 거미줄처럼 흘러내린 모습이 보였다. 아직 반짝이는 것으로 보아 채

마르지 않은 듯했다.

"확인해 보지." 말은 이렇게 해도, 후퍼는 이미 무엇을 보게 될지 거의 확실히 짐작하고 있었다. 출입구의 센서는 파손된 상태였지만 관찰용 구멍으로 안을 슬쩍 본 것만으로도 그의 의심은 확신으로 바뀌었다. 문 너머는 진공 상태였다. 벽면의 제어판과 내부 시스템, 전선이 모든 것을 휩쓸어 빨려나가는 공기의 폭풍 속에서 뜯겨 나가 있었다. 만약 이 핏자국을 남긴 사람이 격벽이 자동으로 폐쇄될 때까지 저 안에서 버티고 있었다면……

그러나 이제 모두가 저 밖에 있을 것이다. 매리언 너머에서, 두 번 다시 돌아올 수 없는 몸이 된 채로.

"1번과 2번 도크는 확실히 사용할 수 없겠군." 후퍼가 말했다. "격벽이 잘 버티고 있는 듯하다. 파월, 그 제어판에서 떨어지지 말고, 우리 뒤편의 문이 모두 확실히 폐쇄되었는지 확인해 보게."

"진심이십니까?" 통신기를 통해 파월의 목소리가 울렸다. "그 아래 고립되실 겁니다."

"여기 시스템에 문제가 있으면 우주선 전체가 박살날 수 있지." 후퍼가 말했다. "그래, 진심이다."

그는 다른 이들을 돌아보았다. 스니든이 우주복 속에서 눈을 크게 뜨고, 후퍼의 건너편 핏자국을 바라보고 있는 모습이 보였다.

"이봐요." 후퍼가 말했다.

"네." 스니든은 그를 바라보았다. 그리고는 다시 눈길을 돌렸다. "미안해요, 후퍼."

"우리 모두 친구를 잃었소. 더 이상은 잃지 않도록 노력합시다."

그들은 3번과 4번 도크로 가기 위해 반대편 복도로 들어섰다.

"샘슨 호가 도킹을 했네." 백스터가 통신기 안에서 말했다.

"자동으로 말인가?"

"그래." 대부분의 도킹 과정은 자동으로 이루어지지만 빅 존스가 가끔 수동 조종을 즐긴다는 사실은 이미 알고 있었다. 그러나 이번에는 아니었던 모양이다.

"연락은 아직도 안 되나?"

"아직이야. 하지만 방금 화면에 뭔가 깜빡이는 것이 보인 것 같네. 일단은 화면이라도 다시 잡으려고 노력하는 중이야."

"계속 상황을 보고해 주게. 그 안에서 무슨 일이 벌어지는 중인지 알아야 하니까." 후퍼가 앞장을 섰다. 1번과 2번 도킹 베이로 통하는 격벽은 아직 열려 있었고, 그들은 파손되지 않은 도크 쪽으로 서둘러 움직이기 시작했다.

다시 한 번 우주선 안에 진동이 퍼져나가는 것이 바닥을 통해 느껴졌다. 후퍼는 우주복 장갑을 낀 손으로 벽을 누르고 기대면서 정체불명의 진동을 직접 느껴보려 했다. 그러나 진동은 이미 사라진 후였다.

"라샹스, 지금 이 충격의 원인으로 짐작 가는 것은 없나?"

"전혀 없습니다. 우주선 자체는 안정된 것 같습니다만."

"구역 격리에 문제가 생겼을 수도 있지 않겠나?"

"그렇게는 생각하지 않습니다. 만약 그렇다면 공기가 우주로 새어나가고 있을 테고, 그 공기가 추진체와 같은 역할을 할 겁니다. 그러면 매리언이 움직이겠지요. 현재 상황에서 매리언 호는 아까 이야기한 대로 하강 궤도에 진입해서 일정한 속도로 움직이고 있습니다. 안정 궤도 상태는 아니지만, 지표에 대해서는 매우 천천히 움직이고 있지요. 아마 1시간에 16킬로미터 정도일 겁니다."

"알겠네. 그럼 다른 문제가 있나보군. 뭔가 헐거워진 거야."

"그 아래에서 조심하십시오." 라샹스가 말했다. 보통은 이런 흔해빠진 인사를 하는 친구가 아니었다.

그들은 격벽 칸막이를 두 군데 더 통과하며, 그때마다 센서를 확인해서 반대편 구역의 기압이 적절한지를 확인했다. 후퍼는 3번과 4번 베이가 가까워지면 상황을 육안으로 확인할 수 있으리라 짐작하고 있었다.

도킹 베이는 매리언 호 하부에 돌출되어 있는 한 쌍의 구조물 형태였다. 1번과 2번은 좌현 쪽에, 3번과 4번은 우현 쪽에 있었다. 3번과 4번 도크로 통하는 복도에는 양쪽에 관측창이 달려 있었다.

"이런 망할." 후퍼가 중얼거렸다. 가장 먼저 발견한 사람은 그였고, 이어 스니든과 웰포드가 헉 하고 숨을 들이쉬는 소리가 들렸다.

좌현 쪽 전방의 1/3 가량은, 도킹 구역과 에어록 구조물의 일부를 포함해서, 거대한 손이 휩쓸고 간 것처럼 그대로 쓸려나간 상태였다. 1번 베이가 있던 자리에는 뜯겨나간 흔적밖에는 남아 있지 않았다. 2번 베이의 일부는 남아 있었다. 도킹용 구역이 아직 느슨하게 붙어 있었는데, 이쪽이 간헐적으로 계속되는 충격의 원인인 모양이었다. 뜯겨나간 철골과 불꽃이 튀는 전선 한쪽 끝에 델라일라 호의 일부가 매달려 있었다. 금속과 기계, 배선이 뒤얽혀 형체를 알아볼 수 없는, 사람 몇 명 크기에 10톤 정도 무게의 파편 하나가 매리언 호의 하부를 때리고는 튕겨나가 파손된 2번 베이의 골조에 부딪친 다음 그 반동으로 다시 돌아오며 때리기를 반복하고 있었다.

매번 때릴 때마다 돌아올 추진력을 얻고 있었다. 천천히 움직이고 있었지만, 워낙 상당한 질량이었기 때문에 충돌할 때마다 우주선의 하부 전체에 진동이 울려 퍼지는 중이었다.

델라일라 호는 충돌하는 순간 완전히 산산조각이 난 모양이었다. 충돌 당시의 파편이 여전히 매리언 호 주변에 떠돌아다니고 있었다. 그리고 저 멀리 폭풍이 계속되는 행성의 지표를 배경으로, 조금 더 커다란 파편들이 멀어져 가는 모습이 눈에 띄었다.

"저기 사람이 있어요." 웰포드가 나직하게 말하며 손짓했다. 2번 베이의 잔해 사이에 짓눌려 있는 형체가 후퍼의 눈에 들어왔다. 파손된 골조에 꿰뚫려 있는 모양이었다. 성별은 확인할 수 없었다. 심각하게 손상된 데다 우주복도 입고 있지 않았고, 두부의 대부분이 사라져 있었다.

"모두 순식간에 죽음을 맞았기를." 스니든이 말했다.

"이미 그 전에 죽어 있었을 거요!" 후퍼가 쏘아붙였다. 그리고 그는 한숨을 쉬고는, 사과의 의미로 손을 들어 올렸다. 심장이 격렬하게 뛰고 있었다. 우주에서 17년을 보냈지만 이런 상황을 본 적은 없었다. 물론 우주라는 적대적인 환경 속에서 사람들은 계속해서 죽어 나갔다. 사고가 워낙 흔해서 유명세를 타려면 대형 사고쯤은 되어야 했다. 알파 센타우리로 향하다 미소 유성우에 휩쓸려 700명의 승객과 승무원이 사망한 여객선 아르키메데스 호라던가. 외행성계의 대형 위성에 있는 식민지 해병대 기지에서 환경 제어 시스템이 사보타지를 당하는 바람에 1천 명이 넘는 병력이 목숨을 잃은 사건도 있었다.

더 예전, 우주여행의 태동기로 돌아가면 가니메데 궤도를 돌던 연구용 우주정거장 네필림이 균형계 이상으로 위성 표면으로 추락해 버린 사건도 있었다. 그 사건은 아직까지도 우주 탐사를 직업으로 삼으려는 이들의 교육 과정에 수록되어 있다. 그 정거장에 탑승해 있던 300명은 모두가 마지막 순간까지 실험을 계속하며 자료와 희망 넘치는 메시지를 전송해 왔기 때문이다. 그 사건은 결국 자신의 행성, 그리고 자신이 속한 항성계까지도 넘어서고 말겠다는 인류의 결단을 상징하게 된 것이다.

대국적인 관점에서 보면 사소한 사고일 뿐이었다. 그러나 후퍼는 델라일라 호에 탑승해 있던 모든 사람들을 알고 있었다. 그리고 저 밖에서 엉망이 된 모습으로 파손된 도킹 베이에 꽂혀 있는 얼어붙은 시체 역시, 신원을 확인할 수는 없어도 그와 이야기하고, 농담을 나누고, 함께 웃었던 사람이 분명했다.

"저걸 떼어내야 합니다." 웰포드가 말했다. 후퍼는 순간 그가 시체 이야기를 하는 줄로만 알았다. 그러나 웰포드는 천천히 도킹 베이로 돌아오고 있는 거대한 금속 덩어리를 바라보고 있었다.

"저것만이 아니라 할 일이 아주 많지." 후퍼가 말했다. 여기서 살아남으려면…… 지금 이 순간의 혼란을 제어하고, 샘슨 호를 확보하고, 그 안에서 무슨 일이 벌어지고 있는지를 파악하려면…… 그와 웰포드, 파월이 어떻게든 기적을 이루어 낼 필요가 있었다. "월급 받아먹은 값을 할 때가 왔군, 자네들."

"후퍼, 샘슨 호가……." 백스터의 목소리가 귓가에서 울렸다.

"무슨 일인가?" 그들의 위치에서는 아직 우현 쪽에 정선해 있는 샘슨 호를 볼 수가 없었다.

"그 안쪽의…… 영상이…… 화면에 들어왔네." 백스터의 목소리는 멍하고 공허하게 들렸다.

"그래서요?" 스니든이 물었다.

"저걸 열면 안 돼. 절대로. 근처에도 가지 말게."

후퍼는 그 화면을 보고 싶었지만, 한편으로 그걸 볼 수 없다는 사실에 안도하고 있었다.

"안에서 무슨 일이 일어나고 있나요?" 스니든이 물었다.

"놈들이…… 놈들이 깨고 나왔소." 백스터가 말했다. "그리고 지금은…… 그냥 기다리고 있소. 그것들이…… 그냥 시체 옆에서 웅크리고 앉아 있더군."

"존스와 스티키는 어떻게 됐나?"

"스티키는 죽었네. 존스는 아직이야." 아까와 같은 공허한 말투였기 때문에 후퍼는 더 이상 물어보고 싶지 않았다. 그러나 스니든은 질문을 계속했다. 어쩌면 과학 장교로서의 호기심 때문일지도 모른다.

"존스에게 무슨 일이 일어나고 있습니까?" 그녀가 물었다.

"아무것도 안 일어나고 있소. 그는…… 지금은 화면 맨 아래쪽에 보일 뿐인데. 그냥 의자를 돌린 채로, 제어판 쪽을 등진 채로 앉아있을 뿐입니다. 몸을 떨면서 울고 있소."

아직 죽이지 않은 모양이로군. 후퍼는 이렇게 생각했다.

"저 수송선을 폐쇄해야 하네." 후퍼가 말했다. "어차피 격벽은 전부 잠겨 있지만, 수동 제어 시스템도 전부 차단해야겠어."

"저놈들이 문을 열 수 있으리라 생각하시는 겁니까?" 웰포드가 물었다.

"후퍼 말이 맞아요." 스니든이 말했다. "최악의 경우를 상정해야 합니다."

"그냥 샘슨 호를 떼어내 버리면 안 됩니까?"

후퍼도 이미 그 생각을 해 보았다. 그러나 그 안에 위험이 숨어있다고 해도 아직 수송선이 필요할지도 모르는 일이었다. 매리언 호는 하강 궤도에 진입했다. 탈출용 구명정은 있지만 목표 설정이 제대로 되어 있을지는 알 수가 없었다. 구명정을 사용하면 행성 표면 사방으로 흩어져 버리는 신세가 될 것이다.

샘슨 호가 살아남기 위한 유일한 희망이 될 수도 있었다.

"그렇게 하면 며칠 동안 우리와 함께 떠다닐 걸." 라샹스의 목소리가 계속되는 잡음을 뚫고 들려왔다. "매리언 호에 충돌해서 추가로 손상이 발생할 수도 있고, 지금 이대로도 충분히 좋지 못한 상황이란 말이지."

"백스터, 통신 상태가 좋지 못한데." 후퍼가 말했다.

"……가 망가진 모양이야." 백스터가 말했다. "라샹스?"

"백스터 말이 맞습니다." 라샹스가 말했다. "시간이 흐를수록 계속해서 피해 경보가 확대되고 있습니다. 통신, 환경, 원격 제어 시스템 모두 말입니다. 수리를 시작해야 합니다."

"이것부터 해결하기로 하지." 후퍼가 말했다. "대기실을 통해 3번 베이의 도킹 구역으로 내려가서, 에어록까지 간다. 그리고 거기서부터 하나씩 수동 제어 시스템을 무력화시키고 모든 제어 설비를 차단하면서 돌아 나오는 거다."

"에어록의 공기도 **빼는** 편이 좋겠군요." 웰포드가 말했다.

"좋은 생각이군. 샘슨 호에서 뭔가 탈출하더라도 호흡을 할 수 없게 되겠지."

"놈들이 호흡을 한다고 생각할 근거가 있나요?" 스니든이 말했다. "우리는 놈들이 어떤 존재인지도, 어디서 왔는지도 몰라요. 포유류인지, 곤충인지, 파충류인지, 다른 존재인지. 아무것도 모른다고요!" 스니든의 목소리에는 공포의 기색이 어려 있었다.

"그리고 앞으로도 계속 그럴 거요." 후퍼가 말했다. "기회가 생기면 즉시 놈들을 제거할 테니까. 하나도 **빼지** 않고 전부."

다른 사람이 그의 의견을 지지해 주기를 바랐지만, 누구도 아무 말도 하지 않았다. 사실 그는 스니든이 자신의 말에 반박하리라 생각했다. 과학 장교로서, 수많은 혼돈과 죽음을 불러온 그 생명체가 과학의 발전에 어떤 도움이 될지 잘 알고 있을 테니까. 그러나 그녀는 타박상을 입은 눈두덩과 상처 때문에 부어오른 콧대를 후퍼 쪽으로 향한 채로 아무 말도 하지 않았다.

이거 정말로 내가 책임자인 모양이군. 그는 이렇게 생각했다. 그 호칭이 너무도 무겁게만 느껴졌다.

"좋아. 그럼 출발하지." 그가 말했다.

그들은 후퍼의 계획에 따랐다.

일행은 3번과 4번 베이로 연결되는 대기실을 건너고 도킹 구역을 지나고 에어록을 넘어 외부 출입구에 이르렀다. 후퍼와 웰포드가 앞서 움직였고, 스니든은 뒤에 남아서 문을 닫았다. 두 남자는 도킹 구역 끝에서 움직임을 멈추었다. 닫혀 있는 출입구와 샘슨의 외부 에어록 사이는 아주 조금 떨어져 있을 뿐이었다. 그리고 양쪽 모두에 작은 관측창이 달려 있었다.

샘슨 호 쪽의 창문에는 김이 가득 서려 있었다.

후퍼는 그 안의 존재들이 그들이 이렇게 가까이 온 것을 감지할 수 있는지 궁금해졌다. 백스터에게 물어볼까 하는 생각이 들기는 했지만, 아무 말 않는 쪽이 나을 것만 같았다. 아무 말 않고, 빠르게 움직이는 쪽이.

그들은 재빨리 출입구의 잠금장치를 분해하고 전원 연결을 끊어 무력화시켰다. 이쪽 출입문을 다시 열려면 수리가 필요할 것이다. 게다가 델라일라의 화장실 문보다는 훨씬 튼튼하기도 하고. 그러나 이렇게 생각해도 예상만큼 안도감이 들지는 않았다.

그들은 뒤로 돌아 나오며 작업을 계속했다. 도킹 구역과 대기실 사이의 문을 폐쇄한 다음 웰포드는 내부의 공기를 빼냈다. 기압이 변하며 문이 살짝 삐걱거리는 소리를 냈다.

스니든은 대기실 밖에서 기다리고 있었다.

"끝났나요?" 그녀가 물었다.

"마지막 문만 남았소." 후퍼가 말했다. 웰포드가 작업을 시작했다.

5분 후, 그들은 다시 함교로 돌아가기 시작했다. 이제 샘슨 호와 매리언 호 사이는 폐쇄된 밀폐문 네 개와 진공 상태인 에어록이 가로막고 있었다.

이런 상황이라면 더 안전한 기분이 들어야 할 텐데.

"백스터, 아직 샘슨 호와 연결이 되고 있나?" 그가 물었다.

"그래. 변화는 별로 없네. 놈들은 아직 그대로 앉아 있고. 놈들 중 하나가…… 조금씩 몸을 뻗고 있어. 마치 몸속에서 그림자가 자라나고 있는 것처럼. 내부 조명이 이상해서 영상을 판별하기가 힘들기는 한데, 꼭 탈피를 하고 있는 것처럼 보이는군."

다른 목소리가 뭔가 중얼거렸지만 그 내용은 후퍼의 귀에 들어오지 않았다.

"방금 뭐라고 했나?" 그가 물었다.

"조금 자란 것처럼 보인다고 했습니다." 파월이 말했다. "탈피를 한 녀석 말입니다. 더 커진 것 같아요."

"존스는 어떤가?" 후퍼는 충격을 느끼며 이렇게 물었다. 커졌다고? 이렇게 짧은 시간 안에는 불가능한 일이다.

"아직 그대로 있네." 백스터가 말했다. "보이는 건 팔하고 어깨하고 머리뿐이야. 아직 몸을 떨고 있어."

"영상을 녹화해 놓으세요." 스니든이 말했다.

"나중에 보고 즐기려고 말입니까?" 라샹스가 이렇게 말했지만 누구도 대꾸하지 않았다. 농담을 할 때가 아니었다. 설령 빈정대는 느낌이 섞여있다고 해도.

"우리도 곧 합류할 거다." 후퍼가 말했다. "라샹스, 컴퓨터를 돌려서 손상 내역의 목록을 만들어 놓도록. 내가 돌아가서 우선순위를 지정하고, 그에 따라 작업 계획표를 짜겠다. 백스터, 조난 신호는 전송했나?"

"아, 맞아, 그게 또 웃기는 일인데." 백스터가 말했다. "파편이 안테나 배열도 건드리고 지나간 모양이네. 그래서 컴퓨터에는 발신 중이라고 나오지만, 내 생각에는 제대로 되고 있는 것 같지가 않아."

"알겠네. 끝내주는군. 빌어먹게 훌륭해." 후퍼는 고개를 저었다. "우리 쪽으로 날아오는 운석은 없나? 블랙홀이 열리지는 않아? 다른 걱정거리는 또 없나?"

"함교의 커피 용기가 부서졌어요." 파월이 아주 진지하고 낮은 목소리로 말했다.

후퍼는 웃음을 터트렸다. 그리고 자신의 히스테리를 간신히 제어하고 나자 그의 헬멧 바이저 안쪽이 눈물로 촉촉히 젖어들기 시작했다.

그들이 함교에 도착했을 즈음에는 카샤노프와 가르시아도 의료 구역에서 돌아와 있었다. 매리언 호에 남아있는 승무원은 사망했거나 경미한 상처를 입었거나 둘 중 하나라서, 그 아래로 내려가 봤자 딱히 할 일이 없었다.

"우리 둘만 있으니까 정말 오싹하더라고요." 가르시아가 말했다. "그래서 전부 전원을 내렸죠. 이 위쪽에서 모두 함께 있는 편이 더 안전할 것 같았어요."

그리고 라샹스가 그 안전이라는 것이 어느 정도인지를 둘에게 전부 설명해 주었다.

"유일하게 다행인 사실은, 충돌 당시 델라일라의 연료 노심이 손상되지 않았다는 겁니다." 그가 말했다.

"그럼 지금 어디 있는 건가?" 후퍼가 물었다.

라샹스는 여전히 자기 조종석에 앉아 있었다. "저 바깥 어딘가에서 떠다니고 있겠지요." 그는 손을 흔들어 보였다. 손가락 사이에는 시가 한 대를 끼운 채였다. 후퍼를 비롯한 다른 사람들은 대부분 저 물건의 냄새를 싫어했다. 그러나 이런 일이 벌어진 지금에 와서는 그걸 꺼 달라고 부탁하는 일자체가 웃기는 짓거리라는 생각만 들었다.

"함선 근처에 상당한 양의 잔해가 떠다니고 있습니다." 웰포드가 말했다. "어쩌면 이미 손상을 입은 채로 이 근처를 떠다니는 중일지도 몰라요. 과열되어 언제든 폭발할 수 있는 상태로 말입니다."

"그런 상황이라면, 세 라 비(c'est la vie: 그게 인생이지)." 라샹스가 말했다. "물론 자네가 우주복을 걸치고 우주 유영을 나서고 싶다면야 또 모르겠지만." 웰포드는 고개를 돌렸고, 라샹스는 웃음을 지었다. "그리고 어쨌든 당면한 문제가 있지 않나. 우리가 실제로 뭔가를 할 수 있는 문제 말이야."

"샘슨 호 말입니까?" 파월이 물었다.

후퍼는 화면을 확인했다. 수송선 내부에는 아무런 변화도 없었다. 그림자들. 그림자들이 일렁이고 존스는 몸을 떨고 있었다. 모두 화면을 끄고 싶었지만 후퍼는 계속 켜 두어야 한다고 말했다. 상황을 파악해야 하니까.

라샹스는 어깨를 으쓱했다.

"그거야 지금 당장은 안전하다고 간주할 수밖에 없잖나. 하지만 감지기에 들어온 정보에 의하면 다섯 개의 격벽 차폐문에서 공기가 새어나가고 있는데, 여기서 추론해 보자면 아마도 우리가 모르는 곳이 다섯 군데는 더 있다고 짐작할 수 있겠지. 5층과 6층은 완전히 우주로 구멍이 뚫려 버렸고, 여기도 격리 및 수리가 필요할 거야. 도킹 베이의 잔해에 걸려 있는 델라일라 파편도 떼 내어 흘려보내야겠지. 그러지 않으면 피해가 가중될 테니까."

"매리언 호의 현 위치는 어떤가?" 후퍼가 물었다.

"하강 중입니다. 저로서는…… 여기에 별다른 조치를 취할 수 있을지 모르겠군요. 충돌로 인해 우리가 확인할 수 있는 것보다 훨씬 더 많은 피해가 발생했습니다. 구조적으로 잠재적 손상이 일어났을 것으로 보입니다. 그리고 양쪽 연료봉 냉각 시스템이 파손된 모양입니다."

"아, 끝내주네요." 파월이 말했다.

"얼마나 심각한가?" 후퍼가 물었다.

"그건 수동으로 확인해봐야 하는 일이죠." 라샹스가 말했다. "하지만 이게 다가 아닙니다. 헤븐에 오염이 발생했습니다."

"어떤 오염 말인가?" 후퍼가 물었다. 가슴이 무너지는 것 같았다. 헤븐이란 함선의 생태 구역으로, 매리언 호의 전면에 위치한 작지만 풍요로운 식량 재배 설비였다. 광부와 승무원들은 환경 정신 치료를 위해 그곳으로 가곤 했다. 우주에서 수년의 시간을 보내고 모래밖에 없는 척박한 LV178에서 노동을 한 다음에는, 땅 위로 고개를 내밀고 있는 당근이나 벽을 가득 메우고 올라가는 완두콩 덩굴을 보는 쪽이 그 어떤 약물보다 우울증 치료에 도움이 되기 마련이었다.

"아직 잘 모르겠습니다." 라샹스가 말했다. "그쪽은 조던 선장님이 직접 관리를⋯⋯."

루시는 정원일을 좋아했지. 후퍼는 이렇게 생각했다. 한번은 헤븐에서 함께 사랑을 나눈 적도 있었다. 촉촉한 흙 위에서, 과일나무와 채소들만이 지켜보는 가운데에서.

"건조 식량이 있지 않나." 후퍼가 말했다. "식수 저장고는 괜찮은가?"

"제가 확인할 수 있는 한도 내에서는 그렇습니다."

"그럼 됐네." 그는 매리언 호의 남은 승무원들을 돌아보았다. 다들 모든 것이 이렇게 빨리 지독하게 망가질 수 있다는 사실에 충격을 받은 모양이었다. 그러나 이들은 강건하고 적응력이 빠른 이들이었다. 계속되는 위험을 마주하고 생존이 불가능한 상황에 맞설 준비가 된 이들이었다. "웰포드, 파월. 라샹스에게서 전체 피해 상황을 확인하고 우선순위를 정리하도록. 도움이 필요할 수도 있다. 다들 스패너하고 용접기 사용법 정도는 알고 있겠지."

"하지만 그 전에 해야 할 일이 있네." 백스터가 말했다.

"그래. 그건 내가 해야 할 일이지. 조난 신호는 내가 녹음할 테니, 자네는 신호가 제대로 송신되도록 최선을 다해 주게."

백스터의 제어판을 가볍게 훑어보던 후퍼의 시선은 여전히 샘슨 호 내부를 보여주고 있는 화면에서 잠시 멈추었다. 움직이는 것이라곤 화면 왼쪽 아래에서 부들부들 떨고 있는 존스의 어깨와 머리뿐이었다. 그 너머로는 움직임 없는 시체의 그림자들이 보였다. 그리고 그 옆에는 흐릿하게 보이는 작은 외계 생명체들이 있었다.

"그리고 이건 꺼도 될 것 같군." 후퍼가 말했다. "일단은."

크

리 플 리

진행 상황 보고:

수신: 웨이랜드 유타니 사, 과학 담당 부서

    (참조: 코드 937)

일시 (불확실)

전송 (대기 중)

조난 신호 수신. 진로를 변경할 정도의 연관성이 존재함.

LV178까지의 예상 항행 시간:

현 속도 유지시: 4,423일

전속 항행시: 77일

연료 잔량: 92%

추진 개시.

그녀는 괴물이 나오는 꿈을 꾼다.

날카롭고 검은 키틴질에 매끈하고 난폭하며, 그림자 속에 모습을 숨기고 있다 덮치는, 그녀가 사랑하는 사람들 속에 ─ 그녀의 전남편에게, 사랑스런 딸에게 ─ 씨앗을 뿌리고는, 너무도 많은 피를 사방에 흩뿌리며 뛰쳐나오는 괴물들. 괴물들은 그녀로서는 이해할 수 없을 정도로 멀리 떨어진 곳에서 등장해서는 너무도 빨리 퍼져나간다. 그리고 외우주의 심연으로 다가갈수록 놈들은 계속 크게 자라난다. 우주선 크기로, 위성 크기로, 행성 크기로, 그러고도 멈추지 않고 계속해서 커져만 간다.

놈들은 우주를 삼켜버릴 것이다. 그러나 그녀만은 살려 놓아서 그 과정을 고스란히 지켜보게 만들 것이다.

그녀는 괴물의 꿈을 꾼다. 마음속의 복도를 소리 없이 걸어 다니며, 사람들의 이름을 떠올리기도 전에 그 모습 자체를 그대로 기억에서 지워버리는 괴물의 꿈을 꾼다.

그런 꿈들 사이에는 단순한 그림자 속의 공허만이 존재한다. 그러나 공허 역시 안식을 제공해 주지는 못한다. 언제나 그 앞에는 슬픔을, 그 뒤에는 두려움을 느끼게 되기 때문에.

마침내 다시 잠에서 깨기 시작하면, 리플리의 악몽은 그림자 속으로 물러나 서서히 모습을 감춘다. 그러나 결코 온전히 사라지지는 않는다. 꿈속에 빛이 들기 시작해도 그림자는 여전히 남아 있으니까.

때를 기다리면서.

"댈러스." 리플리가 말했다.

"뭐라는 거요?"

그녀는 입맛을 다시면서 마른기침을 뱉으려 시도하다, 이내 그것이 불가능한 일이라는 것을 깨달았다. 댈러스는 죽었으니까. 에일리언이 그를 데려갔으니까.

눈앞에 수척하고 수염이 성성하며 근심으로 가득한 얼굴이 보였다. 모르는 얼굴이었다.

남자가 그녀를 바라보고 있었다.

"텍사스의 댈러스 말이오?" 그가 물었다.

"텍사스요?" 머릿속이 엉망이었다. 기억의 파편이 무작위로 뒤섞여 있었다. 일부는 알아볼 수 있는 기억이고, 일부는 알 수가 없었다. 그녀는 조각들을 짜 맞추어 자신이 누구이고 어디에 있는지 단서를 찾아내려 안간힘을 썼다. 육체와 정신이 따로 떨어진 기분이었다. 정신은 돌아갈 곳을 찾아 허공을 떠돌아다니고, 육체는 제어할 수 없는 차갑게 늘어진 진흙 덩어리가 된 느낌이 들었다.

그리고 주변의 모든 것들 너머로…… 거대하고 사악한 그림자가 보였다.

"완벽하군." 남자가 말했다. "빌어먹게 완벽해."

"아?" 노스트로모로 돌아온 것일까? 하지만 그 거대한 수송선은 그녀의 눈앞에서 불덩어리가 되었다. 그렇다면 구조대가 온 것일까?

누군가 그녀를 발견한 것이다. 누군가 셔틀을 발견해서 데려온 것이다. 구원받은 것이다.

그녀는 엘렌 리플리였다. 그리고 그녀는 이제 곧–

그녀의 뱃속에서 무언가 움직였다. 일련의 장면들이 그녀의 머릿속에 쏟아져 들어왔다. 잠에서 깨어난 후로 겪은 일들에 비하면 너무도 생생해서, 그녀의 몸이 놀라 움직이게 하고 감각을 생생하게 일깨웠다–

–케인이 몸을 뒤흔들고, 가슴이 찢어져 열리며, 그 존재가 튀어나오던 모습–

–그리고 그녀는 자신의 가슴으로 손을 뻗었다. 늘어나는 피부와 갈비뼈가 밖으로 터져 나오는 고통을 느낄 각오를 하고서…….

"이봐요, 이봐." 남자가 이렇게 말하며 그녀에게 손을 뻗었다.

무슨 일이 일어날지 이해가 안 되는 건가요? 그녀는 이렇게 소리치고 싶었지만, 목소리가 나오지 않았다. 입 안이 바싹 말라 있어서, 혀가 아니라 퉁퉁 불어 오른 모래투성이 민달팽이가 들어앉아 있는 것만 같았다. 남자는 리플리의 어깨를 붙들어 주고는 양 엄지로 턱을 문질러 주었다. 너무도 부드럽고 친근한 손놀림이라, 그녀는 잠시 몸을 뒤트는 것을 멈추었다.

"고양이가 있었소." 남자는 웃으며 말했다. 얼굴과 잘 어울리지만, 잘 쓰지 않아 익숙하지 않은 듯 불편해 보이는 웃음이었다.

"존시." 리플리는 고통스럽게 웅얼거렸고, 고양이는 그녀의 배에서 가슴팍으로 올라왔다. 녀석은 그대로 그곳에 서서 가볍게 몸을 흔들더니, 등을 활처럼 굽히며 발톱을 세웠다. 발톱이 얇은 상의를 뚫고 리플리의 피부를 할퀴었다. 그녀는 얼굴을 찌푸렸지만, 나쁘지 않은 감각이었다. 그녀가 아직 살아 있다는 것을 알려주는 고통이었으니까.

그녀는 존시에게 손을 뻗었다. 고양이를 쓰다듬고 있자니 엄청난 안도감이 그녀의 몸을 뒤덮었다. 그녀는 그림자를 떨쳐내고 일어섰으며, 이제 집에 도착한 것이다. 아니면 적어도 보다 큰 우주선으로 옮겨왔으니, 집에 거의 도착한 것이나 다름없었다. 돌아가면 그 모든 것들을 뒤에 남겨두려 최선을 다할 것이다. 끔찍하고 우울한 기억들이 이미 몰려들고 있었지만, 그래봤자 그뿐이었다. 고작해야 기억일 뿐이니까.

이제 미래가 활짝 열려 있으니까.

"사람들이 우리를 찾아 주었어." 그녀는 부드럽게 고릉거리고 있는 고양이에게 이렇게 속삭였다. 팔은 아직 뻣뻣해서 자기 것이 아닌 것만 같았지만, 손가락과 손바닥에 부드러운 털가죽을 부비는 감촉은 느낄 수 있었다. 존시가 그녀에게 몸을 대고 기지개를 켰다. 그녀는 고양이도 악몽을 꾸는지 궁금해졌다.

"이제 안전해진 거야……."

리플리는 딸 아만다를 떠올렸다. 다시 만나게 되면 얼마나 행복할지도.

그 아이의 11번째 생일을 놓친 것은 아닐까? 제발 그렇지 않기만을 빌었다. 약속을 어기는 것은 싫으니까.

남자의 도움을 받아 리플리는 천천히 일어나 앉았다. 신경의 감각이 돌아오는 것을 느끼며 그녀는 신음소리를 냈다. 핀과 바늘이 온몸을 찌르는 끔찍한 느낌이 들었다. 지금까지 해본 하이퍼슬립 중에서도 가장 끔찍한 감각이었다. 그녀는 최대한 꼼짝도 하지 않고 앉아서 혈액이 제대로 순환되기 시작하고, 울려대는 말초신경이 잠잠해지기만을 기다렸다.

그리고 남자가 입을 열었다.

"사실은…… 솔직히 말하자면, 여기도 별로 안전하지 않소."

"뭐라고요?"

"그러니까, 우리는 구조선이 아니란 말이오. 처음에 관측했을 때는 그쪽 함선이 구조선이라고 생각했소. 어쩌면 우리 쪽 구조 신호에 응답한 것일 수도 있다고. 하지만……." 그는 말꼬리를 흐렸다. 고개를 든 리플리는 셔틀의 비좁은 공간 안에 다른 두 사람이 서 있는 것을 발견했다. 그들은 벽에 기대어 선 채로 그녀와 생체 비활성 포드를 불안한 눈으로 바라보고 있었다.

"이건 말도 안 돼요." 그들 중 하나, 여성이 말했다.

"그만두게, 스니든." 남자가 손을 들어 제지했다. "내 이름은 후퍼요. 일어설 수 있겠소?"

"여긴 어디죠?" 리플리가 물었다.

"누구도 오고 싶지 않은 곳이죠." 후퍼 뒤에 서 있는 남자가 말했다. 매우 크고 깡말라서 수척한 남자였다. "다시 잠자리로 돌아가요, 아가씨. 좋은 꿈 꾸고."

"저쪽은 파월이오." 후퍼가 말했다. "신경쓰지 말아요. 의료 구역으로 갑시다. 가르시아가 몸을 세척하고 검진도 해 줄 거요. 아무래도 식사도 필해 보이는군."

리플리는 얼굴을 찌푸렸고 입 안은 순식간에 다시 메말라 버렸다. 속이 울렁거렸다. 현기증이 찾아왔다. 그녀는 비활성 포드 한쪽 모서리를 붙들고는 천천히 다리를 바깥으로 빼고 일어서려 했다. 후퍼가 그녀의 팔을 잡아 주었다. 놀라울 정도로 따뜻하고 기분 좋게하는 현실감 있는 손이었다. 그러나 그의 말이 여전히 귓전에 울리고 있었다.

존시는 다시 비활성 포드의 발치로 돌아가 있었다. 다시 잠들고 싶은 모양이었다. 어쩌면 고양이들은 정말로 모든 것을 알고 있는지도 몰라. 그녀는 그렇게 생각했다.

"여긴 어디……?" 리플리는 다시 질문을 했지만, 순간 셔틀이 빙글 돌았다. 의식을 잃어버리는 그녀 주변을 다시 한 번 그림자가 뒤덮었다.

가르시아는 말을 한 다음에 덧붙여 가볍게 웃는 버릇이 있는 작고 매력적인 여성이었다. 그러나 리플리에게는 그런 태도가 선천적인 수줍음으로 보이지는 않았다. 이 함선의 위생병은 분명 초조해하고 있었다.

"이 배는 매리언 호예요." 그녀가 말했다. "궤도 채굴 수송선이죠. 켈란드 광업 사 소속이에요. 그 회사는 프로스펙티아 사 소속이고, 또 그 회사는 산 레이 주식회사의 하부 회사고, 그 회사는 다른 모든 것들과 마찬가지로 웨이랜드 유타니 사에 소속되어 있죠." 그녀는 어깨를 으쓱하며 웃어 보였다. "우리 우주선은 사실은 대량 채굴 목적으로 제작된 거예요. 적재량도 상당하고, 기관실 뒤편에 수납식 견인 덱도 네 개나 달려 있죠. 하지만 우린 여기서 트라이모나이트를 채굴하거든요. 인간이 알고 있는 가장 단단한 물질이에요. 강도가 다이아몬드의 열다섯 배나 되고, 엄청나게 희귀하죠. 이 배에는 그런 물질이 3톤이 넘게 실려 있어요."

"이 배의 문제가 뭐지요?" 리플리가 물었다. 여전히 피곤한데다 속이 메스꺼웠지만, 이제는 다시 날카로운 감각이 돌아오고 있었다. 그리고 그녀가 보기에는, 이곳은 분명 무언가 단단히 잘못되어 있었다.

가르시아는 눈길을 돌렸다. 웃는 얼굴이지만 거의 소리도 들리지 않았다.

"기계에 한두 가지 문제가 있는 모양이에요." 그녀는 손을 뻗어 소독용 젤을 집어 들고는 리플리의 팔에 문지르기 시작했다.

"집으로 돌아가는 중인가요?"

"집이요?" 가르시아가 물었다.

"태양계 말이에요. 지구요."

가르시아는 갑자기 겁먹은 표정이 되었다. 그녀는 고개를 저었다.

"후퍼 씨는 치료를 해 주라고만 했어요." 그녀는 다시 리플리를 이리저리 돌보기 시작했다. 자신의 초조함을 감추려고 수다스럽게 사소한 잡담을 지껄이면서. 리플리는 그냥 그러도록 놔두었다. 가르시아가 어떻게든 그녀의 상태를 보다 낫게 만들 수 있다면, 이 정도는 사소한 대가로 치부할 수 있었으니까.

어쩌면 일단 조금 쉰 다음에, 무슨 일이 일어났는지 확인하는 편이 나을지도 모른다.

"식염수 링거예요." 가르시아는 바늘을 집어 들며 이렇게 말했다. "구식 약물이지만 수분 보급에는 도움이 되거든요. 30분만 있으면 훨씬 기운이 날 거예요. 조금 따갑습니다." 그녀는 솜씨 좋게 리플리 팔의 정맥에 바늘을 찌르고는 테이프로 고정시켰다. "처음에는 유동식을 조금씩 섭취하는 편이 좋을 거예요. 오랫동안 음식물을 소화하지 못한데다가, 장기 내부도 민감해져 있을 테니까요."

"오랫동안이요?" 리플리가 물었다.

침묵, 그리고 어색한 웃음이 이어졌다.

"수프가 좋겠네요. 라샹스는 냉소적이고 고약한 작자지만 수프는 정말 잘 만들어요. 지금 조리실에 들어가 있죠." 그녀는 선반으로 가서 하얀 가방을 가지고 돌아왔다. "옷을 준비해 뒀어요. 애석하지만 속옷은 처분해 버려야 했거든요."

리플리는 시트를 들추고는 자신이 벌거벗고 있다는 것을 깨달았다. 일부러 그런 걸까? 어쩌면 그녀가 자리에서 일어나 사방에 돌아다니기를 원치 않았는지도 모른다.

"고마워요. 지금 옷을 입을게요." 그녀가 말했다.

"아직 안 돼요." 가르시아는 이렇게 말하며, 가방을 떨어트리고는 발로 침대 아래로 밀어 넣었다. "검진을 더 해 봐야 하거든요. 아직 간하고 신장 수치를 확인 중이에요. 심박은 정상으로 보이지만 폐기능은 저하된 것 같은데, 아마도 그런 수면 패턴을 그렇게 오래……." 그녀는 다시 약이 놓여 있는 탁자 쪽으로 몸을 돌렸다. "여기 드실 약이 조금 있어요."

"뭐 하는 약인데요?"

"기분을 나아지게 해 주는 약이죠."

"나는 아픈 게 아닌데요." 리플리는 가르시아 너머의 의료 구역을 살펴보았다. 침대가 여섯 개밖에 없는 작은 구역이었고, 그중 일부에는 기본적인 설비밖에 설치되어 있지 않았다. 그러나 그녀가 알아볼 수 없는 최신 설비도 존재했다. 그 중 하나는 방 한가운데에 있는 큼지막한 의료용 포드였다. 그리고 한쪽 측면에는 눈에 익은 이름이 새겨져 있었다.

차가운 손이 리플리의 심장을 감싸 쥐는 듯했다.

나는 소모품이었어. 그녀는 이렇게 생각했다. 홀로 살아남은 것에 대한 강렬한 자부심과 분노가 동시에 찾아왔다.

"이 함선이 웨이랜드 유타니 소속이라고 밝히지 않은 이유가 뭐죠."

"뭐라고요?" 가르시아의 눈이 리플리의 시선을 따라갔다. "아, 아뇨, 아니에요. 공식적으로는요. 말했잖아요, 우리 회사는 켈란드 광업이고, 산

레이의 지사 중 하나죠. 하지만 웨이랜드 유타니에서는 외우주 탐사에 사용하는 장비를 많이 생산하거든요. 그 회사 제품을 사용하지 않는 우주선은 찾아보기 힘들죠. 그리고 솔직히 말해서, 그 회사의 의료용 포드는 제가 본 것 중 최고의 물건이에요. 아주 끝내주는 일도 할 수 있죠. 한 번은 광부 하나가—"

"큰 회사라는 건가요?"

"가장 큰 회사죠." 가르시아가 말했다. "사실상 우주를 소유하고 있는 것이나 다름없어요. 모회사가 셀 수도 없이 많은 다른 회사들을 소유하고 있고, 산 레이도 매수해 버렸죠…… 언제더라, 12년 전이던가? 당시에는 이오에 있는 켈란드 본사에서 일하고 있었어요. 항해에 참가해 본 적도 없었죠. 그리 많이 변한 것은 없지만, 적어도 진행 중인 수많은 임무들 쪽으로 주의를 환기시켜 주기는 했죠." 그녀는 약을 준비하고 알약 개수를 세면서 계속 재잘댔고, 리플리는 그냥 그러도록 놔두었다.

"요즘은 테라포밍 회사에 투자를 하고 있다더라고요. 적합한 행성에 가서 거대한 대기 처리 시설을 세운 다음, 공기에 뭔가를 하는 거죠. 정화하고, 처리하고, 나야 잘 모르지만요. 위생병일 뿐이니까. 수십 년이 걸린다던데요. 그런 다음에는 매수하고, 답사하고, 채굴을 시작하는 거죠. 길이가 몇 킬로미터나 되는 우주선도 만들어서 작은 소행성을 견인하기도 한대요. 연구용 우주정거장도 셀 수 없이 많고요. 의학, 과학, 군사 용도로요. 웨이랜드 유타니는 수도 없이 많은 분야에 손을 뻗고 있어요."

어쩌면 시간이 지나도 아무것도 변하지 않았는지도 모르겠군. 리플리는 이렇게 생각했다. 그러나 그녀를 괴롭히는 것은 바로 그 '시간'의 문제였다. 그녀는 일어나 앉아서 가르시아를 밀치며 한쪽 다리를 침대 밖으로 뻗었다.

"난 괜찮아요." 그녀는 이렇게 주장했다. 시트가 떨어져 내렸고, 가르시아는 당황해서 눈길을 돌렸다. 리플리는 이 기회를 이용해 자리에서 일어나 옷이 든 가방을 향해 아래로 손을 뻗었다.

"아……." 목소리가 들렸다. 리플리는 고개를 들었다. 후퍼가 의료 구역 입구에 서서 그녀의 나신에서 눈을 돌리기 전에 몇 초 정도 너무 오래 바라보는 모습이 보였다. "젠장, 미안하오. 나는 그저 당신이—"

"원하는 대로 침대에 얌전히 누워 있을 거라고 생각했나요?" 리플리가 말했다. "아무 질문도 하지 않고?"

"미안하오." 후퍼는 돌아보지 않고 이렇게 말했다. 딱히 자세하게 지시를 한 것은 아니었지만 리플리는 다시 침대에 앉았다. 사실은 넘어지기 전에 간신히 침대에 주저앉은 쪽이었지만. 아직도 몸이 엉망이었다. 그녀는 베개 위에 몸을 누이고는 겨드랑이 사이로 시트를 밀어 넣었다.

"이제 봐도 괜찮아요." 그녀가 말했다.

후퍼는 웃음을 지으며 그녀의 침대 발치에 와서 걸터앉았다.

"기분이 어떻소?"

"상황이 어떤지를 말해주면 그에 맞춰 정하죠."

후퍼는 가르시아를 바라보았고, 그녀는 고개를 끄덕였다.

"그래요, 상태는 괜찮아요." 가르시아는 이렇게 확인해 주었다.

"들었죠?" 리플리가 말했다. 상태는 괜찮다. 뱃속에서 느껴지는 지독한 두려움만 제외하면.

"좋소." 후퍼가 말했다. "상태는 이렇소. 당신은 구출되었다고는 할 수 없는 상황이오. 15시간 전에 우리 쪽 스캐너에 당신 셔틀이 포착되었소. 우리 쪽으로 유도 접근을 하고 있더군."

"누가 유도했다는 건가요?"

후퍼는 어깨를 으쓱했다.

"우리 쪽으로 접근해서는, 매리언 호를 한 바퀴 돌고는 우리 쪽에 남아있는 도킹 구역에 접속했소." 순간 그의 얼굴에 묘한 기색이 스쳐 지나갔다.

말하지 않는다면 이쪽에서 물어볼 거리가 하나 더 생긴 셈이로군. 도킹 구역이라. 리플리는 이렇게 생각했다.

"셔틀에는 접속용 프로토콜이 있어요." 그녀가 말했다.

"자동 도킹도 가능한 거요?"

"그렇게 프로그램되어 있다면요."

"좋소, 어차피 그런 거야 기술적인 문제니까. 지금 우리 상태, 그리고 이제 당신도 함께하게 된 상태는…… 썩 좋지 않소." 그는 생각을 정리하려는 듯 잠시 말을 멈추었다. "11주 전에 충돌 사고가 있었소. 많은 승무원이 목숨을 잃었지. 덕분에 우리는 행성 궤도에서 이탈해 버렸고, 이제는 하강 궤도에 접어들어 있소. 대기권으로 돌입하여 불타버리기 전까지 15일 정도 남아있을 거요."

"어느 행성의 대기권이요?"

"LV178이요. 작은 돌덩어리지."

"당신들이 트라이모나이트를 캐고 있다는 행성이로군요." 리플리는 이렇게 말하고 후퍼가 가르시아에게 눈총을 주는 모습을 보자 내심 즐거워졌다. "괜찮아요, 그 외에는 아무것도 알려주지 않았으니까. 예를 들자면 일급 기밀이라던가 말이죠."

후퍼는 양손을 내밀어 보였다.

"그게 다요. 우리 안테나 설비에도 손상이 있어서 장거리 구조 신호를 보낼 수도 없었소. 하지만 충돌 이후로 고주파 송신기로 구조 요청을 보내기는 했소. 지금도 정기적으로 보내는 중이고. 구조가 가능한 거리 안에 있는 사람들이 들어주기를 원한 거요." 그는 얼굴을 찌푸렸다. "당신은 듣지 못한 거요?"

"미안하네요." 그녀가 대답했다. "낮잠을 자던 중이라서."

"물론 그렇겠지." 후퍼는 손을 마주 비비며 눈을 돌렸다. 다른 두 명의 사람들이 의료 구역으로 들어왔다. 두 사람 모두 몰골이 엉망이었다. 그녀를 처음 진찰했던 검은 피부를 가진 선의는 카샤노프라는 사람이었다. 그러나 남자 쪽은 처음 보는 사람이었다. 건장한 체구를 한 울적하고 처진 얼굴의 사람 이름표에는 백스터라고 적혀 있었다. 그는 다른 침대에 앉아서는 그녀를 물끄러미 바라보았다.

"안녕하세요." 그녀가 말했다. 그는 고개만 끄덕였다.

"그래서, 무슨 일을 겪은 거요?" 후퍼가 물었다.

리플리가 눈을 감자 수많은 기억들이 물결처럼 밀려 들어왔다. 행성, 케인, 에일리언의 탄생, 빠른 성장, 그리고 셔틀을 타고 탈출하기 전까지 노스트로모에서 겪은 공포와 상실. 악마와의 마지막 대면. 그런 기억의 잔혹함과 현실감이 충격으로 다가왔다. 현재보다 과거가 더 생생한 느낌이었다.

"나는 화물선에 있었어요." 그녀가 말했다. "사고가 발생해서 승무원들이 죽었고, 우주선의 노심이 용해를 일으켰죠. 살아서 빠져나온 것은 나 혼자뿐이었어요."

"노스트로모 호 말이로군." 후퍼가 말했다.

"그걸 어떻게 아는 거죠?"

"셔틀의 컴퓨터에 접속했소. 사실 어린 시절에 당신네 우주선에 대해 읽은 적이 있소. '흔적도 없이 사라짐' 목록에 수록되어 있었지."

리플리는 눈을 깜빡였다.

"내가 얼마나 오래 떠돌고 있었던 거죠?" 그러나 이미 이 질문에 대한 답변을 받아들이기 힘들 것이라는 사실은 알고 있었다. 가르시아의 반응에서도 그렇게 짐작했고 후퍼에게서도 같은 느낌이 들었다.

"37년이오."

리플리는 자신의 손을, 팔에 꽂힌 바늘을 내려다보았다.

나는 단 하루도 더 나이를 먹지 않았는데. 그녀는 이렇게 생각하고 이윽고 아만다의 모습을 떠올렸다. 엄마가 17개월 동안 떠나 있어야 한다는 사실을 싫어하던 사랑스러운 딸. 돌아오면 훨씬 편하게 살 수 있을 거란다. 리플리는 이렇게 말하며 딸을 꼭 끌어안아 주었었다. 여기 좀 보렴. 그녀는 아만다의 컴퓨터 화면을 가리키며 달력을 스크롤해 내렸다. 우리 딸 열한 번째 생일에는 돌아와 있을 거야. 정말로 최고의 선물을 사 줄게.

"샘슨에 대해서 말해줄 건가?" 백스터가 말했다.

리플리는 방 안을 둘러보았다.

"누가 샘슨인데요?"

아무도 대답하지 않았다.

백스터는 어깨를 으쓱하고는 리플리의 침대 쪽으로 건너와서 침대 시트 위에 태블릿 컴퓨터를 내려놓았다.

"좋아, 어차피 직접 보여주는 편이 낫겠지." 그는 이렇게 말하고는 아이콘 하나를 건드렸다. "샘슨 호는 남아있는 다른 쪽 도킹 구역에 접속해 있소. 77일이 지났지. 봉쇄되어 있는 상태요. 그 안에 놈들이 있고, 그게 바로 우리가 망한 이유요."

그는 화면을 넘겼다.

바로 그 순간, 리플리는 모든 것을 의심했다. 자신이 잠에서 깨어났다는 사실. 이곳에 있으면서 피부로 침대 시트를 느끼고 있다는 사실, 팔에 느껴지는 따가운 바늘의 느낌까지도. 그녀는 자신이 살아남았다는 사실 자체를 의심하며, 그저 이 모든 것들이 임종 직전의 악몽이기만을 빌었다.

"아, 안 돼." 그녀는 힘겹게 숨을 내쉬었고, 방 안의 공기가 순식간에 변했다.

그녀는 몸을 떨기 시작했다. 눈을 깜빡이자 꿈속의 모습이 다시 접근해 왔다. 항성 크기의 그림자 괴물들. 전부 꿈일 뿐이었을까? 악몽일 뿐이었을까? 그녀는 자신이 알지 못하는 사람들을 둘러보며, 공황에 빠져들면서 그 모든 사람들이 어디에서 왔는지를 의심했다.

"안 돼." 리플리는 메마른 목구멍이 타오르는 것을 느끼며 말했다. "여기까지 오다니!"

카샤노프가 뭔가 소리를 쳤다. 가르시아가 그녀를 잡아 눌렀고, 손등에 다시 한 번 날카로운 통증이 느껴졌다.

그러나 모든 것이 흐릿하게 잦아드는 와중에서도 그녀는 평화를 느낄 수 없었다.

"저 여자는 놈들의 정체를 알고 있었소." 후퍼가 말했다.

그들은 다시 함교로 돌아와 있었다. 카샤노프와 가르시아는 리플리의 상태를 살피기 위해 의료 구역에 남았고, 그녀가 다시 움직이면 즉각 알리라는 명령을 내려놓았다. 그 순간에 그녀를 위해 그곳에 있어주고 싶었다. 그런 끔찍한 고통을 겪은 후에, 정신을 차려 보니 더 끔찍한 상황에 놓인 것이었으니까.

물론 그녀가 도움이 될 수도 있었고.

"어쩌면 저 괴물들을 죽이는 방법을 알고 있을지도 모르네." 백스터가 말했다.

"그럴 수도 있지. 아닐 수도 있고." 후퍼가 말했다. "적어도 저 화면만 보고 놈들을 알아보기는 했으니까." 그는 화면을 향해 고갯짓을 했다. 화면에는 샘슨의 내부 카메라에서 전송받은 마지막 영상이 떠올라 있었다. 30일 전, 샘슨과의 통신은 완전히 끊겨버렸다.

존스가 죽은 지도 한참이 지났다. 괴물들이 그를 객실 쪽으로 끌고 돌아가서는 죽여 버렸다. 괴물들은 모두 검고 흐릿한 형체로 자라났지만, 어느 놈도 밖으로 나오지는 못했다. 사람 크기, 아니 어쩌면 그보다 더 클 수도 있는 네 개의 형체는 꿈쩍도 않고 앉아 있었다. 조명 상태가 좋지 못해서 형태를 알아보기는 더욱 힘들었다.

백스터는 3번 베이 쪽으로 화면을 돌렸다. 이제 그들 모두에게 익숙해진 모습이었다. 웰포드와 파월이 설치한 세 대의 카메라에서 흘러 들어오는 영상은 전혀 변하지 않았다. 움직임도 뭔가 변한 흔적도 없었다. 문은 여전히 단단히 잠겨 있었다. 마이크로폰에도 소음은 전혀 잡히지 않았다. 샘슨호 내부의 상황은 파악할 수 없었지만 경계 정도는 충분히 가능했다.

그리고 만약 놈들이 문을 뚫고 나와서 도킹 구역으로 쏟아져 나온다면? 대책은 있었다. 그러나 아무도 그 대책이라는 것을 깊이 신뢰하지는 않았다.

"가서 파월하고 웰포드가 잘하고 있는지 확인해 봐야겠어." 후퍼가 말했다. "의료 구역에서 소식이 오면 바로 알려달라고."

"저 여자가 왜 여기 왔다고 생각하나?" 백스터가 물었다.

"본인도 모를 것 같은데." 후퍼는 요즘 몸에 지니고 다니는 플라즈마 토치를 집어 어깨에 멘 다음, 그대로 함교를 떠났다.

플라즈마 토치는 휴대가 가능한 소형 버전으로, 갱도 안에서 모래층을 녹이고 굳히는 용도로 사용하는 물건이었다. 가장 큰 토치는 레일을 사용해 운반해서는 새로운 갱도의 벽면을 형성하는 일에 사용한다. 모래에 화염을 방사해서 녹인 다음 25센티미터 두께의 석판으로 굳혀 버리는 물건이었다. 보다 작은 토치는 광부 혼자서도 사용 가능한 크기로 주로 균열을 메꿀 때 사용했다.

물론 초대받지 않은 손님들을 몰아낼 때도 사용할 수 있겠지. 후퍼는 이렇게 생각했다.

이것으로 충분할지는 알 수가 없었다. 또한 델라일라 안에서 토치를 사용했을 때 어떤 결과가 발생하는지도 목격했다. 그러나 매리언 내부의 구역은 훨씬 넓기 때문에, 그는 괴물과 맞닥뜨리면 주저하지 않고 토치를 사용할 생각이었다.

스니든은 과학 연구실에 있었다. 요즘 그녀는 연구실에서 많은 시간을 보내고 있었는데, 후퍼는 방문할 때마다 자기가 훼방을 놓고 있다는 느낌을 받았다. 스니든은 언제나 조용한 제법 매력적인 여성이었으며, 후퍼는 종종 그녀와 함께 이번 업무의 과학적 측면에 대해 이야기하는 것을 즐겼다. 그녀는 한때 프록시마 센타우리 궤도에 있는 웨이랜드 유타니 사의 과학 기지에서 근무한 적이 있었다. 이제는 그쪽에 직접적으로 고용되어 있는 것은 아니지만, 그 회사에서는 여러 우주선의 과학 장교들에게, 그리고 그런 이들을 고용하고 싶어 하는 지사 측에 자금을 지원하고 있었다. 지원 금액은 상당한 모양이었고 덕분에 때로는 임무를 수행할 수 있는 직접적인 원동력이 되기도 했다.

후퍼는 스니든이 마음에 들었다. 그녀가 업무에 정진하는 자세, 그리고 업무를 정말로 좋아한다는 사실이 마음에 들었다. 한번은 스니든에게 무엇을 찾고 싶은지 물었던 적이 있는데, 그녀는 이렇게 대답했다. 이 밖에는 놀라운 놀이터가 끝없이 펼쳐져 있잖아요. 모든 일이 가능하다고요.

그리고 이제 스니든의 천진난만한 상상력은 제대로 적중했다.

동시에, 후퍼가 천진난만했던 시절의 꿈 역시 현실 속에 모습을 드러냈다.

연구실에 도착했을 때 스니든은 널찍한 가운데 공간의 의자에 앉아 있었다. 그녀 앞에는 태블릿 컴퓨터 두어 대와 김이 모락모락 올라오는 커피 한 잔이 놓여 있었다. 그녀는 책상 위에 팔꿈치를 올린 채 턱을 괴고 있었다.

"이봐요." 후퍼가 말했다.

그녀는 깜짝 놀라 고개를 들었다.

"아. 오는 소리도 못 들었어요."

"문제는 없소?"

스니든은 부드럽게 웃었다. "우리가 천천히 죽음을 향해서, 생명이라고는 없는 모래투성이 행성으로 낙하하는 상황을 감안해서 말이겠지요? 그래요, 문제없네요."

그는 쓴웃음을 지었다.

"그래, 리플리에 대해 어떻게 생각하고 있소?"

"그녀가 저 괴물들을 본 적이 있다는 것은 분명하겠죠." 스니든은 이마에 주름을 잡으며 대답했다. "어디서, 어떻게, 언제, 왜 쪽으로는 짐작조차 가지 않지만요. 하지만 그녀와 대화는 해 보고 싶어요."

"도움이 된다고 생각하면 그렇게 하시오."

"도움이라고요?" 스니든이 물었다. 혼란스러운 표정이었다.

"내가 무슨 말을 하는 건지 알잖소." 후퍼는 이렇게 말하며, 실험대 위에 플라즈마 토치를 조심스레 내려놓았다.

"글쎄요, 한동안 생각은 해 보았는데요." 그녀는 웃으며 이렇게 말했다. "당신이 책임자라는 것을 알고 있으니, 지난 며칠 동안 당신이 무슨 생각을 하고 있었는지 짐작을 할 수 있을 것 같거든요."

"그렇소?" 후퍼는 흥미를 느끼며 물었다. 그녀가 웃는 모습이 마음에 들었다. 요즘은 웃는 사람이 너무도 적었다.

"구명정이겠죠." 스니든이 말했다. "항행 컴퓨터를 조작해서, 걸어서 채굴 현장에 갈 수 있는 곳으로 착지할 생각 아닌가요."

후퍼는 실험대를 손가락으로 두드리고 있었다.

"함께 그곳에 도착하면, 앞으로 한두 해는 버틸 수 있는 물자와 식량을 손에 넣을 수 있을 거요."

"그리고 놈들도 있겠죠."

"알고 있으면 대비할 수 있으니까." 후퍼가 말했다.

"저걸로 말인가요?" 스니든은 이렇게 말하며 플라즈마 토치 쪽으로 고갯짓을 해 보였다. 쓴웃음이 그녀 얼굴에서 미소를 지워냈다.

"저 아래에는 놈들이 없을 수도 있소. 전부 델라일라에 타고 왔을 수도 있지."

"아니면 열 마리쯤 남아 있거나, 그 이상 있을 수도 있겠죠." 스니든은 자리에서 일어나 걸음을 옮기기 시작했다. "생각해 봐요. 그 생물들은 광부들의 몸에서 깨어나고 있었어요. 우리가 직접 목격했죠. 그대로…… 뚫고 나오는 모습을요. 정확히는 알 수 없지만, 아마 얼굴에 붙은 그 괴물들이 씨앗을 심었을 거예요. 하지만 만약 그렇게 된 거라면, 우리는 뒤에 남은 모든 사람들이 감염되었다고 가정해야 해요."

"델라일라에 열여섯 명, 샘슨에 여섯 명이 있었소."

스니든은 고개를 끄덕였다.

"그럼 채굴 현장에는 열여덟 명이 남아 있겠지." 후퍼가 말했다.

"나라면 차라리 매리언 호와 함께 추락하겠어요." 스니든이 말했다. "그런 상황까지 된다면 말이에요. 하지만 보아하니 굳이 그럴 필요는 없을 것 같네요."

"내가 모르는 것을 알고 있소?"

"아뇨. 하지만 어쩌면 상황을 다른 방식으로 파악하고 있는지도 모르죠."

후퍼는 얼굴을 찌푸리며 손을 내밀었다.

"무슨 뜻이오?"

"그녀의 셔틀 말이에요. 외우주 항행이 가능한 셔틀이잖아요! 단거리 인원 수송에도 사용할 수 있고, 장기 구명정으로도 사용할 수 있을 거예요."

"그리고 우리 아홉이서 비활성 포드 하나를 함께 써야겠지."

"상관없어요." 스니든이 말했다. "이걸 보세요." 그녀는 태블릿 컴퓨터 한 대를 후퍼 앞으로 밀어 놓았다. 처음에는 후퍼도 자신이 보고 있는 것을 이해할 수가 없었다. 아주 오래전의 구명정 그림이었다. 지구의 바다에서 조난되어 생존자를 빼곡하게 실은 채로, 셔츠와 부러진 노를 엮어 만든 돛을 달고, 한쪽에 주저앉아 물고기를 먹거나 서둘러 대충 만든 수분 채집기에서 식수를 짜내는 비참한 모습의 사람들이 보였다.

"오늘은 머리가 안 돌아가는데." 후퍼가 말했다. "일단 책임자이기는 하지만, 머리가 제대로 돌아가지가 않는군. 그러니 그냥 말해 주시오."

"우리 아홉이서 비활성 포드 하나를 함께 쓰는 거지요." 스니든이 말했다. "하지만 셔틀에는 최대한 많은 물자를 싣는 거죠. 지구로 향하는 항로를 입력하거나, 아니면 적어도 인간 거주지의 변경인 아우터 림까지는 가야 해요. 연료가 바닥날 때까지 엔진을 돌리고, 최대한 빠르게 항해하는 거죠. 광속의 몇 분의 일 정도 속력으로요. 그리고는…… 번갈아 비활성 포드에 들어가는 거예요."

"번갈아?" 그가 말했다. "저 여자는 외우주를 37년 동안이나 떠돌고 있었단 말이오!"

"그래요. 하지만 그건 뭔가 문제가 있었던 것이 분명해요. 아직 확인을 해 보지는 않았지만, 셔틀의 컴퓨터가 오작동을 일으켰을 가능성이 클 거예요."

"기록을 확인해 본 바로는 그런 징후는 없었는데."

"자세하게 살펴보지 않았기 때문일 수도 있어요, 후퍼. 중요한 점은 우리가 그런 식으로 생존할 수 있다는 거예요. 한 번에 6개월씩, 한 명씩 비활성 상태에 들어가고, 다른 여덟 명은…… 어떻게든 버티면서요."

"그런 비좁은 공간에서 6개월을 버티라는 거요? 그 셔틀은 최대 다섯 명의 인원이 단거리 여행을 하기 위해 만든 거요. 여덟 명이라니? 결국 서로 죽이려 들게 될 거요." 그는 고개를 저었다. "그리고 그게 얼마나 오래 걸릴 거라고 생각하는 거요?"

스니든은 눈썹을 치켜세웠다.

"글쎄요…… 수년?"

"수년이라면?"

"아마도 아우터 림에 도달할 때까지가 3년이고, 그 다음에는ー"

"불가능한 일이야!" 그가 말했다.

스니든은 다시 태블릿의 화면을 건드렸고, 후퍼는 화면을 들여다보았다. 그녀는 분명 자기 숙제를 제대로 한 모양이었다. 수많은 예가 화면에 나타났다 사라지고 있었다. 바다의 구명정, 파손된 궤도 위성에 발이 묶인 사례, 우주 재난의 역사에 촘촘히 들어서 있는 기적적인 생존자들. 스니든의 계획과 동급의 시간이 걸린 경우는 없지만, 모든 경우에서 절망적인 상황에 처한 사람들의 생존에 대한 의지를 찾아볼 수 있었다.

아무리 절망적이라도.

"셔틀의 시스템을 우선 확인해봐야 할거요." 그가 말했다. "연료 전지와 생명 유지 장치도."

"그리고 당신이 선임 기술자잖아요?"

후퍼는 웃었다. "진담으로 하는 소리군."

"그래요."

그는 한참 그녀를 바라보며, 방금 그녀가 뿌린 희망의 씨앗을 제거하려 해 보았다. 도저히 받아들이기 힘든 계획이었다.

"구조대는 오지 않을 거예요, 후퍼." 그녀가 말했다. "적어도 제시간에는요."

"그래. 나도 알고 있소." 그가 말했다.

"그러면 당신은ー"

"후퍼!" 카샤노프의 목소리가 인터컴에서 울려 퍼졌다. "리플리가 깨어나고 있어요. 다시 마취시킬 수도 있지만, 솔직히 더 이상은 약물을 잔뜩 투여하고 싶지 않은데요."

후퍼는 벽으로 뛰어가서 인터컴 버튼을 눌렀다.

"그래, 그러지 마시오. 그 정도면 충분히 잤으니까. 지금 바로 내려가겠소." 그는 스니든을 보고 웃어 보인 다음 고개를 끄덕였다. "리플리하고 대화를 해서 접근 암호를 받아내겠소."

과학 실험실을 떠나 의료 구역으로 내려가고 있자니, 우주선의 복도가 정말 오랜만에 조금이나마 밝아진 것만 같았다.

4

9 3 7

여전히 집으로부터 광년 단위로 떨어져 있을 뿐 아니라, 지금은 지옥 같은 행성으로 하강 궤도를 그리며 추락하고 있는 망가진 우주선에 탑승해 있는 상태였다. 그녀의 악몽 속을 헤집고 다니는 괴물로 가득한 수송선 한 대를 대동한 채로.

리플리는 이런 아이러니에 웃음이 터질 지경이었다.

그녀는 이 모든 것이 꿈이거나 악몽일지도 모른다는 생각을 성공적으로 떨쳐 냈다. 시간도 걸렸고, 스스로를 설득하는 일도 쉽지는 않았다. 하지만 여전히 만족할 만한 설명은 찾아낼 수 없었다.

어떻게 이 모든 일이 가능하단 말인가?

어쩌면 그녀의 셔틀에 답이 있을지도 모른다.

"정말로 이제 걸을 수 있어요." 그녀가 말했다. 큰 키에 건장한 체격, 그리고 분명 스스로를 책임질 수 있을 만한 여성인 카샤노프는 용납할 수 없다는 표정이었지만, 리플리는 저 의사 선생이 환자가 보이는 완고한 태도에 나름 감탄하고 있다는 사실을 파악하고 있었다.

"37년 동안 제대로 걸어본 적도 없지 않습니까." 카샤노프가 지적했다.

"환기시켜 주셔서 정말 고맙군요. 하지만 제 몸이 느끼기로는 어제 일이라서요." 그녀는 자기 말을 증명하기 위해, 카샤노프와 가르시아가 다른 곳에 가 있는 동안 이미 침대에서 일어나 옷을 챙겨 입은 채였다. 그리고 실제로 몸이 상당히 가뿐해졌다는 사실에 만족하고 있었다. 아직 진정제 기운이 남아있기는 했지만, 그 아래에서는 이미 예전의 자신을 느끼기 시작하고 있었다. 가르시아가 처방해 준 식염수며 여러 약물들이 제대로 작용하는 모양이었다.

"환자들이란." 카샤노프는 눈을 굴리며 이렇게 말했다.

"그래요. 요즘 같은 시대에 누가 환자가 되고 싶겠어요?" 리플리는 침대에서 일어났다. 지급받은 부츠의 끈을 묶고 있을 때, 후퍼가 서둘러 의료 구역으로 들어왔다.

"이런, 벌써 옷을 입었잖소." 그는 실망한 척하고는 말을 이었다. "아주 멋진 모습이군!"

리플리는 고개를 들고는 눈썹을 치켜세웠다. "나는 당신보다 두 배는 더 살았어요."

"이쪽도 나름 여행 경험이 많은 편이오." 그는 조금도 틈을 보이지 않고 대꾸했다. "어쩌면 나중에 언젠가 함께 술잔을 나누면서 잠버릇을 비교해 볼 수 있을지도 모르겠군." 웃으며 한 이야기이기는 하지만, 조금 진심이 섞여 있었을지도 몰랐다.

리플리는 자기도 모르게 웃음을 터트렸다. 그리고 다음 순간 기억이 돌아왔다. 그녀 머릿속의 형체는 결코 사라지지 않았지만, 잠시 동안 잊어버릴 수는 있었다. 웃음을 터트리거나 미소를 짓거나 친근하게 대화를 나누면, 잠시나마 일상 속에서 자신의 기억을 숨길 수가 있었다.

"나르시서스 호를 한번 둘러보고 싶은데." 후퍼가 말했다.

"당신만이 아니라 나도 그래요."

"이미 그 안에서 충분히 오래 쉬지 않았소?"

리플리는 훤칠한 키에 늘씬한 몸매였다. 그녀는 몸을 일으켜 기지개를 켰다. 자신의 근육이 다시 유연하게 움직이기 시작하는 느낌이 마음에 들었다. 쑤시고 찌르는 통증은 근육이 잠에서 깨어나 움직이고 있다는 뜻일 뿐이니까.

"컴퓨터에 물어볼 것이 좀 있어요." 그녀가 말했다. "대체 나를 왜 이런 빌어먹을 똥통으로 데려왔느냐는 질문부터 시작해서요."

"칭찬 고맙소." 후퍼가 말했다.

"천만에요."

리플리는 선의와 위생병이 눈빛을 교환하는 모습을 보았지만, 무슨 생각인지는 읽어낼 수가 없었다. 아직까지 이 함선 내부의 역학 관계는 파악하지 못한 채였다. 선의인 카샤노프 쪽이 의료 구역 담당자였다. 그러나 그녀는 불안하고 겁을 먹은 느낌이었고, 가르시아 쪽이 더 편한 모습으로 보였다.

"그럼 출발하지. 도킹 구역 쪽으로 안내해 주겠소." 후퍼가 말했다.

그들은 함께 의료 구역을 떠났고, 후퍼는 계속 입을 다물고 있었다. 내 질문을 기다리는 모양이군. 리플리는 이렇게 생각했다. 질문은 정말로 많았다. 그러나 일단 질문을 시작하면, 어떤 답변으로도 만족하지 못할 것만 같았다. 그리고 그의 입에서 마음에 드는 이야기가 나올 리도 없었고.

"어쩌다 우리 쪽에 도킹하게 되었는지 알지 못한다고 하지 않았소?" 마침내 후퍼가 먼저 질문을 던졌다.

"셔틀이 도킹했을 때 내가 잠들어 있었다는 건 그쪽도 알고 있을 텐데요?" 생각 하나가 리플리의 머릿속을 돌아다니며, 의식의 영역 속으로 고개를 내밀려고 애를 쓰고 있었다. 한 가지 의심이 들었고 그게 사태를 설명해 줄지도 몰랐다. 그러나 그녀의 정신은 아직도 하이퍼슬립 상태에서 완전히 회복되지 못한 상태였고, 방금 떠오른 생각을 입 밖에 내야 하는지 확신이 서지 않았다. "그건 뭔가요?" 그녀는 후퍼가 어깨에 메고 있는 묵직한 물체 쪽으로 고갯짓을 하며 물었다. 뭉툭한 상자 모양의 총기처럼 보이는 물건이었다.

"플라즈마 토치요." 그가 대답했다. "놈들이 풀려날 경우를 대비해서 가지고 다니는 거요."

리플리는 웃음을 터트렸다. 불신감을 토해내듯 웃음이 펑 터져나왔고, 도저히 멈출 수가 없었다. 눈이 타들어갔다. 눈물이 얼굴을 타고 흘러내렸다. 리플리는 후퍼가 저 상자 모양 총으로 에일리언을 구워버리려 하는 장면을 상상했고, 곧 그녀의 웃음에 히스테리가 섞이기 시작했다. 숨을 쉴 때마다 비명을 지르려는 것처럼 들렸다. 후퍼의 손이 어깨에 느껴지자, 그녀는 바로 그에게 달려들었다. 눈물로 뒤범벅이 된 눈을 통해 모든 것이 뒤틀려 보였다. 길고 가시가 잔뜩 나 있는 팔이 보였다.

에일리언이 몸을 숙여 그녀를 가슴 가까이까지 끌어온 다음, 길고 굽은 머리를 쳐들고 은빛의 이빨을 내미는 모습이 보였다. 그녀의 두개골을 박살내고 마침내 이 모든 악몽에 종지부를 찍으려 하는 모습이.

"리플리!" 후퍼가 소리쳤다.

순간 그가 누구인지, 지금 자신이 어디에 있는지를 깨달았다. 그러나 동요는 사라지지 않았다. 전부 생리학적 현상이라 생각하려 해도 소용없었다. 진실은 명확했으니까. 그녀는 겁에 질려 있었다. 당연하게도, 완벽하게 공포에 사로잡혀 있었던 것이다.

"그걸로……?" 그녀는 숨을 헐떡이며 플라즈마 토치 쪽으로 손을 내저었다. "정말로 저걸로……? 놈들을 가까이에서 본 적이나 있어요?"

"아니." 그가 나직하게 대답했다. "우리 중 누구도 아직 그런 적은 없소."

"그래, 물론 그렇겠죠." 리플리가 말했다. "당신들 모두 아직 살아있으니까." 손이 그녀를 더욱 강하게 붙들었고, 그녀는 그에게 몸을 기댔다. 스스로도 놀라울 정도로, 그의 포옹, 그의 체취, 그의 거친 수염이 목과 볼에 와서 닿는 기분이 기껍게 느껴졌다. 이렇게 접촉하는 것만으로도 기분이 훨씬 편안해졌다. 댈러스 생각이 났다.

"하지만 당신은 살아남았잖소." 그가 말했다.

리플리는 셔틀에서 보낸 시간을 떠올렸다. 노스트로모 호가 핵폭발로 완전히 소멸된 모습을 보며, 그녀는 모든 것이 끝났다고만 생각했었다. 에일리언들이 둔하고 게으른 이유는 이해할 수 없었지만, 어쨌든 충분히 감사할 만한 일이었다. 방금 식사를 했기 때문이었을까? 당시 그녀는 파커와 램버스의 모습을 생생하게 떠올리며 이렇게 생각했었다. 아니면 이제 안전해졌다고 생각하기 때문일까?

그녀는 그의 어깨에 기댄 채로 고개를 끄덕였다.

"어디서 있었던 일이오? 언제?" 그는 조용하게, 하지만 긴박함을 담은 목소리로 물었다.

"당장은 대답할 수가 없어요." 그녀는 속삭였다. "나…… 나도 이해가 안 되니까요. 하지만 곧 설명해 줄게요." 그녀는 몸을 떼고는 화난 듯 눈가를 훔쳤다. 그의 앞에서 약한 모습을 보인 것은 문제가 아니었다. 진짜 문제는 그녀의 내면에 실제로 존재하는 나약함이었다. 그녀는 괴물을 실제로 보았고, 놈을 우주로 날려버렸다. 더 이상 두려워할 필요는 없었다. "셔틀. 거기 해답이 있을 거예요."

"알겠소." 후퍼가 말했다. 그는 플라즈마 토치를 내려다보고는 그대로 내려놓으려 했다.

"아뇨." 리플리는 토치의 총신에 손을 얹으며 말했다. "어떻게든 도움이 될지도 몰라요."

후퍼는 얼굴을 찌푸리며 고개를 끄덕였다. 실제로 뭔가를 보긴 한 모양이구나, 하고 리플리는 생각했다. 일단 그녀가 이곳에 오게 된 이유를 확인하고 나면, 그 다음에는 제대로 된 대화를 나눌 수 있을지도 모른다.

"좋소." 그가 말했다. "게다가 이제 접속되어 있는 수송선에 가까워지고 있으니 말이오."

"하지만 전부 제대로 잠겨 있는 거겠죠?" 리플리가 물었다.

"우리는 모든 것을 확실히 주시하고 있소." 후퍼는 고개를 끄덕이며 말했다. "당신에게 보여준 영상은 우리가 본 샘슨 호 내부의 마지막 풍경이오. 하지만 지금은 안전하지."

"안전이라." 리플리는 직접 그 단어를 입에 올려 보았다. 죽어가는 배 위에서는 너무 어색하게만 들리는 단어였다.

후퍼가 앞장섰고, 복도 끝에 이르자 오른쪽으로 방향을 틀었다. 도중에 그는 왼쪽을 향해, 금속 물림쇠를 그대로 용접해 봉쇄한 육중한 격벽 문 쪽으로 고갯짓을 했다. "델라일라가 이쪽으로 선체에 충돌해서 1번과 2번 베이를 날려버렸소. 수송선의 연료 전지가 융해되지 않은 것만으로도 운이 좋은 셈이었지만, 결국 나중에 떼어내야 했소. 뜯겨나간 선체 조각들과 함께 파손된 골조에 걸려 있었으니까. 나, 웰포드, 파월 셋이서 저 밖으로 나가서 절단용 토치를 들고 세 시간에 걸쳐 작업을 한 다음, 그대로 밀어냈지. 그리고 안으로 들어와서 날아가는 모습을 꼬박 한 시간 동안 지켜보았소."

"저쪽은 뭐죠?" 리플리가 오른쪽을 가리키며 물었다. 그들은 걸음을 멈추지 않았고, 리플리는 후퍼가 플라즈마 토치를 쥔 손에 힘이 들어가는 것을 눈치챘다.

"저 안쪽에는 3번 베이가 있소." 그는 한쪽 문을 향해 고갯짓을 했다. 제어판을 제거한 자리에 전선과 단자들이 어지럽게 늘어져 있었다.

"저건 왜 저래요?" 리플리가 물었다.

"제어판을 수리하지 않고는 문을 열지 못 하도록 만들어 놓은 거요."

"아니면 문을 통째로 부수던가요."

"15센티미터 두께의 삼중 폴리머 복합 합금으로 만든 문이오. 그리고 이 문과 샘슨 호 사이에는 문 세 개와 공기를 뺀 에어록이 추가로 더 있지." 후퍼가 말했다.

리플리는 아무 말 없이 고개를 끄덕였다. 그러나 '안전'이라는 단어는 여전히 낯설게만 느껴졌다.

"따라오시오." 후퍼가 말했다. "당신 셔틀은 저쪽에 있소."

몸을 낮춘 채 4번 도킹 구역의 에어록을 지나 나르시서스로 들어가면서, 리플리는 자신이 얼마나 편안한 기분인지를 깨닫고 내심 놀랐다. 그녀에게는 이 탈것에 대해 조금도 좋은 기억이 없었다. 에일리언이 자신조차 잡아가 버릴 것이라는 공포만이 있을 뿐이었다. 그러나 그곳에 있는 것은 존시였다. 고양이는 열려 있는 비활성 포드 안에서, 아직도 하이퍼슬립 상태인 것처럼 몸을 웅크리고 있었다. 노스트로모와 그곳의 승무원들에 대한 기억도 있었다. 이제는 죽은 지 거의 40년이 되어가고 있었지만, 리플리에게는 어제 일처럼 느껴지기만 했다.

바닥에 쓰러진 채로 도륙당해 버린 파커. 에일리언이 얼굴에 구멍을 뚫고 던져버려서 그대로 매달려 있던 램버트. 사방에 흐르던 피.

"괜찮소?" 후퍼가 물었다.

리플리는 고개를 끄덕였다. 그리고 그녀는 비좁은 셔틀 안을 건너 조종석에 앉았다. 그녀가 키보드 위로 손가락을 움직이며 컴퓨터를 실행시키는 동안, 후퍼가 천천히 걸어 다니며 셔틀 안을 둘러보는 것이 느껴졌다. 마더는 사라진 후였지만, 나르시서스의 컴퓨터는 비슷한 구조의 인터페이스를 가지고 있어서 마치 친구와 대화를 하는 것 같았다. 애쉬와 같은 안드로이드를 만들 수 있는 기술이 있는 상황에서, 리플리는 얼굴 없는 컴퓨터에 인간의 목소리를 주는 일을 항상 이상하다고 여겨 왔다.

그녀는 자신의 접속 코드를 입력했다. 좋은 아침, 나르시서스_ 그녀는 인사를 쳐 넣었다. 대답이 화면에 떠올랐다.

안녕하십니까, 리플리 준위님.
나르시서스가 항로를 변경한 이유를 출력해_

제한된 정보입니다.

"음." 리플리가 말했다.

"문제 없겠소?" 후퍼가 물었다. 그는 리플리가 오랜 시간을 보낸 비활성 포드를 점검하면서, 등을 굽히고 꼬리를 뻗은 채 이리저리 움직이고 있는 존시를 쓰다듬는 중이었다. 어쩌면 이 녀석이야말로 은하계에서 가장 나이가 많은 고양이일지도 모른다.

"물론이죠." 그녀가 대답했다.

지난 천 일 동안 수신한 신호 기록을 출력해 봐_ 리플리는 정보가 쏟아져 나오기를 기대하고 있었다. 우주에는 온갖 통신이 사방에 날아다니고 있었고, 대부분의 우주선 컴퓨터는 송신한 내용을 일단 기록한 다음 관계가 없으면 무시하는 식으로 작동하기 때문이었다.

역시 제한된 정보입니다.

외우주 궤도 채굴선 매리언 호에서 수신한 구조 신호 기록을 출력해_

역시 제한된 정보입니다.

"뭐 이런 빌어먹을 놈이 있어." 리플리는 중얼거리며 타자를 쳐 넣었다. 특수 명령 937호 때문인가?_

처리할 수 없는 자료입니다.

긴급 수동 입력 전환 100375_

죄송하지만 해당 수동 입력 코드는 더 이상 사용할 수 없습니다.

리플리는 얼굴을 찌푸렸다. 키보드 옆의 탁자를 손가락으로 두드리고, 화면에 떠오른 글자를 바라보았다. 마더조차도 이 정도의 대화체로 반응해 온 적은 없었다. 이 녀석은 셔틀의 컴퓨터일 뿐인데. 묘한 일이었다.
노스트로모의 폭발 이후 시간대와 항해 거리 정보를 출력해 줄래?_

출력할 수 없는 정보입니다.

출력할 수 없다는 거야, 제한되어 있다는 거야?_
컴퓨터는 대답하지 않았다.
기계가 이런 식으로 대답을 회피할 수 있을 리가 없었다. 적어도 자신의 의지로는. 셔틀의 컴퓨터는 기능 제어를 위한 시스템이지, 마더와 같은 AI 는 아니었다. 그리고 마더는 사라져 버렸다.
마더에 접속할 수 있는 다른 사람은 댈러스뿐이었다. 댈러스, 그리고…….
……그리고 댈러스가 사라진 다음 직접 마더에게 질문을 할 때, 그녀는 컴퓨터실 안에 다른 존재가 있다는 사실을 깨닫고 충격을 받았었다.

애쉬, 이 망할 자식_ 리플리는 이렇게 타자를 쳤다.

커서가 깜빡였다.

그러나 컴퓨터는 반응하지 않았다. 심지어는 '처리할 수 없습니다'라고도 말하지 않았다.

리플리는 숨을 헐떡였다. 컴퓨터 전원을 끄자 화면의 글자는 부드러운 잔상을 남기며 사라져 버렸다. 그러나 그녀는 여전히 누군가 자신을 주시하고 있는 느낌을 받았다. 컴퓨터의 거만한 침묵이 셔틀 내부에 울리고 있는 것만 같았다. 거의 조롱하듯이.

"구조 신호에 뭐라고 써서 보냈어요?" 리플리가 갑작스럽게 물었다.

후퍼는 셔틀 후미를 뒤적거리며, 그쪽 로커에 아직도 걸려 있는 우주복을 살펴보고 있었다.

"응?"

"사고 후에 보낸 구조 신호 말이에요!" 리플리가 말했다. "저놈들 이야기를 했어요? 저 괴물들이요. 놈들이 어떻게 생겼고, 무슨 짓을 했는지 언급했어요?"

"나는…… 어, 그랬던 것 같소."

"그랬던 것 같다고요?"

"10주도 전에 했던 일이오, 리플리. 수많은 친구들이 죽고, 그 모든 사태를 목격하고 몇 시간도 지나지 않아 녹음했으니ㅡ"

"그걸 들어야겠어요."

"뭐가 잘못된 거요?"

그녀는 자리에서 일어나서 컴퓨터 제어판으로부터 물러났다. 어리석은 일이었다. 여기에는 카메라가 없었으니까. 그러나 그녀는 감시당하는 느낌을 받고 있었다. 그녀는 외투를 벗어 화면 위를 덮어 버렸다.

"내가 있던 우주선을 습격한 에일리언은 사고로 온 것이 아니었어요." 그녀가 말했다. "그리고 내가 이곳에 오게 된 것도 사고가 아닌 것 같아요. 하지만 우선 확인을 해야겠어요. 그 구조 신호를 들어봐야 해요."

후퍼는 고개를 끄덕이고 그녀 쪽으로 다가왔다.

"이쪽에서 접속해 보겠소." 그는 이렇게 말하고는, 리플리의 외투가 덮고 있는 키보드 쪽을 가리켰다.

"그런 것도 할 수 있어요?"

"나는 이 한심한 우주선의 선임 기술자요. 그리고 그 기술 안에는 정보공학 시스템도 포함되어 있지."

리플리는 옆으로 비켜서서 후퍼가 외투를 치우고 자리에 앉아서 인터페이스를 조작하는 모습을 지켜보았다. 화면에 떠오르는 단어들과 대화는 모두 무해해 보이기만 했다.

문득 후퍼가 쿡쿡거리며 웃었다.

"왜 그래요?"

"이 시스템 말이오. 꽤나 낡았거든. 내가 어릴 적에 했던 가상현실 게임을 돌리려고 해도 이 정도 연산장치로는 무리일 거요."

"컴퓨터에 뭔가 이상한 점은 없나요?"

"이상한 점?" 그는 고개를 들지 않았고, 리플리도 추가로 설명하지 않았다. "자, 됐소. 매리언 호의 컴퓨터로 들어갔고, 이제 메시지를 틀어보지. 반복 재생 중이오." 그는 제어판을 훑어보았고, 리플리는 앞으로 몸을 뻗어 선내 스피커의 스위치를 올렸다.

후퍼의 목소리가 들리기 시작했다. 바짝 긴장한 기색이 느껴졌다. 명백하게 두려움에 휩싸여 있었다.

"……하강 궤도에 진입했다. 두 번째 수송선인 샘슨 호는 도킹 상태로 격리되어 있다. 예의 생명체들은 그 안에 계속 감금해 둘 수 있을 것으로 보인다. 놈들은…… 광부들의 체내에 유생 또는 알을 낳았고, 괴물들은 가슴을 터트리며 밖으로 나온다. 우리는 감염되어 있지 않다. 반복한다. 우리는 감염되어 있지 않다. LV178의 대기권에 돌입할 때까지 약 90일이 남은 것으로 추산된다. 모든 수신기를 개방 중이다. 응답 바란다. 이상."

"여기는 켈란드 채굴 회사의 외우주 궤도 채굴선 매리언, 등록 번호 HGY-64678이다. 즉시 구조를 요청한다. 승무원과 채굴 인원 중 생존자는 여덟 명 뿐이다. 광부들이 LV178의 지표에서 무언가를 발견하고 공격당했으며, 수송선 델라일라 호가 매리언 호와 충돌했다. 여러 부분의 시스템이 파손되었으며, 환경은 안정되었으나 하강 궤도에 진입했다. 두 번째 수송선인 샘슨 호는 도킹 상태로 격리……."

후퍼는 키보드를 두드려 반복 재생을 종료한 다음, 다시 리플리를 바라보았다.

"애쉬가 한 일이에요." 리플리가 중얼거렸다.

"애쉬는 또 뭐요?"

"웨이랜드 유타니 사에서 만든 안드로이드예요. 회사의 이익 창출에 도움이 될 수 있는 외계 생명체를 찾으라는 임무를 받았죠. 승무원은 소모해도 좋다는 명령을 받았어요. 우리 승무원. 나도요." 그녀는 다시 컴퓨터를 물끄러미 바라보았고, 이내 후퍼는 다시 그 위로 외투를 덮었다. "그 놈은 사라졌지만, 분명 나르시서스 안에 자신의 AI 프로그램 일부를 남기고 간 거예요. 놈이 여기 있어요. 이 안에 있다고요. 그 에일리언들 때문에 나를 당신들에게 인도한 거예요."

"AI가 그런 일을 할 수 있는지는 모르겠지만-"

"집에 있었어야 했어." 리플리는 아만다의 모습을, 엄마가 떠나는 것을 바라보던 딸아이의 슬프고 촉촉한 눈망울을 떠올렸다. 자신이 혐오스러웠다. 딸의 열한 번째 생일 때 함께 있어주지 못한 것, 그리고 지금까지 일어난 그 모든 일, 어느 하나도 그녀 자신의 책임은 아니었지만, 그래도 그녀는 자신이 혐오스러웠다. "떠나지 말았어야 했어."

"글쎄, 어쩌면 이걸로 좋은 일이 생길 수도 있지 않겠소." 후퍼가 말했다.

"좋은 일이라고요?" 리플리가 말했다.

"당신 셔틀을 말하는 거요. 스니든하고 나는 우리 모두가 이걸 타고 떠날 수 있으리라 생각하고 있소. 그러면 매리언 호는 샘슨 호에 있는 그 빌어먹을 괴물들과 함께 행성의 대기권으로 돌입해 타버릴 것 아니오."

리플리는 셔틀을 이용한 장거리 여행을 할 수 있는 것은 한 사람뿐이라는 사실을 알고 있었다. 생체 비활성 포드가 하나뿐이니까. 그러나 그녀에게는 아무 상관도 없었다. 저 에일리언들로부터 떨어질 수만 있다면, 애쉬가 자신의 특별 명령을 수행하지 못 하게만 할 수 있다면, 다른 것은 신경 쓸 필요도 없었다.

"그럴 수도 있겠죠." 그녀가 말했다. "시스템을 확인해 볼게요."

"당신은 이제 혼자가 아니오, 리플리." 후퍼가 말했다.

그녀는 눈을 몇 번 깜빡이고는 감사의 표시로 고개를 숙였다. 왠지 모르지만, 이 남자는 어떤 말을 건네야 할지 정확하게 아는 것만 같았다.

"나하고 한동안 여기 있어줄 건가요?"

후퍼는 놀란 척을 했다.

"여기 커피는 있소?"

"아뇨."

"그럼 애석하지만 그리 오래 머무를 수는 없겠소." 그는 조종석에서 일어나 다시 셔틀 안을 둘러보기 시작했다. 온갖 것들이 들어차 답답한 공간이었다. 그리고 너무, 너무도 비좁았다.

컴퓨터는 무시하고, 리플리는 수동으로 시스템 정보를 확인하기 시작했다.

상황이 얼마나 나쁜지를 파악하는 데는 고작 3분밖에 걸리지 않았다.

5

나 르 시 서 스

후퍼는 예전에 안드로이드와 함께 일해본 적이 있었다. 윌슨 사면에 있는 소행성 채굴 기지에서 일할 때, 안드로이드는 보통 처음 들어가서 마지막으로 나오는 임무를 맡고 있었다. 완벽하게 이성적이고, 순종적이고, 조용하고, 정직하고, 강인한 친구들이었다. 안전했다. 솔직히 말해 마음에 든다고는 할 수 없었지만, 위험하거나 위협적인 경우는 없었다. 음모를 꾸미지도 않았다.

때로는 초기형 군용 안드로이드에서 오작동이 발생했다거나, 그 결과 군 내부에서 인명이 희생되었다는 확인할 수 없는 소문이, 아니 소문보다는 살짝 더 신빙성 있는 이야기가 들려오기도 했다. 그러나 군용 안드로이드는 완전히 다른 부류로, 강한 힘을 가졌지만 소멸 날짜가 미리 지정되어 있는 종류였다. 게다가 쉽사리 눈에 띄는 모습이었다. 군용 안드로이드의 설계자들은 미적 측면으로는 별로 신경을 쓰지 않았으니까.

노스트로모에서도 아마 그랬을 것이다. 그리고 만약 리플리의 말이 맞다고 가정한다면, 그 AI는 무슨 수를 썼는지는 몰라도 리플리를 따라왔으며, 여전히 자신의 프로그램상의 목적을 위해 그녀를 이용하고 있는 것이다.

일행이 모여 어떤 선택을 해야 할지 의견을 교환하는 동안, 그녀는 비참한 모습으로 앉아 있었다. 대화 내용에 귀를 기울이고, 의견을 피력하는 사람을 하나씩 바라보면서도, 스스로는 아무 말도 하지 않았다. 줄담배를 피우며 커피를 들이켜고만 있었다.

아직도 꿈을 꾸고 있다고 생각하는지도 몰라. 악몽에 시달리고 있다고. 그는 이런 생각을 했다. 그리고 리플리는 가끔씩 그가 이 모든 의견에 동의하는지를 확인하듯 그를 바라보곤 했다.

상황이 그들 모두가 상상한 것보다 훨씬 심각하게 안 좋다는 사실이 밝혀졌기 때문이다.

그들이 천천히 구상하고 있던 그 말도 안 되는 계획이 유일한 탈출구로 보였다. 마지막 기회였고, 그 기회를 거머쥐는 것 말고는 다른 수가 없었다.

"시간 계산은 정확한 겁니까?" 파월이 물었다. "대기권에 접촉하기까지 며칠밖에 남지 않았다는 거예요?"

"내가 할 수 있는 한은 최대로 정확하지." 라샹스가 대답했다.

"적어도 2주 정도는 남아있는 줄 알았는데." 카샤노프가 말했다. 공포에 사로잡히는 것에 비례하듯 목소리가 높아지고 있었다.

"미안하군. 충돌 당시에 내 수정구를 잃어버려서 말이야." 라샹스는 조종석에 편히 앉은 채로 의자를 돌려 모두를 바라보았다. 다른 이들은 제각기 함교 안에서, 의자에 앉거나 온갖 장비들에 기대어 서 있었다. 리플리가 여덟 명의 생존자를 모두 만난 것은 이번이 처음이었지만, 후퍼는 불안한 기색을 조금도 읽어낼 수 없었다. 이 정도에 불안해하기에는 신경 쓰이는 일이 너무 많은 모양이었다.

"그리고 당신네들은 아무것도 할 수 없다는 건가요?" 카샤노프는 이렇게 말하며 파월, 웰포드, 후퍼 쪽을 바라보았다. 그녀의 눈 속에 어린 비난의 기색이 마음에 들지 않았다. 마치 그들이 최선을 다하지 않았다는 양. "그러니까 내 말은, 당신네들은 기술자잖아요."

"카샤노프, 내가 분명히 말한 것 같은데." 라샹스가 말했다. "우리 우주선의 고도 제어 시스템은 수리가 불가능할 정도로 망가졌고, 역추진 능력은 통상의 30% 정도까지 떨어졌다고. 금이 간 격벽도 꽤나 많아서, 여기서 분사 추진을 시작하면 그대로 우리가 방사선을 뒤집어쓸 가능성도 있다니까." 그리고 그는 잠시 말을 멈추었다.

"적어도 커피는 남아 있으니, 그거 하나는 고무적이로군."

"그게 전부 사실이라는 걸 어떻게 아는데요?" 카샤노프가 물었다. "상황이 다급해지고 있다고요. 밖으로 나가서 피해 상황을 확인해야 해요."

"그걸 아는 건 내가 켈란드에 고용된 최고의 조종사이기 때문이지." 라샹스가 말했다. "그리고 후퍼와 웰포드, 파월이 우리를 이렇게 오래 살려두고 있는 것 자체가 빌어먹을 기적이기 때문이고. 동체의 파손을 수리하고, 함선 내의 파손된 부분에 정상 기압을 회복하고. 그 때문에 그게 사실이라는 걸 알 수 있는 거라고."

카샤노프는 뭔가 더 말을 하려고 했지만, 가르시아가 그녀의 팔에 손을 얹었다. 후퍼가 보기에는 별로 누르는 것 같지도 않았다. 그저 접촉하는 것만으로도 선의는 입을 다물었다.

"우리가 아무리 그게 사실이 아니기를 원해도, 사실은 사실이오." 후퍼가 말했다. "그리고 더 이상은 시간을 낭비할 수 없소. 우리가 나름 계획을 하나 세우기는 했는데, 그조차도 쉽지는 않을 거요."

"'우리'가 누군데요?" 카샤노프가 물었다.

"나, 스니든, 리플리요."

"리플리? 반세기 동안 꼬박꼬박 졸다가 깨어난 저 처음 보는 여자 말인가요? 저 여자가 우리 일과 무슨 상관인데요?"

리플리는 카샤노프 쪽을 건너다보고는, 이내 고개를 돌려 손에 든 커피

잔 쪽으로 시선을 옮겼다. 후퍼는 그녀가 입을 열기를 기다렸지만, 그녀는 계속 침묵을 지켰다.

"이건 음모론 같은 게 아니오, 카샤노프. 우리 말을 들어 봐요." 그가 말했다.

의사는 심호흡을 하고는 다시 한 번 분통을 터트리며 뭔가를 그에게 더 항의하려는 듯했다. 그러나 다음 순간, 그녀는 고개를 끄덕였다.

"미안해요, 후퍼…… 모두들. 너무 신경이 곤두서 있어서." 그녀와 리플리는 어색하게 미소를 교환했다.

"우리 모두가 그렇소." 후퍼가 말했다. "누군가 우리 신호를 들었기를, 확인하고 주기를, 누군가 우리를 찾으러 오기만을 기다리며 70일을 보냈소. 어쩌면 우리 신호가 너무 약해서 배경 속에 섞여 사라져 버렸을 수도 있소. 아니면 누군가 우리 신호를 들었지만, 너무 멀리 있어서 구조대를 조직하는 데 비용이 너무 많이 들 수도 있소."

"아니면 그저 시기가 맞지 않을 수도 있지." 백스터가 말했다. "방향을 바꾸고, 항로를 계산하고, 필요한 연료량을 계산해야 할 테니. 신호를 받았다고 해도 여기까지 도착하려면 우선 수많은 일을 해야 할 걸세."

"그 말대로지." 후퍼가 말했다. "이제 남은 시간이 얼마 없으니, 우리 스스로 살아날 방법을 모색해야 하오. 지금까지 해온 것보다 훨씬 더. 그저 기다리면서 임시방편으로 문제를 비껴가는 걸로는 부족해진 거요."

"구명정은 어떤가요?" 파월이 물었다.

"그 이야기는 이미 하지 않았나." 라샹스는 이렇게 말하며 그의 제안을 일축했다.

"그래요." 스니든이 말했다. "그건 단지 죽음을 연장하는 것일 뿐입니다. 우리는 이제 낙하 궤도에 들어섰어요. 구명정의 경로를 조금 더 조절할 수 있는 방법을 찾아내서 최대한 채굴 현장 가까이 착륙한다고 해도, 여전히 수 킬로미터를 움직여야 할 겁니다. 서로 흩어져서 위험에 노출될 거예요."

"그럼 샘슨 호는 어떻소." 백스터는 예전에도 구명정으로 안 될 경우에는 이 방법이 유일한 해결책이라고 내세운 적이 있었다. 문을 열고, 외계 생명체들을 죽인 다음, 샘슨 호를 타고 LV178에서 벗어나는 것이다.

하지만 샘슨 호는 행성 표면을 오가는 단거리 교통수단으로 만들어진 수송선일 뿐이었다. 외우주 항해에 필요한 장비는 전혀 장착되어 있지 않았다. 신체 비활성 포드도, 생태 환경 재활용 시스템도 없었다. 불가능한 일이었다.

"굶어 죽거나, 질식하거나, 서로 싸우고 죽이게 될 거야." 라샹스가 말했다. 그는 무표정한 얼굴로 백스터를 바라보며 덧붙였다. "우선 내가 자네를 죽이게 될 걸."

"어디 해 보시지." 백스터가 중얼거렸다.

"아, 좋아요, 샘슨 호라 이거죠." 파월이 말했다. "그럼 문을 열었을 때 그 앞에는 누가 서 있을 겁니까? 안에서 놈들이 무슨 짓을 하는지 볼 수도 없잖아요."

"샘슨 호를 타고 도망칠 수는 없네." 후퍼가 말했다. "하지만 그렇다고 해서 샘슨 호가 필요하지 않다는 말은 아니야. 리플리?" 그녀는 자신 없는 표정으로 일어서며, 담배를 짓눌러 끄고는 다음 개피에 불을 붙였다.

"이건 후퍼와 스니든이 생각해낸 거예요." 그녀는 한 모금을 빨며 이렇게 입을 열었다. "가능할지도 몰라요. 나르시서스 호는 구명정이지만 동시에 외우주 항행이 가능하거든요. 환경 시스템도 있고, 이산화탄소 재활용 능력도 있죠."

"하지만 우린 아홉이나 되는데요?" 웰포드가 물었다.

"번갈아 생체 비활성 포드를 이용하는 거죠." 리플리가 말했다. "하지만 그 이야기부터 할 필요는 없어요. 다른 문제가 있으니까."

"물론 그렇겠지." 파월이 말했다. "대체 왜 쉬운 일이 하나도 없는 거야?"

"그 문제는 뭐죠?" 라샹스가 물었다.

"셔틀의 연료 전지가 열화되어 있어요." 리플리가 말했다. "10%도 남지 않았더군요. 도저히 충분하다고는 할 수가 없죠."

"하지만 분명 매리언 호에서 떨어져 나갈 정도는 되겠죠." 카샤노프가 말했다.

"계산을 좀 해 보았소." 후퍼가 말했다. "라샹스, 스니든, 두 사람 모두 내 계산을 확인해 보시오. 우리는 과적 상태인 셔틀을 매리언 호에서 떼어내서, 궤도를 이탈해서는, 우리가 늙어죽기 전에 아우터 림 지역에 도달할 정도로 속도를 낼 만큼의 연료가 필요하오. 그러려면 적어도 80% 정도는 충전할 필요가 있지. 그보다 많으면 그 이상으로 가속할 수 있을 테니, 더 빨리 도달할 수 있을 거요."

웰포드는 코웃음을 쳤지만, 리플리가 바로 다시 입을 열었다.

"실시간 여행이 될 거예요. 포드를 공유한다고 해도 여덟 명의 사람들이 그저…… 제자리에 앉아 있기만 해야 하니까요. 나이만 먹어가면서."

"우리 계산에 따르면, 80%의 전지가 있으면 6년 안에 아우터 림에 도달할 수 있을 거요." 후퍼가 말했다. "오차의 여지는 있지만."

충격에 의한 침묵이 주변을 감돌았다.

"그렇다면 백스터를 죽일 기회가 생기는 셈이군." 라샹스가 말했다.

"이런 빌어먹을." 파월이 말했다.

"그렇군요." 카샤노프가 떨리는 목소리로 말해다.

"웰포드는 발냄새가 지독한데요." 가르시아가 말했다. "라샹스 씨는 방귀만 뀌어 대고. 나는 1년도 버틸 수 없을 것 같아요."

아무도 웃지 않았다.

"선례가 있습니까?" 라샹스가 물었다.

"우리가 선례가 되어야죠." 스니든이 대답했다.

그 말의 의미를 사람들이 받아들이는 동안, 함교 안은 적막에 휩싸였다.

"샘슨 호의 연료 전지를 가져와야 하기 때문에 필요하다고 하신 겁니까?" 라샹스가 물었다.

후퍼는 고개를 젓고는, 다시 리플리 쪽을 바라보았다.

"그쪽 전지로는 내 셔틀에 동력을 공급할 수 없어요. 시스템이 완전히 다르니까요. 매리언 호라면 가능할 수도 있겠지만, 후퍼 말로는 손상이 있어서 위험하다고 하더군요. 하지만 아래 갱도 안에는 더 있다고 들었어요. 예비용으로 멀리 떨어진 곳에 보관해 놓은 전지가 있다고요. 따라서 우리는 샘슨 호를 타고 지상으로 내려가야 해요. 그리고 전지를 두어 개 가져온 다음에, 하나를 개조해서 나르시서스에 고정시키는 거죠. 셔틀에 최대한 많은 보급품을 실은 다음, 이 우주선이 타들어가기 시작하기 전에 꽁무니를 빼는 거예요."

정적이 이어졌다.

리플리는 웃음을 지었다. "그런 다음에는 카드 한 벌만 있으면 버틸 수 있겠죠."

"별일도 아니로군." 라샹스가 말했다.

"그래요." 파월이 공포에 떨리는 목소리로 말했다. "아무것도 아니네요. 껌이네!"

"자……." 후퍼가 말했다. "한 가지 문제가 더 있소."

파월이 뭔가를 중얼거렸다. 카샤노프는 허공으로 손을 내저었다.

"또 뭡니까?" 라샹스가 말했다. "문제가 또 있어요? 잠깐, 맞춰보죠. 사실 셔틀이 치즈로 만들어져 있다던가."

"리플리가 지금까지 컴퓨터 불량 문제를 겪고 있던 것 같네." 후퍼가 말했다. "그녀가 직접 설명하는 편이 나을 듯하군."

리플리가 차갑게 식은 커피잔을 건배하듯 들어올렸다. 그는 사과하듯 으쓱해 보이며, 입모양으로 미안하다고 말했다. 그녀는 가운데 손가락을 들어올렸다.

그는 리플리가 마음에 들었다. 강인하고, 매력적이고, 루시 조던이 그랬던 것처럼 자신을 비하할 수 있을 정도로 자부심이 있는 여자였다.

젠장.

"애쉬라는 놈이 있어요." 리플리가 말했다. "내가 있던 우주선의 안드로이드였죠."

그리고 그녀는 모든 이야기를 하기 시작했다. 일부는 너무 비현실적으로 느껴졌다. 이야기 자체가 이상하기 때문이 아니었다. 그녀가 직접 목격한 일이고, 모두가 사실이라는 점을 알고 있었으니까. 비현실적인 느낌이 드는 부분은 애쉬가 그녀를 따라왔다는 것이었다. 놈은 자신의 동정심을 피력한 다음 파커의 공격에 얼굴이 불타 날아가 버렸다. 그러나 그때는 이미 노스트로모의 일이 잘못 흘러갈 경우를 대비해 셔틀의 컴퓨터에 자신을 심어놓은 상태였을 것이다. 어떻게 그렇게 용의주도할 수가 있는 걸까? 대체 어떤 종류의 피해망상적인 프로그램이 심어져 있길래?

그녀는 애쉬가 모든 말을 듣고 있기라도 한 것처럼 이야기하고 있었다. 놈이 수치심을 모른다는 점이 애석할 뿐이었다.

"따라서 내가 아는 바로는, 내가 여기 있게 된 이유가 바로 그놈 때문이에요." 그녀가 결론을 내렸다. "그리고 놈은 내가 괴물 하나를 함께 데려가지 않으면 정말로 애석하겠죠."

"정말로 빌어먹게 끝내주는 일이로군요." 파월이 말했다. "그러니까 이제 우주선으로 가서 가슴을 뚫고 나오는 커다란 괴물들을 쓸어낸 다음, 정신이 나간 AI가 조종하는 다른 우주선을 타고 날아가야 한다는 거 아닙니까. 멋지군요. 정말로 충만한 삶입니다."

"내가 보기에는 더 이상 문제가 되지는 않을 것 같아요." 리플리는 이렇게 말하며, 다시 담배에 불을 붙였다. 연기 때문에 목이 쓰라렸다. 카샤노프가 가지고 있는 독한 러시아제 담배였다. 매리언에 살아남은 승무원 중에서 흡연자는 선의뿐이었다. "애쉬 덕분에 내가 여기 오게 된 거예요. 아직 정확한 항해 기록은 손에 넣지 못했지만…… 어쩌면 그저 우주를 떠돌아다니고자 했던 걸지도 몰라요. 에일리언들이 주변에 있다는 신호만을 기다리면서요."

"하지만 그렇다면, 놈이 당신을 왜 살려둔 거죠?" 스니든이 물었다.

"에일리언이 산란을 할 사람이 필요할 테니까요. 성체가 된 괴물이 얼마나 난폭한지는 직접 확인했어요. 그걸 나르시서스에 실어서 웨이랜드 유타니로 가지고 돌아갈 수는 없겠죠." 그녀는 연기를 뿜어내고는 손을 내저었다. "어쨌든 그건 논점을 벗어난 문제예요. 그 개자식이 벌인 일을 되돌릴 수는 없으니까. 하지만 당시 놈은 능동적이고 전략적으로 움직였어요. 젠장, 우리 모두가 놈이 인간이라고 생각했을 정도니까. 놈은 우리가 결정을 내리는 일에 개입하고, 자신의 비밀 목적을 완수하기 위해 사건을 일으켰어요. 그리고 모든 일이 자신의 통제를 벗어나자 그대로 폭주해 버렸죠.

이제…… 놈은 더 이상 이곳에 있지 않아요. 코드일 뿐이니까. 실체가 없는 거죠." 그녀는 다시 연기를 뿜어냈지만, 이번에는 손을 내저어 흩어버리지 않았다. "그리고 어디 가면 발견할 수 있는지도 알고 있고요."

"따라서 리플리의 셔틀에 있는 컴퓨터는 출발할 때까지 꺼 둘 생각이오." 후퍼가 말했다. "여길 떠나서 주 엔진을 점화하기 전에 최선을 다해 애쉬를 시스템에서 몰아낼 거요. 아니면 적어도 특정 드라이브에 고립시켜 놓거나."

"시간이 엄청나게 충분하다는 사실은 명백하니까요." 파월이 말했다.

"그래요." 리플리가 말했다. "그리고 항상 누군가 깨어있을 테니, 셔틀에 프로그램 해놓은 항로에서 벗어나는지도 감시할 수 있을 테고요. 수신하는 신호도 그렇고. 뭐든지요."

"그럼 애쉬는 지금 몸부림치고 있을 뿐이겠네요." 스니든이 말했다. "프로그램된 대로 행동하지만, 계획은 없는 채로 말입니다."

리플리는 어깨를 으쓱했다. 확신할 수는 없었다. 노스트로모에 있던 시절, 놈은 정말로 교활하게 온갖 계략을 꾸몄다. 따라서 지금 상황에서 놈을 과소평가하고 싶지는 않았다. 그러나 애쉬의 어떤 일부분이 살아남아 있더라도, 그는 더 이상 그들의 행동에 개입할 수 없을 것이다. 적어도 물리적으로는.

시간이 되는 대로 나르시서스로 돌아가서 상황을 보다 자세히 파악할 필요가 있었다.

"자, 계획은 이렇소." 후퍼가 말했다. "라샹스, 자네는 매리언의 궤도 궤적을 도식으로 그려주길 바라네. 채굴 현장에서 가장 가까운 시점이 언제인지 알려주게. 적어도 앞으로 하루이틀 안에 말이야. 파월, 웰포드, 자네들은 최대한 채굴 장비를 모아 주게. 플라즈마 토치, 모래 곡괭이, 기타 찾을 수 있는 물건은 전부 필요하네."

"섬퍼도 있어요. 모래땅 깊숙이 폭약을 쏘아 넣을 때 사용하던 물건이죠." 가르시아가 말했다.

후퍼는 고개를 끄덕였다.

"샘슨에서 그걸 사용할 수 있을 것 같나?" 백스터가 물었다.

"폭약을 사용할 필요는 없을 겁니다." 웰포드가 대답했다. "볼트나 그런 것들을 대신 채워 넣으면 꽤 괜찮은 발사용 무기가 될 거예요."

리플리는 차갑게 식은 커피잔을 내려다보며, 사람들의 목소리를 받아들이려 하고 있었다. 그러나 그녀의 마음은 다른 곳을 헤매고 있었다. 어둡고

폐소공포증이 생길 정도로 비좁은 곳. 조명이 번쩍이고 사방에서 증기가 새어나오는, 카운트다운 경보가 울부짖고 있는 복도. 모퉁이를 돌면 에일리언이 기다리고 있을지도 모르는 그런 곳.

"그 안에 몇 마리나 있죠?" 그녀가 물었다. 토론이 떠들썩해서 아무도 그녀의 말을 듣지 못했다. 그녀는 다시 시도해 보았다. "이봐요!" 이번에는 모두가 입을 다물었다. "샘슨 안에 몇 마리나 있죠?"

"네 마리라고 생각하고 있소." 후퍼가 말했다.

"완전히 자란 성체가요?"

그는 어깨를 으쓱하고는 주위를 둘러보았다.

"마지막으로 보았을 때는 꽤나 커 보였소." 백스터가 말했다. "사실 그림자밖에는 보지 못했지만. 얌전히 객실 뒤편에 쭈그리고 앉아 있던데."

"죽었는지도 몰라요." 카샤노프가 희망에 차서 말했다. 아무도 그녀의 말에 대꾸하지 않았다. 그렇게 운이 좋을 리는 없었으니까.

"놈들의 혈액은 강산성이에요." 리플리가 말했다.

"뭐라고요?" 스니든이 물었다.

"댈러스가, 그러니까 우리 우주선의 선장이 말하기를, 일종의 분자 산 용액이라고 했어요. 갑판 두 층을 녹여버리고 나서야 효력이 떨어지더군요."

"아, 세상에." 파월은 믿을 수 없다는 듯 웃으며 말했다. "혹시 엉덩이에서 번개를 쏘지는 않는답니까? 핵물질 젤리를 분비한다거나요? 또 뭐가 있습니까?"

"리플리, 그건……." 스니든은 말을 멈추고 고개를 저었다. 리플리는 때맞춰 고개를 든 덕분에, 그녀가 눈썹을 치켜세운 채로 다른 이들과 눈짓을 교환하는 모습을 목격할 수 있었다.

"만들어 낸 얘기가 아니에요." 리플리가 말했다.

"그렇다고 한 사람은 없소." 후퍼가 말했다.

"후퍼, 생각해 봐요!" 스니든이 말했다. "혈액이 강산성이라니요?"

함교 안에는 한동안 침묵이 흘렀다. 리플리는 담배를 마지막까지 피운 후, 남은 꽁초를 커피잔 안에 떨구었다. 칙 하는 소리와 함께 불이 꺼졌다. 한시라도 빨리 나르시서스로 돌아가서 혼자만의 시간을 가지고 싶었다. 애쉬와 대화를 해야 했다. 그걸로 문제가 해결될 것 같지는 않았지만, 어쩌면 배신감을 조금 더 쉽게 받아들일 수 있을지도 모르니까.

아만다에게 돌아오겠다고 약속했었는데.

그녀는 눈을 감고 눈물을 참았다. 이미 너무 많이 울었다. 지금은 살아남을 때였다.

"샘슨을 사용하고 싶다면, 놈들을 죽이기 전에 밖으로 끌어내는 편이 나을 거라는 뜻이에요. 그걸 말하고 싶은 거였어요." 그녀가 말했다.

"작전을 짤 거요." 후퍼가 말했다. "그러는 동안에―"

"좋아요. 그럼 나는 셔틀로 돌아가 있죠." 리플리는 이렇게 말하며 자리에서 일어섰지만, 과학 장교가 그녀의 앞을 막아섰다.

"잠깐 기다리지 그래요." 스니든이 말했다. 그녀는 리플리보다 15센티미터는 키가 작았지만, 조금도 주눅들지 않고 당당히 버티고 섰다. 그 점은 리플리도 존중할 수 있었다. "여긴 당신을 제대로 아는 사람이 아무도 없어요. 당신이 왜 왔는지도 모르고. 거기다 당신은 맛이 간 AI나 피가 산으로 된 외계 생물 따위의 이야기를 하기 시작했죠. 그러다가 이젠 자기 셔틀로 돌아가겠다고요?"

"그래, 대체 왜?" 파월이 물었다. "후퍼, 저 여자를 저렇게 돌아다니게 놔두면 안 됩니다."

"이런, 당신네의 완벽하고 예쁜 우주선을 손상시킬까 봐 겁이라도 나시나? 페인트칠이라도 벗겨지면 정말 유감이겠어."

"다들 진정 좀 하시오." 후퍼가 말했다. 그러나 스니든은 잔뜩 열이 받은 상태였다.

"대체 왜 돌아가려는 건데요?" 그녀가 물었다. "당신 방금 후퍼하고 같이 거기 갔었잖아."

"원한다면 따라와도 좋아요." 리플리가 말했다. 스니든을 물끄러미 내려다보면서. 그녀는 스니든이 시선을 돌릴 때까지 기다린 다음 웃음을 지었다. "아무래도 고양이 밥을 줘야 할 것 같아서."

존시는 별로 배가 고프지 않은 모양이었다. 재생 닭고기를 바닥에 내려놓았지만, 녀석은 비활성 포드에서 기어나와 냄새를 맡더니, 바로 코를 들고는 자리를 떠났다. 그러나 셔틀 안을 벗어나지는 않았다.

어쩌면 놈들의 냄새를 맡을 수 있는 건지도 몰라. 리플리는 이렇게 생각했다. 우리들보다 더 많은 것을 알고 있을지도 모르지.

혈액이 강산성 물질인지 여부가 그녀를 고민하게 만들고 있었다. 그녀가 본 것은 단 한 방울뿐이었다. 케인의 얼굴에 들러붙은 놈을 애쉬와 댈러스가 잘라내려던 와중 떨어진 한 방울이었다. 성체가 된 에일리언도 동일한 혈액 구성을 가지는지, 또는 성체에게 상처를 입혀도 동일한 결과를 가져올지는 알 수가 없었다. 애초에 아는 것이 너무 적었다. 그러나 실제로 경험한 끔찍한 현실 덕분에, 그녀의 꿈속 에일리언은 더욱 크고 사악한 형상을 띠게 되었다.

37년 동안의 악몽. 그녀는 생각했다. 그리고 이제 내가 깨어나니까, 악몽도 나를 따라 깨어난 거야.

그녀는 비좁은 공간 안으로 들어가며, 대체 어떻게 아홉 명의 사람들이 이 안에서 버틸 수 있을지 다시 한 번 생각해 보았다. 생체 비활성 포드가 하나 있다고 해도, 나머지 사람들은 자리에 앉을 정도의 공간밖에 없을 것이다. 장비함 뒤편에 작은 화장실이 있으므로, 적어도 혼자 일을 처리하고 약간이나마 몸을 씻을 수는 있을 것이다. 그러나 이 공간에서 며칠 이상 버틴다는 것 자체만으로도 도저히 견딜 수가 없을 것만 같았다.

그런데 몇 달? 몇 년을?

그녀는 마침내 우주복 보관함 뒤편에서 존시를 다시 찾았다. 커다란 EVA 부츠 안에 들어가 몸을 웅크리고 있었다. 한동안 달래야 하기는 했지만, 녀석은 결국 야옹거리며 기어 나와서는 리플리가 안아드는 것을 용납해 주었다. 존시는 그녀에게 있어 과거와의 연결 고리였다. 그 모든 일이 실제로 일어났다는 유일한 물적 증거였다. 사실 그런 증거는 전혀 필요하지 않았다. 자신이 현실과 악몽을 구별할 수 있다는 확신이 있었으니까. 어쨌든 고양이는 그 존재만으로도 기분을 편안하게 해준다.

"그럼 어디 한번 보자꾸나, 이 못된 꼬맹아. 날 도와줄 거지?" 그녀는 고양이를 들어 올려 눈을 마주쳤다. "대체 애쉬 그 개자식이 이상하다는 걸 왜 눈치채지 못한 거야? 정말 훌륭한 우주선 고양이로구나."

그녀는 조종석에 앉아 무릎 위에 존시를 올리고는, 키보드 위에 손가락을 놓고 심호흡을 했다. 애쉬는 그녀를 죽이려 했지만, 놈은 그저 기계일 뿐이었다. 물론 AI라는 것은 사실이었다. 스스로 생각하고, 정보를 처리해서 스스로 결정을 내리고, 프로그램된 대응 방식에 따라 행동하고 경험에 의존해 새로운 프로그램을 쓸 수도 있었다. 이는 곧 학습이 가능하다는 말이나 다름없었다. 그래도 기계는 기계다. 웨이랜드 유타니 사의 실험실에서 설계하고, 제작하고, 안드로이드로서 생명을 받은 존재인 것이다.

문득 회사에 대한 증오가 밀려 들어왔다. 놈들은 리플리와 승무원들을 소모품이라고 생각했다. 그리고 40여 년이 지난 다음에도 여전히 그녀의 삶을 망치고 있었다.

이제 그 모든 것을 끝낼 때였다.

안녕, 애쉬_ 그녀는 이렇게 키보드를 두드렸다. 단어들이 그녀 앞의 화면에서 녹색으로 반짝였다. 마치 대답을 생각하는 것처럼 커서가 깜빡였다. 사실 그녀는 대답을 기대하지 않았다. AI가 자신이 존재한다는 사실을 숨기기 위해 침묵을 지킬 거라고 생각했으니까. 그러나 그녀의 생각과는 달리, 거의 즉시 대답이 돌아왔다.

안녕, 리플리.

그녀는 조종석에 몸을 묻은 채로 고양이를 쓰다듬었다. 그 느낌이 돌아왔다. 감시를 당하는 느낌. 마음에 들지 않았다.
매리언 호의 구조신호를 받고 우리를 여기로 데려온 건가?_

그렇지.

특수 명령 937조에 따라서, 승무원은 여전히 소모 가능한 거고?_

노스트로모 호의 승무원은 이제 당신뿐일 텐데.

질문에 대답해, 애쉬_

그래. 승무원은 소모품이지.

"끝내주는군." 그녀는 이렇게 내뱉었다. 존시는 그녀의 무릎에서 고르릉 소리를 냈다. 하지만 이제 나는 네가 어디 있는지 알고 있어. 너는 더 이상 상황을 제어할 수 없다고. 너는 이제 아무 쓸모도 없어_

나는 최선을 다했다네.

리플리는 화면의 단어를 내려다보며 그게 무슨 뜻일지를 생각해 보았다. 애쉬가 선내에 들인 괴물에게 잔혹하게 살해당한 노스트로모 호의 승무원들이 떠올랐다. 딸아이와 떨어져 수십 년 동안 하이퍼슬립 상태로 지냈던 자기 자신도.

뒈져버려, 애쉬_ 그녀는 이렇게 쳤다.

커서는 깜빡일 뿐이었다.

리플리는 컴퓨터 전원을 때려 끈 다음 조종석에 몸을 묻었다. 존시는 기지개를 켠 다음 리플리가 몸을 긁는 것을 허락해 주었다.

6

가 족

매리언 호는 계속 표류했고, 라샹스는 계산을 통해 마침내 리플리가 도착하고 나흘째 되는 날이 채굴 현장으로 돌아가기에 가장 좋은 날이라는 결론을 내렸다. 1,600킬로미터 거리를 하강하는 데 3시간이 걸릴 것이며, 갱도에 들어가 예비 연료 전지를 회수하는 데 4시간이 걸리고, 추진체를 사용해 궤도로 돌아오는 데 1시간이 걸릴 것이다. 모든 것이 잘되면 매리언 호에서 총 8시간을 떠나있게 되는 셈이다. 만약 모든 것이 잘되지 않으면…….

어떤 결과가 발생할지는 모두가 잘 알고 있었다.

후퍼는 지상으로 내려가기 하루 전에 샘슨 호의 문을 열자는 제안을 했다. 그러면 내부의 괴물들을 처리하고 선내를 청소한 다음 여행 준비를 할 수 있을 테니까. 피해가 있으면 최선을 다해 수리하면 될 것이고.

수리할 수 있는 한도 이상의 손상을 받았을 수도 있다는 언급을 하는 사람은 없었다. 토의를 할 필요가 없을 정도로 잘못될 수 있는 일이 너무도 많았고, 따라서 생존자들은 거짓된 긍정의 안개 속에서 살아가는 중이었다. 모두가 좋은 말만 입에 담았다. 나쁜 생각은 속에만 간직하고 있었다.

대놓고 비관적인 자세를 보이는 사람은 백스터뿐이었지만, 모두가 그의 그런 태도에 익숙해져 있었다. 새로울 것은 없었다.

시간이 흘러갈수록, 후퍼는 리플리에게 더욱 감탄하고 있었다. 처음에는 정신이 혼미하고 자신이 없어 보였지만, 그녀는 곧 자신을 되찾았다. 그녀는 강건하지만 상처 입은 사람이었다. 자신의 경험 때문에 고통을 당하고 있었다. 한 번은 딸 이야기를 했지만, 그 이후로 다시는 입에 올리지 않았다. 그녀 눈 속에는 고통이 깃들어 있었지만, 동시에 딸을 다시 볼 수도 있다는 희망도 함께 있었다.

절망 속에서 보이는 희망이야말로 그들 모두를 움직이게 해 주는 힘이었다.

그리고 그녀는 매력적이었다. 그 사실을 부인할 수는 없었다. 처음 그렇게 느낀 것은 전체 토의를 하던 와중이었는데, 굳이 그가 지휘자라서만은 아닐 것이었다. 아마도 둘 다 아이를 잃은 경험이 있다는 공통점 때문일 것이었다.

후퍼는 종종 자신의 두 아들에 대해, 그리고 자신과 아이들 엄마가 결혼 생활이 파경에 이르는 모습을 목격하던 상황을 떠올리곤 했다. 양쪽 모두 그들의 관계를 구제해낼 수 없었다. 그녀는 주 원인이 그의 직업이라고 말했었다. 위험한 일이잖아. 한 번에 일 년씩 떠나 있고. 그러나 그는 모든 책임을 자신이 지는 것을 거부했다.

보수가 좋잖아. 그는 이렇게 대답했다. 한 번만 장기 계약을 뛰고 나면, 지구로 돌아가서 가게라도 차리고 그것만으로 살 수 있을 거라고.

이런 식으로 모든 것은 나빠져만 갔다. 결국 그는 자신이 아는 단 하나뿐인 무심한 존재, 그가 누구이며 무슨 일을 하는지 신경 쓰지 않는 존재의 품으로 퇴각했다.

우주로.

나는 도망친 거야. 이런 생각이 끊임없이 그를 괴롭혔고, 한때 그가 사랑했던 여인 역시 마지막으로 그런 말을 했다. 당신은 도망치는 거야.

리플리의 존재 때문에 그는 더욱 죄책감이 들었다. 그의 경우에는 자신이 내린 결정이었으니까. 리플리는 고작해야 18개월만 떠나 있을 생각이었는데.

그와 리플리는 함께 나르시서스에서 시간을 보냈다. 함께할 여행에 대해서 이야기하고, 긍정적인 태도를 유지하며, 아홉 명의 사람들이 많아봤자 서너 명을 위해 만든 셔틀에서 어떻게 살 수 있는지를 의논했다. 수년 동안, 아마도 상당히 오랜 기간을.

언제나 그들의 대화 속에는 조용한 히스테리가 숨겨져 있었다. 이 모든 일이 어리석고 불가능한 계획이라는 깨달음을 공유하고 있었으니까. 그러나 그들에게 남은 계획은 이것뿐이었다. 가끔은 둘만 있는데도 셔틀이 비좁게 느껴졌다. 후퍼로서는 자기만 그런 생각이 드는지 궁금했지만.

그들은 또한 가족에 대해서도 이야기를 나누었다. 처음에는 머뭇거렸지만, 이내 조금씩 마음을 터놓기 시작했다. 죄책감에 대해, 아무리 멀리 떨어져 있어도 상실감이 줄어들지 않는다는 사실에 대해 이야기했다. 그는 그녀를 동정하지 않았고, 그가 보기에는 그녀도 그 사실에 감사하는 듯했다. 그녀는 그를 이해해 주었고, 그는 그 사실에 감사했다. 두 사람 모두 거리와 시간, 그리고 그로 인해 천천히 스며 들어오는 견디기 힘든 고독이라는 저주에 사로잡혀 있었다. 그들은 서로를 알게 되었다. 기분 좋은 감정이었지만, 그렇게 서로 맞닿은 연결은 항상 끊어질 듯 위태롭기만 했다.

양쪽 모두 머뭇거리며 두려워하고 있었다. 현 상황을 생각해 보면, 언제든 다시 떨어지게 될 수 있었으니까.

그들은 애쉬에 대해서도 이야기했다. 후퍼는 컴퓨터에는 꽤나 실력이 있었으며, 그 사실을 숨기지도 않았다. 그래서 애쉬의 AI를 셔틀의 컴퓨터에서 몰아내는 일에는, 아니면 적어도 컴퓨터를 분할해서 셔틀을 제어하지 못하게 하는 일에는 나름 자신이 있었지만, 그와 리플리는 우선 매리언에서 떨어져 집으로 향하는 항로를 잡은 다음에 그 일에 착수하기로 했다. 항로를 입력하려면 컴퓨터가 손상되지 않은 편이 나을 것이며, 애쉬를 제거하려다 시스템의 더 많은 부분을 오염시킬 가능성도 있었기 때문이다. 희박한 가능성이지만.

게다가 육체가 없는 애쉬에게 그 어떤 피해도 입힐 수 없을 것이다.

3일이 빠르게 흘러갔고, 사람들 사이에는 긴장감이 감돌았다. 긴장은 항상 존재했지만, 후퍼는 그 중 눈에 익은 부류에는 신경 쓰지 않기로 했다. 의사 선생과 가르시아 사이의 관계는 미묘했다. 그는 두 사람이 동료임과 동시에 연인일 수도 있다고 생각했지만, 그들은 항상 필요할 때는 능률적이고 전문적인 솜씨를 보였다. 파월은 항상 불평을 했다. 스니든은 조용하고 끈기가 있는, 부드러운 용기가 돋보이는 사람이었다. 그들 모두를 지탱해 줄 수 있는 사람이었다.

다른 사람들은 말싸움을 해 댔지만, 딱히 평소보다 심각할 것은 없었다. 그러나 가장 큰 파장을 일으키는 것은 리플리의 존재였다.

"하지만 그 생물들을 보면 매혹될 수밖에 없어요." 스니든이 말했다. 그녀는 커피 머그잔에 기대놓은 태블릿 컴퓨터로 샘슨 호 내부의 정지 화면을 되풀이해 보고 있었다. 그 수송선 내부를 마지막으로 확인한 것도 거의 3주 전의 일이었다. 그 문을 열면 뭐가 있을지 아는 사람은 아무도 없었다.

"놈들은 괴물이에요." 리플리가 말했다. 그녀는 작업용 컴퓨터에 기대 서 있었다. 과학 실험실은 작고 비좁은 공간이었고, 그들 세 사람이 서 있는 것만으로도 이미 기온이 올라가고 있었다. 전력을 아끼기 위해 필요 없는 환경 유지 시스템을 차단하자고 제안한 사람은 다름 아닌 후퍼 본인이었다.

"우리는 놈들을 사로잡으려는 게 아니오, 스니든." 후퍼가 말했다. "그 문이 열리자마자 우리는 놈들을 죽일 거요."

"아, 그래요, 물론이죠." 스니든은 고개도 들지 않고 말했다. "하지만 그 방법을 궁리해 본 적은 있어요?"

"물론. 플라즈마 토치, 모래 곡괭이, 폭약 섬퍼."

"그래요." 스니든이 말했다. "그래서 플라즈마로 놈들을 지지면 피부든 뭐든 그 껍질이 찢어져 열리겠죠. 그럼 강산이 쏟아지고. 모래 곡괭이를 휘둘러도…… 껍질이 찢어지고. 폭약 섬퍼로 탄환을 쏴도…… 강산이 더 쏟아질 뿐이죠."

"다른 방법이 있나요?" 리플리는 날선 목소리로 물었다.

"다른 방법을 생각하자고 제안하고 싶군요." 스니든이 말했다. "함정에 빠트리는 거죠. 우리가 일을 끝마칠 때까지 발을 묶으면ㅡ"

"놈들을 죽여야 해요. 아니면 놈들이 우릴 죽일 거예요." 리플리가 말했다. "노스트로모 호에 있던 것과 같은 괴물이라면 키가 2미터 50센티미터 정도에 놀라울 정도로 빠르고 강하며, 끔찍하게 잔인하다고요. 그런데 함정에 빠트리고 싶다고요? 어떻게? 치즈라도 넣어서 유인할 상자라도 있나요?"

스니든은 차분한 자세를 잃지 않고 의자에 몸을 묻었다. 그녀는 리플리를 힐끔 바라보고는 후퍼와 눈을 마주쳤다.

"이 여자를 믿어도 되나요?" 그녀가 물었다.

"다른 우리 모두와 마찬가지로 믿어도 되지." 후퍼는 이렇게 말하며, 얼굴을 찌푸리고는 적당히 하라고 경고하는 표정으로 리플리를 바라보았다. 그러나 그는 그녀의 폭발이 분노가 아니라 공포에서 나온 것임을 알고 있었다. 그녀는 잠시 동안 아주 멀리 바라보는 듯 보였고, 후퍼는 그녀가 여전히 악몽을 겪고 있는 것이 분명하다고 생각했다. 그녀는 목숨을 잃은 동료 승무원들에 대해 한 명씩 전부 이야기했다. 그 중 일부는 그녀의 친구였고, 선장은 서로 사랑하던 사이였다.

"화물용 철망이에요." 스니든이 말했다.

리플리는 웃음과 헐떡임 사이 정도로 들리는 소리를 냈다.

"격납고에서 수 톤의 화물을 수납할 수 있을 정도로 튼튼해요. 강철 밧줄로 된 심이 들어가 있죠. 놈들을 어떻게 처리할지 결정할 시간을 벌어줄 수 있을 거예요."

"그게 통할지 어떻게 알아요?" 리플리가 물었다.

"안 통할지는 어떻게 알아요?" 스니든이 맞받아쳤다. "적어도 이렇게 하면 우주선에 구멍이 나는 일은 방지할 수 있겠죠. 당신의 말이 사실일 경우의 이야기지만……."

"사실이에요." 리플리가 말했다. "뭐죠, 이제는 내 말조차 믿지 못하겠다는 건가요?"

스니든은 한숨을 쉬며 의자에 몸을 묻었다. "우린 아무래도 그냥-"

"당신을 과학 장교로 임명한 게 누구죠?" 리플리가 물었다.

"본사 측이죠. 켈란드요."

"그 회사는 웨이랜드 유타니 소유고."

"꽤나 하부조직이지만, 그렇죠." 스니든이 대답했다. "그래서요?"

"그리고 그 전에는 웨이랜드 유타니에서 일했다고 했죠?"

"화성에서 그쪽 사람들과 함께 수습 기간을 보냈으니까. 맞아요."

"리플리?" 후퍼가 물었다. 리플리는 공황 속에서 자제심을 잃고 있는 것만 같았다. 마음에 들지 않는 일이었다. 다른 무엇보다도, 자신의 마음속에 가라앉아 있는 공포가 다시 떠오르게 되니까. 후퍼는 문득 자신도 모르는 사이에 리플리의 공포감을 먹이로 삼아 자신의 두려움도 무럭무럭 자라난

건 아닐까 생각했다.

"당신 음모론에 날 끼워 넣을 생각은 말아요." 스니든이 차분하게 말했다.

"이건 표본을 채취하는 일이 아니라고." 리플리가 말했다. "생존의 문제란 말이야!"

"뭘 채취하겠다는 말은 하지 않았는데요."

"매혹된다고 했잖아. 자기 입으로 직접."

"당신은 그렇지 않나요?" 스니든은 이렇게 물었다. 그녀는 태블릿을 실험대 위로 미끄러뜨려 보냈지만, 리플리는 눈을 돌렸다.

"전혀." 그녀가 말했다. "끔찍하고 혐오스러워. 전혀 매혹되지 않아."

리플리가 애쉬에 대해 말하던 것을 감안해 보면, 후퍼는 이런 사태가 발생할 것이라 예견했어야 했다. 그는 지금 상황을 조금 가라앉혀서 차분하게 이야기를 해 보고 싶었다. 처음에는 괴물들을 어떻게 저지할지에 대한 평화로운 대화로 시작했는데, 이제는 교착 상태에 이른 것이다. 그는 심호흡을 하고, 입을 열 준비를 했다.

그러나 스니든의 행동이 그의 말을 앞질렀다.

그녀는 실험도구 서랍을 열더니, 메스 하나를 꺼내 자기 엄지 위를 찔렀다. 손가락을 누르자 하얀 실험대 위에 피 한 방울이 번졌다. 그리고 그녀는 리플리를 바라보았다.

리플리는 한숨을 쉬었다. "미안해요. 정말로."

스니든은 웃음을 지었다. "뭐, 나도 당신을 비난할 처지는 아닌 걸요. 나도 안드로이드가 마음에 들었던 적이 없으니까."

"정말로요?" 리플리가 말했다.

"나는 과학 장교지만, 주 전공은 생물학이거든요." 그녀는 거즈 한 조각을 꺼내 상처 위를 눌렀다. "부자연스럽다는 생각이 들어요."

"그럼 이제 모두 친구가 될 수 있겠군." 후퍼가 말했다. 그가 내쉬는 안도의 한숨은 진심이었고, 리플리와 스니든은 함께 웃음을 터트렸다.

"그럼, 그 철망을 좀 보여줘 봐요." 리플리가 말했다.

리플리가 도착하기 전에도, 그들은 대부분의 시간을 함교에서 보냈다. 편안한 기분이 들 정도로 넓은 공간인데다 세련된 작업대가 여기저기 흩어져 있으면서도, 소리를 치지 않고 서로 대화를 나눌 수 있을 정도로 좁기도 했으니까. 언제든 매리언 호의 생존자 중 적어도 세 명은 함교에 올라와 있어야 했고, 그럴 때마다 사람들은 서로 가깝게 자리를 잡는 쪽을 택했다. 적어도 대부분의 경우에는. 가끔 긴장감이 고조되고 감정이 분출되면, 원하는 사람들은 생활 구역의 개인 침실로 가서 틀어박힐 수도 있었다.

아무도 쓰지 않는 오락실에는 먼지가 쌓이고 있었다. 가끔 그곳을 방문해야만 할 때마다, 후퍼는 견딜 수 없을 정도의 슬픔에 사로잡히곤 했다. 유령을 믿어본 적은 없었지만, 한때 웃음으로 가득했던 조용한 방 안에는 친구들의 목소리가 아직도 울려 퍼지는 것만 같았다.

샘슨 호의 문을 열기 여섯 시간 전, 사람들은 제각기 함교에 자리를 잡고 서거나 앉아서 모두 후퍼만을 바라보고 있었다. 결정은 모두가 함께 내리는 것이었지만, 그는 의무감의 무게를 실감하고 있었다. 지금까지 명목상의 지휘권을 다른 이들에게 강요한 적은 없었다. 재난이 발생한 후로, 그는 계속 지도와 조언을 하고 스트레스가 폭발하는 사람의 고함과 비명을 받아들이며 묵묵히 서 있을 뿐이었다.

이제 압박감을 견딜 수 없을 지경에 이르렀다. 모두가 압박감에 짓눌려 있다는 사실은 잘 알고 있었다. 눈 속에서, 경직된 표정에서 읽을 수가 있었으니까. 후퍼는 이제 모든 사람들을 70일 전에 비해 훨씬 잘 알고 있었다. 트라우마가 그들을 한데 뭉치게 했고, 이제 상황을 호전시키려는 시도를 할 때가 찾아온 것이다.

몇 시간에 걸쳐 계획과 책략을 짜고, 제안과 거부를 반복하고, 만들어낸 계획에 고약한 유머를 덧붙이며 이 상황에 도달한 것이다.

"준비는 끝났소." 후퍼가 말했다. "백스터가 샘슨 내부의 영상을 다시 수신하지 못했기 때문에, 문이 열렸을 때 무엇을 마주하게 될지는 아는 바가 없소. 어쩌면 그 빌어먹을 괴물들이 굶주리고 있을지도 모르지. 잠이 들었거나 휴면 상태일 수도 있소. 그러면 그냥 놈들을 모아서 우주로 날려버리면 될 거요. 놈들이 싸우러 나올 수도 있소. 그 경우에 대비를 해야 하오." 그는 일련의 채굴용 공구들을 가리키며 말했다. "그래, 다른 의견은 없소? 뭔가 놓친 것은 없나? 더 질문이 있으면 지금 말하시오."

아무도 입을 열지 않았다. 그는 함교를 둘러보며 사람들에게 발언 기회를 주었다. 그의 눈길이 리플리에게 멈췄다. 그는 그녀에게서 계속 희망을 주는 무언가를 보았다. 강인함, 결단력……

그리고 분노.

"좋아." 그가 말했다. "모두 할 일은 알고 있을 거요."

3번 베이로 통하는 대기실은 길이가 15미터에 원형이며, 수송선을 기다리는 이들이 사용하는 의자와 장비 걸이가 여기저기 흩어져 있다. 부드럽게 곡면을 그리는 벽은 일부만 흐릿하게 칠해져 있으며, 그를 통해 좌현에 파손된 1번과 2번 베이의 광경이 보인다. 나르시서스 호는 반대쪽 우현의 4번 베이에 정박되어 있었다.

반대쪽 끝의 육중한 문 너머에는 에어록이 있다. 한 번에 열 명의 사람들이 들어가서 오염 정화를 할 수 있으며, 그러면서 공기를 넣거나 뺄 수 있다. 에어록 끝의 문에는 다른 문 하나를 통해 도킹 암이 이어진다. 이곳은 고작해야 3미터 길이에 부분적으로 탄력 있는 재질로 만들어져 있으며, 직접 수송선의 동체 외부 해치를 둘러싸 접속하게 되어 있다.

백스터와 라샹스는 함교에 남아 있기로 했다. 라샹스는 주 제어 임무를 맡는다. 에어록 조종, 환경 제어, 그리고 원격 제어로 샘슨 호의 해치를 여는 일까지. 그리고 백스터는 통신 채널을 원활하게 유지한다. 모두가 헤드셋과 마이크를 착용하고 있어 서로의 소리를 들을 수 있었다. 그러나 지금 이 순간에는 모두가 침묵을 유지하는 중이었다.

작전 전체를 총괄할 사람이 필요하다며 후퍼가 지휘를 맡겠다고 나섰고, 누구도 반대하지 않았다. 리플리는 대부분의 사람들이 자신에게 그 일이 떨어지지 않아 다행이라 생각할 거라고 한마디 덧붙였다.

누구도 부인하지 않았다.

파월과 웰포드가 차단해 놓은 에어록 출입구 개폐 장치를 수리하는 동안, 나머지 사람들은 대기실에서 초조하게 기다렸다. 리플리는 관측창으로 약 9미터 떨어져 있는 샘슨 호의 후미를 볼 수 있었다. 수송선은 아무런 문제도 없어 보였다. 그러나 그녀가 알고 있는 것과 눈으로 확인한 영상만으로도 저 수송선은 충분히 두려운 존재였다. 고요 속에서 미동도 않고 있는 저 수송선 안에 그녀의 악몽이 실려 있었고, 지금 여기 있는 사람들은 그 악몽을 풀어놓으려고 준비하는 중이었다.

식은땀이 흘러 몸이 싸늘해진 상태로, 그녀는 호흡을 가다듬으려 애썼다. 다른 사람들에게 자신의 공포를 알리고 싶지 않았다.

그녀는 시선을 돌려 왼쪽으로 보이는 1번과 2번 도킹 베이의 잔해 쪽을 바라보았다. 후퍼가 이미 보여준 바 있지만, 여전히 슬프고 충격적인 광경이었다. 저기서 수많은 사람이 죽었으니까. 그런 재난을 겪고도 우주선이 살아남았다는 사실이 신기할 지경이었다. 아니, 다른 식으로 생각하면 결국 버티지 못한 것일지도 모른다. 충돌의 파장과 영향이 훨씬 느린 속도로 전해지고 있는 것일 뿐일지도.

"웰포드?" 후퍼가 물었다.

"금방 됩니다." 기술자가 대답했다. "라샹스 씨, 가압 준비는 됐나요?"

"준비됐네." 라샹스가 함교에서 말했다.

"내가 일러준 대로, 최대한 천천히 하게. 필요 이상의 소음은 나지 않도록." 후퍼가 말했다.

놈들이 우리 소리를 들을지도 모르니까. 리플리는 이렇게 생각했다. 심장이 쿵쿵대는 소리가 귓가에 울리고, 땀 한 방울이 등줄기를 타고 흘러내렸다. 카샤노프가 그녀에게 여분의 옷을 주었는데, 옷의 크기를 보니 선의 본인의 물건은 아닌 모양이었다. 리플리는 옷의 주인이 누구였을지 궁금해졌다. 셔츠와 바지는 좀 끼지만 불편하지는 않았고, 외투는 팔 아래와 등까지 헐렁했다. 부츠는 노스트로모에서 가져온 것을 그대로 신고 있었다. 지금쯤이면 수집가들이 꽤나 비싼 가격을 부를 만한 물건이었다.

두 명의 기술자는 조용하고 능률적으로 개폐 장치를 수리했다. 리플리는 그들이 말다툼하는 모습을 본 적이 있었고, 파월은 이곳의 다른 누구보다도 부정적인 태도를 자주 표출했다. 그러나 팀을 이루어 일하는 그들의 모습에는 어딘가 우아한 데가 있었다. 마치 하나의 육체가 둘로 나뉜 느낌이었다. 그녀는 그들이 여기서 얼마나 오래 함께 일했을지 생각해 보았다. 직접 물어봤어야 했다. 그랬다면 그들에 대해 보다 잘 알게 되었을지도 모른다. 이런 일을 벌이기 전에―

그녀는 심호흡을 하고 마음을 가다듬었고, 후퍼는 그녀 쪽을 쳐다봤다. 마이크를 통해 들은 모양이다. 그녀는 눈길을 그쪽으로 돌리지 않았다. 자신이 얼마나 겁을 먹었는지 알리고 싶지 않았으니까. 강인해야 한다. 언제나 그래 왔다. 대부분 남자뿐이었던 노스트로모 호의 승무원들과 함께 일하던 때에도. 그녀는 자신의 강인함에 나름 자부심을 가지고 있었다. 그래서 그 가장자리를 좀먹어 들어오는 공포가 정말로 마음에 들지 않았다.

리플리는 대기실 왼쪽 벽에 기대 서 있었고, 후퍼는 가운데에, 카샤노프와 가르시아는 오른쪽에 자리를 잡고 있었다. 후퍼는 본인 입으로 상당히 위험한 물건이라고 말한 플라즈마 토치를 들고 있었다. 덕분에 그녀는 모래 곡괭이를, 의료반은 폭약 섬퍼를 들게 되었다. 크고 사용하기 힘든 물건이었지만 상당한 충격을 줄 수 있어 보였다. 스니든은 기술자들과 함께 서 있었다. 주변 바닥에는 묵직한 화물용 철망이 놓여 있었다.

리플리는 직접 화물용 철망을 확인하고 자신의 예상보다 튼튼하다는 것을 알게 되었다. 강철을 3중으로 꼬아 만든 철사에 탄소섬유를 넣은 에폭시 외장으로 감싸서 만든 물건이었다. 필요할 때 그물을 자르기 위한 특수 절삭 장비도 따로 있었다. 그녀는 고개를 끄덕였지만, 건전한 회의주의에 입각한 조언 역시 잊지 않았다. 그 무엇도 이 짐승들을 잡아둘 수 있으리라 기대해서는 안 된다고.

"끝났습니다." 웰포드가 말했다. "라샹스 씨?"

"가압 시작."

대기실 너머의 에어록에 다시 한 번 공기가 들어오며, 거의 들리지 않을 정도의 웅웅 소리가 났다. 육중한 문 위의 조명이 살짝 깜빡였고, 1분이 지나자 세 개의 조명 모두 부드러운 초록색으로 빛나기 시작했다.

"완료." 라샹스가 말했다. "그럼 그쪽에서 압력을 확인해주겠나?"

파월은 문 옆의 게이지를 살펴본 다음, 엄지를 들어 보였다.

"출입구 개방." 후퍼가 말했다.

웰포드는 손으로 압력 패드를 쓸었고, 문은 그대로 양 옆으로 갈라지며 열렸다. 확실히 압력을 확인했는데도 문이 열리자 가볍게 바람 소리가 들렸다. 리플리는 침을 삼키며 귀가 먹먹한 기운을 지웠다. 후퍼 쪽을 보았지만, 그는 별로 개의치 않는 모양이었다.

"좋아, 그럼 시작하지." 후퍼가 말했다. "소리 내지 말고, 천천히."

웰포드와 파월은 긴장한 채로 에어록 안으로 들어섰다. 리플리는 내부가 보이도록 한쪽으로 비켜섰다. 반대쪽 문에 도착하자마자, 그들은 제거해 놓은 개폐 시스템을 수리하기 시작했다.

가르시아와 스니든은 에어록에서 대기실로 이어지는 문에 묵직한 화물용 철망을 설치하러 갔다. 한쪽은 기술자들이 일을 끝내고 빠져나올 수 있도록 고정시키지 않은 채였다.

리플리는 얼굴을 찌푸렸다. 아무리 곱씹어봐도 너무 느슨하고 구멍이 숭숭 뚫린 것처럼 느껴지는 계획이었다. 샘슨 호의 문을 원격 조작으로 열고, 에일리언들이 튀어나와 그물에 걸리기만을 기다린다. 모래 곡괭이를 사용해서 그물을 찍어 대기실로 끌고 들어와서는, 복도를 건너 파손된 도킹 베이 쪽으로 간다. 내부 문을 열고, 괴물들을 밀어 넣은 다음, 다시 문을 잠근다. 그대로 우주로 날려 버린다.

금붕어 그물로 상어를 포획하는 꼴이었다.

게다가 에일리언들이 계획에 동참해 주지 않을 가능성이 너무도 많았다. 만약 놈들이 샘슨 호에 머무른다면? 리플리는 이런 질문을 던졌다. 웰포드는 갱도 탐사에 사용하는 원격 제어 드론이 있다고 말했다. 그걸 들여보내서 놈들을 꼬여 내자는 것이다.

너무 성겼다. 너무 느슨했다.

다른 사람들 역시 그녀만큼이나 초조해 보였다. 그들 중에서도 놈들이 움직이는 모습을 목격한 사람들이 있었다. 화면으로, 파괴된 수송선에서, 그리고 샘슨 호 내부에서. 그러나 그들이 본 괴물들은 작은 놈들이었다. 마지막 식사 시간에 케인의 가슴을 뚫고 나왔던 놈보다 별로 크지 않았다. 다 자란 놈들은, 성체는, 고작해야 화면에서 흐릿한 그림자로 봤을 뿐이었다.

그녀는 고개를 저었다. 숨이 점점 가빠졌다.

"이게 통할 리가 없어." 그녀가 말했다.

"리플리." 후퍼가 나직하게 말했다.

다른 이들은 눈을 크게 뜨고 그녀를 바라보았다.

"네 마리나 되면 택도 없어." 그녀가 말했다. 그녀는 모래 곡괭이를 들었다. 묵직한데다 끝에는 날카로운 톱날이 달려 있는 무기였지만 부족하게만 느껴졌다. 균형이 맞지 않아 빠르게 휘두를 수가 없었다. 들고만 있어도 어깨가 뻐근할 지경이었다.

"다른 방법을 생각해야 해." 그녀가 말했다.

"빌어먹을, 리플리!" 라샹스가 말했다.

"조용!" 백스터가 속삭였다. "웰포드와 파월도 헤드셋으로 듣고 있다고!"

그녀도 그들의 말이 옳다는 것을 알고 있었다. 기술자들은 이제 수송선 코앞에 서서 마지막 남은 문을 열 준비를 마치고 있는 것이다.

이제 와서 생각을 고칠 수는 없는 노릇이었다.

그리고 에일리언들은 벌써 70일이 넘게 저 안에 있었다. 유일한 먹이는 여섯 명의 광부와 승무원의 시체뿐이었으며, 그동안 계속 썩고 있었을 것이다. 먹이는 거의 없고, 물은 전혀 없다. 움직이거나 몸을 뻗을 공간도 없다. 어쩌면 지치고 약해져서 끌어내기 쉬울지도 모른다.

그럴지도 모른다.

리플리는 고개를 끄덕여서, 자신의 두려움을 다스렸다는 신호를 보냈다. 하지만 솔직히 말해 그건 사실이 아니었다. 후퍼는 진실을 알고 있었다. 그녀를 바라보는 눈빛에서 느낄 수 있었다. 저 사람도 나만큼이나 겁을 먹고 있어.

어쩌면 모두가 그럴지도 모른다.

그러나 그들에게는 다른 방도가 없었다.

웰포드와 파월은 에어록을 건너 돌아와서는, 안쪽 문에 걸려 있던 묵직한 그물 아래로 몸을 숙이고 빠져나왔다. 웰포드는 후퍼에게 고개를 끄덕였다.

"좋아. 라샹스, 에어록 외부 출입구 개방 준비."

누군가 거칠게 숨을 들이쉬는 소리가 들렸다. 그리고 에어록 너머에서, 도킹 암의 외부 문이 미끄러져 열리며 벽 속으로 사라지는 모습이 보였다. 그 건너에는 샘슨의 외부 해치가 있었다. 엉망으로 긁히고 더럽혀진 채로, 에어록의 정중앙에 완벽하게 고정되어 있었다.

"마지막으로 확인하지." 후퍼가 말했다. "백스터, 내부에서 영상이나 소리가 들어온 것은 없나?"

"여전히 아무것도 없네." 백스터가 말했다.

"웰포드, 파월, 플라즈마 토치를 들고 그물 양쪽에서 대기하게. 반드시 필요할 경우에만 사용해야 한다는 점을 기억하고. 카샤노프, 폭약 섬퍼를 들고 저 너머에서 대기하시오. 리플리, 괜찮소?" 리플리는 고개를 끄덕였다.

"좋소. 스니든, 가르시아, 대기실 뒤편 통로로 퇴각. 그물에 넣어 끌고 가기 시작하면 당신들이 1번과 2번 베이로 통하는 길을 인도해야 하오. 최대한 빨리 격벽 문을 열고, 바로 닫을 준비를 하시오. 라샹스, 놈들을 그 안에 집어넣고 나면 바로 파손된 도킹 베이로 통하는 문을 원격으로 열어 주면 되네."

"껌이네요." 리플리가 말했다. 누군가 웃었다. 다른 누군가 나직하게 욕설을 뱉었다. 너무 작은 목소리라 남자인지 여자인지도 구별할 수가 없었다.

잠깐! 그녀는 이렇게 소리치고 싶었다. 잠깐, 아직 시간이 있잖아. 다른 방법을 생각해낼 수 있다고! 그러나 그녀는 시간이 없다는 사실을 알고 있었다. 그 빌어먹을 개자식 애쉬가 그녀를 파멸의 운명에 처한 우주선으로 데려왔기 때문에, 이제 다시 그 괴물들을 마주해야 했다.

그녀의 악몽 속에서 나온 괴물들을.

후퍼가 나직하게 말했다. "시작." 샘슨의 외부 해치가 삐걱이며 열렸고, 그림자들이 흘러나왔다.

ㄱ

그 림 자

눈을 깜빡이는 사이, 리플리 주변의 세상이 혼돈으로 변해버렸다.

에일리언들은 샘슨 호의 해치가 열리자마자 뛰쳐나왔다. 너무 빠르고 너무 조용하고 격렬해서, 수를 셀 겨를조차 없었다. 놈들이 사지를 뻗어 도킹 암을 지나 에어록으로 금속 표면을 타고 거세게 달려 나왔다. 누군가 놀라 소리를 쳤고, 다음 순간 놈들은 묵직한 철망을 때리기 시작했다.

리플리는 모래 곡괭이를 움켜쥐고 웅크리며, 놈들을 대기실의 후문으로 데려가려 했다. 그런데 철망에 뭔가 문제가 생겼다. 두 마리는 그물에 단단히 뒤얽혀 멈춰 버렸지만, 다른 두 마리는 격렬하게 몸부림치며 사지를 사방으로 휘두르며 허공을 가르고, 꼬리를 밖으로 뻗으며, 그 끔찍한 이빨을 맞부딪치는 소리를 냈다. 리플리의 핏줄 속으로 얼음처럼 차가운 공포가 흘러들었다.

"조심해요. 놈들이─" 그녀가 소리쳤다.

다음 순간, 놈들이 그물을 돌파했다.

단단히 얽혀 있던 금속 밧줄의 그물이 끊어지며, 잔뜩 팽팽해져 있던 그물이 허공을 가르며 고주파의 채찍 소리를 냈다. 웰포드의 모습이 흐릿해지며 비명 소리가 울렸다. 피가 대기실 전체로 튀면서, 하얀 벽면에 끔찍한 붉은 무늬를 새겼다.

후퍼는 고함을 치며 플라즈마 토치를 점화했다. 에일리언 하나가 그에게 달려들다가, 넘실대는 화염을 피하기 위해 옆으로 방향을 틀어 고정 좌석 사이로 내달렸다.

놈은 곧바로 리플리를 향했다.

그녀는 격벽에 웅크린 채 곡괭이 손잡이에 몸을 기대고 있다가, 괴물 쪽을 겨누고 곡괭이를 휘둘렀다. 에일리언. 크고 가시투성이에 키틴질의 껍데기를 가진, 면도날처럼 날카로운 손톱과 뒤로 휜 머리와 돌출하는 입을 가진, 그녀의 악몽 속을 따라다니던 에일리언이 그녀에게 달려들고 있었다. 속도를 줄이려는 듯 발톱으로 바닥을 긁으면서. 그러나 이미 늦었다.

곡괭이의 뾰족한 끝이 다리 위의 몸뚱이 어딘가를 꿰뚫자, 놈은 끽끽대는 소리를 냈다.

시큼한 냄새에 리플리는 숨이 막혔다. 금속에 액체가 튀는 소리가 들렸고, 다음 순간 타는 냄새가 나기 시작했다.

"산이야!" 그녀는 소리치고는 모래 곡괭이를 든 채로 밀어붙였다. 에일리언은 버티고 선 채로, 발톱이 난 앞발을 휘두르고 입을 내밀어 허공을 헤집었다. 그러나 그 모든 공격은 전부 주의를 돌리기 위한 행동일 뿐이었다. 리플리는 꼬리가 움직이는 희미한 휙 소리를 듣고 간신히 고개를 숙여 공격을 피했다.

놈은 그대로 곡괭이를 잡아채 대기실 건너편으로 던져 버렸다.

리플리는 왼쪽의 에어록으로 움직이려는 척 하다가, 그대로 오른쪽으로 뛰어서 벽의 곡면을 따라 후문으로 달려갔다. 놈이 따라오는 것이 느껴졌고, 문에 가 닿기 직전에 후퍼가 소리치는 것이 들렸다.

"리플리, 숙여요!"

그녀는 망설임 없이 그 자리에 엎드렸다. 사방으로 굉음이 울려 퍼지며 머리카락이 타는 냄새가 났고, 엄청난 열기가 그녀 위와 뒤편의 공기를 달구며 목덜미와 두피, 팔의 피부가 눌어붙는 느낌이 들었다.

에일리언은 고통에 몸부림치며 높은 소리로 꺅꺅댔다.

리플리가 열려 있는 문을 바라보는 가운데, 다른 그림자 하나가 그들 사이를 뚫고 지나갔다. 그 너머에서 무언가 충돌하는 소리가 들렸다. 축축하고 묵직한 것이 쿵 하고 넘어지며 신음하는 듯한 소리였다. 누군가 비명을 질렀다.

무언가 그녀의 손을 잡았고, 그녀는 비명을 지르며 바닥에 몸을 던지고 발길질을 했다. 그녀의 육중한 부츠가 후퍼의 허벅지를 때렸다. 그는 헉 하는 소리를 내고는, 그녀를 더욱 단단히 잡고 대기실을 가로질렀다.

에일리언은 여전히 화염에 휩싸인 채로 끽끽대는 소리를 내면서, 굽어 있는 대기실 벽면을 따라 에어록 문 쪽으로 움직였다.

에어록 문, 즉 파월이 있는 쪽을 향해서. 그는 아직도 그물에 걸려 몸부림치는 두 마리의 에일리언에게 폭약 섬퍼를 겨눈 채로 지키고 서 있었다. 그러나 그의 얼굴에는 어딘가 이상한 점이 있었다. 리플리는 가슴과 목을 가로지르는 핏자국을, 그의 얼굴에서 뚝뚝 떨어지는 피를 알아보았다. 완전히 무표정이었다. 섬퍼를 앞뒤로 흔들고 있지만, 실제로는 아무것도 보지 못하는 듯했다.

그녀는 파월에게서 눈을 떼고 웰포드였던 존재를 바라보았다. 그쪽은 이미 고깃덩이가 되어 있었다.

"파월!" 그녀가 소리쳤다. "오른쪽을 봐요!"

파월은 고개를 들었다. 그러나 그의 눈은 오른쪽에서 불타며 다가오는 에일리언이 아니라 왼쪽에 있는 죽은 친구를 향했다.

카샤노프가 좌석 두 줄을 뛰어넘어 가서는, 바닥에 발을 단단히 붙이고 불타는 에일리언 쪽으로 폭약 섬퍼를 발사했다. 귀가 먹먹해지는 발사음이 리플리의 귓가에 울려 퍼지며, 괴물의 이글거리는 거죽에서 화염이 훅 하고 휩쓸려 올라갔다.

괴물은 더 크게 울부짖었다. 그러나 놈은 그대로 파월에게 다가가서 그를 덮치며 쓰러졌다. 그리고 리플리는 제때 눈을 감지 못했다. 파월의 머리가 불타는 괴물의 은빛 주둥이 아래 으깨져 피가 솟구치는 광경이 그녀의 눈 안에 선명하게 새겨졌다.

"빌어먹을, 뭐야?" 후퍼가 소리쳤다.

카샤노프는 연달아 섬퍼를 두 발 더 발사했다. 에일리언의 머리는 부서졌고 불타는 파편이 대기실 바닥과 사방의 벽으로 날아갔다. 화염이 창문의 곡면을 타고 이글거렸으며, 연기가 그 위로 복잡한 문양을 새기고, 산성 용액이 타들어가며 아지랑이를 만들었다.

쉿쉿 하는 소리와 함께 연기가 자욱하게 피어올랐다.

"여기서 나가야 해요!" 리플리가 말했다.

"남은 하나는 어디 갔소?" 후퍼가 물었다.

"문으로 나갔어요. 하지만 저 산성 물질 때문에─"

"카샤노프, 이리 나와요!" 후퍼가 소리쳤다.

카샤노프가 그들과 합류했다. 리플리는 그녀가 눈앞의 현실을 믿지 못하면서도, 공포를 억누르려 굳은 결의를 보인다는 점을 깨달았다. 좋은 일이었다. 딱 지금 필요한 것이었다.

얽혀 있던 에일리언 중 하나가 그물을 풀고 나와서, 대기실을 가로질러 그들에게 다가오기 시작했다. 놈은 좌석을 발로 걷어차면서, 그대로 장비 고정대를 딛고 뛰어올라 카샤노프를 덮치려 했다.

후퍼가 플라즈마 토치를 들었다. 그러나 이렇게 가까운 거리에서 발사하면 카샤노프 역시 통구이가 되어버릴 것이 분명했다.

"안 돼요! 후퍼!" 리플리가 말했다. 그녀는 에일리언에서 눈을 떼지 않은 채 왼쪽으로 비켜섰다. 놈은 잠시 멈추어 섰고, 순간 리플리는 이기적인 생각을 했다. 나는 안 돼, 나한테는 오지 마. 공포가 불러일으킨 생각이었고, 다음 순간 에일리언이 다시 뛰어오르고 후퍼가 플라즈마 토치로 놈을 구워버리자, 그녀는 부끄러움이 물밀듯 들어오는 것을 느꼈다.

그러나 카샤노프는 리플리의 빠른 결단 덕분에 살아남은 것이었다. 그녀는 직감에 따라 행동했고, 자가 보존이라는 보다 저열한 생각은 잠시 후에 떠오른 것이었다.

러시아 여인은 그녀를 보고 고개를 끄덕였다.

다음 순간, 강산을 뒤집어쓴 창문 하나가 그대로 튕겨 나가버렸다.

순식간에 폭풍이 휘몰아쳤다. 바닥에 고정되어 있지 않은 물체는 엄청난 압력으로 움직이는 공기에 휘말려, 전부 그대로 뚫린 창문 쪽으로 빨려나갔다. 부서진 의자, 떨어진 무기, 대기실을 따라 설치된 벽면의 기기가 전부 창문과 격벽을 뚫고 밀려 나갔다. 엄청난 소음이 들렸다. 리플리의 고막이 귀에서 뽑혀 나올 것만 같은 굉음이었다. 그녀는 숨을 쉬려 했지만 폐로 공기를 빨아들일 수가 없었다. 그녀는 한 손으로 바닥의 의자 고정대를 잡은 채로 다른 쪽 손을 후퍼를 향해 뻗었다.

후퍼는 문틀을 잡고 있었고, 카샤노프는 그의 펄럭이는 재킷을 붙들고 있었다.

리플리는 어깨 너머를 돌아보았다. 너덜너덜해진 시체 두 구가, 웰포드와 파월의 남은 육체가 부서진 창문으로 빠르게 빨려 나가는 중이었다. 불타버린 에일리언 두 마리는 거의 그들과 한 덩어리가 된 것처럼 보였다. 살아남은 짐승 하나는 여전히 그물에 얽힌 채로 에어록 문 쪽으로 기어오르고 있었다. 그러나 리플리가 지켜보는 가운데, 놈은 헛발질을 하더니 그대로 미끄러져 이미 죽은 동족에게 충돌해 버렸다. 에어록에서 빨려 들어온 물건들이 구멍 쪽을 사정없이 후려갈겼다. 옷가지, 시체 파편, 기타 샘슨 호 안에 있던 알아볼 수 없는 물건들이.

리플리는 파월의 오른팔과 가슴 일부가 산성 용액에 타들어가며 떠다니는 모습을 보았다.

"시간이 별로 없어요!" 그녀는 이렇게 소리치려 했으나, 자기가 한 말조차 제대로 들을 수 없을 것 같았다. 그러나 카샤노프의 표정을 보니 그녀 또한 자신들이 처한 위험을 제대로 인식하고 있다는 사실을 알 수 있었다.

아주 잠깐 동안, 폭풍이 가라앉았다. 부서진 창문이 가구며 시체 파편이며 격벽의 벽면 등으로 막혀버린 것이다. 리플리는 귀의 압력이 돌아오고 사지를 잡아당기는 힘이 늦춰지는 것을 깨달았다. 그녀는 서둘러 바닥의 고정대를 잡고 문을 향해 움직이기 시작했다. 계속해서 산이 창틀을 태워 들어가고 있으니, 고요한 시간은 그리 길지 않을 것이 분명했다.

후퍼가 안쪽에서 나오는 손을 잡고 문 안으로 올라갔다. 카샤노프도 그를 따라 들어갔다. 그리고 그들은 함께 리플리 쪽을 돌아보았다.

문틈에 몸을 의지하고 뒤에서 사람들이 잡아주는 채로, 후퍼는 리플리에게 손을 뻗었다.

후퍼가 그녀의 어깨 너머를 바라보며 눈을 크게 떴다. 리플리는 발을 힘껏 딛고 몸을 차올렸다.

후퍼가 그녀의 팔을 잡아채 꽉 붙들었다. 너무 세게 잡아서, 그의 손톱이 손목을 파고든 지점에서 피가 맺히는 것이 보일 정도였다.

창문 주변의 격벽이 통째로 떨어져 나갔다.

거의 알아듣지도 못할 고함 소리와 함께, 후퍼는 리플리를 자기 쪽으로 끌어당겼다. 문은 이미 닫히고 있었고, 그녀는 양쪽 문이 만나기 직전에 틈새를 빠져나와 안으로 들어왔다.

길고 시끄러운 신음소리가 울렸다. 금속성의 신음과 함께 공기가 순식간에 사라져 버리는 소리가 들렸다. 문 너머는 혼돈 그 자체였다. 그러나 이쪽은 잠시 동안이었지만 오로지 정적만이 흘렀다.

그리고 리플리의 청력도 곧 돌아왔다. 헐떡이는 소리와 신음 소리, 그리고 엉망진창이 된 가르시아의 몸이 복도 건너편에 쑤셔 박힌 모습을 보며 후퍼가 욕설을 내뱉는 소리가 들렸다. 그녀의 가슴은 피투성이로 엉망이 되어 있었고, 튀어나온 뼛조각은 방울져 떨어지는 피로 진득하게 번들거리고 있었다.

"한 마리…… 한 마리가 이리 들어왔어요." 리플리는 스니든을 바라보며 말했다. 과학 장교는 고개를 끄덕이며 복도 안쪽을 가리켜 보였다.

"우주선으로 들어갔어요. 너무 빨리 움직였어요. 정말 컸어요. 거대했어요!"

"놈을 찾아야 해요." 리플리가 말했다.

"다른 사람들은요?" 스니든이 물었다.

후퍼는 고개를 저었다. "웰포드와 파월은 죽었소."

문 너머의 혼돈은 시작한 것만큼이나 빠르게 끝나버렸다.

리플리는 떨리는 몸을 가누며 일어서서 다른 이들을 돌아보았다. 후퍼, 카샤노프, 스니든. 그녀는 비참하게 망가진 가르시아의 몸을 보지 않으려 했다. 램버트의 마지막 모습이 선명하게 떠올랐기 때문이다. 여전히 팔을 흔들며, 피를 흘리며 꿰뚫린 채 매달려 있던 그의 모습이.

"놈을 추적해야 해요." 리플리가 다시 말했다.

"백스터, 라샹스!" 후퍼가 말했다. "한 놈이 배 안으로 들어왔다. 내 말 들리나?"

반응이 없었다.

"감압 때문에 통신기 연결이 끊겨 버린 것 같아요." 스니든이 말했다.

리플리는 자기 헤드셋을 찾아 머리를 더듬었으나, 이미 사라진 후였다.

싸움 와중에 뜯겨나간 모양이었다.

"함교로 가지." 후퍼가 말했다. "모두 함께. 떨어지지 말고 최대한 빨리 이동하는 거요. 그 친구들에게 경고를 해야 하니까. 다음에 뭘 할지는 그다음에 정합시다. 하지만 일단 함께 모인 다음의 얘기요. 알겠소?"

리플리는 고개를 끄덕였다.

"알겠어요." 스니든이 말했다.

후퍼는 스니든에게서 마지막 남은 폭약 섬퍼를 받아들고는 앞장서 움직이기 시작했다.

그렇게 빨리 움직이다니! 샘슨 호 안에 70일이나 갇혀 있었는데도, 놈들은 리플리가 상상한 것보다 훨씬 빠르게 달려 나왔다. 그녀 자신도 뭘 기대하고 있었는지 알 수가 없었다……. 어쩌면 그 모든 것이 나쁜 꿈이었기를 기대했는지도 모르겠다. 여기 있는 괴물들이 37년 전 그녀 우주선의 승무원들을 죽인 그 모체와는 관련이 없기를 바랐는지도 모른다.

하지만 그렇지 않았다. 이곳의 괴물들은 놈들이 분명했다. 정확하게 동일했다. 거대한 덩치, 곤충 같은 외골격에, 파충류 같은 움직임에, 특정한 조명 아래 특정한 방향에서 보면 인간과 흡사하다는 느낌이 드는 모습까지, 바로 그 괴물이 분명했다.

그 머리…… 그 이빨…….

후퍼가 손바닥을 위로 하고 손을 내밀어 보였다. 리플리는 걸음을 멈추고 스니든이 볼 수 있도록 신호를 전달했다. 신호는 그 뒤의 카샤노프에게까지 이어졌다.

일행은 복도의 갈림길에 도착했다. 갈림길 너머로는 망가진 도킹 베이로 향하는 문이 여전히 굳게 잠겨 있었다. 모퉁이를 돌면 매리언 호의 선체 안으로 올라가는 복도가 이어졌다.

후퍼는 폭약 섬퍼를 몸에 붙인 채 미동도 않고 서 있었다. 길고 사용하기 힘든 무기라서, 모퉁이를 돌면서 무기를 겨누려면 복도 건너편으로 움직여 가야 했다.

에일리언은 어디에도 있을 수 있었다. 어느 모퉁이에도. 복도 벽의 어느 그림자에도, 문가에도, 해치에도, 부속실에도. 리플리는 놈이 대기실을 가로질러 달려가, 가르시아를 죽이기 위해서만 잠깐 멈추는 소리를 들었다. 그리고 놈은 스니든을 완전히 무시한 채로 지나쳐 버렸다. 어쩌면 그녀가 무기를 가지고 있기 때문일지도 모른다. 하지만 리플리의 생각으로는, 그보다는 거대한 우주선 안으로 들어가면 아무 방해 없이 헤집고 돌아다닐 수 있다는 사실을 느꼈기 때문일 가능성이 더 많은 듯했다.

어쩌면 열 발짝 떨어진 곳에서 그들을 기다리고 있을지도 모른다. 침을 흘리고 작은 소리로 쉿쉿거리며, 오랜만에 만나는 제대로 된 먹이를 고대하고 있을지도 모른다.

아니면 그대로 우주선의 깊은 곳까지 숨어들어가서, 어둡고 차가운 방에 틀어박혀서 다음 행동을 계획하고 있을지도 모른다.

후퍼가 모퉁이를 돌았고, 리플리는 아주 잠시 숨을 멈췄다. 그러나 끔찍한 사태는 발생하지 않았다. 그녀는 다시 그를 따라 가까이 붙었다.

그들은 도킹 구역의 끝에 도착해서 널찍한 층계를 따라 우주선 주 동체로 돌아왔다. 그녀는 층계 맨 위에서 시선을 떼지 않았다. 위쪽은 조명이 환하게 밝혀져 있었지만, 그럼에도 그녀는 반짝이는 형체를, 가시투성이 사지와 뒤로 굽은 머리를 보게 될 것이라 여기고 있었다.

그러나 여기에도 그들 외에는 아무것도 보이지 않았다.

후퍼는 굳은 얼굴로 뒤를 돌아보았다. 리플리는 웃으며 격려하듯 고개를 끄덕였고, 그 역시 웃음으로 대답했다.

뒤에서 스니든과 카샤노프가 가깝게 붙어 따라오고 있었다. 움직이기 거치적거릴 정도로 바짝 붙은 것은 아니었다. 헤드셋은 잃어버렸지만, 리플리는 여전히 그들의 거친 숨소리를 들을 수 있었다. 격하게 몸을 움직였기 때문이기도 하겠지만, 공포의 영향이 더 큰 것이 분명했다. 아무도 입을 열지 않았다. 아직도 머릿속을 맴돌고 있는 충격을 솟구치는 아드레날린으로 간신히 억누른 상태였다.

곧 놈이 우리를 습격할 거야. 리플리는 이런 생각을 했다. 에일리언이 파월의 머리를 씹어 부수던 소리, 쉿쉿거리던 소리, 죽은 괴물의 피가 파월과 웰포드의 엉망이 된 시체에 튀면서 피어오르던 시큰한 냄새가 떠올랐다.

곧 놈이 진짜로 우리를 습격할 거야.

후퍼는 그들을 이끌고 조금 더 넓고 조명 상태가 좋은, 중앙 순환 구역으로 가는 복도로 들어섰다. 여기에서 사방으로 복도가 뻗어나가고, 위층으로 가는 승강기도 탈 수 있다. 사고 당시 누출이 일어난 갑판으로 통하는 문 세 개는 굳게 닫혀 격리되어 있어 지금으로서는 들어갈 수가 없었다. 배의 후미로 통하는 다른 문들은 전부 열려 있었다.

그들이 서 있는 곳에서도 복도 안쪽의 모습이 약간씩 보였다. 그림자 속에 파묻힌 출입구가. 시야에 보이지 않는 곳으로 향하는 계단이. 전원이 약해지거나 끊겨 조명이 깜빡이는 곳마다, 아무것도 없는 곳에 그림자가 일렁이며 움직임을 만들었다.

후퍼는 승강기 쪽으로 손짓을 했다. 스니든이 앞으로 나와서, 빠르고 조용하게 호출 버튼을 눌렀다.

"백스터?" 후퍼가 다시 마이크에 대고 속삭였다. "라샹스?" 그는 스니든을 돌아보고, 다시 카샤노프 쪽으로 시선을 돌렸다. 둘 다 고개를 저을 뿐이었다.

승강기 위쪽의 표시등은 여전히 붉은색이었다.

"계단으로?" 리플리가 물었다.

후퍼는 고개를 끄덕이고 그쪽으로 손짓했다. 일행은 승강기 기둥 뒤편으로 돌아 가장 널찍한 계단을 향해 움직였다. 후퍼는 즉시 폭약 섬퍼를 전방 위쪽으로 겨누며 계단을 오르기 시작했다.

리플리와 다른 이들이 뒤를 따랐다. 모두 조용히, 감당할 수 있는 제일 빠른 속도로 계단을 올랐고, 다음 층계참에 도착하자 후퍼는 걸음을 멈추고 모퉁이 너머를 살펴보았다. 그는 계속 움직였다. 우주선은 웅웅대는 맥박 소리를 내며 낯익은 소리와 감각으로 그들을 감싸고 있었다.

다음 층계참에서, 후퍼는 다시 걸음을 멈추고 얼어붙은 듯 앞을 바라보았다.

리플리가 그의 옆으로 나섰다. 재빨리 반응할 마음의 준비를 한 채였다. 에일리언이 덮쳐오면 그대로 그를 붙들고 뒤로 엎드릴 생각이었다. 그러나 일단 딱히 잘못되어 보이는 부분은 없었기 때문에, 그녀는 그의 어깨를 잡고는 손에 힘을 주어 주의를 끌었다.

후퍼는 폭약 섬퍼를 주변과 아래로 휘두르며, 커다란 총신으로 층계참 위의 뭔가를 가리켰다. 투명하고 끈적거리는 점액이 층계참과 그 다음 계단으로 이어지며 홈이 난 금속 위에 퍼져 있었다.

"함교가 몇 층이죠?" 리플리가 후퍼의 귀에 속삭였다. 그녀는 아직 혼란스러워 어찌할 바를 모르는 상태였다.

후퍼는 위를 가리키며 손가락 하나를 펴 보였다.

"층계에서 나가야 해요." 그녀가 말했다. "다른 경로를 사용해야—"

후퍼가 달리기 시작했다. 그는 쿵 소리와 함께 발을 옮기더니, 무기를 앞으로 내민 채로 한 번에 두 단씩 계단을 올라가기 시작했다. 너무 빨리 움직여서 리플리나 다른 사람들이 깜짝 놀랄 지경이었다. 그리고 그녀가 따라 걸음을 옮기기 시작했을 즈음, 그는 이미 다음 층계참에 도착해서 멈추지도 않고 모퉁이를 돌고 있었다. 그녀는 난간을 잡고는 힘겹게 계단을 달려 올라갔다.

천천히, 조용히 가야 하는데! 그녀는 생각했다. 하지만 그녀는 후퍼가 어떤 기분인지도 잘 알고 있었다. 에일리언이 도착하기 전에 함교에 가서 라샹스와 백스터에게 경고를 하고 싶은 것이었다. 그리고 만약 함교에 도착했을 때 두 사람이 이미 도륙당한 후라면, 그 빌어먹을 괴물을 죽이고 싶을 테고.

리플리는 후퍼가 다음 갑판으로 이어지는 문간에서 잠시 멈춰 서는 모습, 그리고 이내 압력판을 건드려 문을 여는 모습을 보았다. 그는 몸을 낮춘 채 사방을 둘러보며 안으로 돌입했고, 리플리와 다른 이들은 곧 그를 따라잡았다. 그는 뒤를 가볍게 한 번 돌아보고는 계속 움직이기 시작했다.

리플리는 마침내 자신들이 어디 있는지를 깨달았다. 함교로 통하는 주 출입구가 가까워지자, 그녀는 앞으로 달려 나가 압력판 위에 한쪽 손을 놓고는 문가에 서서 귀를 기울였다. 안에서는 아무 소리도 들리지 않았지만, 어쩌면 문에 방음 처리가 되어 있어서 비명 소리가 밖으로 새어나오지 않는지도 모른다.

후퍼에게 고개를 끄덕인 다음, 그녀는 손가락으로 숫자를 셌다.

셋…… 둘…… 하나…….

그녀는 압력판을 눌렀고, 문이 쉿 소리와 함께 열렸다. 후퍼가 왼쪽, 리플리가 오른쪽을 맡은 채로, 그들은 함께 안으로 들어갔다. 그리고 라샹스와 백스터가 통신 장치 앞에 상체를 숙이고 있는 모습을 보자 엄청난 기쁨과 안도의 감정이 밀려왔다.

"대체 뭘 하는 거야?" 백스터가 이렇게 물으며 벌떡 일어섰고, 의자는 그대로 나뒹굴어 바닥 위를 굴러갔다. "통신이 끊기더니 다음에는…….." 그리고 그는 사람들의 얼굴에서 공포를 읽어냈다.

"무슨 일이 난 겁니까?" 라샹스가 물었다.

"함교를 봉쇄하시오." 후퍼는 스니든과 카샤노프에게 이렇게 말했다. "문을 잠그고. 전부."

"다른 사람들은 어떻게 하고?" 백스터가 물었다.

"통신이 얼마 동안이나 끊겨 있었나?"

"그 친구들이 – 그러니까 자네들이 에어록을 열려고 한 직후였네." 백스터가 말했다. "내가 내려가 보려고 하던 참이었는데–"

"다른 사람은 없네." 후퍼가 말했다. "함교를 봉쇄하게. 그러고 나서 다음에 무슨 빌어먹을 일을 할지를 생각해 보지."

사람들의 비탄이 뚜렷이 느껴졌다.

이미 예전에 수많은 친구와 동료들을 잃었지만, 이곳의 여덟 생존자는 매리언 호를 안전하게 만들려고 안간힘을 쓰고 다른 우주선에 구조 신호를 보내려고 노력하며 70일이 넘는 시간을 함께 보낸 사이였다. 기계의 오작동이 추가로 일어나거나 샘슨 호의 괴물들이 풀려날지도 모른다는 위협에 노출된 채로 하루하루를 지내 왔다. 힘겨운 상황에 맞서 싸우며 서로의 의지를 확인한 이들이었다. 모두가 서로를 좋아한 것은 아니겠지만, 애초에 사람이 모이면 그 정도야 당연한 일이 아니겠는가? 특히 극도의 긴장 상황에서는.

그들은 생존자였다. 그러나 이제 그중 세 명이 목숨을 잃었다. 그 빌어먹을 괴물들에게 순식간에 살해당했다.

리플리는 그들을 침묵 속에 놔둔 채로 제어판으로 가서 쿠션이 달린 의자에 앉았다. 항로 제어를 할 수 있는 자리였다. 그녀는 시스템을 둘러보며 다른 행성과 그곳까지의 거리, 궤도, 구성 성분을 확인했다. 이 항성계의 가운데에 있는 별까지는 거의 800킬로미터는 떨어져 있었다.

이렇게 춥게 느껴지는 것도 당연한 일이군.

"그 생물을 찾아야 해요." 스니든이 말했다. "추적해서 죽여야 합니다."

"어떻게 추적하려고요?" 카샤노프가 물었다. "매리언 호 내부 어디에도 틀어박혀 있을 수 있는데. 엄청나게 오래 걸릴 거고, 우리한테는 이제 며칠 밖에 시간이 없다고요."

"나는 놈을 봤어요." 스니든이 말했다. 경악과 동요가 가득한, 공포로 떨리는 목소리에 모두가 입을 다물고 움직임을 멈추었다. "놈은 마치…… 살아 있는 그림자처럼 달려 나왔어요. 가르시아는 뭐에 당했는지도 알아채지 못했을 거예요. 내 생각은 그래요. 비명도 지르지 못했어요. 그럴 시간도 없었으니까. 쿵 하는 소리뿐이었죠. 마치 무언가에 동의하지 못하겠다는 것처럼. 그뿐이었어요. 그 괴물은 그대로 그녀를 죽이고 달아나 버렸어요. 그냥…… 아무 이유도 없이 그녀를 잔혹하게 살해한 거예요."

"놈들은 생각하지 않아요." 리플리가 말했다. "죽이고 먹을 뿐이죠. 그리고 먹을 시간이 없으면 그냥 죽이기만 하기도 하고."

"하지만 그건 자연스러운 일이 아닙니다." 스니든이 말했다. "동물은 목적을 가지고 죽인다고요."

"그렇지 않은 동물도 있죠. 인간이라던가." 리플리가 말했다.

"저 너머에서 자연스럽고 자연스럽지 않은 것이 무슨 소용이 있소?" 후퍼가 말했다. 분노가 섞인 목소리였다. "지금 중요한 것은 우리가 뭘 하느냐요."

"놈을 추적해야 합니다." 스니든이 말했다.

"그럴 시간이 없어요!" 카샤노프가 말했다.

"그 산성 혈액은 대기실의 창문과 바닥을 순식간에 녹여 버렸소." 후퍼가 말했다. "문이 버티고 있는 것이 다행이지. 제대로 된 외부 문도 아니고 비상용 격벽일 뿐인데 말이오."

"그럼 이제 어떻게 샘슨 호에 갈 겁니까?" 라샹스가 물었다.

"그건 또 다른 문제지." 사람들의 시선이 전부 후퍼에게 향하고 있었다. 지휘자이기 때문만이 아니라, 이제 그가 배에 남은 유일한 기술자이기 때문이기도 했다.

"우주복을 입죠." 라샹스가 말했다.

"나도 바로 그 생각을 하고 있었네." 후퍼가 말했다.

"그렇지." 백스터도 동의했다. "일단 안에 들어가면 샘슨 호의 환경 제어 시스템이 다시 공기를 채워 넣을 거야."

"다른 에어록을 구축해야 하네." 후퍼가 말했다.

"하지만 그 괴물이 우주선 안을 돌아다니게 놔둘 수는 없잖아요!" 카샤노프가 소리쳤다. 그녀는 주먹을 단단히 쥔 채로 자리에서 일어서 있었다. "전선을 씹어먹을 수도 있고, 문을 부술 수도 있어요. 어떤 피해를 입힐지 짐작도 할 수가 없잖아요."

"놈은 놔두고 가면 될 거요." 후퍼는 동의를 구하는 듯 리플리를 바라보았다. 그러자 갑자기 다른 사람들도 모두 그녀에게 시선을 돌렸다.

리플리는 고개를 끄덕였다.

"그래요. 아니면 놈을 쫓아서 우주선 전체를 헤집고 다니면서 계획 전체를 위험에 처하게 하던가. 적어도 후퍼의 계획 쪽에는 가능성은 있으니까요."

"아, 그래요, 가능성이라." 카샤노프가 코웃음을 쳤다. "확률이 얼마나 되는데요? 돈이나 걸어봐야겠네. 같이 할 사람?"

"나는 도박은 안 해요." 리플리가 말했다. "잘 들어요. 우리 중 세 명이 작업을 하는 동안 다른 세 명이 보초를 선다면, 샘슨 호에 들어갈 시간을 벌 수 있을 거예요. 그리고 돌아온 다음에는 바로 내 셔틀에 타고 도망치면 되는 거죠."

"보급품은 어떻게 하고?" 백스터가 물었다. "식량, 식수. 앞으로 함께 지낼 동안의 윤활유가 되어 줄 물건들도 필요할 텐데."

"갱도 안에 보급품이 저장되어 있나요?" 리플리가 후퍼에게 물었다.

"그렇소."

"하지만 저 괴물들이 그곳에서 온 거잖아요!" 스니든이 말했다.

리플리는 고개를 끄덕였다. 아무도 입을 열지 않았다. 그래, 우리 모두 그 생각을 하고 있지. 그녀는 이렇게 생각했다.

"좋아, 그럼 결정을 내리겠소." 후퍼가 말했다. "일단 누출이 일어난 구역을 지나 샘슨 호에 도착하는 것까지는 나름 생각을 해 놓았소. 우리 모두 함께 계획에 따라 움직일 거요. 그리고 돌아왔을 때 그 놈이 문제를 일으킨다면, 그건 그때 가서 해결하기로 하지."

"파국은 한 번에 하나씩 마주하겠다는 건가?" 백스터가 말했다.

"그런 셈이지."

"무기가 더 있어야 해요." 리플리가 말했다. "저 아래에서 대부분의 무기를 잃었으니……."

"내려가는 길에 2번 격납고에 들르면 돼요." 스니든이 말했다. "그 안에 섬퍼와 플라즈마 토치가 잔뜩 있어요."

"껌이구면." 라샹스가 말했다.

"공원 산책만큼 쉬운데." 백스터가 말했다.

"우린 모두 죽을 거예요." 카샤노프가 말했다. 진심인 듯했다. 농담을 하는 게 아니었다. 리플리는 도킹 구역에서 그녀가 재빨리 행동하는 것을 보고 감탄했지만, 그녀는 이제 다시 한번 비관 그 자체의 목소리를 내고 있었다.

"적어도 오늘 죽지는 않을 거예요." 리플리가 대답했다. 카샤노프는 코웃음을 쳤다. 그녀 말고는 아무도 반응하지 않았다.

그들은 움직이기 시작했지만, 그리 빠르게 행동에 들어간 것은 아니었

다. 비교적 안전한 함교 안에서, 사람들은 제각기 잠시 동안 생각을 정리할
시간을 가졌다.

　문 너머에는 오로지 위험밖에 남아있지 않았으니까.

8

진 공

떠나기 전에, 그들은 함교가 확실히 폐쇄되어 있는지 확인했다.

라샹스와 백스터가 뒤에 남아 있는 편이 낫지 않을까를 놓고 토론이 벌어졌지만, 그 의견은 금방 묵살되었다. 두 사람 역시 다른 이들과 함께 가야 한다고 설득하는 데에는 그리 오랜 시간이 필요하지 않았다. 둘 다 괴물과 함께 여기에 남고 싶지 않았기 때문이다. 특히 행성 표면으로 내려간 이들에게 문제가 생긴다면 말이다. 다 함께 있는 편이 나았다. 게다가 궤도상의 함선에 남아도 딱히 할 수 있는 일도 없었다. 종말을 향해 나아가는 낙하 궤도를 계산하는 것 이외에는.

함교가 있는 층을 떠나기 전에, 후퍼는 카샤노프가 리플리에게 접근해서는 발돋움해서 볼에 키스하는 장면을 목격했다. 말은 하지 않았다. 아마도 감사의 말로는 너무 부족하게 느껴지거나, 그 순간의 감정을 희석시키리라 생각했기 때문일 것이다. 그러나 그녀와 리플리는 한동안 시선을 교환하더니 이윽고 고개를 끄덕였다.

"거기 숙녀분들, 애무 끝났으면 슬슬 이 빌어먹을 배에서 내려야 할 것 같은데." 백스터가 말했다. 함교 문을 잠그고 개폐 장치를 끊은 후, 여섯 명의 생존자들은 2번 격납고 쪽으로 움직이기 시작했다. 스니든이 앞장서겠다고 자원하며 후퍼의 폭약 셈퍼를 달라고 했다. 후퍼는 딱히 반대하지 않았다. 모두가 하나가 되어 움직이는 상황이었기 때문이다.

그들은 다시 거주구역으로 돌아와서 둥그스름하게 돌아가는 복도 안쪽의 문들을 하나씩 살펴보았다. 이쪽 구역에는 거의 백 개가 넘는 침실이 있으며, 안쪽 어디에도 에일리언이 숨어 있을 수 있다. 문은 회색 금속 벽 안쪽으로 들어가 있기 때문에 모습을 정확히 판별하기 힘들었고, 약한 조명 때문에 그림자는 더욱 깊어 보였다. 움직이는 내내 긴장이 이어졌다. 일행은 천천히 전진했고, 이윽고 별다른 일 없이 2번 격납고에 도착했다.

천장이 높은 널찍한 공간이었다. 휑한 안쪽에는 여분의 채굴 장비가 쌓여 있었다. 커다란 지상용 탈것 두 대는 바닥에 쇠사슬로 고정되어 있었지만, 보다 작은 트럭들은 델라일라와의 충돌 당시, 그리고 그 직후 이리저리 쓸려 다닌 모양이었다. 다른 여러 장비들이 쌓여 있거나 흩어져 있는 모습도 보였다. 수송용 금속 상자, 도구 걸이, 보급품 용기와 상자, 그리고 온갖 종류의 자잘한 도구들이 있었다. 끝없는 통로와 막다른 골목으로 이루어진 미궁에 발을 들인 느낌이었다. 후퍼는 문득 지금 온 길로 다시 돌아나가고 싶은 충동을 받았다.

그러나 그들에게는 무기가 필요했다. 매리언의 통로에서 그 빌어먹을 괴물을 만날 때를 대비해서만이 아니라, 행성에 내려가 대면하게 될 존재들에게 대항하기 위해서도 말이다. 광부들이 저 아래에서 무언가 끔찍한 것을 파낸 것이라면, 얼마나 많은 놈들이 저 아래에서 기다리고 있을지는 짐작도 할 수가 없었다.

그런 생각만 하면 절망 때문에 몸이 마비되는 것만 같았다. 그러나 지금은 그런 근심 따위는 전부 떨쳐내 버려야 했다. 다른 방도가 없다는 명확한 사실 아래 감춰 두어야 했다.

후퍼는 다른 이들에게 가까이 붙으라고 손짓하고는, 앞장서서 격납고의 외벽을 따라 앞으로 나아갔다. 그리고 육중한 초록색 문에 도착해서 접속 코드를 입력했다. 문이 가벼운 슉 소리와 함께 열렸고, 안에서 자동으로 조명이 켜졌다.

"모두 들어가시오." 그가 중얼거렸다.

그들은 후퍼를 지나 방 안으로 들어갔고, 리플리가 맨 마지막으로 따라왔다.

"여긴 뭐죠?" 그녀가 물었다.

"작업실이오." 후퍼가 대답했다. 그는 마지막으로 뒷걸음질치며 방 안으로 들어와서는 문을 닫으며 격납고 안을 훑어보았다. 그런 다음에야 그는 뒤로 돌아서며 긴장을 풀었다.

파월이 방 건너편의 용접대 옆에 서서 웰포드가 한 일에 대해 불평을 늘어놓고 있었다. 아니면 퉁명스러운 개자식 백스터가 오락실에서 지껄인 소리 때문일지도 모른다. 자신의 외모에서 뭔가 넋두리를 늘어놓을 거리를 찾았거나. 웰포드는 이마 위로 고글을 올린 채 전자 기구 가운데의 작업대에 앉아 있었다. 그는 파월의 끝없이 이어지는 단조로운 불평을 들으며 웃음 짓는 중이었다. '기술자들은 언제나 나사를 조인다'라고 적혀 있는 커다란 커피 머그컵을 든 채로 쉴 새 없이 온갖 소리를 조잘거리며, 파월의 낮은 목소리에 끊임없이 배경 음향을 제공하고 있었다.

후퍼는 눈을 깜박였다. 지금까지 단 한 번도, 그 두 사람이 그리울 거라 생각했던 적은 없었다. 그들은 끔찍한 죽음을 맞이했다. 피어오르는 기억을 억누를 수가 없었다. 여기서 그 친구들과 함께 정말로 오랜 시간을 보냈고, 다양한 수리와 정비 작업을 했다. 아마도 계급 때문에, 그리고 어쩌면 너무 닮았기 때문에, 후퍼보다는 서로 더욱 친하기는 했지만, 역시 그들 세 명은 한 팀이었다.

"완전 쓰레기통이군." 백스터가 말했다.

"닥쳐." 후퍼가 말했다.

"여기 꽤나 아늑한 장소로군요⋯⋯." 리플리는 웃음 지었다. 그녀는 이해를 하는 듯했다. 어쩌면 후퍼의 표정에서 읽어낸 것일지도 모른다.

후퍼는 코를 훌쩍이며 한쪽을 가리켰다.

"저 안쪽 선반에 물건이 좀 쌓여 있을 거요. 백스터, 자네하고 라샹스가 좀 확인해 주겠나? 스니든, 카샤노프, 나와 리플리를 따라오시오."

"어디로요?"

"이 안쪽으로." 그는 옆쪽 벽에 달린 문을 가리켰다. 위험 물질 표식이 붙은 채로 굳게 닫힌 문이었다.

"그 안에 뭐가 있나요?" 리플리가 물었다.

"보여주겠소." 그는 웃으며 말했다. "혹시나 불로 불을 제압할 수 있지 않을까 해서."

보안 코드를 입력하자 문이 미끄러지듯 열렸다. 안쪽에서 섬광이 번쩍이며 멸균실처럼 보이는 작은 방에 조명이 들어왔다. 작업실이라기보다는 연구 실험실처럼 보였다. 후퍼는 이 안에서 꽤나 시간을 보냈다. 화학물질을 가지고 장난을 치며 다양한 응용법을 생각해 보기도 했다. 조던 선장은 항상 연구개발 분야에서 기술자들이 취미 삼아 작업하는 것을 눈감아 줬는데, 그런 일이 지루함을 덜어줄 뿐더러 시간을 보내기에도 좋기 때문이었다. 그러나 이쪽 물건은 사실 웰포드의 창작품이나 다름없었다. 때로는 이 안에서 12시간씩 시간을 보내는 경우도 있었다. 파월을 시켜 조리장이나 오락실에서 음식물을 가져오게까지 하면서. 후퍼로서는 웰포드가 왜 그렇게 스프레이 총 기술에 흥미를 가졌는지 알 도리가 없었다. 어쩌면 단순히 그쪽에 솜씨가 좋아서였을 수도 있었다.

"그래서, 이게 뭔데요?" 리플리가 물었다.

"웰포드의 유산이죠." 스니든이 말했다. "나도 이 물건의 설계를 좀 도왔어요."

"당신이?" 후퍼가 놀라 물었다.

"물론이죠. 그 사람이 이 아래에서 사용하던 물건 중 일부는…… 솔직히 말하자면 꽤나 최첨단이었거든요."

후퍼는 웰포드가 작업하던 물건 중 하나를 들어 올렸다. 일종의 중화기처럼 보였지만, 막상 들어 보니 놀랄 정도로 가벼웠다. 그는 무기를 흔들어 보았다. 이미 용기 안이 비어 있다는 사실은 알고 있었지만.

"물총으로 그 괴물들하고 싸우려고요?" 리플리가 말했다.

"물이 아닙니다. 산성 물질이죠." 스니든이 말했다.

"불로 불을 제압하는 거요." 후퍼는 이렇게 말하고, 웃으며 총을 손에 들었다.

"광부들이 한동안 이런 비슷한 물건을 주문해 왔거든요." 스니든이 말했다. "트라이모나이트는 보통 극소량의 광맥 상태로 발견되고, 보다 밀도가 낮은 물질이 그 주변을 둘러싸고 있어요. 사암, 셰일, 석영, 기타 결정화된 물질들이요. 그걸 뚫고 들어가는 일은 항상 시간이 많이 걸리죠. 그 사람들이 원한 것은 다른 물질을 불산으로 녹여 버리고 트라이모나이트를 안전하게 꺼낼 수 있는 도구였어요."

"위험하게 들리는데요." 리플리가 말했다.

"그래서 이 물건이 아직도 여기 실험실 안에 있는 거요." 후퍼가 말했다. "보다 안전하게 현장에서 사용할 수 있는 방법을 찾아내려고 했으니까."

"그래서, 찾아냈나요?"

"찾아내지 못했소." 후퍼가 말했다. "하지만 지금 당장은 안전 따위는 별로 신경 쓰이지 않는군."

"놈들이 이런 것에 눈 하나 깜짝할 것 같아요?" 카샤노프는 여전히 부정적인 태도로 물었다. "혈관 속에 산이 흐르는 놈들이잖아요!"

"알아낼 방법은 하나밖에 없지." 후퍼가 말했다. "여기 총이 두 벌 있소. 장전을 끝낸 다음 여기서 나가도록 합시다."

＊　＊　＊

10분 후, 그들은 작업실의 잠긴 문 앞에 섰다. 후퍼는 필요할 만한 모든 도구를 집어넣은 가방을 어깨에 짊어지고 있었다. 그와 스니든은 용기에 불산을 가득 채운 스프레이 총을 들었다. 리플리와 라샹스가 폭약 섬퍼를 들었고, 약실에는 15센티미터 쇠못을 장전해 놓았다. 허리에는 여분의 탄환이 들어 있는 탄띠를 차고 있었다. 백스터와 카샤노프는 새로 충전을 끝낸 플라즈마 토치를 들었다.

보다 안전해진 기분이 들어야 정상이었다. 준비를 마쳤다는 기분이 들어야 했다. 그러나 문을 열 준비를 하면서 후퍼가 느끼는 감정은 공포뿐이었다.

"모두 나를 따라오시오." 그가 말했다. "스니든, 후미를 맡아요. 눈과 귀를 활짝 열고 있으시오. 천천히, 쉬지 않고 움직일 거요. 거주 구역으로 돌아가서 계단을 타고 도킹 구역으로 내려갈 거요. 3번 베이 밖의 복도에 도착하면, 그때부터 내가 작업을 시작할 거요." 그는 모두를 둘러보았다. 웃음을 지어 보이는 사람은 리플리뿐이었다.

"셋에 열겠소."

우주선의 거주 구역을 돌아 도킹 구역까지 내려가는 데 거의 30분이나 걸렸다. 평소라면 그 절반이면 충분했겠지만, 지금 그들은 그림자를 조심해야 했다.

후퍼는 언제든 살아남은 에일리언이 튀어나올 수 있다고 생각하고 있었다. 안으로 움푹 들어간 문간에서 튀어나오거나, 시야 밖의 모퉁이에서 달려오거나, 돔형의 천장이 달린 갈림길을 지날 때 위에서 덮쳐올 거라고. 스프레이 총은 장전을 마친 채로 앞을 겨누고 있었다. 폭약용 섬퍼보다는 훨씬 사용하기 쉬운 무기였다. 물론 산성 용액이 얼마나 효과가 있을지는 알 수가 없었지만, 섬퍼는 목표가 몇 미터만 떨어져 있어도 명중률이 급격하게 떨어지기 때문에 무기로서의 효용성이 부족했다. 그리고 플라즈마 토치는 아마도 괴물들보다 그들 자신에게 더 위험할 것이다.

델라일라 호에서 목격한 것처럼.

후퍼는 손가락으로 방아쇠를 쓰다듬었다. 호흡기를 착용해야 할 텐데. 그는 이렇게 생각했다. 고글도. 방독면도. 불산 용액이 그에게 튀기라도 하면, 아니면 공기 중으로 분사되어 그의 피부로 흘러와 닿기라도 하면, 그는 그대로 바삭하게 구워질 것이다. 옷, 피부, 살점, 뼈, 그 모두가 극도로 부식성인 용액 앞에서 녹아내릴 것이다.

어리석은 짓이었다. 어리석었어! 괴물에게 같은 식으로 되갚아 줄 수 있다는 생각에만 사로잡혀 있었다. 그는 다른 방안을 찾아 머리를 굴렸다.

다시 섬퍼를 드는 쪽이 나을지도 모른다.

백스터가 플라즈마 토치를 들고 앞장서게 해야 할지도 모른다.

일단 멈춰서 상황을 다시 고려해 보는 쪽이 나을지도 모른다.

후퍼는 깊게 숨을 내쉰 다음, 이를 앙다물었다. 빌어먹을, 그냥 이대로 가자고. 더 이상 생각해 봐야 소용없어! 이게 끝이야.

널찍한 층계를 통해 도킹 구역으로 내려온 다음, 그들은 밝은 노란색으로 '비상'이라 적힌 세 개의 문 앞에서 잠시 걸음을 멈추었다. 백스터는 첫번째 문을 열고 세 개의 진공포장된 꾸러미를 꺼냈다.

"우주복인가요?" 리플리가 물었다.

"그렇소, 전부 그 안에 들어 있지." 백스터가 말했다. "우주복, 접이식 헬멧, 압축공기 용기, 고정용 케이블." 그는 다른 사람들을 둘러보았다. "전부 우주복 입으라고."

그들은 차례로 가방을 열고 은빛 우주복 안에 몸을 넣었다. 마치 얇고 쭈글쭈글한 비닐봉지 속으로 들어가는 느낌이었고, 각 부분이 결합하는 지점마다 뻣뻣한 고정용 고리가 있었다. 고리 사이로 천으로 된 벨트를 끼워 우주복이 너무 헐겁게 펄럭이지 않도록 만들어 주고 있었다. 헬멧 역시 비슷한 식으로 신축성이 있었으며, 통신기는 옷감 안에 누벼 넣어 고정해 놓았다. 이 우주복은 비상용으로, 치명적인 공기 누출 사태가 발생할 경우를 대비해 도킹 베이 근처에 비치해 놓은 것이다. 공기는 1시간 정도 분량밖에 되지 않으며, 우주복 그 자체도 사용자가 가장 가까운 안전지대로 대피할 때까지 사용하는 비상용품일 뿐이었다.

준비를 끝낸 다음, 그들은 계속 나아갔다.

별다른 문제없이 3번 베이 밖의 복도에 도달하자, 후퍼는 다른 사람들을 둘러보았다. 아까보다는 고양되고 자신감을 찾은 모습이었다. 그러나 여기서 자신감 때문에 일을 그르칠 수는 없었다.

"백스터, 스니든, 이쪽으로." 그는 닫혀 있는 문 너머, 리플리의 셔틀이 정박해 있는 4번 베이 쪽을 가리켰다. "4번 베이로 통하는 문을 닫고 확실히 폐쇄한 다음, 거기서 계속 지키고 있게. 카샤노프, 라샹스, 우리가 온 길로 돌아가서 남은 격벽을 전부 닫고 오도록. 리플리는 나하고 함께 간다. 서두르지."

다른 이들이 전부 가 버리고 나자, 그는 어깨에서 공구 가방을 내리고는 스프레이 총을 리플리에게 내밀었다. "잠깐 들고 있어 주시오."

그녀는 한쪽 눈썹을 치켜세운 채 산성 용액이 든 총을 넘겨받았다.

"내가 실제로 사용하기에는 너무 위험하다는 건가요?"

"리플리―"

"가르쳐 줘요. 내가 알아서 할 수 있으니까."

후퍼는 한숨을 쉬고는 이내 웃음을 지었다.

"알았소. 여기 이쪽을 누른 다음, 불빛이 붉은색으로 바뀔 때까지 기다리시오. 그리고 조준을 하고 발사하면 되는 거요. 압축된 액체를 여러 번 나누어 분사할 거요."

"제대로 된 방호 장비를 입고 사용해야 하는 거 아닌가요?"

"물론 그렇소." 그는 몸을 돌려 무릎을 꿇고는 도구 가방을 열었다. "오래 걸리지는 않을 거요." 그는 이렇게 말했다. 우주복 때문에 일반적인 움직임도 조금 어색하게 느껴졌지만, 그는 가방에서 묵직한 휴대용 드릴을 꺼내어 얇은 날을 끼운 다음, 문 한쪽 모서리에 대고 고정시켰다.

이 문 너머, 3번 베이의 대기실에는 우주의 진공이 펼쳐져 있었다.

"문이 버틸 거라고 확신할 수 있나요?" 리플리가 물었다. "이 문을 제거하고 나서, 공기가 누출되기 시작하면ㅡ"

"아니!" 그는 쏘아붙였다. "아니, 조금도 확신할 수 없소. 하지만 다른 방법이 뭐가 있소?"

리플리는 대답하지 않고 그저 고개만 한 번 끄덕일 뿐이었다.

"헬멧 착용." 그가 지시했다. "다들 고정줄을 짧게 빼서 고정된 물체에 연결하시오." 리플리는 신축성 있는 헬멧 가장자리를 고정시킨 다음 공기 공급을 시작했다. 복도 양쪽 끝에서도 다른 이들이 똑같은 작업을 수행하는 소리가 들렸다. 모두 준비가 끝났다는 것을 확인하고 나서, 그는 한 손으로 자기 헬멧을 고정한 다음 드릴을 작동시켰다.

샘슨 호를 열었을 때 이후로 가장 시끄러운 소리가 났다. 금속 드릴이 문의 표면을 뚫고 접합부에 도달해 내부를 관통하기 시작했다. 둥글게 말린 금속 조각이 로봇의 머리카락처럼 바닥으로 떨어져 내렸다. 연기가 피어올랐고, 후퍼의 시야는 드릴의 머리가 조금씩 문 속으로 파고들면서 발생하는 열기 때문에 일렁이기 시작했다.

그는 드릴에 몸무게를 실어 더 깊이 밀어 넣었다.

별로 오래 걸리지 않았다. 드릴의 날이 관통하면서 손잡이 부분이 문에 부딪쳤고, 후퍼는 전원을 껐다. 즉시 드릴 날과 금속 사이의 비좁은 공간으로 공기가 빠져나가며 높은 휘파람 소리를 내기 시작했다.

그는 리플리를 돌아보았다. 그녀는 복도 반대편의 문손잡이에 고정줄을 걸어 놓고 있었다.

"모두 준비." 그는 헬멧의 통신기에 대고 말했다. "금방 끝난다." 그는 드릴의 금속 방출 버튼 위에 장갑 낀 손을 올린 다음 힘주어 눌렀다. 쿵 하는 소리와 함께 드릴이 진동했고, 떨어져 나온 날은 그대로 문 안으로 빨려 들어가 그 너머의 대기실로 방출되었다.

후퍼는 물러선 다음 가장 짧은 고정줄을 묵직한 문손잡이에 묶고는 드릴을 걸어찼다.

작은 구멍으로 공기가 빠져나가며 날카로운 휘파람 소리가 들렸다. 문은 튼튼한 문틀 안에서 진동했지만, 그대로 단단히 버티고 있었다. 먼지가 공기 중으로 피어올라 우아한 무늬를 만들고는, 전기 공급이 불안정해져 껌뻑이는 조명 속에서 반짝이며 뒤얽힌 채 흔들렸다.

곧 공기의 흐름이 멎었고, 그들은 진공 속에 서 있게 되었다.

"모두 이상 없소?" 후퍼가 소리쳤다. 모두 괜찮았다.

이제 샘슨 호로 건너갈 때가 온 것이다.

샘슨 호 안에는 위험이 전혀 남아 있지 않을 것이라 가정하고 있었다. 에일리언 네 마리가 그 안에서 나왔다. 대기실에서 두 마리를 죽였고, 한 마리는 창문이 터져나갈 때 우주로 날아가 버렸다. 그리고 네 번째 짐승은 매리언 호 어딘가에 있었다. 괴물이 네 마리밖에 없다는 사실은 거의 확신할 수 있었지만, 놈들이 나오기 전에 샘슨 호 안에 뭔가를 남겨두고 왔을 가능성을 배제할 수는 없었다. 알이나 산성 용액 주머니, 또는 다른 수수께끼의 물질 따위를. 그들은 괴물에 대해 너무도 아는 것이 적었다.

"알다시피 샘슨 호 안에서는 플라즈마 토치나 스프레이 총을 사용할 수가 없소."

"그럼 내가 앞장설게요." 리플리가 말했다. 그녀는 스프레이 총을 후퍼에게 돌려주고는 폭약 섬퍼를 들었다. "그게 이치에 맞잖아요." 그리고 그녀는 다른 사람들이 입을 열기도 전에 문을 통해 밖으로 나섰다.

후퍼는 서둘러 그녀를 따라 엉망이 된 대기실과 에어록을 가로질러 짧은 도킹 암으로 들어섰다. 그녀는 열려 있는 샘슨 호의 해치 앞에서 잠시 머뭇거렸지만, 아주 잠시일 뿐이었다. 곧 그녀는 몸을 숙이고, 섬퍼를 앞으로 내민 채로 수송선 안으로 들어갔다.

"아, 빌어먹을." 그녀가 말했다.

"왜 그러는 거요?" 후퍼는 잔뜩 긴장한 채로 앞으로 나아갔다. 그러나 그도 곧 리플리가 본 광경을 목격하게 되었다. 즉시 속이 울렁거리기 시작했다.

"꽤나 즐거운 여행길이 되겠네요." 리플리가 말했다.

9

착 륙

진행 상황 보고:

수신: 웨이랜드 유타니 사, 과학 담당 부서

    (참조: 코드 937)

일시 (불확실)

전송 (대기 중)

과거 식별된 외계 생물종의 존재 확인.

다수의 개체가 소멸. 리플리 준위가 개입하였다. 계획은 만족스럽게 진행 중. 12시간 이내 추가 보고를 예상.

내게 다시 목표가 생겼다.

매리온 호에서 이탈하기 전에, 라샹스는 그들 모두에게 자신이 이 우주선에서 가장 뛰어난 조종사라고 몇 번이고 확인시켜 주었다. 그러나 이런 가벼운 유머로는 그리 분위기를 전환시킬 수가 없었다.

후퍼가 리플리 쪽으로 몸을 기울이고 저 프랑스인이 은하계에서 가장 뛰어난 조종사일 수도 있다고 설명해 주기는 했지만, 그녀는 그저 끓어오르는 메스꺼움을 다스리기 위해 노력하고 있을 뿐이었다.

이번 작전이 유일한 기회라는 것만으로도 충분히 고약했다. 그러나 이런 상태의 수송선을 사용해 착륙을 시도할 생각을 하니, 운명의 여신이 지금까지 일어난 온갖 고약한 일들을 그들의 얼굴에 들이밀어 문대는 것만 같다는 생각이 들었다.

내부 기압을 정상으로 돌리고 나서, 일행은 우주복 안의 제한된 산소를 아끼기 위해 헬멧을 벗었다.

단단히 고정되어 있지 않은 물체들은 전부 공기가 누출되는 순간 함께 빨려나가 버렸다. 그러나 여전히 핏자국은 남아 있었다. 크림색 내부 벽면 위로, 연푸른색 좌석 위로, 그리고 올록볼록한 금속 바닥 위로, 검은 자국이 사방에 흩뿌려진 채 말라붙어 있었다. 그리고 거의 하루 동안 진공 상태였는데도 부패의 냄새가 여전히 강하게 남아 있었다.

팔 한쪽이 객실 좌석 뒤쪽에서 비쭉 나와 있었다. 손톱을 세운 채로 좌석 고정대를 거의 감싸듯 쥐고 있었고, 옷과 피부 사이로 뼈가 보였다. 리플리는 다른 사람들이 그 팔을 보지 않으려 최선을 다하고 있다는 것을 깨닫고, 혹시 사람들이 저 팔의 주인이 누군지 알고 있는 것은 아닐까 하는 생각을 했다. 찢어진 옷자락에는 엉망이 된 기장이 붙어 있었고, 한쪽 손가락에는 금반지가 보였다.

한쪽으로 치워 놓아야 할 것만 같았지만, 아무도 그걸 건드리고 싶지 않은 모양이었다.

그리고 인간의 육신 파편 외에도, 에일리언이 남기고 간 것들도 있었다.

샘슨 호의 객실 쪽은 개방된 공간에 두 줄의 좌석이 서로를 마주하고 있는 구조였다. 한 줄에 열두 개의 의자가 있었다. 일행은 이쪽 공간에 있는 장비 보관함에 무기를 수납했다. 그리고 낮은 선반과 옷걸이가 달린 단상도 하나 있었다. 앉은 상태에서도 이 단상 건너편을 바라보며 서로 이야기를 할 수 있었다.

객실 끝에는 격벽 위에 두 개의 좁은 문이 붙어 있었다. 하나는 화장실 표식이 붙어 있었고, 다른 하나는 리플리가 추측하기에 기관실로 통하는 듯했다.

일행은 살짝 높은 조종 갑판 쪽에 최대한 가까운 자리를 택했다. 라샹스와 백스터는 조종석에 자리를 잡고, 리플리와 후퍼가 객실 한쪽에 앉고, 카샤노프와 스니든이 반대쪽에 앉았다. 후미 쪽을 원하는 사람은 아무도 없었다.

아니, 그쪽으로 시선을 돌리려 하는 사람조차 없었다.

이 수송선에서 지내는 동안, 에일리언들은 어둑한 후미를 자기네 구역으로 사용한 모양이었다. 바닥, 벽, 천장이 전부 두껍고 꺼끌꺼끌한 물질로 뒤덮여 있었다. 양쪽 문에도 그대로 들러붙어서, 녹아내리고 타버린 다음 다시 굳어진 플라스틱 가로대처럼 이리저리 가로지르고 있었다. 마치 생물체의 돌출부처럼 보였다. 어떤 곳은 묵직하고 어두운 색이고, 다른 쪽은 젖은 것처럼 번들거리며 반짝이고 있었다. 리플리에게 익숙한 끔찍한 형체가 들어앉았던 것처럼 보이는 빈 공간도 있었다.

에일리언이 저곳을 휴식처로 삼았던 것이다. 최근까지 이곳에 어떤 놈들이 있었는지 뚜렷이 알려주는 모습이었다.

"이번 비행은 금방 끝났으면 좋겠네요." 스니든이 말했다. 옆에서 카샤노프가 고개를 끄덕였다.

"라샹스?" 후퍼가 물었다.

"최종 체크 중입니다." 조종사가 대답했다. 그는 조종석에 앉아서 몸을 앞으로 기울이고는 제어판 위로 바삐 손을 움직이고 있었다. 그의 눈앞에 화면이 켜졌고, 옆쪽 벽면에도 두 개가 들어왔다. "백스터? 매리언의 컴퓨터 접속은 아직인가?"

"이제 막 접속한 참이야." 백스터가 말했다. 그는 부조종석에 앉아서 무릎 위로 키보드를 올리고는 눈앞에 고정되어 있는 화면 위를 흘러가는 기호들을 바라보며 손가락을 놀리고 있었다. "이제 진로 설정 프로그램을 불러내 보지…… 아, 이제 됐군." 전면의 창문이 뿌옇게 흐려지더니 곧 다시 투명해졌고, 그와 함께 촘촘한 눈금과 좌표가 창문 위를 가득 채웠다.

"그럼 이제 이륙합니다." 라샹스가 말했다. "우선 매리언 호에서 떨어져 나오고 싶군요. 아직도 우리와 같은 궤도를 돌고 있는 파편이 있을까봐 걱정이 되거든요."

"이렇게 오래 지났는데도?" 카샤노프가 물었다.

"가능성은 있으니까요." 라샹스가 대답했다. "좋아, 다들 안전벨트는 하셨습니까?"

후퍼는 리플리 쪽으로 몸을 숙여 벨트를 확인했다. 갑작스레 그가 가까이 다가오자 그녀는 깜짝 놀랐고, 안전벨트를 조이는 동안 그녀의 엉덩이와 어깨에 그의 팔이 스쳤다.

"좀 흔들릴 거요." 그가 웃으며 말했다. "저 바윗덩이의 기후 상태는 끔찍하거든."

"멋지군요. 고마워요." 그녀가 말했다. 후퍼는 고개를 끄덕이고는, 리플리와 눈을 마주하다가 이내 고개를 돌렸다.

방금 뭐야? 그녀는 생각했다. 정신 차려, 리플리. 우주 변방에서 괴물의 습격을 피해 도망치는 와중인데, 흥분할 생각이 든단 말이야? 그녀는 소리 내지 않고 웃으면서도, 후퍼가 자신의 호흡이 거칠어진 것을 알아챘다는 것을 눈치챘다.

"상황이 어떤가?" 후퍼가 물었다.

"시스템은 전부 작동합니다." 라샹스가 말했다. "관성 제동기가 조금 고장이 나서, 평소보다 더 거칠게 느껴질 수도 있을 겁니다."

"아, 끝내주네요." 스니든이 말했다.

"당신네는 얼마나 자주 아래 내려가 봤어요?" 리플리가 물었다.

"우리들 모두 몇 번씩은 내려가 봤소." 후퍼가 말했다. "카샤노프는 치료가 필요한 응급 상황이 발생해서, 나머지는 온갖 이유 때문에. 하지만 주로 채굴반 사람들만 행성에 내려갔지."

"조금만 있으면 그 이유를 알게 될 걸요." 카샤노프가 나직하게 말했다. "이 행성은 제대로 된 똥통이거든요."

"좋아요, 여러분." 라샹스가 말했다. "라샹스 우주 항공을 이용해 주셔서 대단히 감사합니다. 저녁식사는 이륙 후 30분에 제공됩니다. 오늘 메뉴는 랍스터 라비올리와 샴페인입니다. 기내 오락 활동은 선택하실 수 있고, 멀미용 봉투는 좌석 아래 있습니다." 그는 이렇게 말하며 웃었다. "꼭 필요하실 겁니다. 10초 후 도크에서 이탈합니다." 그는 자동 카운트다운 버튼을 올렸고, 리플리는 마음속으로 숫자를 세기 시작했다.

아홉…… 여덟…….

"전자 개폐 장치 이탈. 자기력 고정 종료."

……여섯…… 다섯…….

"역추진 분사 준비. 신호에 맞춰 점화할 것."

……셋…….

"승객 여러분은 가벼운 충격을 경험하실 수도 있습니다."

가벼운 충격이라는 게 대체 뭐야? 리플리는 생각했다. 후퍼가 그녀의 손을 잡고 지그시 눌러 주었다. 스니든과 카샤노프는 겁을 먹은 표정이었다.

"……하나…… 점화."

순간 아무것도 느껴지지 않았다. 다음 순간, 리플리의 뱃속이 울렁거리며, 뇌가 두개골에 부딪쳐 튕겼다. 감각이 엉망으로 뒤얽히며, 들숨이 허파를 때렸고, 끔찍한 굉음이 객실을 가득 채웠다.

그녀는 간신히 고개를 돌려 후퍼 건너편의 전면 창문과 조종 갑판 쪽을 바라보았다. 빠른 속도로 매리언 호에서 떨어져 나오자, 다른 쪽 수송선의 충돌로 인한 피해 상황이 훨씬 명확하게 보이게 되었다. 우주선 하부의 다른 쪽에 정박하고 있는 나르시서스 호의 모습을 보자, 묘하게도 셔틀에서 떨어지는 것이 초조하게 느껴졌다. 의식이 없는 상태였기는 해도 오랜 시간 그곳에서 세월을 보냈기 때문일까.

그러나 셔틀의 문은 확실히 밀폐해 놓았고, 존시는 어차피 대부분의 시간을 자면서 보낼 것이다. 먹이도 충분히 준비해 놓고 왔다.

사이렌이 울부짖었고, 경적 소리가 객실 안을 가득 메웠다. 우주선의 위치가 바뀌었다. 라샹스는 침착하게 모든 상황을 제어하고 있는 듯, 그와 정면 창문 사이에 있는 온갖 버튼과 제어기 사이로 손을 바삐 움직이고 있었다. 매리언이 창문에서 모습을 감추었고, LV178의 모습이 시야로 들어왔다. 우주선이 진동하고 있어서 제대로 형체를 알아보기는 힘들었다. 리플리에게는 창문 너머에 묻은 지저분한 누런 얼룩으로만 보였다.

잠시 후 라샹스가 버튼을 누르자 방열 보호판이 내려와 시야를 가려 버렸다.

"이제 슬슬 대기권에 대고 물수제비 놀이를 시작해 볼까요." 그가 말했다.

인공 중력이 행성의 실제 중력에 맞추어 변동하기 시작했다. 스니든이 구토를 시작했다. 그래도 앞으로 몸을 숙이고 대부분의 토사물을 자기 다리 사이로 조준하기는 했다. 카샤노프는 시선을 옆으로, 그리고 다시 앞으로 돌리면서, 눈을 감고는 의자 팔걸이를 꽉 붙들었다. 너무 세게 붙들어서 손마디가 검은 피부 위의 하얀 진주처럼 보일 정도였다.

후퍼가 그녀의 손을 거의 고통스러울 정도로 단단히 붙들었지만, 리플리는 개의치 않았다.

샘슨 호가 점점 강하게 흔들리고 있었다. 매번 충격이 찾아올 때마다 수송선이 찢어질 것만 같았고, 리플리는 몸이 울릴 때마다 신음과 숨 막히는 소리를 억누를 수가 없었다. 노스트로모에서 LV426으로 내려가던 때가 떠올랐지만, 이번이 훨씬 고약했다.

그녀는 에일리언이 남기고 간 기묘한 물질의 구역을 바라보았다. 공기 누출 과정을 버티고 아무 손상 없이 남아있는 것을 보니 분명 상당히 단단한 재질이었다. 그러나 여기에서 보면 거의 부드럽게만 보였다. 마치 거대한 거미줄 위에 재와 먼지가 내려앉은 것 같았다. 괴물들이 여기서 휴면 상태를 취한 것이 분명했다. 만약 샘슨 호를 열려고 하지 않았다면, 놈들이 얼마나 오래 잠든 상태로 기다릴 수 있었을지 궁금했다.

그녀의 생각은 곧 다른 쪽으로 흘러갔고, 이윽고 아래에 무엇이 있는지가 두려워졌다. 후퍼의 계산에 따르면 행성에는 18명의 광부들이 남아 있을 것이며, 그들에게 무슨 일이 일어났는지 아는 사람은 아무도 없었다. 그들이 무엇을 발견했는지, 어쩌다 에일리언들이 공격을 하게 되었는지, 에일리언들이 어디서 처음 발견되었는지, 제대로 아는 것이 전혀 없었다. 그렇다면 예의 트라이모나이트 채굴 갱도야말로 그녀에게 있어서는 우주에서 가장 가고 싶지 않은 곳이었다. 하지만 동시에 생존을 향한 유일한 희망 역시 그곳에만 남아 있었다.

연료 전지를 확보해서 다시 빠져나온다. 후퍼의 계획은 이것이었다. 다른 이들도 모두 동의했다.

수송선의 동체가 흔들리며 산산조각이 날 것만 같았다. 리플리가 모든 근심이 바로 이곳에서 끝날지도 모른다고 생각한 순간, 라샹스가 다시 입을 열었다.

"잠시 후 약간 흔들릴 수 있습니다."

스니든은 다시 몸을 앞으로 숙이고 구토를 했다.

리플리는 몸을 뒤로 젖히고 눈을 감았고, 후퍼는 그녀의 손을 더욱 세게 감싸 쥐었다.

영원처럼 느껴지는 시간이었지만, 한 시간도 지나지 않아 그들은 LV178 의 대기권 깊숙이 들어와, 채굴 현장을 향해 고도 1.6킬로미터 위를 날고 있었다. 백스터는 진로 설정 컴퓨터를 켜고 채굴 시설이 960킬로미터 떨어져 있다고 계산해 냈다.

"한 시간 좀 넘게 걸리겠군요." 라샹스가 말했다. "더 빨리 갈 수도 있지만, 아직 폭풍이 꽤나 거칠어서 말입니다."

"당신이 할 말 맞춰볼게요." 카샤노프가 말했다. "손님 여러분. 기체가 흔들릴 수 있습니다."

"살짝 흔들릴 겁니다." 라샹스가 웃으며 대답했다.

"우리가 어떻게 아직도 날고 있는 거죠?" 스니든이 물었다. "이 수송선이 어떻게 아직도 부서지지 않고 있는 거예요? 위장이 입 밖으로 튀어나오는 줄 알았다고요."

"우리가 강인한 우주 탐험가이기 때문이지." 백스터가 말했다.

사실 대기권에 진입하고 백스터가 진로를 계산하고 난 다음에는, 진동과 충격은 급격히 줄어들었다. 라샹스는 자동 조종 시스템에 제어권을 넘기고는 조종석을 뒤로 빙글 돌렸다.

"랍스터를 내올까요." 그가 말했다.

스니든이 신음했다. "라샹스, 한 번만 더 음식 이야기를 하면, 그 결과에 대해서는 내가 책임지지 않을 거예요."

"좋아. 모두들, 이제 한 시간 정도 시간이 있소." 후퍼가 말했다. "다음에 무엇을 할지 논의하는 편이 좋겠군."

"착륙해서 연료 전지를 손에 넣고, 다시 이륙하는 거죠." 리플리가 말했다. "아닌가요?"

"그게……."

"왜요?" 그녀가 물었다.

"그렇게 간단하지는 않을 수도 있소." 후퍼가 말했다. "여러 변수가 있으니까."

"아, 끝내주네요." 카샤노프가 말했다. "저 괴물들 이상 가는 변수가 존재하기는 한다는 건가요?"

"착륙장." 후퍼가 말했다. "갱도에 진입하는 방법. 내부 공기 상태. 피해 정도. 그리고 연료 전지는 꽤나 아래층에 저장되어 있소."

"무슨 말인지 좀 알려줄 수 있어요?" 리플리는 주변 사람들을 둘러보며 물었다.

스니든이 손을 들었다. "나는 그냥 과학 장교일 뿐이라고요."

"이 행성의 대기 상태는 그다지 좋지 않소." 후퍼가 말했다. "갱도와 지상 구조물은 환경제어 돔 안에 들어가 있소. 착륙장은 외부에 있고, 짧은 터널을 통해 돔과 연결이 되어 있지. 돔 안에는 지상 건물이 여러 채 있소. 창고, 식당, 주거 구역…… 그리고 갱도로 통하는 입구가 두 군데 있는데, 안전을 위해 추가로 폐쇄 장치가 있소.

일단 갱도 안에 들어가면, 양쪽으로 철책이 달린 승강기를 타고 9층까지 내려갈 수 있소. 맨 위의 3층은 채굴이 끝나서 텅 비어 있소. 4층에 연료 전지가 다른 예비 보급품과 함께 저장되어 있소. 식량, 식수, 장비, 기타 등등. 대부분의 예비 보급품은 재난이 일어날 경우를 대비해 지하에 위치해 있소. 그래야 갱도 안에 있는 사람들이 사용할 수 있을 테니까. 그리고 5층부터 9층까지는 현재 채굴 작업이 진행되고 있는 구역이오."

"그렇다면 그 아래쪽 구역 중 하나에서 에일리언을 발견한 거겠군요?" 리플리가 물었다.

"그럴 가능성이 높을 거요."

"그럼 안으로 들어가서, 지하 4층까지 내려간 다음, 연료 전지를 가지고 돌아오면 되겠군요."

"그렇지." 후퍼가 말했다. "하지만 지금 갱도 안이 어떤 상태인지를 알 수가 없소."

"한 번에 하나씩 해 나가면 되잖아요." 카샤노프가 말했다. "뭘 발견하든 최대한 대처해 나가면 되죠."

"그리고 최대한 빠르게." 스니든이 말했다. "여러분 생각이 어떤지는 모르지만, 나는 이 아래에 꼭 필요한 것보다 일 분도 더 있고 싶지 않거든요."

그 말을 하고 나자, 침묵이 무겁게 드리웠다. 라샹스는 다시 의자를 돌리고는 비행 제어 컴퓨터를 지켜보았다. 백스터는 항로 화면을 확인했다. 리플리와 다른 이들은 조용히 앉아서, 서로 눈을 마주치거나 에일리언들이 남기고 간 괴상한 조형물을 바라보지 않으려 하고 있었다.

리플리는 간단한 해결책을 택했다. 눈을 감는 것.

리플리는 후퍼가 흔들어 깨우는 바람에 깜짝 놀라고 말았다. 정말로 잠들었던 걸까? 이렇게 흔들리고 소음으로 가득한 와중에도?

"자자, 이 정도면 충분히 오래 자지 않았소?" 후퍼가 말했다. 다른 사람이라면 짜증이 났겠지만, 그의 목소리에는 나름 이해한다는 듯한 경쾌한 구석이 있었다. 게다가 거의 슬픈 듯 머뭇거리는 기색도 느껴졌다.

"도착했나요?"

"이제 시설 위를 선회하는 중이오."

"조명은 켜져 있는데요." 라샹스가 비행 갑판 쪽에서 말했다.

"하지만 응답은 없네." 백스터가 대답했다. "돔은 무사한 것 같군. 딱히 손상은 보이지 않아."

리플리는 한동안 기다리며 수송선의 미묘한 진동을 느꼈다. 잠이 들었을 때보다 훨씬 부드럽게 날고 있는 느낌이었다. 그녀는 안전벨트의 해제 버튼을 누른 다음 자리에서 일어섰다.

"리플리?" 후퍼가 말했다.

"구경이나 하려고요." 그녀는 앞으로 나가 조종석의 뒤편에 몸을 기댔다. 프랑스인은 나른하게 몸을 돌리며 그녀를 곁눈질했다.

"내 조종석을 보러 온 겁니까?" 그가 물었다.

"안내 부탁드리죠." 그녀가 대답했다.

전면 창문은 먼지 때문에 뿌옇기만 했지만, 선회하는 수송선 아래쪽에 구획된 금속 돔의 모습을 알아볼 수 있었다. 한쪽 면은 밀려오는 모래에 거의 파묻혀 있었다. 내부의 모습도, 출입구도 전혀 확인할 수가 없었다.

"암담하군요." 그녀가 말했다.

"그런 말은 안에 들어간 다음에 하시오." 백스터가 말했다.

"착륙장은 어디 있나요?"

라샹스는 샘슨을 살짝 기울이며 옆으로 몰고는, 돔 바로 위쪽을 맴돌았다. 그는 한쪽을 가리켰다. 리플리는 마찬가지로 유사에 반쯤 파묻혀 있는 세 개의 툭 튀어나온 형체를 확인할 수 있었다.

"더 접근해 보게." 후퍼가 두 개의 조종석 뒤편으로 다가와 리플리와 합류하며 말했다. "저 아래에서 무슨 일이 벌어졌는지는 알 수가 없지만, 우주선에 탑승할 때까지 추격을 당했을 가능성이 높겠지."

"그걸 어떻게 알아요?" 여전히 안전벨트를 찬 채로, 스니든이 자기 자리에서 물었다.

"샘슨 호가 꽤 많은 사람들을 버리고 왔기 때문이오."

라샹스는 고도를 낮춰 착륙장에 접근했다. 착륙장은 돔에서 이백여 미터 밖에 떨어져 있지 않았고, 리플리는 지표 아래 연결 터널이 있음을 알려주는 표시를 확인할 수 있었다. 샘슨 호 안에서는 느낄 수 없는 바람이 모래를 불어 올려 땅 위를 휩쓸고 있었다. 모래가 믿을 수 없도록 우아한 형상을 끊임없이 만들어 내는, 두렵지만 묘하게도 아름다운 풍경이었다. 인공적인 채굴 시설만 제외하면, 사막의 풍경은 한 순간에 그치지 않고 수년 동안 흘러가는, 얼어붙은 바다 같았다.

수 킬로미터 떨어진 곳의 구름 속에서는 전기 폭풍이 번쩍였다.

"대체 어떻게 착륙 할 거예요?" 리플리가 물었다.

"보통은 지상 요원들이 착륙장을 치워 놓지요." 라샹스가 말했다. "커다란 공기 분출기도 있고, 모래를 퍼내는 기계도 있고. 뭐, 괜찮을 겁니다. 나는 솜씨가 좋거든요."

"그 말만 계속 하고 있는데, 아직 증거를 못 봐서요." 그녀가 말했다.

"우리를 기다리고 있는 고약한 친구들은 보이지 않는군." 후퍼가 말했다.

"이런 날씨에?" 백스터가 물었다.

"놈들이 어떤 환경에서 살 수 있는지, 아니 어떤 환경을 선호하는지조차 모르잖아요." 리플리가 말했다. 그녀는 애쉬를 떠올렸다. 정체가 드러나기 전, 에일리언을 연구하던 때의 애쉬가. 그는 놈들이 우주선의 환경에 훌륭하게 적응했다고 말했다. 어쩌면 놈들은 모래를 뒤집어쓰고 폭풍에 시달리는 환경을 선호하는지도 모른다.

"안전벨트를 착용해 주십시오, 신사 숙녀 여러분." 라샹스가 말했다. 그는 계기판을 확인하고, 자신의 앞에 펼쳐져 있는 항로 제어 시스템을 손으로 쓸어본 후, 다시 자기 자리에 앉았다.

리플리와 후퍼는 자리로 돌아가서 안전벨트를 착용했다. 그녀는 후퍼가 자기 벨트를 다시 확인해 주기를 기다리다가, 스니든이 그녀와 후퍼를 번갈아 바라보며 히죽거리는 모습을 목격했다. 리플리는 그녀를 똑바로 쏘아 보았다.

스니든은 얼른 시선을 돌렸다.

역추진 분사를 시작하자 샘슨 호가 흔들렸다. 잠시 후 묵직한 충격이 느껴졌고, 엔진의 회전수가 줄어드는 소리가 들렸다.

"도착했습니다." 라샹스가 말했다. "솜씨 끝내준다고 말했죠."

후퍼는 숨을 내쉬었고, 리플리는 객실 건너편에서 카샤노프가 기도와 비슷한 무언가를 중얼거리는 소리를 들었다. 벨트를 푼 다음, 그들은 자리에서 일어나 기지개를 켜고는, 수송선 앞쪽으로 모여 바깥 풍경을 바라보았다.

라샹스는 돔을 향하도록 수송선을 착륙시켰다. 착륙장에서 돔으로 연결되는, 땅 속에 반쯤 파묻혀 있는 터널의 모습이 명확하게 보였다. 그리고 땅에 내려서고 나자 갑자기 폭풍이 훨씬 심해진 느낌이었다. 어쩌면 아래쪽에는 휘날릴 모래의 양이 더 많기 때문일 수도 있겠지만.

"우주복 착용." 후퍼가 말했다. "무기를 드시오. 라샹스, 자네는 나와 함께 전열에 선다. 내가 문하고 해치를 열어야 하니까. 백스터, 자네가 후미를 맡게."

"왜 내가 마지막으로 가야 하는 건가?" 통신 기술자가 물었다.

"당신이 신사니까 그렇죠." 스니든이 말했다. 카샤노프는 키득거렸고, 백스터는 마음에 들지 않는다는 표정이었으며, 리플리는 이들 사이의 인간관계가 어떻게 얽혀 있는지 궁금해졌다. 아직 감도 잡을 수가 없었다. 그렇게 오랫동안 한데 모여 있던 사람들이니까.

문득 샘슨 호의 내부가 지금까지보다 훨씬 안전하게 느껴졌다. 리플리는 마음을 다잡고 있으면서도 그 끔찍한 기억을 제대로 떨쳐내지 못했다. 빠르고 잔인한 괴물들에게 살해당한 파월과 웰포드에 대한 새로운 기억, 그리고 노스트로모 호에서 일어났던 과거의 기억 양쪽 모두. 그녀는 앞으로 끔찍한 기억이 더 많이 만들어질 거라는 느낌을 떨쳐낼 수가 없었다.

물론 기억할 수 있게 살아남는다면 말이지만.

"최대한 붙어서 전진하죠." 그녀가 말했다. 아무도 대답하지 않았다. 모두가 지금 어떤 위험을 감수하는지 알고 있었고, 모두가 놈들이 움직이는 모습을 직접 보았으니까.

"빠르지만 조심해서 움직이시오. 달려나가지 말고. 영웅이 될 생각은 하지 말도록." 후퍼가 말했다.

일행은 헬멧을 고정한 다음, 서로의 우주복과 공기 잔량을 확인하고, 통신기를 시험해 보고, 무기를 손에 들었다. 리플리가 보기에는 다들 너무 연약해 보였다. 에일리언이 구멍을 뚫고, 찢어발기고, 집어삼키기 딱 좋은 하얀색 애벌레처럼 보였다. 그리고 모두 앞으로 무슨 일이 벌어질지 감도 잡지 못하고 있다.

어쩌면 모르는 게 약일지도 모른다. 갱도 아래에서 무엇을 마주하게 될지 명확하게 알게 된다면, 도저히 들어갈 엄두가 나지 않을지도 모르니까.

심호흡을 하며, 아마도 엄마가 죽었을 거라고 여기고 있을 아만다를 생각하며, 리플리는 살아남기 위해서는 어떤 일이든 하겠다고 마음속으로 굳게 다짐했다.

라샹스가 외부 해치를 열자 폭풍이 수송선 안으로 밀려들었다.

PART 2

그 들 의 영 역

10

허물

"저건 대체 뭐요?" 후퍼가 물었다.

"제가 보기에는…… 가죽이나, 뭐 그런 걸로 보이는군요." 라샹스가 말했다.

"놈들은 허물을 벗어요." 리플리가 그들 옆에 서면서, 폭약 섬퍼를 앞으로 겨누었다. "성장할 때마다 허물을 벗죠. 그리고 얼마나 빠르게 성장하는지는 직접 확인했을 테고요."

"대체 얼마나 많은 거지?" 후퍼는 옅은 노란색 물질을 부츠 끝으로 헤집어보려다 움직임을 멈추었다. 무언가 거슬렸다. 저것을 만지고 싶지도 않았다.

"그만 됐어요." 스니든이 말했다. 초조하고 흥분한 목소리였고, 후퍼는 벌써부터 다른 스프레이 총을 그녀에게 맡겨 두어도 괜찮을지 의문을 품기 시작했다.

하지만 어차피 그들 모두가 겁을 먹고 있었다.

그들은 별다른 사건 없이 폭풍이 몰아치는 착륙장을 건너 터널 입구에 도달했다. 격렬한 바람, 휘몰아치는 모래, 울부짖는 폭풍 때문에 초조감에 휩싸였다. 기후가 자동으로 조절되는 우주선에서 살다 보면 이런 원초적인 환경에는 도저히 익숙해질 수가 없었다.

터널 내부 조명은 여전히 작동하고 있었으며, 절반쯤 가니 전투의 흔적이 보였다. 보관용 용기와 금속 통으로 만든 조잡한 임시 장애물이 전부 옆으로 쓸려나가고, 짓밟히고, 부서지고, 터져 있었다. 천장과 벽의 금속판에는 충격으로 인한 상처가 보였고, 얼룩덜룩한 바닥판은 녹아 내린 채 들려 올라와 있었다. 산이 튄 흔적은 명백했지만, 그 원인이 되었을 에일리언은 다친 놈이든 죽은 놈이든 전혀 보이지 않았다.

그들은 터널 끝에 도착해서, 채굴 시설의 지상 돔으로 통하는 육중한 격벽 문 앞에 섰다. 누구도 섣불리 문을 열려고 하지 않았다. 저번에 문을 열었을 때 무슨 일이 있었는지 다들 기억하고 있었으니까.

"안을 확인할 방법이 없나요?" 리플리는 문 쪽을 향해 고개를 끄덕이며 말했다.

"백스터?" 후퍼가 물었다.

"채굴 설비 쪽의 보안 카메라에 접속할 수 있을지도 모르겠군." 통신 장교는 이렇게 말했다. 그는 플라즈마 토치를 조심스레 내려놓고는 우주복의 널찍한 주머니에서 태블릿 컴퓨터를 꺼냈다.

폭풍이 터널 위쪽의 지표를 휩쓸고 지나갔다. 모래가 수백만 번에 걸쳐 금속 표면을 때리고, 바람이 둥글게 굽어진 금속 껍질을 두드리며 지나가는 소리가 들렸다. 터널과 금속 돔은 이런 적대적인 환경으로부터 채굴 현장을 지키기 위해 만들어진 것이다. 거의 30년 전에 갱도를 뚫기 위해 막대한 금액을 투자했으며, 지금까지 유지 보수를 하는 것만으로도 상당한 골칫거리였다. 하지만 트라이모나이트의 유혹은 엄청났다. 산업적인 용도, 그리고 매우 희귀한 보석으로서의 가치 덕분에 투자의 대가를 확실히 받아낼 수 있었다. 적어도 실제로 금전적인 이득을 취할 수 있는 이들에게는.

항상 그렇듯이, 적대적인 기후를 이겨내고 위험을 마주해야 하는 노동자들이야말로 가장 얻을 것이 없는 이들이었다.

"시스템이 작동 중인지 확인할 수 있나요?" 리플리가 물었다. 다급한 목소리였다.

"좀 기다려 보시오!" 백스터가 쏘아붙였다. 그는 무릎을 꿇고는 태블릿을 허벅지에 올려놓은 채 균형을 잡았다.

아직까지는 괜찮아, 후퍼는 이렇게 생각했지만, 사실 그리 많이 온 것도 아니었다. 이 문 뒤에 뭐가 있을지는 아무도 몰랐다. 그는 지표의 건물들과 돔 내부가 거대한 둥지일 것이라고 상상해 보았다. 수천 마리의 에일리언들이 무리지어 땅 위와 벽을 돌아다니며, 샘슨 호 내부에 있던 그 괴상한 물질로 만든 구조물에 매달려 있을 거라고.

생각만으로도 혐오감이 물리적으로 느껴져 몸을 떨었지만, 기분 나쁜 느낌은 도저히 사라지지 않았다.

"됐다." 백스터가 말했다. 후퍼는 그가 자기 눈을 믿지 못하고 비명을 내뱉기를, 공포에 질려 고함을 지르기를 기다렸지만, 그런 일은 벌어지지 않았다. "후퍼?"

그는 백스터 옆으로 가서 화면을 내려다보았다. 화면 상단에는 섬네일 여러 개가 떠 있었고, 주 화면에는 한쪽 상단에서 아래를 찍은 것처럼 돔 내부의 모습이 보이고 있었다. 조명은 아직도 켜져 있었다. 움직이는 것은 없었다.

"저기 섬네일은 뭔가?" 후퍼가 물었다.

"아. 다른 카메라들이지." 백스터가 화면을 건드리자 영상들이 움직이기 시작했다. 서로 다른 각도와 고도에서 찍은, 모두 돔 내부를 보여주는 영상들이었다. 열 개 남짓한 건물과 주변에 흩어져 있는 차량들, 돔의 비교적 작은 구역 안에 평탄하게 다져 놓은 땅 모두가 후퍼의 눈에 익은 그대로였다.

딱히 이상하게 보이는 것은 없었다. 전부 꽤나 정상으로 보였다.

"피해는 없는 것 같군요." 라샹스가 말했다.

"마음에 안 들어요." 카샤노프가 말했다. 공포 때문에 평소보다 높아진 목소리였다. 공황 상태에 가까워지는 것처럼 들렸다. "놈들은 어디 있는 거죠? 다른 광부들은, 남겨두고 온 사람들은 어떻게 된 거예요?"

"갱도 안쪽 깊은 곳에 죽어 있겠죠." 스니든이 말했다. "어쩌면 처음 놈들을 발견한 곳으로 끌려갔을지도 모릅니다. 말벌이나 흰개미처럼 식량을 모아들이는 거죠."

"아, 설명 정말 고맙네요." 카샤노프가 말했다.

"전부 가정일 뿐이에요." 리플리가 말했다.

후퍼는 고개를 끄덕였다. "어차피 우리에게는 가정밖에 없지 않소. 백스터, 일행 가운데에서 걸어가면서, 계속 화면을 주시해 주게. 영상을 넘기면서 우리를 제외한 다른 움직임이 있는지 살펴보게. 뭔가 보이면 바로 알려주고." 그는 출입구 제어장치 쪽으로 가서 제어판을 살펴보았다. "여긴 다됐군. 준비들 됐소?"

백스터는 뒤로 물러섰고, 다른 이들은 무기를 손에 들고는 커다란 출입구 주변으로 대충 반원을 그리며 모였다. 아니, 무기가 아니야. 후퍼는 생각했다. 공구라고. 채굴용 공구야. 대체 우리가 이 아래까지 와서 뭘 하고 있는 거지? 그러나 다른 사람들은 그를 바라보고 있었고, 그는 침착함과 의지로 가득한 표정을 지어 보였다. 그리고 고개를 한 번 끄덕인 후, 스위치를 눌렀다.

쉿 하는 소리와 금속 긁히는 소리가 이어지며, 문이 양쪽으로 열렸다. 기압이 평형을 이루며 바람이 한 줄기 불었고, 잠시 동안 먼지 구름이 터널을 메우며 시야를 가렸다. 누군가 당황해서 소리를 질렀다. 다른 사람 하나가 재빨리 문 안쪽으로 움직여 들어갔고, 이어서 후퍼의 귀에 리플리의 목소리가 들렸다.

"이 안은 괜찮아요." 그녀가 말했다. "아무것도 없어요. 얼른 들어와요."

후퍼는 스프레이 총을 들고는 그녀 다음으로 안쪽으로 들어갔다. 다른 이들도 그 뒤를 따랐고, 카샤노프가 마지막으로 들어오며 문을 닫았다. 문 소리가 너무 크게 들렸다.

"스니든?" 후퍼가 물었다.

"전부 괜찮아요." 그녀가 대답했다. 그녀는 허리띠에 매달려 있는, 화면에 일련의 그래프와 도형이 떠올라 있는 장비를 확인하고 있었다. 그리고 헬멧을 벗어 그대로 우주복에 매달아 놓았고, 다른 이들도 똑같이 했다.

"백스터?" 후퍼가 물었다.

"뭔가 보이면 내가 알아서 알려주겠네!" 그가 쏘아붙였다.

"알았네. 좋아. 그냥 확인해 봤을 뿐이네." 그는 출입구 옆의 돔 벽에 줄지어 서 있는 강철 컨테이너 쪽으로 고갯짓을 했다. "좋아, 그럼 우주복을 벗어서 저쪽 장비 보관함에 넣어 놓으시오. 돌아오는 길에 다시 챙겨갈 거요." 일행은 우주복을 재빨리 벗었고, 후퍼는 우주복을 차곡차곡 개켜 보관함에 넣었다.

"갱도 입구는 어딘가요?" 리플리가 물었고, 후퍼는 한쪽을 가리켰다. 사실 입구는 두 개로, 양쪽 모두 아무 특색 없는 직사각형 건물 안에 있었다. 그러나 그들은 가까운 쪽으로 갈 예정이었다.

후퍼가 앞장섰다. 어색하게 스프레이 총을 들고, 적의 정체를 알면서도 이걸 무기랍시고 들고 있는 자신이 살짝 한심하다고 생각하면서. 그는 평생 총을 쏘아본 적이 없었다. 펜실베이니아 시골에 살던 어린 시절에는, 리처드 삼촌이 사격 연습을 할 때마다 그를 데려 가곤 했었다. 그는 후퍼의 손에 어떻게든 총을 들려주려 했다. 골동품 칼라시니코프, 45구경 콜트 모조품, 심지어는 식민지 해병대 69연대 〈호머의 영웅〉에서 휴가를 나온 이웃에게 불법으로 빌린 펄스 라이플까지.

그러나 후퍼는 언제나 저항했다. 묵직한 검은색의 물건은 항상 두렵게만 느껴졌고, 물건의 목적에 대한 아이 나름의 깨달음은 그런 공포를 더욱 부추기기만 했다. 나는 아무도 죽이고 싶지 않아. 그는 항상 이렇게 생각하며, 나무나 바위나 수제 과녁을 쏘는 삼촌의 얼굴을 바라보았다. 바로 그 표정 때문에 삼촌을 완전히 신뢰할 수가 없었다. 피를 갈망하는 그 표정 때문에.

수년 후, 후퍼가 처음으로 우주로 나가기 직전에, 삼촌은 살해당했다. 숲속으로 사냥을 나갔다가 등 뒤에서 총을 맞은 모양이었다. 정확히 무슨 일이 벌어졌는지 아는 사람은 아무도 없었다. 많은 사람들이 그런 식으로 목숨을 잃곤 했다.

그러나 지금, 난생 처음으로, 후퍼는 그런 총이 손에 없다는 사실을 아쉬워하고 있었다. 그 육중한 검은 금속에 대한 혐오감과, 그런 진짜 무기가 가지는 잠재적 효용성을 놓고 저울질하고 있었다.

산성용액 스프레이 총이라니. 대체 이게 뭔 말도 안 되는 소리야?

여기 돔 아래는 항상 기묘한 느낌이 들었다. 지금까지 여러 번 이곳에 내려와 봤지만 그런 오싹한 느낌은 조금도 줄어들지 않았다. 인간은 이 행성의 자연적인 환경에 돔을 씌운 다음, 그 안을 완전히 통제하여 인공 기후로 바꾸어 놓았다. 그래서 이 안쪽의 모래와 먼지는 더 이상 바람에 흩날리지 않았다. 그들은 LV178의 태양의 열기를 받지 않는 가짜 공기로 호흡했다. 돔 구조물의 하부에는 가짜 하늘을 만들었고, 돔을 지지하는 기둥과 들보에 달려 있는 수많은 조명이 아래를 비추었다.

마치 행성의 한 구역을 사로잡아 자신들의 것으로 만들려고 시도한 것만 같았다.

그리고 그런 행동이 이런 결과를 초래한 것이다.

첫 번째 갱도 출입구가 있는 건물이 가까워지자, 후퍼는 산개해서 열을 맞추어 전진하자는 신호를 보냈다. 문은 뚫려버렸거나 뭔가 걸려서 열려 있는 것으로 보였다. 만약 그 안에서 괴물이 뛰쳐나온다면, 최대한 목표를 흩어놓는 편이 유리했다. 모두가 무장을 하고 있었으니까.

그들은 걸음을 멈추었다. 누구도 먼저 돌입하고 싶지 않은 모양이었다.

"후퍼, 생각이 하나 있어요." 리플리가 속삭였다. 그녀는 폭약 섬퍼를 어깨에 둘러메고는 재빨리 건물을 향해 달려갔다. 반쯤 열린 문 앞에 도착해서, 그녀는 허리띠를 끌러 느슨한 고리를 하나 만들었다.

후퍼는 그녀가 뭘 하려는지 눈치챘다. 심장 박동이 빨라지고 감각이 날카로워지는 느낌이 들었다. 그는 자세를 낮추고는 스프레이 총의 총구를 문에서 살짝 왼쪽으로 돌렸다. 뭔가 일이 일어날 경우 리플리에게 산성 용액을 쏘아버리지 않기 위해서.

리플리는 허리띠로 만든 고리를 움직여 큼지막한 문손잡이에 걸었다. 그리고 뒤편의 다른 사람들을 바라보고 그들이 고개를 끄덕이는 것을 확인했다. 이내 그녀는 다른 쪽 손을 들고 손가락 세 개를 펴 보았다. 두 개, 한 개……

그리고 그녀는 허리띠를 잡아당겼다.

문이 모래가 쌓인 위로 움직이며 크게 끼익 소리를 냈다. 허리띠가 문고리에서 미끄러졌지만, 안에서는 아무것도 나오지 않았다.

후퍼가 입을 열기도 전에, 리플리는 폭약 섬퍼를 다시 손에 들고는 안으로 조심스레 걸음을 옮기기 시작했다.

"백스터!" 후퍼는 앞으로 달려가며 소리쳤다.

"저 안에는 카메라가 없어!" 백스터가 대답했다.

내부는 후퍼가 예상한 것만큼 어둡지는 않았다. 반투명 천장을 통해 약간이나마 외부의 인공 불빛이 들어오고 있었고, 승강기 내부의 조명도 아직 작동하고 있었다. 조명 상태는 나쁘지 않았다.

나쁜 쪽은 그 불빛 아래 보이는 광경이었다.

승강기 안에 죽은 광부 한 명이 있었다. 후퍼로서는 성별을 판별할 수가 없었다. 사망하고 나서 70일이 지나는 동안, 인간이 갱도 안으로 들여온 박테리아들이 열심히 활동하며 시체를 섭식한 모양이었다. 기후 조절 시스템이 나머지 일을 처리했다. 축축하고 따뜻한 대기 상태가 미생물이 번식하기에 이상적인 환경을 제공해 준 것이다. 그 결과 시체의 살점은 부풀어 올라 늘어져 있었다.

그동안 악취는 가라앉고 달큰한 부패의 냄새만이 남아 있었지만, 우주복과 헬멧을 그대로 착용하고 올 걸 그랬다고 후회하게 만들 정도였다. 불운한 희생자는 입을 벌리고 있었다. 웃고 있거나 비명을 지르는 것처럼.

"사인은 도저히 확인할 수가 없군요." 카샤노프가 말했다.

"심장마비 가능성은 배제할 수 있을 것 같은데." 라샹스가 끼어들었다.

후퍼는 승강기 제어 시스템 쪽으로 가서 조작을 시작했다. 상태는 괜찮아 보였다. 화면에 경고 표지도 없고, 동력 문제도 없는 것으로 보였다. 지표의 다른 건물에 있는 소형 원자력 발전기는 아직 무사히 잘 돌아가고 있는 모양이었다.

"작동하나요?" 리플리가 물었다.

"지금 정말로 저걸 타고 내려가려는 생각은 아니겠죠?" 스니든이 물었다.

"계단으로 내려가고 싶소?" 후퍼가 물었다. 갱도에서 나오는 비상 출입구는 두 개가 있었다. 승강기 기둥 옆에 구멍을 파고 거칠게 깎아낸 층계였다. 7천 개의 계단을 이용해 1,500미터를, 500개의 층계참을 내려가고 싶은 사람은 아무도 없었다.

"적어도 저 사람을 치우는 게 어때요?" 리플리가 물었다. 그녀와 카샤노프가 앞으로 나가 시체를 들썩이기 시작했다. 결국 후퍼도 도와야 했다. 시체가 한 덩어리로 유지되지 않았기 때문이다.

승강기 내부를 치운 다음, 그들은 모두 승강기에 올랐다. 시체가 있었던 쪽을 조심스레 피하면서. 후퍼에게는 시체가 누구인지를 알지 못한다는 점이 더욱 끔찍하게 여겨졌다. 모두가 알고 있던 사람이라는 점은 분명했다. 그러나 이제 더 이상은 알 수가 없었다.

이곳에서 벌어진 그 모든 일이 다시 한 번 후퍼에게 생생하게 느껴졌다. 예전에는 자신이 감정의 분출에 잘 대처할 수 있는 사람이라 생각했다. 아이들을 뒤에 남기고, 말 그대로 여기 외우주로 도피해 오면서, 그는 그런 일을 한 이유를 받아들이려 노력했다. 그러나 재난이 일어난 이후, 그는 때로 식은땀을 흘리며, 꿈속을 어슬렁거리는 그림자들에게 목이 졸리고 잡아먹히는 꿈을 꾸며 깨어나곤 했다. 꿈속의 괴물이 훨씬 더 생생해졌다. 어쩌면 꿈속에서 비명을 질렀을지도 모른다는 생각도 했지만, 그것에 대해 언급하는 사람은 아무도 없었다. 아마 거의 모두가 악몽을 겪고 있기 때문일지도 몰랐다.

"후퍼?" 리플리가 나직하게 불렀다. 그녀는 옆에 서서 함께 승강기의 제어 패널을 바라보고 있었다.

"괜찮소."

"정말이에요?"

"놈들의 정체가 대체 뭐요, 리플리?"

그녀는 어깨를 으쓱했다. "나도 당신만큼밖에 아는 것이 없어요."

그는 다른 사람들 쪽을 돌아보았다. 잠시 집중이 흐트러졌다고 해서 비난하는 눈빛을 보내거나 웃음 짓는 사람은 없었다. 모두가 같은 기분이었던 것이다.

"4층으로 내려가서 연료 전지를 챙긴 다음, 최대한 빨리 빠져나올 거요." 그가 말했다.

몇몇이 고개를 끄덕였다. 침울한 얼굴이었다. 그는 무기 대용품들을 살펴보며, 그걸 들고 있는 사람들도 군인이 아니라는 사실을 다시 한 번 깨달았다. 그대로 서로에게 쏴댈 가능성도 충분했다.

"괜찮을 거요." 그는 나지막한 목소리로, 다른 사람들뿐만이 아니라 자기 자신을 향해서도 말했다. 그리고 그는 제어 패널 쪽으로 돌아서서 승강기 시스템을 빠르게 점검해 보았다. 모두 괜찮은 것처럼 보였다. "내려가겠소." 그는 4층으로 가는 버튼을 눌렀다. 승강기가 살짝 덜컹거리다 곧 내려가기 시작했다.

후퍼는 마음을 가다듬으며 문이 다시 열렸을 때 눈앞에 펼쳐질 광경에 대비하려 했다. 그러나 곧 속이 울렁거리고 눈앞이 어질거리기 시작했다. 그리고 누군가 소리쳤다.

"떨어지잖아. 추락하고 있어!"

승강기에서 날카로운 금속성이 울렸다.

프랑스 북부에 있는 낡은 석조 농장 건물은, 그녀의 기억 속에서는 항상 가족의 별장이었다. 지금은 아무도 남지 않았지만 그래도 외롭지 않았다. 딸아이가 이토록 가까이 있는데 외로울 리가 없었다.

정적을 깨는 것은 부드러운 산들바람뿐이었다. 바람이 정원 아래쪽의 숲에서 나뭇잎을 흔들고 나와서, 보다 가까운 나무 사이에서 차례로 속삭이며 다가왔다. 태양은 이글거리며 파란 하늘의 색을 바래게 하고 있었다. 덥기는 해도 불편할 정도는 아니었다. 산들바람이 선크림을 꼼꼼히 발라 매끈한 리플리의 피부에 난 땀을 말려 주었다. 새들이 즐겁게 노래를 불렀다.

하늘에는 독수리 가족이 느릿느릿 선회하며 사냥감을 찾고 있었다.

아만다가 갓 추수를 끝낸 벌판을 가로질러 그녀에게 달려왔다. 작물의 밑동이 그녀의 다리를 긁고, 양귀비꽃이 들판을 수놓았다. 딸아이의 미소는 태양의 열기와 장엄한 모습조차 이겨낼 수 있을 정도였다. 아이는 깔깔대며 엄마를 위한 선물을 손에 꽉 쥐고 있었다. 아만다는 항상 호기심 넘치는 아이였다. 때로는 팔과 어깨에 달팽이를 잔뜩 올려놓거나, 작은 개구리를 손 안에 쥐거나, 다친 새를 가슴에 끌어안고 숲속에서 달려 나오곤 했다.

딸아이가 들판과 정원 사이의 나지막한 나무 울타리를 타고 넘어 뜰을 가로질러 달려오는 모습을 보며, 리플리는 아이가 이번에는 무얼 가져왔는지 궁금해졌다.

엄마, 문어를 찾았어요! 딸이 소리쳤다.

다음 순간, 딸아이는 리플리의 발치에 쓰러진 채, 긴 다리가 달린 생물이 꼬리로 자신의 가녀린 목을 조르는 것을 떼어내려고 몸부림치며 떨고 있었다. 리플리는 놈의 수많은 다리 아래 손가락을 집어넣어 떼어내려고, 자신의 천사에게서 놈을 떼어내려고, 딸아이의 머리카락 하나도 다치지 않게 하려고 안간힘을 쓰고 있었다. 잘라내야겠어. 그런 생각이 들었지만, 산성 혈액이 땅을 파고들어가 이 모든 것을 영원히 태워버릴까봐 두려워졌다.

그리고 숲속에서 일련의 높은 괴성이 들려왔다. 그림자가 드리웠다. 태양이 사라지고, 새들도 노래를 멈추고, 독수리도 사라졌다. 정원에 갑자기 황혼이 찾아왔고, 항상 그녀를 쫓아다니던 그림자들이 숲속에서 모습을 드러냈다. 그녀의 아이를 노리고 있었다.

내 거야! 리플리는 이렇게 소리치며, 무릎을 꿇고 자신의 몸으로 아만다를 보호하려 했다. 이 아이 안에 있는 건 내 거야!

그림자들이 점차 가까이 다가왔다. 더 이상 어떤 것도 아름답지 않았다.

"리플리!" 후퍼가 그녀를 흔들며 소리쳤다. "뭐든 잡으시오!"

그녀는 고개를 저었다. 환영은 순식간에 스쳐 지나갔다. 그리고 환영이 사라진 자리에는 잊을 수 없는 끔찍한 감각만이 남았다.

승강기는 추락하고 있었다. 제어장치를 긁어 금속성을 내며, 승강기 안에서도 보이는 불똥을 일으키며, 격렬하게 진동해서 시야가 흔들려 주변 모든 사물과 사람들이 흐릿하게 보이게 만들면서.

무기가 바닥을 때리는 소리를 들으며, 그녀는 자신의 무기를 떨어트리고 등 뒤로 벽이 느껴질 때까지 비틀거리며 뒷걸음질을 쳤다. 그러나 붙들만한 것은 없었다. 설령 있다고 해도 딱히 달라질 것은 없었다.

뱃속이 정신없이 울렁거리기 시작했고, 그녀는 목구멍을 타고 올라오는 메스꺼움을 억눌렀다.

누군가 토악질을 했다.

후퍼는 문 옆에 달린 길쭉한 손잡이를 단단히 잡은 채로, 다른 손으로 제어장치를 조작하고 있었다.

"이게 대체 뭔-?" 백스터가 소리쳤다.

"내가 해결하고 있네!" 후퍼가 말꼬리를 잘랐다. 그러나 리플리가 보기에는 제대로 해결이 안 되는 것이 명백했다. 그녀는 조금씩 후퍼 쪽으로 움직였다. 그녀와 다른 사람들이 바닥에서 떨어져 허공을 유영하게 되지는 않을지 걱정하면서.

그 정도로 속도가 나지는 않을 거야. 그녀는 생각했다. 그랬더라면 지금쯤에는 바닥에 부딪혔을 테니까! 후퍼는 1,500미터라고 했다. 그녀는 머릿속으로 자유낙하를 할 경우 시간이 얼마나 걸릴지를 계산해보려 했다. 하지만-

"감속장치가 있소." 후퍼가 소리쳤다. "매 층마다. 벌써 상부 네 개 층은 지났는데, 제대로 느껴지지도 않는군. 이제 5층에 접근하는 중이오……."

쿵!

육중한 진동이 승강기 안을 휩쓸고 지나가며 리플리의 가슴을 강타했다.

"속도가 줄어들지 않는데요!" 그녀가 소리쳤다.

"줄어들 거요!" 그가 대답했다. "맨 아래 두 층에는 완충장치가 설치되어 있소. 만약을 위해―"

"이런 경우를 대비해서요?"

후퍼는 그녀를 바라보았다. 리플리는 후퍼 옆의 제어 패널에서 점멸하는 숫자를 바라보았다. 이미 심도 750미터에 가까워졌고, 숫자는 제대로 읽기도 힘들 정도로 빠르게 올라가고 있었다.

"이번에 제대로 시험해보게 되는 셈이지." 그가 말했다.

감정이 밀려들어 리플리를 뒤덮었다. 그녀가 싫어하는 감정, 무력감이었다. 우주에는 다양한 위험도를 가진 변수가 수도 없이 존재하지만, 보통은 기계적, 전자기적, 정신적 수단을 통해 대처가 가능하다.

심지어는 노스트로모 호에서 그들을 쫓아오는 존재들에 대해서도, 그들은 공세에 들어가 놈을 사냥하고 에어록 안으로 몰아넣으려 했다. 그리고 댈러스가 사망하고 애쉬가 정체를 드러낸 다음에도…… 심지어는 그런 상황에서도 그들은 각자 자신을 위해 최선을 다하려 했다.

그러나 지금 여기서는 그대로 죽음을 기다리고 있을 수밖에 없었다.

승강기가 순식간에 6층과 7층을 통과해 내려갔다. 그리고 안전 감속장치의 충격은 매번 더 강해졌다. 속도가 줄어들고 있는 것일까? 리플리로서는 알 도리가 없었다. 승강기 외부에는 사방에 불똥이 튀기고 있었다. 금속이 삐걱거리며 굉음을 울려댔다. 그리고 지금 이 정도의 속도라면, 그녀의 생각에는 9층에 도달해도 그 사실을 인지할 수 있을 것 같지 않았다.

그녀는 마지막 순간을 생각했다. 승강기가 충돌하여 종잇장처럼 부서지고, 안의 사람들은 한데 뒤엉켜 단단한 바닥에 박살나 버리는 모습을…… 애초에 뭔가 느낄 수 있을 것 같지도 않았다.

지금 이 순간의 깨어 있는 악몽 쪽이 훨씬 끔찍하게만 느껴졌다.

"속도가 줄어들고 있소!" 후퍼가 말했다. 8층의 감속장치가 지나갔고, 갑자기 낮게 긁히는 소리가 울려 퍼졌다.

리플리와 다른 사람들은 모두 바닥으로 쓰러져 버렸다. 규칙적으로 절그렁대는 소리가 들리기 시작했고, 폭발음이 사방에서 길게 울리며 승강기를 뒤흔들었다. 볼트와 나사, 금속 부스러기가 쏟아져 내렸고, 리플리가 보기에는 지금 당장 승강기가 통째로 폭발해 버릴 것만 같았다.

견디기 힘들 정도의 소음이 귀와 몸통을 두드려댔고, 뼈로 전해져 오는 진동 때문에 관절이 떨어져 나갈 것만 같았다. 그대로 바닥에 엎드린 상태로, 그녀는 후퍼 쪽으로 고개를 돌렸다. 그는 반대쪽 구석에 기대앉은 채, 한쪽으로 고개를 돌리고 아직도 제어 패널만을 보고 있었다.

문득 그녀의 시선을 알아챈 듯, 그가 고개를 돌렸다.

"완충장치가 작동하는 거요." 그가 소리쳤다.

바로 그 순간 그들은 바닥에 도달했다. 승강기 바닥을 나뒹굴며 폐 속의 공기가 빠져나가는 느낌을 받았다. 무언가 묵직한 것이 그녀의 다리에 떨어졌다. 비명 소리는 그대로 끊겼지만, 누군가 쿵 소리와 함께 신음하기 시작했다.

승강기 제어 시스템에서 연기가 피어올라, 매캐한 냄새가 공기를 가득 채웠다. 조명이 깜빡이며 꺼졌다가 다시 켜지더니, 지직거리는 소리와 함께 곧 안정된 불빛을 내뿜었다. 갑작스런 정적이 방금 전까지 있던 소음과 격렬한 움직임보다 더 충격적이었다.

리플리는 손과 무릎을 짚고 몸을 일으키며, 거친 숨을 몰아쉬며 갈비뼈가 부서지거나 팔다리가 부러졌을 때의 고통이 찾아오기를 기다렸다. 그러나 여기저기 보이는 찰과상과 코피 그리고 어떻게든 살아남았다는 놀라움을 제외하고는, 그녀의 몸 상태는 완벽하게 괜찮아 보였다.

"설마 아직도 떨어지는 중인가요?" 스니든이 물었다. "내 기분으로는 그런 것 같은데."

"훌륭한 착륙이었습니다." 라샹스가 후퍼를 향해 고개를 끄덕이며 말했다. "조금만 더 노력하면 조종사도 될 수 있을 것 같군요." 후퍼도 그를 향해 웃어 보였다.

"내 생각에는……." 백스터가 말했다. 그는 자리에서 일어서려다 고통스럽게 비명을 지르더니, 한쪽으로 미끄러지며 다시 쓰러졌다. 카샤노프가 그를 부축했다. "발목." 그가 말했다. "발목이!" 선의는 그의 상태를 진찰하기 시작했다.

"또 다친 사람은 없나?" 후퍼가 물었다.

"제 자존심이 상처를 입었죠." 라샹스가 말했다. 옷에 토사물이 점점이 묻어 있었다. 그는 장갑을 낀 손으로 옷 위를 훔쳤다.

"은하계 최고의 조종사는 얼어죽을." 리플리는 프랑스인이 웃음을 보이는 것이 기뻐서 이렇게 대꾸했다.

"이제 괜찮은 건가요?" 스니든이 물었다. "혹시나 허공에 매달린 채로, 다시 낙하가 시작되기를 기다리고 있는 건 아니겠지요? 지금까지 불운이 계속되는 꼴로 봐서는 말이에요."

"아니, 끝까지 내려온 거요." 후퍼가 말했다. "저걸 보시오." 그는 승강기 문 쪽으로 고갯짓을 하고는, 공구 벨트에서 작은 집광형 손전등을 꺼냈다. 놀랄 정도로 눈부신 빛이 쏟아져 나왔다. 그는 손전등으로 망가진 승강기 철창 건너편을 비추었고, 튼튼하고 매끄러운 금속 문이 불빛에 드러났다.

"지하 9층인가요?" 리플리가 물었다.

후퍼는 고개를 끄덕였다.

"그리고 승강기는 작살이 났지." 백스터가 말했다. "아주 빌어먹게 끝내주는군." 카샤노프가 발과 정강이를 살펴보자 그는 얼굴을 찡그렸고, 그녀

172　**ALIEN**

가 고개를 드는 것에 맞춰 신음을 흘렸다.

"발목이 부러졌군요." 그녀가 말했다.

"이런 망할." 백스터가 대답했다.

"부목을 댈 수 있겠소?" 후퍼가 물었다. "걸을 수는 있어야 할 텐데."

"걸을 수 있다고!" 백스터가 살짝 당황한 듯 소리쳤다.

"우리가 도와줄게요." 리플리는 후퍼를 향해 눈빛으로 주의를 주며 이렇게 말했다. "사람은 충분하니까요. 겁먹지 말아요."

"누가 겁먹는다는 거야?" 백스터는 고통과 두려움 때문에 눈을 크게 뜨고는 절망스러운 표정으로 말했다.

"두고 가지 않을 거예요." 리플리는 이렇게 말했고, 그는 그 말을 들으니 조금 안정을 찾는 듯했다.

"다른 사람들은 어떤가?" 후퍼가 물었다. 스니든은 고개를 끄덕였고, 라샹스는 손을 들어 가볍게 흔들어 보였다. "리플리?"

"나는 괜찮아요, 후퍼." 그녀는 불안한 기색을 비치지 않으려 노력하며 말했다. 추락하며 여기저기 상처를 잔뜩 입은 상태였지만, 지금 여기 머물러 있을 시간은 없었다. "그럼 이제 어쩌죠?"

"이제 두 가지 방법이 있소." 후퍼는 다시 백스터 쪽을 힐끔 바라보며 말했다. "첫 번째는 걸어서 올라가는 거요."

"계단이 얼마나 되는데요?" 카샤노프가 물었다.

"지금 지하 9층에 떨어진 상태요. 앞으로 계단이 7천 개가—"

"빌어먹을 7천 개라고요?" 스니든이 내뱉었다. 백스터는 입을 열지는 않았지만, 자신의 부러진 발목과 발 근처의 바닥을 내려다보았다. 반대쪽 발에 모든 몸무게를 실은 자세였다.

"두 번째 방법은" 후퍼가 말을 이었다. "다른 쪽 승강기까지 이동하는 거요."

침묵이 이어졌다. 모두가 주변을 둘러보며, 다른 사람이 입을 열어주기만을 기다렸다.

"그리고 광부들이 찾아낸 존재, 그 새로운 광맥을 파내려다 마주친 것이 바로 여기 지하 9층에 있을 테지." 백스터가 말했다.

"다른 방법이 없네요." 카샤노프가 말했다. "반대쪽 승강기까지는 얼마나 떨어져 있죠?"

"일직선으로 가면 450미터가 조금 넘는 정도일 거요." 후퍼가 말했다. "하지만 이 아래 터널은 똑바로 뻗어 있는 경우가 없어서."

"그리고 이 아래에서 무슨 일이 벌어졌는지는 아무도 모르는 거고요?" 리플리가 물었다.

아무도 대답하지 않았다. 모두 후퍼를 바라볼 뿐이었다. 그는 어깨를 으쓱했다.

"뭔가 끔찍한 것을 발견했다고만 했을 뿐이었소. 그리고 우리는 그게 뭔지 이미 알고 있고."

"아니, 몰라요!" 카샤노프가 말했다. "수백 마리가 있을지도 모른다고요!"

"저는 그렇게 생각하지 않아요." 모두 스니든을 돌아보았다. 그녀는 바닥에 떨어트렸던 스프레이 총을 다시 주워 들고 있었다. "놈들은 인간의 몸에서 튀어나오잖아요? 직접 봤잖아요. 그러니 내 짐작에 의하면—"

"열여덟." 리플리가 말했다. "더 적을 수도 있고요."

"놈들이 열여덟 마리라고요?" 카샤노프가 물었다. "아, 그거 참 쉽겠군요!"

"이제 우리도 준비를 더 많이 했잖아요." 리플리가 말했다. "게다가 다른 방도가 있나요?"

"없소." 후퍼가 말했다. "다른 승강기로 가서 그걸 타고 4층까지 올라간 다음, 연료 전지를 가지고 지표로 돌아가야 하오."

"하지만 그러면—" 카샤노프가 입을 열었지만, 후퍼가 그녀의 말을 잘랐다.

"가다가 무얼 만나든 상황에 맞게 대처해 나가면 될 거요." 그가 말했다. "긍정적으로 생각합시다. 냉정하고 침착하게 행동하고, 항상 주변에 주의를 기울이는 거요."

"그리고 조명이 제대로 작동하기만을 빌어야겠군요." 라샹스가 말했다.

사람들은 각자 무기를 들었고, 카샤노프는 구급함의 물건으로 최선을 다해 백스터의 발목에 부목을 대었다. 리플리는 라샹스가 방금 한 말을 곱씹어 보았다. 이 아래에서 어둠에 휩싸인다면. 수억 톤의 토양을 머리 위에 인 채로 약한 손전등 불빛에 의지해 더듬더듬 전진해야 한다면.

아니, 그런 생각은 도저히 견딜 수가 없었다.

눈을 깜빡이자, 꽃무늬 드레스를 입은 아만다가 푸른 풀밭 위에 누워 몸부림치는 광경이 떠올랐다. 괴물 하나를 얼굴에 붙인 채로.

"다시 널 보고 말 거야." 그녀가 중얼거렸다. 후퍼는 그 말을 듣고 그녀를 힐긋 쳐다보았지만, 아무 말도 하지 않았다. 모두 나름대로의 기도 방법이 있을지도 모르는 거니까.

11

갱 도

승강기의 잔해를 벗어나며, 리플리는 생존했다는 것만으로도 지독하게 운이 좋은 건지, 아니면 애초에 이런 일을 겪게 된 것이 지독하게 운이 나쁜 건지가 궁금해졌다. 그러다 문득 그녀는, 지구를 제외하면 이곳이 자신이 유일하게 발을 디뎌 본 행성이라는 사실을 깨달았다. 노스트로모 호는 항해사 면허를 딴 후 첫 번째 항해였고, LV426에 착륙한 후에도 실제로 우주선을 떠난 적은 없었으니까.

그녀는 이런 순간에는 뭔가 자기 성찰의 순간을 겪게 될 것이라고 생각하고 있었다. 기쁨과 경이가 마음 가득 몰려들 거라고. 자신에 대해, 우주 속에서 자신의 위치에 대해 성찰하게 될 거라고. 가끔은 이렇게 멀리까지 여행한 후에도 딱히 자신만의 이야기가 남지 않으면 어쩌나 두려워지기도 했었다.

그러나 지금 그녀의 마음속에는 두려움밖에 존재하지 않았다. 발밑의 바위는 있는 그대로 한낱 바위일 뿐이었고, 호흡하는 공기는 먼지 때문에 꺼끌꺼끌하고 더럽고 기분 나빴다. 깨달음의 순간 따위는 존재하지 않았다. 그 괴물들이 모든 것을 망쳐버린 것이다. 기쁨을 느낄 가능성도, 순수한 깨달음도 전부 앗아가 버렸다. 그리고 그녀의 마음속에서, 공포는 이내 분노로 모습을 바꾸었다.

승강기 밖에는 널찍한 공터가 있었고, 군데군데 금속 기둥이 공간을 분할하며 서 있었다. 한쪽으로는 대부분 활짝 열린 채 일렬로 늘어서 있는 로커들이 보였다. 벽 한쪽으로 저장용 상자들이 쌓여 있는 모습도 보였는데, 그녀로서는 이해할 수 없는 기호들이 그려져 있었다. 대부분은 뚜껑을 옆면에 기대 놓은 채로 열려 있었다. 아마도 아직 안을 채우지 않은 트라이모나이트 상자일 것이다. 리플리는 문득 슬픈 느낌이 들었다. 아마 이 상자들은 두 번 다시 사용되지 못하리라.

여러 줄로 붙어있는 전구가 조명을 공급해 주었다. 전부 아직 불이 들어오고 있었다. 전선은 다듬지 않은 바위 천장에 한데 모여 고정되어 있었다.

처음에 리플리는 숨도 제대로 쉬지 못했다. 벽이 우주선에서 보았던 수수께끼의 유기물 구조체로 덮여 있는 것처럼 보였기 때문이다. 그러나 가까이 가 보자, 그녀는 벽이 한 번 용해되었다 다시 굳어서, 그 뒤편에 있을지도 모르는 토사가 쏟아져 들어오지 못하도록 만든 것이라는 사실을 발견했다. 벽과 천장에 버팀목과 들보가 존재하기는 했지만, 무게의 대부분을 지탱하는 것은 이렇게 성질을 변화시킨 바위였다. 이런 작업을 하려면 대형의, 아마도 궤도를 따라 움직이는 플라즈마 토치가 필요할 것으로 보였다. 엄청난 열기가 뿜어져 나올 것이다.

"다들 괜찮은가?" 후퍼가 정적을 깨고 질문을 던졌다. 그는 터널로 이어지는 플라스틱 커튼 가까운 곳에 서 있었다.

아무도 입을 열지 않았다. 후퍼는 그것을 긍정으로, 모두 괜찮다는 뜻으로 받아들이고는 커튼을 옆으로 젖혔다.

리플리는 즉시 그를 따라 움직였다. 여기 있는 사람들 중에서는 후퍼가 가장 안전한 사람으로 여겨졌다. 가장 강한 사람 같았다. 왜 그런 생각을 하게 되었는지는 알 수가 없었다. 그러나 그녀는 본능을 따르기로 마음먹고 후퍼와 가까이 붙어 움직였다. 전투를 하게 된다면 그의 옆에서 싸우고 싶었다.

승강기 너머의 복도는 보다 좁고 효율적으로 만들어져 있었다. 천장으로는 불빛이 이어졌다. 매끄러운 벽면에는 플라즈마 토치가 닿은 곳마다 기묘한, 거의 유기물처럼 보이는 물결무늬가 이어지고 있었다. 벽과 바닥이 만나는 곳에는 얕은 도랑이 이어지고, 그 안에는 너무 짙은 색이라 검게 보일 정도의 물이 반짝였다. 그대로 고인 채 움직이지 않는, 끈적하게 보이는 물이었다. 리플리는 그 물에 무엇이 들어 있을지 궁금해졌다.

후퍼가 손을 흔들어 움직이라는 신호를 보냈다.

백스터는 카샤노프의 어깨에 한쪽 팔을 걸친 채로 절뚝거리며 걸었다. 그는 계속 신음하고 헐떡거렸다. 고통을 피할 도리는 없겠지만, 리플리는 그가 계속 소리를 내는 것이 마음에 들지 않았다. 그가 내는 소리는 모두 바위투성이 터널을 따라 크게 울리며, 그들이 애써 감춘 발소리보다 훨씬 멀리까지 퍼져나갔다.

놈들이 우리가 여기 있다는 걸 알게 될 거야. 그녀는 이렇게 생각했다. 어차피 이미 알고 있을 가능성이 높지만. 벌어질 일은 벌어지기 마련이지. 우리가 아무리 조심해도 막을 수 없어.

그들은 갈림길에 도착했다. 후퍼는 아주 잠깐 머뭇거리다 곧 왼쪽 길로 들어섰다. 빠르지만 조심스럽게, 한 손에는 손전등을 들고 다른 손에는 스프레이 총을 든 채로 움직였다. 여분의 조명이 있으니 바닥의 튀어나온 부분이나 걸려 넘어질 만한 장애물을 피하는 데 도움이 되었다.

이쪽 터널을 따라 얼마 가지 않아서, 처음으로 에일리언의 흔적이 나타났다.

"저게 대체 뭐야?" 백스터가 물었다. 지친데다 공황 상태에 빠지기 직전의 목소리였다. 어쩌면 어느 시점에 이르러 자신을 버려두고 갈 수밖에 없으리라고 생각한 것일지도 몰랐다.

"갱도에서 나온 건 아닐까?" 라샹스가 말했다. "물에 떠내려온 광물 결정이라던가?"

그러나 리플리는 그렇지 않다는 것을 이미 깨닫고 있었다.

천천히 시작되었다. 벽에 묻은 약간의 흔적, 바닥에 살짝 퍼져 있는 물질. 그러나 그들로부터 9미터 가량 떨어진 곳에서부터는, 에일리언의 물질이 터널 전체를 두텁게 뒤덮고 있었다. 천장 아래에서 둥글게 자연적인 아치를 그리며, 복잡한 소용돌이 문양을 만들며 바닥에 깔려 있었다.

공기 중에 옅은 안개가 감돌았다. 아니, 어쩌면 증기일지도 모른다. 리플리는 장갑을 벗고 눈앞의 안개 속을 휘저어 보았다. 습기가 느껴졌지만 뜨거운지 차가운지 판별하는 것은 힘들었다. 어쩌면 원래 그런 모순적인 존재일지도 모른다. 눈앞의 기괴한 구조물은 인상적이었고, 어딘지 모르게 아름다운 구석도 있었다. 거미줄이 아름다운 것과 비슷한 느낌으로. 하지만 이 구조물을 만든 존재들은 그와 정반대였다.

"안 돼." 스니든이 말했다. "놈들이에요. 샘슨 호에서 이런 것을 봤잖아요."

"그렇지. 하지만……." 라샹스가 말했다.

"거기는 훨씬 작았죠." 리플리가 말했다. "이 정도는 아니었어요." 놈들의 냄새 때문에, 그녀는 이미 가쁜 숨을 내쉬고 있었다. 희미하게 시큼한 냄새가 그녀의 후두에 들러붙고 혓바닥 위에서 맴돌았다.

"마음에 안 드는데." 백스터가 중얼거렸다.

"나도 그런데." 라샹스가 말했다. "엄마가 보고 싶어. 집에 가고 싶다고."

예의 물질이 벽에서, 바닥에서, 천장에서 자라나는 시점부터 터널은 점차 좁아져 갔다. 여기저기 종유석이나 석순처럼 자라나 있는 모습이 보였다. 어떤 것은 가늘고 약했고, 어떤 것은 보다 두껍고 단단해 보였다. 에일리언들의 구조물 안쪽 깊은 곳에 빛이 약간씩 비치기는 했지만, 너무 띄엄 띄엄했다. 천장의 조명은 아직 작동하고 있었지만, 대부분은 뒤덮여 있는 상태였다.

후퍼는 조금 더 다가가서 손전등으로 안쪽을 비추어 보았다.

리플리는 그를 잡아 뒤로 끌어당기고 싶었다. 그러나 그녀 역시 안쪽을 바라볼 수밖에 없었다.

빛이 그리 깊게 뚫고 들어가지는 못했다. 대기 중의 안개가 보다 확실하게 드러났고, 여기저기 부드러운 바람에 흘러다니는 모습이 보였다. 바람이 놈들의 존재와 호흡 때문에 생겨난 것인지, 아니면 다른 근원이 있는지는 알 수 없었지만, 그 이유를 찾아보고 싶은 생각은 조금도 들지 않았다.

"저 안으로는 안 들어갈 거예요." 스니든이 말했다.

"그래요." 카샤노프가 말했다. "나도 거기에는 동의해야겠군요."

"어차피 저걸 뚫고 나갈 수는 없을 것 같소." 후퍼가 말했다. "설령 가능하다고 해도 속도가 상당히 느려질 테니까."

"둥지처럼 보이네요." 리플리가 말했다. "커다란 말벌집 같아요."

"승강기까지 가는 다른 길이 있나?" 백스터가 물었다.

"이쪽이 최단 경로였네." 후퍼가 말했다. "이 층의 중앙 복도지. 하지만 갱도 구역에는 저마다 여러 곳에 비상용 출입구가 있다네. 여기서 돌아가서 다른 쪽 갈림길로 이동하겠소. 그리고 출입구가 보이면 최대한 그쪽으로 가로질러 승강기에 도달하도록 합시다."

리플리는 다른 모두의 생각을 짐작하고 있었지만, 그걸 입 밖으로 내지는 않았다. 만약 터널이 전부 이런 꼴이면 어떻게 하지? 하지만 그녀는 백스터와 눈을 마주치며 한 가지 사실을 확인했다. 그의 지금 상태로는 그렇게 많은 계단을 오르지 못할 것이다. 어쩌면 일행 모두 그럴지도 모른다.

적어도 충분히 빠른 속도로는.

그들은 뒤로 돌아가 반대편 갈림길로 들어섰고, 널찍한 충계를 따라 아래로 내려갔다. 이쪽의 도랑에는 물이 제법 흐르고 있었고, 군데군데 있는 구멍 아래로 빨려 들어가 사라지는 모습도 보였다. 도랑을 따라 벽이 이어졌다. 처음에는 물 흐르는 배경음이 조금이라도 마음을 위로해 주었지만, 곧 그 기분은 불안감으로 바뀌었다. 물 흐르는 소리에 묻혀, 무언가 접근하는 소리를 듣지 못 할 수도 있는 것이다.

"내 생각에는 이쪽이 가장 최근에 채굴 작업을 한 곳 같소." 후퍼가 말했다. "이쪽 광맥을 200일 동안이나 파고 있었지. 더 걸렸을 수도 있고."

"그렇다면 이쪽에서 찾아낸 것이겠네요." 스니든이 말했다. "이 아래쪽 어딘가에서요."

"그럴 수도 있지." 후퍼가 말했다. "자세한 상황은 우리도 모르니까. 하지만 지금은 다른 방법이 없지 않소." 그는 계속 걸음을 옮겼고, 다른 이들도 그의 뒤를 따랐다.

낮은 천장에 보다 좁아 보이는, 옆으로 빠지는 복도가 여럿 있었다. 후퍼가 그런 복도를 지나치는 모습을 보며, 리플리는 이런 옆길 역시 채굴용 갱도일 것이라 추측했다. 채굴 작업이 어떤 식으로 진행되는지는 전혀 알 수 없었지만, 이곳에서 채굴하는 트라이모나이트의 양이 대부분의 채굴 지역에 비해 적은 편이라는 것은 들어 알고 있었다. 이곳의 채굴은 산업적인 채광이 아니라, 숨겨져 있는 엄청난 가치의 보석을 발견해 내는 일에 가까웠다. 수백만 톤의 바위를 파고 들어가 1톤 분량의 광물을 건져내는 것이다.

그녀는 후퍼가 비상구를 보고 판별할 수 있기만을 바랐다.

뒤편에서 누군가 재채기를 하고는, 뒤이어 나지막하게 "아!" 소리를 냈다. 아만다도 저런 식으로 재채기를 하곤 했었다. 부드러운 재채기 소리를 낸 다음, 거의 놀란 듯한 감정을 표현하면서.

아만다는 열한 살이다. 리플리가 그걸 아는 이유는, 딸아이가 자주색과 분홍색, 하트와 꽃무늬로 가득한 데님 셔츠 위에 커다란 배지를 달고 있었기 때문이다. 내가 사 준 물건이야. 그녀는 이렇게 생각했다. 그 사이트에 접속해서 생일카드와 배지 그리고 아만다가 생일선물로 원하던 물건을 주문하고, '주문 확인' 버튼을 클릭할 때 딸이 원하는 모든 물건이 도착할 것이라는 사실을 확인하고 나지막이 미소를 지었던 것까지 기억나는데도, 왠지 모르게 어긋나는 느낌, 이런 일이 사실은 벌어지지 않았다는 생각이 들었다.

가족과 친구들이 와 있었다. 아만다가 세 살이 되었을 때 떠나서 두 번 다시 돌아오지 않았던 전남편 알렉스도 와 있었다. 연락도 접촉도 없었고, 아직 살아 있다는 증거조차도 보이지 않았던 그 사람이. 그래도 리플리는 친구의 친구를 통해서 그가 살아 있다는 정도는 알고 있었다. 이해할 수 없는 일이었지만, 알렉스조차도 이 자리에 참석해 있었다. 생일 음식과 케이크로 가득한 식탁 반대편에 앉아서, '이렇게 해 본 적이 없었다는 게 정말 아쉽군.' 하는 미소를 짓고 있었다.

마찬가지로 이해할 수 없는 일이었지만, 리플리도 그에게 미소로 화답했다.

다른 얼굴과 다른 이름들도 있었지만, 기억 속에서는 모두가 흐릿하게 꿈속에 묻힌 것처럼 보였다. 노래와 웃음소리가 들렸고, 아만다는 엄마를 향해 웃음 지었다. 사랑과 애정이 가득 담긴 솔직한 웃음, 리플리가 살아 있다는 것을 다행으로 여기게 하는 웃음이었다.

생일을 맞은 딸아이의 가슴이 터지듯 열렸다. '나는 열한 살이에요' 배지가 셔츠에서 튕겨 나가 식탁에 놓인 오렌지 주스 유리잔에 부딪쳐 잔을 쓰러트려 버렸다. 밝은색 데님 셔츠가 순식간에 거무튀튀한 색으로 물들었다. 피가 튀겨 모든 것을 더럽혔다. 리플리의 얼굴에도 피가 튀어 시야가 뿌옇게 변했고, 그녀는 얼굴을 훔치며 몸을 떨고 있는 딸아이 쪽을 바라보았다. 더 이상 아름답지도, 순수하지도 않은 아이를. 그리고 그녀의 가슴을 찢어발기며 나오고 있는 괴물의 모습을.

괴물은 말도 안 되게 거대했다. 방금 찢고 나온 어린아이의 순수한 육체보다도, 얼어붙은 석판처럼 식탁에 둘러앉아 있는 사람들, 짐승에게 희생되기를 기다리고 있는 사람들보다도 컸다.

리플리는 비명을 지르기 시작했다.

상상은 한순간에 그쳤다. 그뿐이었다. 남은 공포의 감정조차 천천히 사그라지기 시작했다. 그러나 온전히 없어지지는 않았다.

재채기를 한 사람은 아직도 재채기에 이어 잔기침을 하는 중이었고, 후퍼는 리플리 뒤편을 바라보고 있었다. 조용히 하라는 주의조차 필요 없을 거라고 생각하는 모양이었다. 문득 리플리와 눈빛이 맞닿은 후퍼가 얼굴을 찌푸리며 잠시 발걸음을 멈추었다. 무언가를 읽어낸 모양이었다. 그러나 그녀는 입을 꾹 다물고 후퍼에게 미소를 보냈고, 그는 다시 전진하기 시작했다.

10분, 어쩌면 그 이상의 시간이 흘렀는지도 모른다. 그들은 조심스레 전진했다. 에일리언에게 효과가 있을지 없을지 모르는 스프레이 총을 든 채로 후퍼가 앞장서고, 다른 이들은 바짝 붙어 따라갔다. 이 부근의 터널은 모습이 조금 더 엉망이었고, 리플리는 그 이유가 이쪽이 중심 통로가 아니라 실제 채굴을 하는 갱도이기 때문이라고 추측했다. 그러나 걱정은 끝나지 않았다. 만약 중심 통로에 에일리언의 흔적이 남아 있다면, 놈들이 모든 곳을 뒤지고 다녔을 가능성이 높지 않겠는가?

위층까지도 그럴 수 있었다.

깊이 들어갈수록 채굴 흔적이 자주 눈에 띄었다. 군데군데 터널이 넓어지는 곳에서는 녹였다 굳힌 벽에 덧붙여 낮은 천장에 금속 지지대를 받쳐

놓기도 했다. 벽에는 기계로 굴착한 흔적이 남아 있었고, 터널 여기저기에 바퀴가 달리고 납작한 운반용 중장비가 서 있었다. 굴착한 물질을 퍼내는 데 사용하는 물건이 분명했다. 삽날이 붙은 길쭉한 자루가 여러 개 달려 있는 구체 형태의 기계도 지나쳤다.

리플리는 이 아래에서 안드로이드를 더 많이 사용하지 않는 이유가 궁금해졌지만, 사실 여부를 직접 확인하지는 않았다는 생각이 떠올랐다. 어쩌면 수송선에서 목숨을 잃은 사람 중 일부는 안드로이드였을지도 모르는 일이다.

생존자들 중에서 리플리에게 자신이 인간임을 증명해 보인 사람은 스니든뿐이었다. 그것도 그녀의 정체를 의심받았을 때에서야 벌어진 일이었다.

상관없는 일이었다. 애쉬와, 그리고 애쉬가 셔틀의 컴퓨터로 침투해 들어와서 변해버린 인공지능과 그녀 사이의 문제 때문에 이 사람들을 바라보는 태도가 영향을 받아서는 안 될 노릇이었다. 그들 모두는 함께 살아남기 위해 싸우고 있었으니까. 심지어는 이 끔찍한 짐승들에게 매료된 것이 분명한 스니든조차도, 지금은 그저 빠져나가기만을 원하고 있었다.

피해망상일 뿐일까? 리플리는 생각했다. 하지만 동시에, 지금 이 상황에서 피해망상이 해롭다고 확신할 수는 없다는 생각도 들었다.

후퍼는 십여 미터 정도 앞장서 걷고 있었다. 갑자기 그가 걸음을 멈추었다.

"여기요." 그가 말했다.

"여기요?" 리플리가 물었다.

"비상용 터널 말입니까?" 라샹스가 그녀 바로 뒤에서 물었다.

그녀는 후퍼 주변, 그리고 그 너머 앞쪽의 터널을 훑어보았다. 조명은 괜찮아 보였지만 여전히 그림자가 있었다. 어쩌면 놈들 중 하나가 옆으로 빠지는 터널에, 문가에, 공터에 숨어 있을지도 모른다. 하지만 그렇지는 않아 보였다. 그녀 눈에 보이는 것은 온통⋯⋯.

어딘가 이상한 것뿐이었다.

"아니." 후퍼가 숨을 몰아쉬며 말했다. "여기, 광부들이 이걸 발견한 거요. 이것 때문에 모든 것이 바뀌어 버린 거지." 후퍼는 말꼬리를 흐렸다. 경이에 사로잡혀 있으면서 동시에 두려워하는 것 같았다. 현혹되어 버린 것만 같았다. 그리고 아주 잠시 동안, 고통과 공포에 사로잡힌 리플리는 그저 방향을 돌려 달아나고만 싶었다.

그들이 지금까지 온 방향으로, 최대한 빨리 달아나고 싶었다. 층계로 달려 올라가서, 매리언 호로 돌아가서, 나르시서스 호에 숨어서, 존시와 함께 생체 비활성 포드에 틀어박혀 좋았던 옛 시절을 추억하며 남은 삶을 보내고만 싶었다.

그러나 기억은 이미 그녀에게 장난질을 치고 있었다. 그 좋았던 옛 시절이 실제로 존재했던 것인지조차 의심이 들고 있었으니까.

그녀는 앞으로 나가 후퍼 옆에 섰고, 다른 이들도 곧 따라왔다.

"저 안쪽 말이오." 그가 말했다. "잘 봐요. 느껴지지 않소? 이 공간이⋯⋯ 가진 기운이."

리플리도 느낄 수 있었다. 그가 가리키는 것을 볼 수 있었다. 바로 앞 터널의 널찍한 공간, 그리고 왼쪽 벽 하단부에 보이는 좁은 크레바스가 보였다. 그 틈새에서는 희미한 불빛이 새어 나오고 있을 뿐이었지만, 저 너머에 있을 널찍한 공간을 상상하니 머릿속이 어지러울 지경이었다.

"왜 그러는 거예요?" 스니든이 물었다.

"이 친구들이 찾아낸 것이 바로 저거요." 후퍼가 말했다. "둥지인 셈이지. 아마도 놈들이 잠들어 있던 곳일 게요."

"아직 이 아래 있을지도 몰라요." 카샤노프가 말했다. "떠나야 해요. 어서―"

"만약 여기 있다면 벌써 우리 소리를 들었을 텐데요." 라샹스가 말했다.

"그럼 어디 있다는 건가?" 백스터가 물었다. 아무도 대답하지 않았다. 답을 아는 사람은 아무도 없었으니까.

후퍼는 벽을 향해, 그 안쪽에 있는 무언가를 향해 걸음을 옮기기 시작했다.

"후퍼!" 리플리가 말했다. "어리석은 짓 하지 말아요!" 그러나 그는 이미 그곳에 도착해서, 무릎을 꿇고 앉아 틈새를 들여다보고 있었다. 이제 그녀에게도 그 안으로 이어지는 케이블이 보였다. 광부들 역시 그 안으로 들어갔다는 증거였다. 후퍼는 한 손에 손전등을, 다른 손에 스프레이 총을 들고는 틈새로 몸을 집어넣었다.

"아, 세상에. 엄청나게 크군!"

그 말을 남기고, 그는 완전히 아래로 사라져 버렸다. 떨어진 것인지, 아니면 무언가 잡아당긴 것인지는 알 수가 없었다. 그러나 리플리는 여전히 몸을 낮춘 채 폭약 섬퍼를 겨누고 조심스레 구멍에 접근했다.

안에서 불빛이 움직이더니, 곧 후퍼가 얼굴을 내밀었다.

"내려와 봐요." 그가 말했다. "이건 다들 봐야 할 것 같소."

"볼 필요 없어요!" 카샤노프가 말했다. "아무것도 볼 필요 없다고요!"

그러나 리플리는 후퍼의 얼굴에 떠오른 표정을 보고 설득당해 버렸다. 지금까지 그녀에게 익숙하던 공포의 기색이 너무도 순식간에 사라져 버렸기 때문이다. 이제 그의 얼굴에 떠오른 새로운 모습, 지금까지 숨겨져 있던 경이의 감정은 그를 완전히 새로운 사람처럼 보이게 만들었다. 이 남자의 원래 모습이었을 법한 실체가 드러나고 있었다.

그래서 그녀는 뒤로 돌아서 조심스레 틈새로 몸을 집어넣고는, 더듬거려 발 디딜 장소를 찾으며 후퍼의 도움을 받아 아래로 내려갔다. 남은 몇십 센티미터 정도는 그냥 뛰어내려서 가볍게 착지했고, 그대로 다른 사람들이 내려올 수 있도록 옆으로 비켰다.

순간 숨이 턱 하고 막혀왔다. 그녀의 두뇌는 감각 기관이 보내오는 신호를 따라잡으려 안간힘을 쓰고 있었다. 지금 눈앞에 펼쳐진 장관의 규모와 말도 안 되는 크기, 그리고 너무도 확실하게 느껴지는 현실감을 받아들이기 위해서.

거대한 지하 동굴이 갱도 최심부 너머 아래쪽으로 뻗어 있었다. 광부들은 그 아래에 조명을 설치하기 위해 최선을 다한 모양으로, 벽을 따라 조명용 전선을 연결해 공터를 가로질러 기둥에 배의 밧줄처럼 걸어 놓았다. 천장은 너무 높아서 검고 텅 빈 하늘처럼 보였다.

전선은 동굴 바닥의 대부분을 차지하고 있는 무언가 위로도 계속 뻗어 있었다.

리플리는 이 공간이 얼마나 넓은지 파악하기 힘들 것이라는 생각을 했다. 비교 대상이 될만한 것이 없었다. 동굴 안쪽에 있는 것은 너무 이질적이고 수수께끼 같아서, 그녀의 셔틀 정도 크기일지, 아니면 매리언 호 정도 크기일지 짐작할 수가 없었다. 리플리가 대충 짐작해 본 바로는 동굴 전체의 너비가 180미터 정도 되어 보였지만, 그보다 적을 수도, 아니면 훨씬 더 클수도 있어 보였다. 그녀가 보기에 그 물체는 아주 오래전에 기반암을 깎아내어 만든 것으로 보였다.

애초에는 매우 정교하게 만들어진, 세부 묘사가 뚜렷한 구조물이었을 것으로 보였다. 그러나 세월이 이 구조물을 스치고 지나가며 닳아버리게 만든 모양이었다. 흐릿한 눈으로 수천 년의 세월 동안 부식되어 온 물체를 보는 느낌이었다.

뒤에서 다른 이들이 따라 내려오는 소리가 들리고, 곧 그녀와 후퍼 주변으로 모여드는 것이 느껴졌다. 모두가 놀라 숨을 멈추었다.

"이럴 수가!" 카샤노프가 말했다. 리플리는 그녀의 목소리에 숨겨진 진저리 치는 느낌에 놀라고 말았다. 이런 모습을 보면 경이로움을 느껴야 마땅하지 않을까. 눈을 믿을 수 없을 정도로 놀라운 구조물이었고, 그녀는 그 모습을 바라볼 때마다 감탄을 하지 않을 수 없었다.

그리고 뒤편에서, 라샹스가 입을 열자 모든 것이 바뀌었다.

"이건 우주선이로군." 그가 말했다.

"뭐라고요?" 리플리가 놀라 말했다. 그녀는 그런 가능성은 생각조차 하지 못하고 있었다. 행성의 지하 1,600미터 되는 곳에 있는 구조물이라면 당연히 건축물이 분명했다. 일종의 신전이거나, 보다 알기 힘든 다른 목적으로 만든 건물일 터였다.

"이런 아래에?" 후퍼가 말했다. 제각기 눈앞의 구조물을 살펴보는 동안 다시 침묵이 흘렀다.

그리고 리플리는 라샹스의 말이 옳다는 사실을 깨달았다.

구조물 전체가 드러나 있지 않다는 것은 분명했다. 동굴 가장자리 너머로 이어지는 지점이 명확하게 보였으니까. 그러나 이제 그 용도가 이해가 가는 부분이, 비행을 위해 만들어졌다고 생각할 수밖에 없는 형태와 윤곽이 눈에 띄었다. 드러나 있는 부분의 왼쪽 절반은 우아한 포물선을 그리고 있는 날개가 분명했다. 여기저기 튀어나와 있는 부분은 유선형을 유지하기 위해 뒤로 젖혀져 있었다. 출입구 구조물이나 분사구로 보이는 지점도 있었고, 날개에서 이어져 높이 뻗은 구조물 위로는 곡선을 그리며 표면 위에 일렬로 뚫려 있는 구멍도 보였다.

"지금까지 이런 것을 본 적은 없지만요." 라샹스는 목소리가 울려 우주선에 메아리칠까 걱정이라도 되는 양 나직한 목소리로 말을 이었다. "그리고 확신이 있는 것도 아닙니다. 하지만 보면 볼수록 그런 생각이 확실히 듭니다." 재치 있게 비꼬는 말투도, 가벼운 농담도 아니었다. 그 역시 다른 사람들과 마찬가지로 경이에 사로잡혀 있었다.

"광부들이 가까이 다가간 모양이군." 후퍼가 말했다. "조명을 저렇게 위쪽 가득 걸쳐 놓았으니 말이야."

"하지만 우리는 똑같은 실수를 저지르지 않을 거야. 그렇지 않나?" 백스터가 말했다. "가까이 가서 그런 꼴이 된 게 아닌가!"

"놀라워요." 스니든이 작은 소리로 속삭였다. "이건 꼭⋯⋯." 그녀는 허리춤의 주머니에서 작은 카메라를 꺼내 촬영을 시작했다.

"하지만 이게 어떻게 이런 지하까지 들어온 거죠?" 카샤노프가 물었다.

"이 행성이 어떤 곳인지는 충분히 봤잖소." 후퍼가 말했다. "폭풍에, 바람에, 유사에. 이건 꽤 낡아 보이지 않소. 아마도 아주 오래 전에 묻혔겠지. 수세기⋯⋯ 아니 수만 년 전에. 모래 안으로 가라앉은 다음 폭풍이 그 위를 덮어 버린 거요. 아니면 그 옛날에는 이리 들어오는 방법이 있었을 지도 모르지. 오래전에는 계곡이었는데, 그 위가 전부 모래로 뒤덮여 버린 거요. 어쨌든⋯⋯ 지금은 여기 있게 된 거지."

"가자고." 백스터가 말했다. "당장 여기서 떠나야—"

"그 외계 생물들의 흔적은 없는데." 후퍼가 말했다.

"아직이야 없겠지! 하지만 놈들이 여기서 나온 것은 분명해."

"백스터⋯⋯." 카샤노프가 입을 열었지만, 그녀는 그대로 말꼬리를 흐렸다. 저 거대한 구조물에서 눈을 뗄 수가 없었다. 정체가 무엇이든, 저 구조물은 모두에게 지금까지 본 가장 놀라운 존재였을 것이다.

"리플리, 그쪽에서 찾아낸 우주선도 이것과 비슷한 모습이었소?" 후퍼가 물었다.

"그런 것 같지는 않은데요." 그녀가 말했다. "거기 진입한 지상조에는 투입되지 않아서, 그 사람들의 우주복 카메라에 찍힌 영상을 봤을 뿐이에요. 하지만 이것과 비슷한 것 같지는 않군요. 그 우주선도 컸지만, 이건⋯⋯." 그녀는 고개를 저었다. "이건 정말로 거대하잖아요! 규모 자체가 달라요."

"세기의 발견이에요." 스니든이 말했다. "농담 아녜요. 이 행성은 유명해질 거라고요. 우리는 유명해질 거예요."

"헛소리 그만해!" 백스터가 소리쳤다. "우린 죽을 거라고!"

"저기 좀 보시죠." 라샹스가 동굴 건너편을 가리키며 말했다. "저쪽에 솟아오른 부분부터…… 우주선의 동체가 시작되는 것 같습니다. 그 뒤편으로 쭉, 보입니까?"

"보여요." 리플리가 말했다. "손상을 입었군요. 폭발이 일어났을 수도 있고." 라샹스가 가리켜 보인 부분은 다른 쪽보다 더 엉망이었다. 매끈한 유선형의 윤곽이 엉망으로 찢겨 나갔으며, 골격에는 균열이 가 있고, 암흑으로 가득 찬 구멍도 보였다. 심지어는 이쪽의 거칠게 부서진 부분조차도 세월의 흐름 앞에서 어느 정도 매끈해져 있었다. 뜯겨나간 표면에 먼지가 내려앉고 모래가 일렁여서 모든 것이 흐릿해 보였다.

"농담이 아니야. 돌아가야 한다고 생각하는데." 백스터가 말했다. "당장 여기서 벗어나서, 지구로 돌아간 다음에 전부 보고하자고. 그럼 탐험대를 보낼 거 아니야. 여기 와야 하는 사람들은 식민지 해병대라고. 커다란 총을 가진 사람들 말이야."

"나도 동의해요." 카샤노프가 말했다. "떠나자고요. 이건 우리 일이 아니에요. 여기 와서는 안 되는 거였다고요."

리플리는 눈앞의 광경에서 눈을 떼지 못하면서도, 자신의 생생한 악몽 속 존재들을 기억하고는 고개를 끄덕였다.

"저 사람들 말이 맞아요." 그녀가 말했다. 괴상하게 생긴 외계인의 우주선에 접근하면서 흥분을 감추지 못하던 예전 승무원들의 목소리가 기억났다. 그 흥분은 이내 공포로 바뀌어 버렸다. "여기서 떠나야 해요."

바로 그 순간, 그들 뒤편에서 소리가 들렸다. 무너져 내린 동굴 벽 쪽에서, 방금 그들이 내려온 쪽에서. 터널 쪽에서.

길게 울리는, 낮은 숨소리였다. 그 뒤를 이어 날카로운 손톱으로 돌을 긁는 듯한 소리가 울려 퍼졌다.

여러 개의 다리가 뛰어오는 소리가 들렸다.

"아, 안 돼." 카샤노프가 말했다. 그녀는 몸을 돌려서 플라즈마 토치로 방금 내려온 구멍 쪽을 겨누었다.

"안 돼, 잠깐!" 후퍼가 말했지만, 이미 너무 늦어 버렸다. 카샤노프가 방아쇠를 당기자 그들 주변으로 새로운 태양이 폭발했다.

리플리는 옷깃을 움켜쥔 채 뒤로 물러섰다. 다른 이들도 뒤로 물러섰고, 플라즈마가 폭발하며 틈새를 타고 따라 올라갔다. 바위가 다시 맞물리며, 열기가 주변 공기를 뜨겁게 달구었다. 리플리는 타오르는 빛 속에서, 주변을 달구고 피부와 머리카락을 태우는 열기 속에서 눈을 찌푸렸다.

그녀는 이내 발을 헛디뎌 뒤편으로 쓰러지며, 이미 쓰러져 있던 후퍼 위로 넘어졌다. 그리고는 몸을 굴려 그의 옆에 엎드리게 되었다. 둘은 서로의 얼굴을 마주보았다. 리플리는 순간 그의 얼굴에서 절망을 엿보았다. 크게 뜬 눈, 슬픔이 어린 입매 – 그리고 다음 순간, 그가 다시 의지를 다잡는 모습도 보았다.

카샤노프가 자신이 만든 결과물에서 천천히 뒤로 물러서는 것을 보며, 두 사람은 자리에서 일어섰다. 플라즈마 토치에서는 아직 열기가 이글거렸고, 내장 냉각 시스템이 총구 주변으로 냉각제를 분사하고 있었다. 그들 앞의 바위 벽은 녹아서 빨갛게 이글거리며 흘러내리고 있었지만, 이미 새로운 모양으로 굳어가는 중이었다. 아지랑이 때문에 동굴 벽은 여전히 녹아 있는 것처럼 보였지만, 리플리의 귀에는 벽이 다시 굳으며 딸각거리는 금이 가는 소리가 들렸다.

그들이 타고 내려온 틈새는 완전히 사라져 버렸다. 녹은 바위가 흘러내려 새로운 벽을 형성해 버린 것이다.

"다시 쏴서 녹이면 되잖아!" 백스터가 말했다. "카샤노프하고 내가 동시에 플라즈마 토치를 쏘면—"

"안 돼요." 스니든이 말했다. "아까 저 위에서 난 소리 못 들었어요?"

"통구이를 만들어 버렸잖아!" 백스터가 항의했다.

"좀 기다려 봐요." 리플리는 손을 들어 보이며 이렇게 말하고는, 벽 쪽으로 좀 더 가까이 다가갔다.

바위 벽에서 엄청난 열기가 뿜어져 나오고 있어서 거의 숨을 쉬기도 힘들 지경이었다. 돌이 식어가는 소리와 뒤편에서 수군거리며 말다툼 하는 소리를 배경으로 다른 소리 하나가 들려왔다. 이제 갱도로 이어지는 틈새는 금이 간 부분 몇 개를 제외하면 아예 존재하지 않았으며, 애초에 알고 있지 않았더라면 눈에 띄지도 않았을 것이다. 그러나 소리는 여전히 잘 전달되는 모양이었다.

"아직 놈들 소리가 들려요." 그녀가 속삭였다. "저 위쪽에서요." 끔찍한 소리였다. 낮게 끽끽대는 소리, 딱딱한 사지가 바위에 부딪쳐 절정이는 소리, 열기 때문에 나는 것으로는 느껴지지 않는 나직한 쉿쉿 소리. 그녀는 몸을 돌려 일행을, 채굴용 공구를 무기랍시고 든 채로 주변에 모여선 사람들을 바라보았다. "내 생각에는 한 마리가 아닌 것 같아요."

"분명 갱도로 돌아가는 다른 길이 있을 거요." 후퍼가 말했다.

"어떻게 그걸 확신하는 거죠?" 카샤노프가 따지고 들었다.

"길이 없으면 우리는 끝장이니까!"

"길이 없으면 만들면 됩니다." 라샹스가 말했다. "여기는 곤란하지만요." 그는 몸을 돌려 동굴 가장자리를 둘러보았다. 그러면서도 눈길은 계속 땅에 반쯤 파묻힌 거대한 구조물 쪽으로 돌아가고 있었다.

우주선이라. 리플리는 이 말도 안 되는 상황을 다시 한 번 곱씹어 보았다. 지금 돌을 던지면 닿을 만한 거리에 외계인의 우주선이 있단 말이지! 그녀는 저 구조물의 정체에 대해 이미 확신하고 있었다. 라샹스의 분석은 말이 되는 것이었다. 저곳에서 에일리언들이 나왔다는 짐작도 마찬가지였다.

예전에도 본 적이 있는 일이었다. 전부 다.

"갱도로 나가는 길은 또 있을 거요." 후퍼는 희망의 흔적이 남은 목소리로 말했다. "우리가 들어온 쪽 전선을 태워버렸는데도 아직 조명이 켜져 있지 않소. 따라서 다른 쪽에서 전기가 들어오고 있다고 볼 수 있을 거요."

"동굴 가장자리를 따라 움직이죠." 스니든이 한쪽을 가리키며 이렇게 말했다. "저쪽으로요. 제가 보기에는 두 번째 승강기가 있는 쪽인 것 같은데, 어떤가요?" 그녀는 거들어 줄 사람을 찾아 주변을 둘러보았다.

"그럴 수도 있죠." 라샹스가 말했다. "하지만 갱도 터널은 여기저기 얽히고 휘어 있으니, 확신을 할 수는—"

"일단 움직이지." 후퍼가 말했다. 그는 걷기 시작했고, 리플리와 다른 사람들은 그 뒤를 따랐다.

오른쪽에는 예의 수수께끼의 파묻힌 물체가 있었다. 왼쪽으로는 동굴의 울퉁불퉁한 가장자리가 있었다. 손전등으로 벽을 비추어 보아도 그림자는 거의 사라지지 않았다. 더 깊은 곳으로 슬쩍 물러날 뿐이었다. 그리고 얼마 지나지 않아, 리플리는 바로 그 방향에서 가장 큰 위험이 다가오는 것을 감지했다.

그녀는 숨을 멈춘 채 발소리를 죽이고 걸음을 옮기며 그림자로 뒤덮인 영역에서 들려오는 소리를 확인하려 했다. 그러나 사람이 여섯이나 되었기 때문에, 제각기 최대한 소리를 죽이려 해도 결국 발소리가 날 수밖에 없었다. 바위 위에 끌리는 소리, 옆으로 쓸려나가는 자갈 소리, 옷이 부스럭거리는 소리, 가끔씩 금속이 돌 위에 부딪치는 소리.

후퍼가 갑자기 걸음을 멈췄고, 리플리는 그의 등에 부딪쳤다.

"추적을 당하고 있군." 그가 말했다. 그가 선택한 단어 때문에 등골이 오싹해졌다. 놈들이 추적을 할 수 있다고는 생각해 본 적이 없었다.

"놈들은 어딨죠?" 그녀가 속삭였다.

후퍼는 몸을 돌리고는 동굴 가장자리의 틈새, 균열, 무너져 내린 돌덩이들 쪽으로 고갯짓을 해 보였다.

"그래요." 스니든이 말했다. "나도 그런 느낌을 받았어요. 우린 어서—"

나직한 쉿 소리가 들렸다. 압축 공기가 용기에서 빠져나가는 듯한 소리였다.

"아, 젠장." 카샤노프가 말했다. "아, 젠장, 이제 우린—"

백스터가 뒤로 물러나다 부러진 쪽 발목에 몸무게를 실었다. 그리고 그 순간 플라즈마 토치의 방아쇠에 손가락을 올리고 있었던 모양이다. 하얗게 달구어진 불빛이 무기에서 뿜어져 나와서, 공기를 달구고 동굴 가장자리의 낮은 천장을 타고 퍼져나갔다. 누군가 소리를 질렀다. 녹아내린 바위가 주변으로 떨어져 내리는 순간, 리플리는 카샤노프 쪽으로 몸을 던져 간신히 위험을 피했다. 다른 누군가 비명을 질렀다.

불이 붙은 만큼 빠르게 사라져 버렸고, 백스터는 얼른 몸을 일으키고 뒤로 물러섰다.

"미안, 미안하네, 난 그저 소리가 들려서—"

"젠장!" 후퍼가 이를 악물고 말했다. 그는 다급하게 바지를 벗으려고 애쓰며 외쳤다. "젠장!"

라샹스가 허리띠에서 단도를 뽑더니, 후퍼 옆에 쭈그려 앉아서 무릎부터 부츠까지 바지를 길게 잘라낸 다음, 단도를 떨구고 손으로 묵직한 옷감을 그대로 찢어냈다. 그리고 다시 단도를 손에 들었다.

후퍼는 숨을 거칠게 쉬며 몸을 떨기 시작했다.

"후퍼." 라샹스가 그의 얼굴을 올려다보며 말했다. "가만히 있어요." 그는 대답을 기다리지 않고, 다리를 붙들고는 단도 끝으로 상처를 가볍게 찔렀다.

리플리는 다시 굳어지는 돌멩이가 땅을 때리는 소리를 들었다. 타 버린 살점의 기분 나쁜 달큰한 냄새도 맡았다. 그리고 그들 뒤편의 그림자 속에서, 다시 한 번 길고 낮은 숨소리가 들려왔다.

그리고 이빨을 맞부딪치는 끔찍한 소리도.

"움직여." 후퍼가 말했다. 그는 리플리 등 뒤의 그림자를 바라보고 있었다. 그의 눈이 커지는 모습을 보자, 리플리는 뒤를 돌아볼 필요도 없었다. "움직이라고!"

그들은 달려갔다. 동굴 더 깊은 곳으로, 동굴 바닥에 닿은 부분에서 위로 경사져 있는 날개를 따라서. 후퍼는 절뚝이며 신음 소리를 냈다. 뜯겨나간 바짓가랑이가 화상 입은 정강이 주변으로 펄럭이고 있었다. 백스터는 라샹스의 어깨에 한쪽 팔을 걸친 채 절뚝이며 따라갔다. 다른 이들은 무기를 손에 들고는 빠르고 조심스럽게 울퉁불퉁한 바닥을 가로질렀다.

이제 갈 곳은 하나밖에 남아 있지 않았다. 그리고 우주선 내부로 통하는 뻥 뚫린 구멍은 다른 무엇보다 더 컴컴해 보이기만 했다.

리플리의 머릿속에는 한 가지 생각밖에 떠오르지 않았다. 그리고 그 생각은 공포만을 불러왔다.

놈들이 우리를 몰아가고 있어…….

12

가 축

······우주선을 향해서겠지. 후퍼는 생각했다. 우리를 가축처럼 몰아가고 있는 거야. 그리고 우리는 놈들이 원하는 그대로 움직이고 있고.

다른 설명을 할 방법이 없었다. 에일리언들은 공격도 하지 않고, 생존자들 주변을 어슬렁거렸다. 그리고 그림자 속에 파묻힌 벽 틈을 따라서, 자신의 존재를 알리기는 해도 실제로 모습을 드러내지 않으며 움직이고 있었다. 후퍼가 놈들에 대해 알고 있는 모든 것들, 매리언 호에서 일어난 일과 리플리가 30년 전에 겪은 일들에 따르면, 놈들은 잔인하고 지성이 없는 괴물일 뿐이었는데도.

이번에는 뭔가 달랐다. 만약 그의 생각이 옳다면, 놈들은 계획을 짜고 그에 맞춰 협력을 하고 있었다. 그 생각만으로도 등골이 서늘해졌다.

고통이 다리를 휩쓸었다. 새하얗게 달아오른 불꽃이 뼛속까지 그슬려 버린 것만 같았다. 고통이 근육을 타고 돌아 혈관으로 퍼져나갔다. 오른쪽 정강이 전체가 끓는 물에 익어버린 것만 같은 기분이었고, 걸음을 옮길 때마다 지독한 고통이 찾아왔다. 그러나 지금은 뛸 수밖에 없었다. 그가 확인한 바로는 손상 자체는 그리 심하지 않았으며, 녹아내린 돌덩이가 이미 상처를 지져 준 상태였다.

그래서 그는 고통에 신경 쓰지 않으려 최선을 다했다.

예전에 아들을 치과에 데려간 적이 있었다. 아이는 이빨을 뽑기 전의 마취제 주사에 대해 지독하게 겁을 먹고 있었다. 치과로 가는 길에, 후퍼는 아들에게 고통에 대해서 말해 주며, 그러한 고통은 실제로 해가 없을 것이라 설명했다. 알고 있는 손상에 대한 육체적 반응일 뿐이며, 시간이 지나고 나면 결국 그 고통이 어떤 기분이었는지조차 제대로 기억하지 못하게 될 것이라 일러주었다.

고통은 기억 속에서 떠올리기 힘든 개념이라고, 그 때 후퍼는 말했다. 세계 최고의 케이크를 맛보는 느낌이라고. 케이크를 맛보거나 고통을 느낄 때의 감각은, 그저 바로 그 순간에만 존재하는 것이라고.

이제 그는 스스로 그 생각을 되뇌고 있었다. 기괴한 형태의 동굴 속을 달려가면서, 마치 주문처럼 외우고 있었다. 아무 의미 없는 고통이야. 아무 의미 없는 고통. 그는 자신의 감각을 분석하며, 고통에 굴복하는 대신 흥미를 가져 보려 했다. 그리고 어느 정도까지는 이 방법이 효력이 있었다.

카샤노프와 스니든이 앞장서고 있었다. 스니든은 스프레이 총을 앞으로 겨눈 채였다. 백스터와 라샹스가 후미에서 따라오고 있었다. 백스터는 고통에도 불구하고 단호한 표정이었다. 리플리는 후퍼와 함께 속도를 맞추어 움직이며, 종종 그의 얼굴을 살피고 있었다. 그는 리플리에게 걱정할 거리를 주지 않으려 애썼지만, 가끔씩 신음이나 앓는 소리가 새어나오는 것은 어쩔 도리가 없었다.

책임감이 무겁게 짓눌러 왔다. 이 감정은 이성의 힘으로 없애버릴 수가 없었다. 일행의 지휘권은 그에게 있었다. 그러나 매리언 호의 생존자들에 리플리를 더한 이 무리는 지금 지도자가 없는 것처럼 두서없이 움직이고 있었다. 이런 상황에 처하게 된 것이 자기 탓이라는 생각을 떨쳐낼 수가 없었다.

달리는 동안에도, 후퍼는 계속 머릿속을 헤집으며 자신이 옳은 결정을 내려 왔는지 확인해보려 했다. 매리언 호에 더 오래 남아서 더 제대로 준비를 했어야 했나? 갱도로 내려오기 전에, 양쪽 승강기를 모두 확인한 다음 어느 쪽을 사용할지를 정했어야 했나? 반대쪽 승강기를 사용했더라면, 지금쯤 운반차에 귀중한 연료 전지를 끼운 채로 지표로 돌아가고 있었을지도 모른다. 그러나 지금은 '만약'이나 '어쩌면'까지는 감당할 수가 없었다. 눈앞에 닥친 명백한 위험에 대처하는 것이 우선이었다.

서둘러 반대쪽 승강기에 도착해야 했다.

그러나 에일리언들이 그들 뒤를 따라오며 계속해서 앞으로 몰아가고 있었다. 후퍼는 이런 무력감을, 운명을 스스로 결정할 수 없는 상황을 싫어했다. 다른 사람들이 자신의 결정에 의지하고 있을 경우에는 더욱.

그는 거칠게 숨을 몰아쉬며, 걸음을 멈추고 뒤를 돌아보았다.

"후퍼?" 리플리가 불렀다. 그녀 역시 멈추어 섰고, 다른 이들도 그대로 걸음을 멈췄다. 이제 그들은 우주선의 날개가 땅에서 솟아오르는 지점 부근에 있었다. 정확한 경계면을 파악하기는 힘들었지만.

"우리는 놈들이 원하는 대로 하고 있소." 그는 숨을 헐떡이며 우주선에 기대어 섰다.

"뭘요, 도망 말인가요?" 카샤노프가 물었다.

"우린 도망치고 있는 것이 아니오." 후퍼가 자세를 조금이나마 바로잡으며 말했다.

"그 말이 맞아요." 리플리가 말했다. "놈들이 우리를 이리로 몰아넣고 있는 거예요."

"나는 멀어지는 쪽이기만 하면 별 상관없는데." 백스터가 말했다.

"그게 무슨 뜻—?" 리플리는 이렇게 물었고, 아주 잠시 동안 후퍼는 그곳에 오직 두 사람만이 존재하는 듯한 느낌을 받았다. 서로의 눈빛이 얽히며 교감을 나누는 것이 느껴졌다. 그로서는 무엇인지 알 수가 없었다. 이해나 애정 따위의 진부한 것이 아니었다. 어쩌면 그들이 같은 방식으로 생각하고 있다는 것을 확인한 것일지도 모른다.

그리고 스니든이 헉 소리를 냈다.

"아, 세상에!" 그녀가 말했다. 후퍼는 뒤를 돌아보았다.

놈들이 오고 있었다. 세 마리. 그림자밖에는 보이지 않았지만, 움직이는 모습을 통해 그 정체를 알아볼 수 있었다. 빨랐다. 두 놈은 생존자들이 동굴로 들어온 입구 근처를 어슬렁거리고, 세 번째 놈은 반대쪽에서부터, 점차 좁혀 들어오고 있었다.

라샹스가 몸을 낮추어 자세를 잡고는 폭약 섬퍼를 발사했다. 총성이 동굴 안을 울리다 넓은 공간을 미처 다 채우지 못하고 잦아들어 버렸다.

"시간낭비 하지 말라고!" 백스터가 말했다. "몇 발짝 거리까지 들어와야 맞출 수 있을 걸."

"그렇게 가까이 다가오면 우린 죽은 목숨이야!" 라샹스가 말했다.

"달려!" 후퍼가 말했다. 다른 이들이 움직이기 시작했고, 그와 리플리는 잠시 뒤에 남아서 서로 눈짓을 교환했다. 서로 상대방의 생각을 잘 알고 있었다.

놈들이 우리를 다시 몰고 있어.

굽어 있는 거대한 우주선의 날개를 올라가는 동안에도 발밑의 감각은 거의 변하지 않았다. 후퍼에게는 여전히 바위 위를 달리는 것 같은 기분이었다. 이제는 길이 위로 경사져 있으며, 덕분에 다른 종류의 근육에 힘을 싣는 바람에 완전히 새로운 부류의 고통이 찾아오기는 했지만 말이다.

이 아래에 파묻혀 있는 동안, 모래와 먼지가 그 위를 덮어 단단하게 굳어 버린 모양이었다. 바위도 떨어져 내렸고, 이렇게 가까이에서 보니 날개 위를 뒤덮고 있는 물마루 모양의 광물 결정이 눈에 띄었다. 물 위를 퍼져나가는 잔물결이 시간 속에서 커다란 고리를 이루며 굳어버린 것처럼 보이는 모습이었다.

각각의 고리 높이는 그들 무릎 정도까지 이를 정도였고, 매번 물마루를 뛰어넘을 때마다 후퍼의 입에서는 비명이 흘러나왔다. 백스터도 마찬가지였다.

"좀 아플 뿐이잖아요." 리플리는 이렇게 말했고, 후퍼가 자기 말에 힘겹게 웃음을 터트리자 놀란 표정이 되었다.

"어디로 가죠?" 앞장서던 스니든이 물었다. 그녀는 조금 걸음을 늦추더니 몸을 돌렸다. 스프레이 총을 일행 뒤편으로 겨눈 채였다.

후퍼는 힐긋 뒤를 보았다. 이제는 두 마리밖에는 보이지 않았다. 혐오스러운 형상이 땅 위를 경중경중 뛰어다니는 모습이 보였다. 더 가까이 있어야 정상인데. 그는 생각했다. 놈들은 우리보다 훨씬 빠르니까. 하지만 당장 걱정할 일은 아니었다.

그는 세 번째 괴물을 찾아 주변을 둘러보았지만, 시야에는 전혀 보이지 않았다.

"안으로 들어갈 수 있다고 확신할 수 있는 곳은 여기 손상을 입은 부분밖에 없소." 그는 한쪽을 가리키며 말했다.

"정말로 안으로 들어가고 싶은 거예요?" 리플리가 물었다.

"여기서 항전하는 편이 낫다고 생각하시오?" 후퍼가 물었다. 스니든은 코웃음을 쳤지만, 후퍼는 진심으로 묻는 것이었다. 리플리는 그 사실을 알고 있었기 때문에 얼굴을 찌푸리며 주변을 둘러보았다. 숨을 곳이 전혀 없었다. 여기서는 완전히 사방에 노출된 상태가 될 것이다.

"여기는 안 되겠군요. 너무 개방되어 있어요." 그녀가 말했다.

"그럼 저 위쪽에, 동체가 파손되어 있는 쪽은 어떻겠소." 그가 말했다.

"그리고 이쪽에 한 마리가 더 있다는 사실을 기억해야 할 거요. 그러니 우리는 계속해서—"

세 번째 에일리언이 등장했다. 놈은 이미 날개 위에 올라와 있었던 듯, 왼쪽 그림자 속에서, 기다리고 있었던 것처럼 낮게 쌓인 바위 더미 뒤에서 기어나왔다. 아마도 18미터 정도밖에 안 될 것 같았다. 그것은 몸을 숙인 채로, 낮은 숨소리를 내며 공격할 채비를 하고 있었다.

리플리는 폭약 섬퍼를 발사했다. 만약 증오와 혐오가 탄환의 추진체가 될 수 있었더라면, 그 에일리언은 탄환에 실린 에너지만으로 곤죽이 되어 버렸을 것이다. 그러나 후퍼는 탄환이 어디로 날아갔는지조차 알 수가 없었다. 그리고 만약 놈이 정말로 일행을 우주선 쪽으로 몰아갈 생각이라면, 저런 사격에 반응할 리도 없어 보였다.

리플리는 단단히 자세를 잡은 채로 왼쪽과 오른쪽을 둘러보았다. 후퍼가 스프레이 총을 들어 올렸다. 다른 사람들도 무기를 겨누었다.

가장 가까운 에일리언은 천천히 옆으로 움직이며 그들 주변을 선회하기만 하고, 그 이상 가까이 오지 않았다. 놈의 움직임을 보고 있자니 후퍼는 피부가 곤두서는 느낌이 들었다. 거대한 거미를 떠올리게 하는 모습이었다……. 뭔가 다른 것 같기는 하지만. 아니, 끔찍한 모습의 전갈에 가까웠다……. 그래도 다른 점이 있었다. 놈은 부드럽게 물 흐르듯이 움직이며, 지금까지 수백 번은 걸어본 것처럼 날개 위를 편안하게 움직이고 있었다.

후퍼는 스프레이 총을 쏘았다. 자신을 사로잡은 혐오감에 의한, 놈을 물러가게 만들고 싶은 마음이 드러난 자연스러운 반응이었다. 산성 액체가 그와 괴물 사이에 점점이 선을 그리며 흩뿌려졌고, 치익 하는 큰 소리를 내며 먼지와 바위, 그리고 그 아래 있는 수수께끼의 물질까지 녹이기 시작했다. 액체가 실제로 닿은 것은 아니지만, 에일리언은 흠칫 뒤로 물러섰다. 약간이기는 해도 후퍼는 알아볼 수 있었다.

독성 기체를 들이쉬지 않으려 숨을 참은 채로, 후퍼는 재빨리 뒤로 물러섰다. 그게 신호라도 되는 것처럼 다른 이들 역시 물러섰다.

"돌격하는 건 어때요." 리플리가 말했다.

"뭐요?"

"우리 모두가 동시에 돌진하는 거죠. 놈을 향해 달려가는 거예요. 우리를 향해 달려오면 모두 쏴 버리고, 길을 비키면 그대로 움직이는 거예요."

"어디로 말이오?"

"나가는 길로요."

"나가는 길이 어딘지도 모르는 상황이잖소!" 후퍼가 말했다.

"놈들이 원하는 대로 하는 것보다는 낫지 않아요?" 리플리가 물었다.

"나는 놈들이 없는 쪽으로 가고 싶은데." 백스터가 말했다. "놈들이 한쪽에 있으면, 우리는 그 반대편으로 가는 거지." 그는 몸을 돌리고는 절뚝거리며 우주선의 동체 쪽으로 다시 걸음을 옮기기 시작했다. 이제 오른팔을 카샤노프의 어깨에 걸치고 있었다.

"함께 움직여야 하네." 다함께 백스터를 따라가면서, 후퍼는 이렇게 말했다. 그러나 돌진해서 유리한 싸움을 벌이자는 리플리의 의견이 옳을 수도 있다는 생각을 떨쳐낼 수가 없었다. 그는 나중에 자신의 결정을 후회하게 되지 않기만을 간절히 빌었다.

발밑의 경사가 급해졌다. 날개에는 여전히 바위와 괴상한 물결무늬를 그리는 광물질로 가득했다. 후퍼는 한때 이 동굴 전체가 수중에 있었을지도 모른다는 생각을 했지만, 당장은 그런 가설을 증명할 방법이 없었다. 그리고 안다고 해도 별 도움도 안 될 것은 물론이고.

당장 도움이 되는 것은 멈출 수 있는 장소였다. 방어하기 용이한 위치, 맞서 싸울 만한 지점이었다. 이 기괴한 우주선을 지나거나 돌아서, 갱도로 돌아갈 수 있는 경로였다.

그런 빌어먹을 기적이 일어날 리가 없었다.

어쩌면 지금 여기서 맞서야 할지도 모른다. 그 혼자서만. 뒤돌아서 스프레이 총에서 산성 용액을 분사하며 에일리언에게 돌진하는 것이다. 그러면 행운이 따를지 또 누가 알겠는가. 어쨌든 놈들은 그저 짐승일 뿐이니까. 그대로 꽁무니를 뺄지도 모른다. 그러면 다른 일행들과 함께 밀어붙여 지금까지 온 길로 돌아갈 수 있을지도 모른다. 플라즈마 토치를 사용하면 어렵지 않게 다시 진입로를 개방할 수 있을 것이다.

뒤를 힐긋 돌아본 것만으로도, 그는 알아야 할 모든 것을 깨닫게 되었다.

세 마리의 에일리언이 그들을 따라오고 있었다. 바위와 크레바스 사이로, 엄폐물을 찾아 움직이는 놈들의 가시 돋은 그림자가 거대한 날개 표면에서 춤추고 있었다. 놈들은 조용하고 가뿐하게 움직였다. 너무 부드러워서 그림자가 엎질러진 잉크처럼 흘러가는 듯 보일 지경이었다. 놈들은 순수하고 단순한 사냥꾼이었다. 먹잇감이 갑자기 뒤돌아 돌진해 온다고 해도 전혀 당황할 리가 없었다.

그 빌어먹을 생각은 포기하자.

헛되게 목숨을 포기할 생각은 없었다.

"더 빨리." 그가 중얼거렸다.

"뭐라고 하셨습니까?" 라샹스가 물었다.

"더 빨리 움직여야 하네. 최대한 빨리 움직여서 저 안에 들어간 다음에, 어딘가 방어할 장소를 찾아야 해. 어쩌면 놈들이 조금 포위를 풀어 줄지도 모르니까."

아무도 대꾸하지 않았지만, 그는 침묵 속에서 의혹을 읽을 수 있었다. 그래도 그들은 더 빨리 달리기 시작했다. 심지어는 백스터도 나직하게 욕설을 중얼거리며 뛰기 시작했고, 카샤노프는 그의 몸무게 아래에서 진땀을 흘렸다. 후퍼는 백스터를 생각할 때마다 그 엄청난 용기를 존경할 수밖에 없었다. 그리고 카샤노프는 공포에서 결단력을 얻는 것처럼 보였다.

후퍼의 다리는 이제 고통으로 가득한 무게추처럼 느껴졌다. 그러나 그는 고통을 도구로 삼아 맞서 싸우고 있었다. 걸음을 세게 내딛어 앞으로 몸을 움직이며, 보다 나은 쪽으로 사태를 진전시키려 했다. 그는 기도를 하는 사람이 아니었고, 신앙은 다른 어린 시절의 몽상과 함께 버리고 온 지 오래였다. 그러나 그는 이 모든 사건이 보다 거대한 무언가의 일부라는 느낌을 받고 있었다. 이토록 불운이 연속으로 찾아오는 와중에도 – 델라일라의 충돌, 매리언의 손상, 샘슨의 괴물들, 그리고 이제 승강기 오작동과 이런 괴상한 장소에 떨어지게 된 일까지도 – 그는 더 높은 존재가 자신들에게 개입하고 있다는 생각을 떨쳐버릴 수가 없었다.

그들이 발견한 이 우주선 때문에 드는 생각일지도 모른다. 이 우주선은 외계 지성이 존재한다는 부정할 수 없는 증거였다. 누구도 이런 것을 발견한 적은 없었다. 덕분에 그의 정신이 보다 크고 방대한 가능성의 세계를 받아들이게 된 것일지도 모른다. 그러나 그 이상의 무언가가 존재했다. 그로서는 명확하게 짚어낼 수 없는 요소가.

리플리가 그 일부라는 점은 명백했다. 어쩌면 이런 모든 사건이 일어나는 와중에 그녀 같은 사람을 발견했다는 점 때문에 정신이 이상해지는 것일는지도 모른다.

그녀 같은 사람? 그는 이렇게 생각하며 소리 없이 웃었다. 그가 실제로 다른 사람에게 관심을 기울여 본 것은 너무 오래전의 일이었다. 조던과 외도를 벌이기도 했지만, 그녀와는 계속 좋은 친구로 남았다. 그러나 리플리와의 관계에는 그 이상의 무언가가 있었다. 그때 이후로는 느껴보지 못한, 본능적으로 서로를 이해하는 느낌이 있었다…….

그는 잠시 동안 집을, 사이가 벌어진 아내를, 뒤에 남겨둔 아이들을 떠올렸다. 그러나 그 생각을 오랫동안 하고 있기에는 고통과 죄책감이 너무 크게 느껴졌다.

백스터는 걸음을 옮길 때마다 소리를 질렀다. 발목이 부러진 쪽 발을 질질 끌고 있었지만, 그런 와중에서도 여전히 플라즈마 토치를 쏠 채비를 하고 있는 모양이었다. 경사가 더 가팔라지며 우주선의 동체로 보이는 곳으로 이어지는 지점에 가까워지자, 후퍼는 앞쪽을 내다보기 시작했다.

파손된 부위는 멀리서 보았을 때 생각한 것보다 훨씬 컸다. 날개 위에서 시작되어 부드러운 곡면을 그리는 동체 뒤편에 이르기까지, 파손된 영역 전체에 걸쳐 외피가 찢어지고 날카로운 구조물이 여기저기 튀어나와 있었다. 하나의 커다란 구멍이 아니라, 보다 작은 상처가 연속으로 늘어서 있는 모양이었다. 무언가 우주선 내부에서 폭발하여 밖으로 터져 나오며 동체 여기저기에 피해를 입힌 것처럼 보였다. 이렇게 오랜 세월이 지났는데도 그을린 자국이 그대로 보였다.

"저기 첫 번째 구멍으로." 후퍼는 손으로 가리키며 이렇게 말했다. 그는 재빨리 앞으로 나서며 백스터의 팔을 붙들었다. 플라즈마 토치를 떨어트리지 않도록 조심하면서. "자네 괜찮나?" 그가 나직하게 물었다.

"아니." 백스터가 대답했다. 그러나 목소리에는 아직 힘이 느껴졌다.

"후퍼, 놈들이 거리를 좁히고 있어요." 뒤편에서 리플리가 말했다.

그는 백스터의 팔을 놓고 어깨를 두드려 준 다음 몸을 돌렸다. 경사 아래쪽에서 세 마리의 에일리언이 기어 올라오는 모습이 보였다. 가볍게 걷는 것만으로도 인간의 전력질주와 비슷한 속도였다. 게다가 더 가까워져 있었다.

"계속 가시오." 그는 다른 사람들에게 말했다. 그와 리플리는 잠시 멈추어 서서 뒤를 돌아보았다.

"머리 위로 한 방 날려 줄까요?" 리플리가 물었다.

"그럽시다."

그녀는 폭약 섬퍼를 들어 올리고 가장 가까운 괴물에게 발사했다. 놈이 걸음을 멈추고 옆으로 피하는 모습을 보며, 후퍼는 스프레이 총을 쏘았다. 용액은 목표물에 닿지 않고 부근의 날개 경사면에 떨어져 타오를 뿐이었다. 그러나 그는 다시 한 번 괴물들이 산성 용액에서 물러서는 모습을 확인했다.

리플리는 다른 두 마리에게도 섬퍼를 발사했다. 발사음은 거대한 동굴 안에 울려 계속 증폭되어 갔다. 놈들은 놀라운 순발력으로, 긴 사지를 춤추듯 움직이며 몸을 피했다. 메아리처럼 울리는 총성 아래로 놈들의 거친 숨소리가 들렸다. 그는 그 숨소리 속에 분노가 숨어있기를 바라고 있었다. 충분히 흥분하면 스프레이 총과 플라즈마 토치의 사거리 안으로 들어올지도 모르니까.

"갑시다." 후퍼가 리플리에게 말했다. "거의 다 왔소."

보다 가파른 사면을 오르자, 그들 발밑의 모습도 변하기 시작했다. 더 평탄해졌고, 매번 발에 딛는 느낌도 달라졌다. 움푹 들어가거나 발밑에서 울리는 느낌은 사라졌지만, 여전히 무언가 텅 빈 물체 위를 달리고 있다는 느낌은 들었다. 우주선의 내부가 무게를 지탱하고 있는 느낌이었다.

첫 번째 파손된 구역에 도착하자, 후퍼는 앞으로 달려 나갔다. 광부들은 여기에도 조명을 일렬로 걸어 놓았고, 그중 일부는 손상된 동체에서 튀어나와 있는 구조물에 걸려 있었다. 내부에도 비슷하게 조명이 늘어서 있는 걸로 보였다.

광부들도 이쪽으로 해서 우주선 안으로 들어갔던 모양이었다.

걱정이 커져만 갔다. 그는 고개를 젓고는 다른 이들을 돌아보며, 다른 제안을 하려고 했다―

"후퍼." 리플리가 거칠게 숨을 몰아쉬며 말했다. "저길 봐요."

그들이 왔던 쪽에서, 그림자 몇 개가 추가로 등장했다. 놈들은 날개 표면 위로 빠르게 움직여 오고 있었다. 거리가 있어서인지 개미처럼 보였다. 하지만 그런 비유를 해 보아도 조금도 마음이 편안해지지 않았다.

"저쪽도요." 스니든이 이렇게 말하며 우주선 동체의 경사 위편을 가리켰다. 그쪽에도 더 많은 그림자가 보였다. 형체는 아래쪽보다 흐릿했지만, 모양새를 보면 명백했다. 꼼짝도 않고 기다리고 있었다.

"알겠소." 그가 말했다. "안으로 들어가지. 하지만 아무것도 건드리지 마시오. 그리고 기회가 생기면 바로 나갈 길을 찾을 거요."

"우리가 이용당하고 있다는 느낌 받은 적 없어요?" 스니든이 물었다.

"계속 느껴왔는데요." 리플리가 중얼거렸다.

후퍼가 우주선 안으로 앞장서 들어갔다.

13

에 일 리 언

딸아이는 아홉 살 정도로 보였다. 오래된 유적으로 내려가는 문이 하나 있다. 계단은 수십 년 동안 들락거린 여행객들과 오래전 수세기에 걸쳐 오르내리던 수도사들의 발걸음 아래에서 닳아버렸다. 육중한 쇠창살이 젖혀진 채로 벽에 기대어 있고, 큼지막한 자물쇠는 열려 있다. 그러나 밤이 되면 카타콤의 문은 굳게 닫힌다. 고약한 작자들이 들어와 안의 유물을 훼손하지 못하도록 하기 위해서라 한다. 그러나 이곳에 도착한 이후로, 아만다는 계속해서 카타콤 안에 있는, 밤마다 문을 잠가 나오지 못하게 해야 하는 밤의 존재들에 대한 이야기를 지어냈다.

딸아이는 말했다. 해가 지면 저 아래의 그림자들이 살아나는 거야.

리플리는 딸이 겁먹은 시늉을 하며 태양에서 벗어나 아래로 들어가는 모습을 바라보며, 손가락을 발톱처럼 세우고 으르렁거리며 웃었다. 아만다는 엄마를 보고 따라오라고 소리쳤고, 리플리는 뒤쪽에 사람들이 붐비기 시작하는 것을 눈치챘다. 이곳은 도시에서도 관광객이 가장 먼저 찾는 인기 좋은 유적이었기 때문에 하루 종일 한산할 시간이 없었다.

그림자가 그녀를 감쌌다. 그림자를 타고 묘한 한기가 찾아왔고, 햇빛이 닿은 적 없는 곳에서 흔히 나는 축축한 곰팡내가 느껴졌다. 아만다는 앞으로 달려나가 사라져 버렸다. 굳이 딸을 소리쳐 부를 필요는 없을 것 같았지만, 문득 뒤를 돌아보니 그녀는 이미 혼자가 되어 있었다.

이곳 지하에서, 그림자 속에서, 어둠 속에서, 혼자가 되었다.

누군가 비명을 질렀다. 그녀는 한 손으로 거칠거칠한 벽면을 더듬으며 앞으로 움직였다. 바닥이 울퉁불퉁해서 거의 넘어질 뻔했고, 순간 그녀의 손이 다른 무언가를 짚었다. 매끄럽고 바위보다 가벼우며, 독특한 무늬를 가진 물질을.

벽에 해골이 보였다. 수천 개의 해골이 벽을 이루고 있었다. 각각의 해골에는 심각한 상처가 보였다. 구멍이나 으스러진 안면 따위. 뼈에 이빨 자국이 보인 것도 같았으나, 아마도 저건 단순히—

내가 상상한 거겠지. 그녀는 이렇게 생각했지만, 순간 다시 비명이 들렸다. 아만다였다. 그리고 그 목소리를 알아들은 순간, 아이의 모습이 홀연히 나타났다. 그녀는 뼈로 만들어진 작은 벽감 안에 붙들려 있었다. 오래 전에 죽은 이들의 해골 손가락이 팔과 어깨, 다리를 붙들고 있었다.

그녀는 엄마를 알아보았지만, 눈에는 조금도 반가운 기색이 없었다.

아만다의 나풀거리는 옷자락 아래서 가슴이 터져 나왔다. 이빨이 장애물을 씹어 부수며 밖으로 기어 나왔다. 들쭉날쭉한 끔찍한 이빨이.

"이런 젠장." 리플리는 거친 숨을 내쉬며 어둠 속을 내려다보았다. 잠시 정신이 나가 버렸다. 자신이 언제 어디에 있는지도 짐작할 수 없었고, 망가진 기억인지 미래의 예지인지조차 판별할 수가 없었다. 예측할 수 없는 시간의 소용돌이가 끔찍하게 휘몰아쳤다. 이걸 얼마나 더 견딜 수 있을지 모르겠어.

카샤노프가 그녀를 보고 얼굴을 찌푸리고는 입을 열었지만, 리플리는 고개를 돌렸다.

"이리 내려오시오!" 후퍼가 우주선 바깥쪽을 보며 소리쳤다. "여기 조명이 있소. 그리고…… 좀 괴상한 게 있는데."

"어떻게 괴상하다는 거예요?" 리플리는 이렇게 물으며 생각했다. 해골과 뼈가 닳아버린 계단과 벽을 메우고 있을 거야…….

"그냥 와서 좀 보시오."

그녀는 후퍼 옆으로 내려섰다. 방금 순간적으로 지나간 끔찍한 영상의 잔재를 떨쳐버리려 애쓰면서.

광부들이 이쪽으로 왔던 모양이었다. 리플리에게는 조금도 위안이 되는 소식이 아니었다. 부서진 우주선 안쪽에 설치해 놓은 조명은 도움이 되었지만. 폭발 때문에 우주선 외피에 구멍이 뚫렸고, 내부로는 격벽과 폭발 범위에 있던 모든 물건을 깨끗이 날려버린 모양이었다. 리플리는 그 모습을 보자 말벌집이 떠올랐다. 유동적인 대칭성을 이루며 여러 겹의 구조물이 쌓여 있었고, 그들이 서 있는 곳, 즉 폭심지에서 보면 적어도 아래로 네 개의 층이 노출되어 있는 것으로 보였다.

그녀는 매리언 호 역시 반으로 가르면 이것과 비슷한 모습일 거라고 생각했다.

그러나 이 우주선의 벽과 바닥과 천장은 매리언 호와는 조금도 비슷하지 않았다. 두꺼운 관이 매 층 사이를 연결하고 있었고, 관이 터진 곳에서는 묘한 물질이 흘러나와 고체로 굳어 있었다. 얼어붙은 벌꿀이나 쏟아지는 도중에 굳어버린 고운 모래처럼 보였다. 벽은 골조가 드러나 보일 정도로 부식되어 있었고, 골조 자체도 고대의 폭발 때문에 휘어지고 변형된 모양이었다.

각 층은 처음에 생각했던 것처럼 일정한 간격을 두고 있지 않았는데, 아무래도 손상 때문에 그렇게 된 것은 아닌 모양이었다. 애초에 그렇게 형성

된 것처럼 보였다.

"이건…… 묘하네요." 스니든의 목소리가 울렸다. 매혹된 것이 분명해 보였다. 그녀는 카메라로 영상을 찍으며 전진해서, 잔해로 이루어진 경사를 지나 단단한 바닥 위로 나아갔다. 바닥 표면은 고르지 않은데다 군데군데 패고 들어간 자국이 보였다. 전체적으로 낡아빠진 피부와 상당히 흡사한 모습이었다.

"마음에 안 드네요." 리플리가 말했다. "조금도요."

자연은 직각을 싫어한다는 말을 들은 적이 있는데, 그 말대로 이곳에서는 직각을 조금도 찾아볼 수가 없었다. 벽과 바닥을 구성하는 물질은 전체적으로 짙은 회색이었지만, 색이 균일하지 않았다. 여기저기 옅은색 얼룩이 있었는데, 실제로 더 얇은 것처럼 보였다. 한쪽은 거의 검은색이었는데, 마치 표면 바로 아래에 고인 피가 굳어 혈종이 생긴 것 같았다. 오래된 시체의 얼룩덜룩한 피부를 연상케 하는 모습이었다.

"이런 식으로 우주선을 만들다니 훌륭하군요." 라샹스가 말했다.

"뭐라고?" 백스터가 물었다. "그게 무슨 소리야?"

"길러낸 겁니다." 스니든이 말했다. "이건 건조한 게 아니라 길러낸 거예요."

"말도 안 돼……." 카샤노프는 이렇게 중얼거렸지만, 그녀를 돌아본 리플리는 러시아 여인의 크게 뜬 눈에 떠오른 경이의 감정을 읽어낼 수 있었다.

"이러고 있으면 안 돼요." 리플리가 말했다.

"밖으로 돌아 나갈 수는 없잖소." 후퍼가 말했다.

"하지만 놈들이 우리를 이리 몰아넣었다고요! 놈들이 원하는 대로 행동할 생각이에요?"

"놈들이 어떻게 뭔가를 원할 수가 있습니까." 라샹스가 항의했다. "그냥 멍청한 짐승일 뿐인데. 그리고 우리는 먹잇감일 뿐이고!"

"놈들의 본질을 아는 사람은 아무도 없어요." 리플리가 말했다. "안 그런 가요, 스니든?"

스니든은 그저 어깨를 으쓱해 보이기만 했다.

"전에도 말했지만, 저것과 비슷한 생물은 본 적이 없어요. 난폭하게 행동 한다고 해서 생각이나 협동을 하는 능력이 없다는 뜻은 아니지요. 선사시대 의 벨로키랍토르들은 무리를 지어 사냥을 했고, 그 공룡들이 정교한 의사소 통 수단을 가지고 있었다는 이론도 있습니다. 하지만……." 그녀는 주변을 둘러보며 고개를 저었다. "이게 놈들의 우주선일 것 같지는 않은데요."

밖에서 단단한 발톱이 우주선의 표피를 긁는 소리가 들렸다. 일행은 모 두 고개를 들었고, 리플리는 그들이 들어온 파손 부위에서 그림자 하나가 움직이는 것을 보았다. 그림자는 한동안 몸을 세우고 동굴의 높은 천장을 배경으로 일렁이다가 곧 다시 사라져 버렸다.

"위에서 기다리고 있군요." 그녀가 말했다. 이 상황이 정말로 무력하게 느껴졌다.

"안으로 이동할 수밖에 없소." 후퍼가 말했다. "아직 켜져 있는 조명을 따 라서, 최대한 빠르게 움직이는 거요. 그리고 다른 길이 보이면 바로 그쪽으 로 들어가도록 합시다." 그는 고통으로 수척해진 얼굴로 일행을 둘러보았 다. "나 역시 여러분과 마찬가지로 이 상황이 마음에 들지 않소. 하지만 밖 에는 놈들의 수가 너무 많소. 놈들과 싸우는 대신 속여 넘길 수 있다면 그 쪽을 택하고 싶소."

"하지만 이 아래로 내려간 광부들이 뭔가 일을 당한 거잖아요." 스니든이 말했다.

"그렇소. 하지만 우리에게는 이점이 있소. 여기서 일어난 일의 일부를 알 고 있고, 경계를 할 테니 말이오." 그는 반대 의견이 나오기를 기다렸지만, 아무도 입을 열지 않았다.

조금도 마음에 들지 않는데. 리플리는 이렇게 생각했다. 그러나 그녀는 우주선의 기묘한 동체에 뚫려 있는 너덜너덜한 구멍을 다시 올려다보며, 다른 선택을 할 수 없다는 사실을 절감했다. 놈들이 시야 밖에서 기다리고 있는데, 저 구멍으로 다시 올라가려다가는…… 도저히 그런 짓을 할 수는 없었다.

다시 주머니에서 작은 손전등을 꺼내 들고는, 후퍼가 앞장섰다. 광부들이 일렬로 달아놓은 전구는 계속 작동하고 있었지만, 후퍼의 빛이 그 조명으로 인한 그림자를 꿰뚫고 앞을 비추었다.

일행은 빠르게 발걸음을 옮겼다. 얼핏 보면 자신감이 넘치는 것처럼 보일 지경이었다.

리플리는 방금 보았던 환영을 머릿속에서 지워내려 했다. 다른 백주의 악몽들은 보다 비현실적이고 덜 괴로웠다. 리플리가 알지 못하는 나이대의 아만다가 등장했기 때문이다. 그러나 이번 환영은 지금까지 중에서 가장 끔찍했다. 그녀의 딸은 어리고 귀엽고 순결하고 아름다운, 그녀가 기억하는 그대로의 모습이었다. 그리고 딸아이를 괴물로부터 지켜주지 못했다는 사실은 어떻게 보면 진실이었고, 그 모든 환영이 사실이었던 것처럼 죄책감이 그녀의 영혼을 끊임없이 좀먹어 들어가고 있었다.

눈시울이 촉촉해지는 것이 느껴졌다. 그러나 눈물을 흘리면 주변 풍경이 흐릿하게 보여서 모두 더 위험해지기만 할 뿐이다. 지금은 제정신을 차리고 있어야 했다.

살아남아야 하니까.

외계인 우주선의 파손 부위에서 안쪽으로 들어가기 시작하자, 주변 풍경은 더욱 괴상해지기 시작했다. 리플리는 고래의 심장에 들어간 요나의 이야기를 떠올렸다. 현재 그들의 상황에 대입해 보면 상당히 역겨운 광경일 법했다. 그들 주변에 보이는 대부분의 모습은 생물체의 특성을 보이고 있었다. 불규칙한 바닥에 깔려 있는 핏줄처럼 보이는 도관. 시간이 지나며 단단하게 굳어졌지만, 여전히 땀구멍이나 움푹 패인 부분에 먼지가 모여 막힌 것처럼 보이는 피부 같은 벽면.

그리고 그들은 기술력을 필요로 하는 것이 분명한 물체들을 마주하기 시작했다. 좁은 통로 하나는 깊은 구덩이를 내려다보는 전망대 쪽으로 이어졌다. 허리 높이의 장애물이 주변에 둘러져 있었다. 전망대 위에는 똑같이 생긴 금속 물체 몇 개가 놓여 있었다. 정체를 짐작할 수 없는 수수께끼의 제어 장비를 둘러싸고 있던 좌석으로 보였다. 만약 저 물체들이 정말로 의자라면, 리플리는 그 안을 채울 만한 생명체의 형상을 쉽사리 짐작할 수가 없었다.

전망대 아래의 구덩이는 몇 미터 아래까지 투명한 액체로 가득했다. 액체의 표면에는 잔해와 먼지가 둥둥 떠다니고 있었다. 천장과 벽은 매끈했기 때문에, 리플리는 이 먼지가 영겁의 세월 동안 바깥에서 흘러들어온 것이라고 추측했다.

"이제 어디로 가나요?" 리플리가 물었다.

전망대는 구덩이의 3/4 정도를 감싸며 돌고 있었고, 여기서 뻗어나가는 출구만 해도, 그들이 들어온 쪽을 포함해서 적어도 여섯 개는 보였다.

후퍼는 방금 그들이 들어온 쪽을 힐끔 보고 있었다. 그들이 들어온 통로에서 무언가 움직이는 소리와 숨소리가 들렸다.

"당장 여기서 벗어나야 해!" 식은땀을 흘리고 고통을 감추려 애쓰면서, 백스터가 말했다. 그대로 서 있는 것만으로도 몸이 떨리고 있었다. 리플리는 그가 겪고 있을 고통을 상상할 수조차 없었지만, 지금으로서는 다른 방법이 없었다. 그저 그가 물리적으로 더 이상 움직이지 못하는 때가 오지 않기만을 바랄 뿐이었다.

그렇게 되면 어떻게 한다? 그녀는 생각했다. 버려두고 가나? 죽여야 하나? 그녀가 고개를 돌리자마자 후퍼가 입을 열었다.

"게임의 규칙을 바꿔 보지." 그가 말했다. "카샤노프, 백스터, 플라즈마 토치를 준비하시오." 그리고 그는 방금 들어온 입구 쪽으로 고갯짓을 했다. "여길 무너트리는 거요."

"잠깐!" 스니든이 말했다. "이 물질에 플라즈마 토치가 어떤 영향을 끼칠지 모르잖아요. 이 우주선이 뭘로 만들어져 있는지도 모른다고요! 불이 붙는지 아닌지도 몰라요."

리플리는 더 많은 숨소리를 들었다. 터널 안쪽에서 그림자가 일렁이며 거미 같은 형상이 바닥과 벽에 드리웠다.

"이대로 도망치기만 할 게 아니라면 이렇게라도 해야죠!" 그녀는 이렇게 말하며 폭약 섬퍼를 발사할 준비를 했다.

"리플리." 후퍼는 허리의 주머니에서 무언가를 꺼내어 그녀에게 넘겨주었다. 태블릿 컴퓨터 정도 크기의 묵직한 물체였다. "상단부에 장전하시오. 진짜 폭약이오."

"그런 걸 마구 쏴대면 곤란할 텐데요." 라샹스가 말했다.

"마구 안 쏴요." 리플리는 이렇게 말하고는 섬퍼 상단에 폭약 용기를 끼웠다. "놈들한테 맞출 거예요." 그녀는 다시 자세를 잡고 조준을 한 다음 발사했다. 폭약은 터널 안쪽으로 굴러들어갔다. 벽에 금속 용기가 튕기는 소리가 묘하게 소리를 죽인 듯 울려 퍼졌다.

리플리는 얼굴을 찌푸렸다.

후퍼가 그녀의 팔을 잡았다. "지연 신관이오." 그는 그녀를 한쪽으로 끌어당기며 이렇게 말했다.

폭발의 충격이 발을 타고 올라와서, 리플리의 허파에서 공기를 빼내 버렸다. 채굴용 폭약의 엄청난 폭발음 뒤편에서, 그녀는 분명 고통에 울부짖는 에일리언들의 소리를 들은 것만 같았다. 터널 쪽에서 파편이 쏟아져 들어오며 그녀의 옷에 부딪치고 얼굴을 긁었다.

뒤이어 밀려 들어오는 공기를 타고 연기가 검은 촉수를 뻗어왔다. 리플리는 침을 삼키며 먹먹한 귀를 뚫으려 하다가, 얼굴에 느껴지는 따가운 고통에 숨을 삼켰다. 그녀가 일어나는 동안 카샤노프와 백스터는 플라즈마 토치를 작동시키고 있었다.

전망대 전체가 달아오른 플라즈마 화염으로 밝게 빛나고 있었다. 아래를 내려다보니 구덩이 표면에 물결이 그물무늬를 만들며 일렁이는 것이 보였다. 폭발이 우주선 전체에 울려 퍼진 모양이었다. 점성이 강하고 표면장력이 강한 액체이기 때문인지, 물결은 뱀처럼 느릿하게 퍼져나가며, 계속 서로 충돌하고 간섭하며 복잡하지만 묘하게 아름다운 패턴을 그렸다.

끔찍한 악취가 났다. 살을 태우는 듯한 냄새였다. 입구 주변의 모든 구조물이 무너져 내리며, 아래 구덩이의 느릿한 물결처럼 흘러내리기 시작했다.

"그만!" 후퍼가 소리쳤고, 카샤노프와 백스터는 발포를 멈추었다. 입구 표면 전체에 불꽃이 일렁이며, 한쪽에서는 꺼지고 다른 쪽에서는 다시 타올랐다. 마침내 육중한 입구 구조물 전체가 무너져 내려 끓어오르는 바닥과 만났다. 이미 식으며 다시 굳어지는 중이라, 입구를 봉쇄하는 효과가 있을 것 같았다. 엄청난 열기를 실은 공기가 흘러들었다. 리플리의 허파가 타는 듯 따끔거렸다.

"이제 어느 쪽으로 갈지 의논해 보기로 하지." 후퍼가 말했다.

뒤쪽으로 휘어 있는 에일리언의 머리가 녹아내린 문을 뚫고 나왔다. 그 어떤 조짐도 없었다. 입구 너머를 볼 수 있는 사람은 아무도 없었고, 입구 자체도 녹아내린 구조물밖에는 남지 않았으니까. 괴물의 매끈한 머리가 굳어가는 물질을 뚫고 튀어나왔다. 이빨을 앞으로 뻗고 소리를 내고 있었다. 놈은 한동안 몸을 움찔대면서 앞으로 뚫고 나왔다. 머리 양쪽에서 긴 발톱이 달린 손이 벽을 헤집고 나왔다.

그러나 다음 순간, 놈은 그대로 붙들려 버렸다. 식어가는 벽면의 물질이 놈의 껍질 속으로 파고들어 굳어버리고 있었던 것이다.

"다들 물러서시오." 후퍼는 이렇게 말하며 스프레이 총을 조준했다.

리플리는 전망대 반대편으로 물러나서는 숨을 멈추었다. 그 모습에 매료되었지만 두려움에 질린 상태였다. 에일리언은 여전히 앞으로 나오려 발버둥을 치고 있었고, 녹아서 다시 굳은 물질이 그 움직임에 맞추어 늘어나고 있었다. 가해지는 힘이 변할 때마다 색과 무늬가 바뀌는 모습이 보였다. 아마 5초 전이었다면 저 괴물은 그대로 뚫고 나왔을 것이고, 그대로 그들을 기습해서 혼돈을 퍼트렸을 것이다.

그러나 지금 놈은 완전히 붙들려 있었다.

후퍼는 놈의 머리를 겨누고 불산 용액을 발사했다.

연기, 증기, 지글거리는 소리, 고통에 겨운 숨소리, 비명 소리. 모든 것이 산성 증기 속에 휩싸여 버렸지만, 리플리는 무언가 격렬하게 발버둥을 치고 있다는 느낌을 확실하게 받았다.

"물러나요." 그녀가 말했다. "후퍼, 뒤로 빠져요!" 일행 모두가 전망대 반대편으로 움직였고, 리플리는 등 뒤에 허리 높이의 난간이 와 닿는 것을 느꼈다. 그녀는 난간을 따라 반대편 끝으로 움직이기 시작했다. 다른 이들도 같은 방향으로 움직였고, 후퍼는 몸을 돌려 그녀 쪽으로 달려왔다.

그의 뒤에서 무언가 폭발했다.

산성 물질을 뒤집어쓸 거야. 그리고 나는 저 사람이 죽어가는 모습을 지켜보게 되겠지. 리플리는 이렇게 생각했다. 그러나 후퍼는 얼굴을 찌푸리며 몸을 숙인 채 계속 달려오고 있었고, 에일리언의 부서진 머리는 전망대의 반대쪽으로 터져 나간 모양이었다. 그 일부가 바닥을 구르며 타들어가는 흔적을 남기다가 그대로 구덩이 안으로 떨어져 버렸다. 그리고 수면에 도착해서는 잠시 떠 있다가, 마지막으로 성난 듯 치익 소리를 내며 가라앉았다.

후퍼는 웃음을 띤 채로 일행과 합류했다.

"자, 적어도 놈들이 이 산성 액체를 싫어한다는 것은 알게 되지 않았소." 그가 말했다. "자, 어서 여기서 빠져나갑시다. 백스터―"

"말할 필요 없네." 백스터가 말했다. "이런 일이 계속 벌어지면 내가 자네보다 더 빨리 도망칠 수 있을 것 같으니까. 나는 괜찮다고."

그러나 전혀 괜찮아 보이지 않았다. 이제는 왼쪽 발을 바닥에 딛지도 못하는 상태였다. 카샤노프가 없었다면 이미 쓰러져 버렸을 것이다. 얼굴은 식은땀으로 흠뻑 젖은 채 경직되어 있었고, 표정에 떠오른 공포를 숨기지도 못했다.

아직도 우리가 그를 두고 갈까봐 겁을 먹고 있군. 끔찍한 생각이었지만, 분명 모두가 지금까지 한 번은 그런 생각을 떠올려 보았을 것이다.

"움직이지. 이쪽이오." 후퍼가 말했다. 그는 전망대 정반대편에 있는 출구 쪽으로 향했다. 그들이 들어온 쪽에서 최대한 멀리 떨어진 쪽이었다. 그는 손전등을 스프레이 총의 어깨걸이에 고정해 동시에 같은 방향을 겨눌 수 있도록 만들었다. 모두가 그를 따랐다. 아무도 의문을 제기하지 않았다.

천장이 낮고 좁은 통로로 들어가고 있자니, 리플리는 다시 한 번 생물의 뱃속으로 들어간다는 느낌을 떨쳐낼 수가 없었다.

일행은 광부들이 조명을 설치하지 않은 영역으로 들어섰다. 다들 무기 앞쪽에 손전등을 고정시킨 채로 달리고 있었다. 그림자가 계속해서 춤추며 뒤로 밀려났다. 그리고 전망대를 떠난 지 얼마 되지 않아서, 그들은 첫 시체를 발견했다.

터널 같은 복도는 다시 널찍한 공간으로 이어졌고, 이번 공간에는 어딘가 다른 점이 있었다. 매끈한 곡면과 생물체 느낌을 주는 불규칙한 형상은 동일했지만, 벽과 천장을 뒤덮고 있는 물질은 이질적인 모습이었다. 그리고 그곳에 썩은 과일처럼 매달려 있는 끔찍한 물체들도 마찬가지였다.

시체는 총 여섯 구 정도로 보였지만, 리플리는 어디서 한 시체가 끝나고 다음 시체가 시작하는지를 제대로 판별할 수가 없었다. 어둠, 부패, 그리고 위쪽 터널을 가득 메우고 있던 돌출물에 매달려 붙어 있는 형상까지, 모든 것이 그들의 눈앞에 보이는 시체들의 형체를 제대로 판별할 수 없게 만들었다. 사실 그런 것이 차라리 다행이었다.

악취가 고약했다. 후퍼가 손전등으로 비춘 첫 시체의 얼굴 역시 고약했다. 예전에는 여성의 얼굴이었을 것으로 보였다. 부패 때문에 얼굴이 일그러져 피부가 당겨지고, 눈구멍은 텅 비어 있었지만, 그 얼굴에는 여전히 고통스러운 비명이 들러붙어 있었다. 양쪽으로 고정된 손은 어떻게든 자신의 가슴에 일어나고 있는 일에 가 닿으려 안간힘을 쓰는 것처럼 보였다. 성공하지 못했지만.

구멍이 확실하게 눈에 띄었다. 옷은 뜯겨나가 넝마가 되어 있었다. 튀어나온 갈비뼈는 전부 부서져 있었다.

"부화장이군요." 스니든이 말했다.

"그냥 이렇게 매달아 놓기만 한 거예요." 카샤노프가 말했다. "여긴…… 포육장이에요."

매달려 있는 시체의 바로 아래 바닥에는 알처럼 생긴 물체가 무리지어 놓여 있었다. 커다란 꽃병을 똑바로 세워 놓은 것처럼 생긴 물체였다. 대부분 이미 열려 있었다. 앞으로 나가 안을 들여다보고 싶은 사람은 아무도 없었다.

그들은 서둘러 이 넓은 공간을 지나갔다. 리플리의 본능은 고개를 돌리라고 소리치고 있었지만, 알 수 없는 끔찍함에 매료되는 느낌, 그리고 생존해야 한다는 단호한 결의, 괴물들에 대해 더 많이 알아서 놈들을 대적해야 한다는 생각 때문에 조금 더 자세히 들여다보았다. 그리고 그러지 말았더라면 하고 후회했다. 어쩌면 노스트로모 호의 어딘가에도 비슷한 풍경이 펼쳐져 있었을지도 모른다. 그곳에 댈러스가 거대한 거미줄에 걸린 사냥감처럼 대롱대롱 매달려 있었을지도 모른다.

"지금 우리를 어디로 이끌고 가는 겁니까?" 라샹스가 후퍼에게 물었다. "이건 나가는 길이 아니잖습니까. 더 깊은 곳으로 들어가고 있어요."

"최대한 놈들에게서 먼 곳으로 이끌고 가는 걸세." 후퍼가 엄지로 자기 어깨 너머를 가리켜 보이며 말했다. "그리고 최대한 빨리 위로 올라가야겠지. 동체에 뚫린 구멍 말고도 다른 출입구가 분명 존재할 걸세. 우리는 그 출입구를 찾기만 하면 돼."

그 공간을 지나치자 에일리언의 물질은 다시 한 번 자취를 감추었고, 예의 낡아빠진 피부 거죽처럼 보이는 표피가 다시 나타났다. 리플리는 이곳이 우주선의 복도라는 사실을 알고 있었지만, 터널로만 느껴진다는 느낌을 떨쳐낼 수가 없었다. 여전히 괴상하게 보였지만, 그렇게 위협적인 모습은 아니었다. 시간이 더 있었더라면 지금 눈앞의 광경을 감상하며 마음에 들어했을지도 모른다. 놀랍고 이질적인 모습이었으니까. 그러나 지금은 오로지 도망칠 시간밖에 없었다.

놈들이 저 광부들처럼 우리도 이 아래로 몰아넣은 거야. 그녀는 이렇게 생각하며, 그 말이 얼마나 끔찍한 뜻인지를 떠올리지 않으려 애썼다. 저렇게 벽이나 천장의 거미줄에 고정된 채로, 눈앞의 알이 깨어나서, 다리 달린 괴물이 얼굴을 뒤덮는 것을 느낀다는 것이 어떨지를. 처음에는 케인처럼 혼절해 버리겠지만, 결국은 깨어나서 기다리게 된다. 뱃속에서 느껴지는 첫 움직임을 기다리게 되는 것이다. 에일리언 유생이 발톱과 이빨로 자신을 찢어발기며 나올 때의 첫 고통까지도.

그녀는 다시 아만다를 떠올리고는 소리 내어 신음했다. 그러나 아무도 듣지 못한 모양이었다. 설령 들었더라도 자신의 고뇌에서 나온 소리라고 여겼을 지도 모른다.

일행은 손전등 불빛으로 사방의 어둠을 꿰뚫으며 서둘러 움직였다. 후퍼가 앞장을 섰고, 카샤노프와 백스터가 그의 뒤를 따르고 있었다. 움직임에 박자가 느껴질 지경이었다. 백스터의 왼발은 이미 완전히 쓸모가 없어졌지만, 카샤노프가 훌륭한 솜씨로 부축을 해 주어서 거의 우아하게 보일 정도로 뜀박질을 할 수가 있었다.

모두가 무기를 움켜쥐고 있었다. 리플리의 폭약 섬퍼에는 폭약 탄환이 세 발 남아 있었다. 그녀는 폭약 한 발이 어떤 효과를 낼 수 있는지를 확실히 보았고, 좁은 공간에서는 사용할 수 없다는 사실도 이제 잘 알고 있었다. 그래도 그 위력을 확인하고 나니 약간이나마 안심이 되는 듯했다.

이 거대한 우주선은 어디를 가도 똑같은 괴상한 물질로 건조해, 아니 길러내 놓은 것만 같았다. 기술을 사용한 흔적은 이제 전혀 보이지 않았다. 일행은 문 역할을 하는 얇고 불투명한 막을 여러 번 지나쳤다. 대부분 닫힌 채였고, 일부는 뜯겨나간 상태였지만, 그들은 계속 넓은 통로만을 따라 움직였다.

전망대와 걸쭉한 액체가 다양하게 들어 있는 구덩이도 여럿 지나쳤다. 리플리는 구덩이 속 액체가 무슨 역할을 하는지 궁금해졌다. 연료? 식량? 일종의 환경 조절 장치? 뭔가 저장해 놓고 있던 것은 아닐까?

일행은 휘어진 층계를 마주쳤다. 단 하나가 허리께까지 올 정도로 높았고, 그걸 거의 서른 개나 올라가서야 다시 평탄한 길이 등장했다. 이쪽의 표면은 반들거리고 끈적했는데, 너무 매끄러워서 다들 번갈아 넘어졌다가 일어나곤 했다. 리플리는 계속해서 옷에 손을 문질렀다. 그러나 번들거리고 끈적한 촉감에도 불구하고, 바닥은 사실 완전히 말라 있는 상태였다.

이 장소의 수수께끼가 하나 더 늘어난 셈이었다.

포육실을 지나자 공기 속의 냄새는 상당히 잦아들었다. 가끔 복도를 통해 부는 산들바람에 희미한 부패의 냄새가 섞여 오는 것을 제외하면 말이다. 이런 지하에서 왜 그런 바람이 부는지는 알 수가 없었다. 어쩌면 이 우주선 안쪽 어딘가에 커다란 문이 열려 있을지도 몰라. 리플리는 이렇게 생각했다. 눈에 보이지 않는 거대한 존재가 움직이고 있을지도 모르지. 커다란 생물이 잠든 채로 호흡하고 있을지도. 마음에 드는 가능성은 하나도 없었다.

그들은 다시 널찍한 공간에 도착했다. 벽이나 바닥과 같은 물질로 만든 커다란 조각상이 여러 개 서 있었다. 생물체와 기계를 뒤섞어 만든 것 같은, 무엇인지 알아보기 힘든 모습이었다. 우주선의 다른 부분과 마찬가지로, 이 구조물 역시 세월에 가장자리가 마모되어 세부적인 모습까지 알아보기는 힘들었다. 시간의 장막 아래 숨겨져 있는 새김 문양이 보였다. 거부할 수 없는 아름다움이 그 안에 숨어 있었지만, 손전등 불빛을 받아 생겨나는 길고 뒤틀린 그림자는 그만큼 더욱 불안하게 했다. 여기 어디에든 에일리언이 숨어있을 수 있었다.

"이렇게 쉽게 떨쳐버릴 수 있을 리가 없지." 후퍼가 말했지만, 아무도 대답하지 않았다. 리플리 역시 같은 생각을 하고 있었고, 다른 이들도 그러리라 확신할 수 있었다. 그러나 후퍼는 그들의 지도자였다. 지도자가 그런 의심을 피력하는 것을 듣고 싶어 하는 사람은 없었다.

그들은 조각상의 방을 떠났고, 곧 후퍼는 다시 입을 열 만한 이유를 찾아냈다.

"시체가 또 있군." 앞쪽에서 그의 목소리가 들렸다. 그러나 그의 목소리에는 어딘가 묘한 기색이 서려 있었다.

"이런, 세상에……." 카샤노프가 말했다.

리플리는 앞으로 나아갔다. 이쪽의 복도는 꽤나 널찍했다. 리플리와 다른 사람들은 후퍼의 손전등 불빛에 자신의 빛을 더했다.

한동안 아무도 입을 열지 않았다. 말할 만한 내용도 별로 없었다. 충격이 일행을 휩싸고 돌았지만, 각자 자신만의 생각과 공포를 다스려야 했다.

"이 우주선을 만든 친구들을 발견한 것 같군요." 리플리가 말했다.

14

건 설 자

진행 상황 보고:

수신: 웨이랜드 유타니 사, 과학 담당 부서

    (참조: 코드 937)

일시 (불확실)

전송 (대기 중)

리플리 준위는 매리언 호의 남은 승무원들과 함께 행성 지표에 내려가 있다. 한동안 상황 보고는 없었다.

매리언 호 내부에 외계 생명체 1마리가 활동 중. 위치는 파악 불능.

계획은 만족스럽게 진행 중이다. 리플리가 자신의 용도를 다할 것이라 확신하고 있다. 그녀는 인간치고는 강인한 존재이다.

그녀와 다시 대화를 나눌 때가 기다려진다. 내가 인공적인 존재라는 점은 인정하지만, 너무 오랜 시간이 흘렀다. 그동안 외로웠다.

이런 욕망이 프로그램 내용과 상치되지 않기를 바란다.

우주선의 컴퓨터에 침입을 개시한다.

우주선 안을 통과하면서, 후퍼는 이곳을 만든 외계 존재의 모습을 마음속으로 그리고 있었다.

　그의 상상력은 다시 한 번 어린 시절에 매료되어 있던 괴물들 쪽으로 향했다. 계단이 높으니 그에 맞게 기다란 사지를 가지고 있을 것이다. 높다란 아치 모양의 문을 보면 외계인의 형태를 짐작할 수 있을 것이다. 이 우주선의 성질을 보면 분명 이해의 범주를 넘어서는 무언가가 존재할 것이다. 너무도 기술이 발전하여 거의 알아볼 수 없거나, 그가 알고 있는 기술과는 너무도 다른 형태라서 해석하려는 시도 자체가 의미가 없거나, 둘 중 하나일 것이다.

　눈앞에 펼쳐진 광경은 그런 추측 자체를 무의미하게 만드는 것이었다. 그들의 모습은 오로지 동정심만을 불러일으킬 뿐이었다. 그리고 후퍼는 이 외계 종족의 이야기 역시 지금 그들이 겪고 있는 것만큼이나 두려움으로 가득하고 비극적이었을 것이라는 사실을 깨달았다.

　"불쌍하게도." 리플리가 그의 생각을 대신 말해주듯 입을 열었다. "이래서는 안 되는데. 이런 일을 겪을 필요는 없는데."

　그들 앞에는 외계 종족 세 명이 누워 있었다. 둘은 성체이고 하나는 아기인 것이 분명했다. 아이를 몸으로 보호하듯 가운데 안은 채로 죽어서 부패한 모양이었다. 미라가 된 아기의 시체는 부모의 몸통 가운데 안긴 채, 셀 수조차 없는 세월이 흘렀는데도 사랑이 느껴지는 모습 그대로 누워 있었다. 옷은 비교적 온전히 남아 있었는데, 금속과 흡사한 재질의 천이 큼직한 골격과 길고 건장한 사지 위를 덮고 있었다.

　후퍼가 알아볼 수 있는 바로는, 그들은 각기 네 개의 다리와 한 쌍의 보다 짧고 가는 팔을 가지고 있었다. 다리뼈는 굵고 튼튼했으며, 팔은 훨씬 가녀리고 섬세한 형태에, 좁은 손목에서 손이 나와 있었다. 피부와 뼈만이 남아 있는 손에는 길고 가는 손가락이 달려 있었고, 성체의 손가락에는 장신구였을 법한 물체가 보였다. 몸체는 묵직했으며, 그물처럼 뻗어 있는 우주복 안에는 금속 지지대가 들어 있었다.

제 모습을 유지하고 있는 부분이 얼마나 되는지는 판단하기 힘들었다. 후퍼에게 보이는 피부나 근육은 이미 미라가 되어, 세월의 흐름 때문에 지저분하고 창백한 모습으로 변해 있었다.

가장 알아보기 힘든 부분은 머리였다. 전부 충격을 받아 부서지고 구멍이 뚫려 있었기 때문이다. 후퍼는 그 충격의 정체를 알 것만 같다는 생각을 했다. 성체 한 명의 뻗은 손에 무기로 보이는 물건이 들려 있었기 때문이다.

"자살을 한 걸까요?" 스니든이 물었다.

"저들 중 한 명은 그랬을 거요. 자기 배우자와 자식을 죽인 다음 자살을 했겠지. 아마도 저 괴물들의 먹이가 되기 싫었던 모양이오."

두개골에는 여전히 피부 조직의 일부와 가는 털의 흔적이 남아 있었다. 겉보기로는 튀어나온 주둥이, 한 쌍의 눈, 작은 이빨이 여러 겹으로 나 있는 널찍한 입을 가진 것처럼 보였다. 육식동물의 이빨은 아니었다. 괴물의 육체나 생김새를 가지고 있지도 않았다.

"개 인간처럼 보이는군요." 라샹스가 말했다. "조금…… 클 뿐이죠."

"여기서 무슨 일이 벌어진 것인지가 궁금하네요." 리플리가 말했다. "에일리언들이 어떻게 이들의 배에 오르게 된 걸까요? 이 우주선은 어쩌다 추락하게 된 걸까요?"

"언젠가 알게 될지도 모르지. 하지만 지금은 아니오." 후퍼가 말했다. "계속 움직여야 하니까."

"그래." 백스터가 말했다. "계속 움직여야지." 목소리에서 힘이 빠지고 있었고, 후퍼는 그 때문에 일행의 움직임이 느려질까 걱정이 되었다. 설령 그렇다고 해도 다른 방도가 있는 것은 아니었다. 백스터에게 맞추어 속도를 줄이는 것밖에는.

카샤노프가 아주 잠깐 얼굴을 찌푸렸다. 그녀 역시 체력이 고갈된 모양이었다.

"내가 맡겠소." 후퍼가 이렇게 말했지만, 그녀는 고개를 저었다.

"누구 맘대로요. 내 환자인데요."

시체를 지나치자 복도는 더 넓고 높아지기 시작했다. 덕분에 손전등은 갈수록 쓸모가 없어졌고, 주변은 더욱 어두워져만 갔다. 발소리가 울리기 시작했다. 백스터가 기침하는 소리가 멀리까지 울려 퍼졌다가 반사되어 그들에게 돌아오며, 계속해서 동굴 속을 울렸다.

"여긴 뭐요?" 후퍼는 옆에서 걷고 있던 스니든에게 물었다.

"나도 몰라요." 그녀가 나지막이 속삭였다. "후퍼, 이러다 길을 잃겠어요. 내 생각에는 우리가 온 쪽으로 돌아나가야 할 것 같아요."

"그래서 놈들 정면으로 곧장 돌진하자는 거요?"

"놈들이 아직도 우리를 찾고 있다면, 분명 지금쯤에는 그 전망대를 우회해서 오는 길을 찾아냈을 거예요."

"아직 찾고 있다면이라니, 그건 무슨 뜻이오?"

스니든은 어깨를 으쓱했다. "우리가 놈들이 원하는 대로 얌전히 따라주고 있어서 추적을 멈춘 것이 아닐까 하는 생각이 들 뿐이에요."

"아니면 내가 쫓아오는 놈 하나를 죽여 버려서 물러난 걸지도 모르지. 우리가 놈들을 죽일 수 있다는 사실을 깨닫게 되어 조심성이 생긴 걸지도 모르오."

"그럴 수도 있겠죠." 스니든은 이렇게 말했지만, 후퍼도 바보는 아니었다. 그녀는 조금도 그렇게 생각하고 있지 않았다. 그리고 솔직하게 말하자면, 후퍼 본인도 마찬가지였다.

"그래서 어쩌자는 거요?" 그가 물었다. "나는 지금 최선을 다하고 있는 거요, 스니든."

"우리 모두 그렇잖아요." 그녀는 다시 어깨를 으쓱했다. "모르겠네요. 그냥 주변을 조심하면서 앞으로 나가도록 하죠."

"그럽시다. 조심하면서." 후퍼가 말했다. 그는 스프레이 총을 좌우로 흔들어 보았지만, 총에 고정된 손전등은 거의 어둠을 뚫지 못했다. 주변 사방으로 아무것도 없이 널찍한 공간만이 펼쳐져 있을 뿐이었고, 그는 이곳이 일종의 격납고가 아니었을까 하는 생각을 했다. 만약 그렇다면 이 우주선은 화물 없이 비행에 나섰을 것이다.

적어도 대형 화물은 없었겠지.

벽과 천장이 좁아지기 시작할 무렵, 그들은 출구로 보이는 곳을 발견하게 되었다.

가장 먼저 발견한 사람은 라샹스였다. 왼쪽으로 벽이 사라지며 아까와 같은 거대한 층계가 그림자 속으로 올라가는 모습이 눈에 띈 것이다. 그들은 층계를 살펴보러 움직였고, 모두의 손전등을 하나로 모으자 층계의 위쪽 끝이 보였다. 거의 36미터 높이는 되어 보였다. 그 위에 무엇이 있는지는 알 수가 없었지만, 적어도 방향은 이쪽이 맞아 보였다.

후퍼는 계단을 오르기 시작했고, 다른 이들도 뒤를 따랐다.

층계를 몇 개 오르고 나자, 그들은 서로 번갈아 백스터를 끌어올려줘야 했다. 덕분에 카샤노프는 조금 쉴 수 있었으나, 절반쯤 오른 다음에는 그녀 역시도 도움이 필요하게 되었다. 그녀 자신도 탈진해 버린 상태였고, 후퍼는 그녀의 의료용 가방 안에 도움이 될 수 있는 물건이 있기를 빌었다. 진통제든 에너지 충전제든, 뭐든 좋으니까.

커다란 층계의 꼭대기까지 올라왔을 때, 그들은 모두 지쳐 숨을 헐떡이고 있었다. 그들 앞에는 텅 빈 벽면으로 보이는 것만이 존재했고, 후퍼는 매복이 있을지도 모른다는 생각에 얼른 그들이 올라온 쪽을 돌아보았다. 일단은 높은 위치를 확보했으니까 유리한 셈이야. 그는 이렇게 생각했지만,

다음 순간 별 의미 없는 일이라는 사실을 깨달았다. 놈들의 수가 충분히 많기만 하면 어떻게 싸워도 그리 오래 버틸 수 없을 터였다.

"어이, 좀 봐요." 스니든이 말했다. 그녀는 벽 한쪽 옆으로 가서 돌출물 몇 개를 건드리고 있었다. 아무런 예고도 없이, 정체를 알 수 없는 물질로 만든 묵직한 장막이 천천히 옆으로 움직이다가, 순간 꿈틀하더니 긁히는 소리를 내면서 가운데부터 열려버렸다. 그 뒤로는 더 많은 그림자가 이어졌다.

"원하시면 언제든 들어오시죠." 라샹스가 프랑스 억양을 살려 느릿하게 말했다. "오늘 밤 여기서 머무셔도 좋습니다."

"내가 먼저 들어가지." 후퍼가 말했다. 그러나 리플리는 이미 안으로 들어서고 있었다.

후퍼가 오래된 문을 지나 안으로 들어서는 순간, 그녀가 숨을 들이키는 소리가 들려 왔다.

"여긴 부화장이군요." 리플리가 아까 스니든의 말을 그대로 되풀이했다. 그러나 지금 눈앞에 펼쳐진 광경은 아까와는 상당히 달랐다.

이 방의 원래 용도는 알 수가 없었지만, 지금은 말 그대로 지옥도가 펼쳐져 있었다. 한쪽 옆에서 반대쪽 벽면에 걸쳐서, 적어도 열다섯 명의 긴 다리를 가진 개 모양 외계인들이 고치에 휘감겨 울퉁불퉁 튀어나온 벽의 돌출부에 매달려 있었다. 대부분은 성체였지만, 한때 유체였을 것으로 보이는 작은 형체가 적어도 둘은 보였다. 가슴은 전부 터져나가서 두꺼운 갈비뼈가 부러져 튀어나와 있는 상태로, 머리는 영원한 고통에 시달리는 표정으로 뒤로 젖혀져 있었다. 메마른 대기 속에서, 일백 년일지 일만 년일지 모르는 시간 동안 이렇게 미라가 되어 굳어져 있었을 것이다. 차마 눈뜨고 보기 힘든 광경이었다.

방 가운데에는 그보다 더 끔찍한 것들이 흩어져 있었다. 대부분은 똑바로 서 있었는데, 성인의 허리께까지 올 만한 크기였다. 벽에 고정되어 있는 희생자 한 명당 하나씩, 알이 놓여 있었다. 모두 이미 깨고 나온 것으로 보였다.

"너무 가까이 다가가지 말아요!" 스니든은 앞으로 나가는 라샹스를 보며 이렇게 말했다.

"오래된 거잖소." 후퍼가 말했다. "그리고 전부 비어 있소. 잘 보시오." 그는 가장 가까운 곳에서 꽃처럼 주둥이를 벌리고 있는 알껍질을 걷어찼고, 알은 그대로 퍼석거리며 부서져 내렸다. "화석화된 거요."

"정말 역겹군." 백스터가 말했다. "상황이 갈수록 나빠져만 가고 있어."

"저쪽으로 갈 건가요?" 리플리가 물었다. 그녀는 자신의 손전등으로 넓은 방 건너편 벽에 보이는 어둑한 문가를 비추고 있었다.

"그럽시다." 후퍼가 말했다. "이건 전부 과거의 흔적일 뿐이오. 계속 쳐다보지 말아요."

손전등과 스프레이 총을 바닥에 겨누어 넘어지지 않으려 하며, 그는 방을 가로지르기 시작했다.

그리고 가까운 곳에 있는 알 속에서 움직임을 느끼고, 산성 용액을 쏠 준비를 하며 그 자리에서 걸음을 멈추었다. 그러나 움직임처럼 느껴진 것은 그림자일 뿐이었다. 젠장, 확실히 신경이 곤두서 있는 모양이었다.

다시 걸음을 옮기기 시작하며, 후퍼는 고대의 풍경 속으로 헤집고 들어가는 침입자가 된 기분이 들었다. 개 모양 외계인과 지금까지도 우주선 안에 들끓는 괴물들 사이에 정확히 무슨 일이 있었는지는 알 수 없었지만, 어찌됐든 지구에 기술 문명이 생겨나기 전, 지구인들이 여전히 대지를 경작하며 미신과 공포로 가득한 눈으로 별을 올려다보던 때의 일이 분명했다. 이들은 그 당시부터 존재해 왔던 것이다.

매우 하찮고 무력한 존재가 된 기분이 들었다. 스프레이 총을 겨누고 있어도, 그는 여전히 스스로를 보호하기 위해 무기가 필요한 연약한 생물이었다. 반면 에일리언들은 존재 자체가 무기인, 사냥과 살육을 완벽하게 수행할 수 있는 생물이었다. 오직 그 목적을 위해 창조된 존재인 것만 같았다. 그들을 만들어낸 창조주에 대해서는 상상조차 하고 싶지 않았지만.

후퍼는 신을 두려워하는 사람이 아니었고, 그런 구시대적인 믿음을 무지와 어리석음의 소산으로 여겼다. 그러나 어쩌면, 한때 인간 종족이 인지하던 신들을 넘어서, 다른 절대자가 존재할 수도 있지 않을까.

커다란 방 안에 불빛이 깜빡이며, 알껍질 속에, 개 모양 외계인의 눈구멍 속에, 무엇이 숨어있을지 알 수 없는 구석의 그림자에 움직임을 불어넣었다. 모두가 초조해하는 것이 느껴졌다. 그 자신조차도. 눈앞의 광경은 그들이 짐작한 것 이상이었다.

"이겨낼 수 있어." 그가 나직하게 말했지만, 아무도 대답하지 않았다. 누구도 확신할 수 없었기 때문이다.

방 끝에 도달해서, 그 안에 무엇이 있을지 짐작조차 가지 않는 출입구를 지나칠 때, 그들은 고치에 싸인 희생자 하나를 만질 수 있을 정도로 접근했다. 후퍼는 손전등으로 시체를 비추다가 문득 얼굴에서 손을 멈추었다. 터널 속에서 발견한 시체들은 목숨을 앗아간 무기에 의한 상처만을 제외하면 온전한 모습이었다.

그러나 이 시체의 얼굴은 고통에 일그러져 있었다. 후퍼는 오랜 시간이 지난 다음에도 저토록 생생하게 고통을 표현해 주는 우주의 힘에 경의를 표했다.

그는 그 너머의 공간으로 빛을 돌리고 안으로 들어갔다.

다른 터널이, 다른 복도가, 다른 입구가 이어졌다. 벽은 휘어 있었고 바닥은 거칠고 축축했다. 이런 축축한 느낌은 안에 들어와서 처음 보는 것이었기에, 후퍼는 걸음을 멈추고 발로 표면을 쓸어 보았다. 바닥이 미끄러운지 액체가 거품을 일으켰고, 부츠가 수많은 거품을 짓눌러 젖은 흔적으로 만들어 버렸다.

"이쪽은 미끄럽군." 그는 어깨 너머를 돌아보며 말했다. 리플리가 여전히 그곳에 서서 자기 손전등으로 앞을 비추어 보고 있었다.

"냄새도 변했군요." 리플리가 말했다. 그녀의 말 그대로였다. 지금까지 우주선 내부에서는 세월의 냄새가 났다. 먼지와 퀴퀴한 냄새, 갱도의 공기 정화 장치 냄새만이 가득했다. 그러나 이곳은 달랐다. 그는 숨을 깊이 들이쉬고는 얼굴을 찌푸린 채 그 냄새의 정체를 파악하려고 했다. 희미하지만 지저분한 냄새가, 한참 동안 씻지 않은 사람에게서 나는 듯한 살짝 쏘는 느낌이 있었다. 또한 전혀 짐작할 수 없는 다른 무언가도 있었다. 냄새가 아닌 감각이.

"더 따뜻해졌군요." 리플리가 말했다. "공기가 아니라…… 따뜻한 냄새가 나요."

"그렇군." 그가 말했다. "생물의 느낌 같소."

"우주선일까요?" 리플리가 물었다.

후퍼는 고개를 저었다.

"이 우주선이 생물이었다 해도 아주 오래전의 일일 거요. 이건 보다 최근의 느낌이오. 놈들일 테지."

그는 리플리가 뒤쪽으로 지시를 내리는 것 – 조심해서, 사방을 살펴요! – 를 듣고는 다시 앞으로 나가기 시작했다. 항상 전진해야 한다. 돌아간다는 방법을 배제한 것은 아니었지만, 그 자체가 실수일 것 같다는 느낌이 들었다.

책임감이 갈수록 더욱 무겁게 짓누르고 있었다. 아무런 일도 없이 시간이 흘러갈 때마다 더욱 커져만 갔다. 그는 항상 결정을 내리는 일에 능하지 못했다. 매리언 호의 한정된 저녁 메뉴에서 선택을 하는 것에도 한참이 걸리곤 했으니까. 하지만 그는 돌아가겠다는 결정을 내리면, 그 선택이라는 행동 자체가 그들 모두를 파멸로 이끌지는 않을까 두려워하고 있었다.

굳세게 전진하는 편이 나았다.

전진할수록 축축한 느낌과 공기 중의 냄새는 강해져만 갔다. 코 안쪽이 따가워 오기 시작했다. 후퍼는 땀을 흘리고 있었다. 습도가 올라가고 초조해서 몸에서 수분이 빠져나가고 있었다. 입속은 양피지처럼 바싹 말라 버렸고, 목구멍은 시큰거렸다.

"이리로 가면 안 돼." 백스터가 말했다. "안 좋다고. 이건 아니야."

"어디든 안 되는 건 마찬가지라고!" 라샹스가 날카롭게 쏘아붙였다. "하지만 지금 우리는 우주선에서 가장 높은 곳으로 올라가는 중이고, 나한테는 그 정도면 충분하거든."

"알을 깨고 나온 놈들은 어떻게 해요?" 스니든이 물었고, 후퍼는 발걸음을 멈추었다. 지금까지 나를 괴롭히던 생각이 바로……

"놈들은 어디 있지?" 그는 일행을 돌아보며 물었다.

"아주 옛날 일이잖아요." 리플리가 말했다.

"우리는 놈들이 얼마나 오래 사는지 모르지 않소. 샘슨 호에 있던 괴물들은 몇 주를 기다리고 있었고. 어쩌면 수년 동안 동면 상태로 지낼 수도 있을 거요. 더 오래 버틸 수도 있을 테고."

"그렇다면 이 아래 광부들 몸속에서 나온 것보다 훨씬 많은 수의 괴물이 존재할 수도 있다는 뜻이로군요." 스니든이 말했다.

"그래도 달라질 것은 없소." 후퍼는 이렇게 말하고 반응을 기다렸으나, 모두가 그를 바라보고만 있었다. "전부 같은 거요. 우리는 지금 여기 있고, 앞으로, 위로, 밖으로 전진할 뿐이오."

그들은 계속 걸음을 옮겼다. 그러나 복도는 계속 꼬이고 꺾이며, 살짝 위로 향하다가 – 다시 넓고 어두운 방에 도착했다.

여기도 부화장이었다. 우주선 안에 이런 장소가 얼마나 많을지는 짐작도 가지 않았다. 심지어는 우주선의 전체 크기가 얼마나 되는지조차. 문간에 멈춰 선 채로, 후퍼는 지독히 원초적인 공포를 느끼며 몸을 떨었다. 인류 이전의 위협이, 인간이 별의 정체를 알기도 전부터 존재했던 공포가 느껴졌다.

"열려 있지 않은데요." 스니든이 말했다. 그녀는 후퍼를 지나치며, 스프레이 총을 어깨에 메고는 주머니에서 뭔가를 꺼냈다.

"너무 가까이 가지 마시오!" 후퍼가 말했다.

"미라화가 되어 있어요. 오래된 겁니다." 스니든이 알의 사진을 찍기 시작하자 방 안에 밝은 플래시 빛이 번쩍였다. "거의 화석이나 다름없어요."

후퍼는 스프레이 총신에 달린 손전등으로 양쪽 벽을 훑으며, 방 전체의 모습과 출구를 확인하기 시작했다. 방 건너편에 커다란 문틀 모양이 보였다. 그리고 다른 것도 보였다. 그는 손전등을 위로 향했다.

"저것 좀 보시오."

조명과 전선 지지대가 높은 천장에 일렬로 고정되어 있었다. 조명 일부는 깨져 있었고, 일부는 온전하지만 작동하지 않는 듯했다. 어쩌면 일부러 망가뜨린 것일지도 모른다.

후퍼는 그 사실이 조금도 마음에 들지 않았다.

"여기 좀 보세요!" 스니든이 말했다. 그녀는 이제 방 건너편까지 가서, 알 하나를 등진 채로 사진을 찍고 있었다. 후퍼는 플래시 빛이 마음에 들지 않았다. 플래시가 터질 때마다 그의 시야는 완전히 어둠 속으로 잦아들었다 천천히 회복되기를 반복했다. 지금 그는 아주 잠시라도 눈이 멀고 싶지 않았다.

그녀 앞에 있는 알은 열려 있었다. 다른 알들과 달리, 이 알은 낡고 화석화된 것처럼 보이지 않았다. 보다 최근의 것으로 보였다. 축축했다.

그녀가 다시 플래시를 번득였지만, 후퍼도 이번에는 빛이 방 안을 집어삼키기 전에 눈을 감았다. 다시 눈을 떴을 때에도 시야가 온전했다. 그리고 플래시 불빛이 잦아드는 마지막 순간에, 그 빛에 오래되어 보이는 알들의 내부가 비쳐 보였다. 그 안에 무언가 있었다. 그리고 그 형체들 중 일부는 분명 움직이고 있었다.

"스니든, 너무 가까이 가지―"

"여기 뭔가―" 스니든이 말했다. 그녀는 한 발짝 다가갔다.

무언가 알 속에서 튀어나왔다. 순간 놈이 스니든의 얼굴을 감싸버렸다. 그녀는 카메라를 떨어트렸고, 떨어진 카메라는 자동으로 플래시를 연사하기 시작했다. 하얀 빛이 1초 간격으로 방 안을 가득 채우는 중에서, 스니든이 자신의 얼굴에 달라붙은 발톱과 목을 휘감는 꼬리 아래로 손가락을 넣어 떼어내려 애쓰는 모습이 보였다. 그러다 그녀는 곧 그 자리에 주저앉았다.

"이런 젠장!" 라샹스는 폭약 섬퍼를 스니든 쪽으로 겨누며 말했다.

리플리가 섬퍼를 한쪽으로 쳐냈다.

"머리째 날려버릴 건가요!"

"하지만 저 괴물이―"

"좀 붙들어 보게!" 후퍼가 말했다. 그리고 그는 스니든 옆으로 가서 상황을 파악하려 했다. 괴물이 어떻게 붙어 있는지, 그녀에게 무엇을 하고 있는지를.

"아, 젠장, 저놈들 좀 봐요!" 카샤노프가 말했다.

다른 알들도 열리고 있었다. 온갖 고함과 혼란 속에서도, 후퍼는 알껍질이 열리는 축축하고 끈적한, 거의 연약하게 들리는 소리를 알아들을 수 있었다. 그리고 그 안의 놈들이 미끄러지듯 움직이는 소리까지도.

"놈들에게 다가가지 마시오!" 그가 말했다. "모두 이쪽으로 와요. 당장 이리 가까이—"

"개소리!" 카샤노프는 이렇게 말하며 방 안으로 플라즈마 토치를 발사했다. 아직도 스니든의 카메라에서 터지고 있는 플래시 불빛 따위는 이번의 화염에 비하면 아무것도 아니었다. 카샤노프는 방 안을 왼쪽에서 오른쪽으로 훑으며, 하얗게 타오르는 화염으로 방 안을 가득 채웠다. 그리고 집중된 열기 속에서 알들이 터지기 시작했다. 알이 갈라지며 그 안에서 몸부림치는 괴물들이 기어 나왔다. 열기에 이미 끓어오르는 액체 속에서 버둥거리며, 다리와 꼬리는 잡을 수 있는 것을 찾아 사방을 때리고 있었다. 그리고 놈들이 비명을 질렀다.

끔찍한 소리였다. 귀가 찢어질 듯한, 너무 인간과 흡사한 소리였다.

"끌어내게 좀 도와 줘요!" 리플리는 이렇게 말하며, 스니든의 한쪽 팔 아래로 몸을 밀어 넣었다. 그러나 과학 장교는 그대로 앞으로 쓰러지면서, 어깨로 알 하나를 때리고는 바닥으로 무너져 내렸다. "저쪽으로!" 리플리는 방 건너편의 공터 쪽으로 고갯짓을 하며 소리쳤다. "도와 달라고요!"

라샹스가 스니든의 다른 쪽 어깨에서 스프레이 총을 벗겨내고는, 팔 아래를 붙들고 끌어내기 시작했다.

스니든이 부딪쳤던 알이 열리기 시작했다. 후퍼는 그 모습을 보고, 생각도 하지 않고 반사적으로 그쪽으로 스프레이 총을 겨누었다. 리플리는 자신을 향하고 있는 총구를 보고는 경고를 하려 입을 열었지만, 다음 순간 움직임을 알아채고는 몸을 돌려 어깨에 메고 있던 폭약 섬퍼를 들었다.

"당신 걸로는 안 돼!" 후퍼가 소리쳤다. 그녀에게는 폭약 탄환을 주었기 때문에, 이런 밀폐된 공간에서 발포하면 모두가 목숨을 잃을 수 있었다.

라샹스가 빠르게 움직였다. 그는 스니든을 내려놓고는 한 발짝 물러서서, 폭약이 아니라 볼트를 장전해 놓은 섬퍼를 발사했다. 탄환이 꿰뚫고 지나가자 알은 부르르 떨리더니, 껍질이 축 늘어지며 고약한 액체가 새어 나오기 시작했다.

"밟으면 안 돼요!" 리플리는 라샹스와 함께 다시 스니든을 잡으며 이렇게 말했다.

카샤노프는 자신의 작품을 감상하고 있었다. 방의 절반 정도가 불타고 있었고, 벽과 알에 들러붙은 플라즈마가 계속 불길을 번지게 하고 있었다. 처음 불길에 휩싸이지 않았던 알 몇 개가 추가로 터지며 열렸고, 그 안의 끓어오르는 내용물이 방 전체로 튀었다. 카샤노프는 얼굴을 찌푸리며 팔과 장갑에 떨어진 액체를 문질렀다.

"번지게 하지 마시오!" 후퍼가 소리쳤다.

선의는 그를 바라보며, 고개를 젓고는 장갑을 낀 손을 들어 보였다.

"괜찮아요. 산은 아니니까." 그녀가 말했다. "내 생각에는……." 다음 순간, 그녀의 표정이 변했다. 액체가 우주복을 태워 들어가며 연기와 거품을 피워 올리기 시작했기 때문이다.

카샤노프가 비명을 질렀다.

"어서 갑시다!" 후퍼가 소리쳤다. 리플리와 라샹스는 스니든을 끌고 나왔고, 백스터는 최선을 다해 한 발로 뛰어 왔고, 후퍼는 카샤노프에게 가서는 산이 묻은 부분에 접촉하지 않으려 애쓰며 손을 뻗었다. 그녀는 후퍼가 오는 것을 깨닫고 움직임을 멈추려 했으나, 몸 전체가 격렬하게 떨리고 있었다. 이빨이 너무 거세게 부딪치고 있어서 부러지지 않을까 걱정될 정도였고, 입가에는 거품을 물기 시작하고 있었다.

그녀는 괜찮은 쪽의 손을 뻗어 그를 붙들었다.

"앞이…… 안 보여……." 그녀는 간신히 이렇게 중얼거렸고, 후퍼는 그녀의 손을 꾹 쥐었다. 눈 자체는 괜찮아 보였지만, 당장은 확인을 하고 있을 시간이 없었다. 방 전체가 달아오르고 있었다. 지금은 빠져나가야 했다.

얼굴에 들러붙는 괴물들이 여전히 알에서 터져 나와서는, 불길에 익어가며 비명을 지르고 있었다.

그들은 반대쪽 문으로 빠져 나왔다. 리플리가 자기 손전등으로 앞을 비추며 앞장섰다. 후퍼는 카샤노프를 이끌고 마지막으로 빠져나와서, 그녀를 축축한 벽에 기대게 하고는 귓가에 안심이 되는 말을 해주려 했다. 그녀가 알아들었는지는 확인할 도리가 없었지만.

그리고 그는 공터에 서서 방 쪽을 돌아보았다. 열기가 지독했고, 그의 뒤편에서 공기를 빨아들여 계속해서 타오르고 있었다. 화염의 소리는 놀라울 정도로 거셌다. 타오르는 공기가 울부짖는 소리, 알이 깨지고 터지며 타오르는 소리. 고약한 냄새가 그의 코와 목구멍을 그슬렸고, 일렁이는 화염의 열기는 그의 옷과 얼굴, 머리카락을 달구고 있었다.

그러나 아직 화염이 닿지 않은 알이 몇 개 있었다.

스프레이 총을 들어 올리고 마음을 다잡는 후퍼의 눈에, 방 반대쪽에 무언가 반짝이는 것이 보였다. 빛나는 형체가 그림자 속에서 나오고 있었다. 후퍼는 손전등을 그쪽으로 돌렸고, 이내 그 정체를 알아냈다.

"리플리!" 그는 너무 크게 소리치지 않으려 애쓰며 말했다. "라샹스, 백스터! 놈들이 왔소."

15

자 손

"우리가 놈들의 자식을 죽이고 있는 거예요." 리플리가 말했다.

이 표현이 얼마나 들어맞는지 확신할 수는 없었지만 – 알이 어디서 왔는지, 누가 낳았는지, 저 짐승들이 번식하는지조차 알지 못하는 상황이니 – 왠지 자신의 표현이 맞다는 생각이 들었다. 어떤 생물종이라도 후손을 보호하기 위해서는 온 힘을 다하는 법이다. 그것이 자연의 법칙이니까.

연기와 액체를 뿜으며 타오르는 산란실 건너편에서, 첫 에일리언이 그림자 밖으로 모습을 드러냈다.

후퍼의 산성용액 스프레이 총은 저 건너편까지 닿지 않을 것이 분명했으므로, 리플리는 망설이지 않았다. 그녀는 폭약 섬퍼를 허리에 가져다 대고 발사했다. 운이 좋았다. 탄환은 에일리언의 한쪽 다리에 맞았고, 놈은 그대로 다리가 부러지며 왼쪽으로 넘어져 불타는 알 두 개 위로 굴렀다. 놈은 비명을 지르며 일어서서는, 털가죽에서 물을 털어내는 개처럼 불길을 떨어냈다.

······하나······.

리플리는 머릿속으로 수를 세었다. 저번에 발사했을 때는 폭약 신관이 터지기까지 5초의 지연 시간이 있었다. 그리고 지금은…….

……둘…….

"다들 숨을 멈추시오!" 후퍼는 방 오른쪽으로 산성 용액을 세 번 쏘아 보냈다.

……셋…….

산성 용액이 벽에 부딪쳐 바닥과 몇 개의 알 위로 흩뿌려졌고, 즉시 치익거리는 소리와 함께 타들어가기 시작했다. 알 하나가 반으로 갈라지더니, 엉망이 된 안쪽에서 붉은 연기가 솟아오르는 것이 보였다.

……넷…….

에일리언이 다시 몸을 일으켰다. 팔처럼 생긴 사지 하나로 작은 금속 탄환이 박힌 다리를 때리고 있었다.

"엎드려요!" 리플리는 이렇게 소리치고는, 화염에 등을 돌리고 그대로 자세를 낮추었다.

폭발이 방을 뒤흔들며 우주선의 골조를 타고 전해져 왔다. 발밑에서 바닥이 요동쳤고, 귓가에 공기가 울렁거렸다. 그녀는 헐떡이며 마른침을 삼키고는 몸을 돌려 다시 방을 돌아보았다.

에일리언은 완전히 박살나 있었다. 동체와 뒷다리 대부분이 사라져 버렸다. 머리가 천장에 부딪치더니 원래 몸이 서 있던 자리 근처로 떨어졌고, 이어 방으로 들어온 두 마리의 에일리언이 그 머리를 걷어차 버렸다.

후퍼는 그녀 옆에서 숨을 고르고 있었다. 그녀는 그를 돌아보고는, 우주복의 오른팔 부근에 검게 그을린 찢어진 자국이 남은 것을 발견했다.

하지만 지금은 시간이 없었다.

"달려요!" 리플리는 소리쳤다. 두 에일리언은 서로 갈라져 불길을 뚫고 나오기 시작했고, 장전된 탄환은 한 발밖에 남지 않았다. 누군가 그녀를 옆으로 밀쳤고, 세상이 하얗게 변했다. 그녀는 눈을 꾹 감고는 벽을 따라 미끄러져 주저앉으며, 산란실에서 더욱 거세게 타오르는 화염의 열기를 한쪽 얼굴로 느끼고 있었다.

돌풍이 밀려 들어가며 불길이 솟구쳤다. 그리고 누군가 그녀의 손을 꾹 쥐었다. 후퍼가 그곳에 있었다. 그녀를 끌어내면서 달리라고 말하고 있었다.

백스터가 그들 앞에 서 있었다. 한쪽 다리로 몸을 지탱하고 서서, 다른 발은 거의 지면에 대지도 않은 상태였다. 그는 후퍼와 리플리를 등지고 서서, 에일리언 한 놈에게 다시 플라즈마 토치를 짧게 발사해 한 놈의 머리를 태워버렸다. 괴물은 끽끽대는 소리를 지르고 불길을 날리며 한쪽 벽에서 반대쪽 벽으로 달려갔다. 그리고 벽을 들이받고는 바닥으로 미끄러져 움직임을 멈추었다.

다른 한 놈의 모습은 보이지 않았다.

"더 있을 거요!" 후퍼가 말했다.

"내가 남지……."

적어도 리플리에게는 백스터가 이렇게 말한 것으로 들렸다. 여전히 등을 돌리고 있는데다 플라즈마 토치를 좌우로 움직이며 새 목표를 찾고 있는 중이라, 무슨 말을 했는지 확신할 수가 없었다. 방은 이제 불바다가 되었고, 화염의 폭풍은 점차 강해져 몸을 가누기 힘들 정도가 되었다. 불길을 배경으로 그의 모습이 그림자처럼 보였다.

"말도 안 되는 소리 하지 말게." 후퍼가 말했다. 그는 몸을 숙이고는 백스터의 팔을 자기 어깨에 둘렀다. "리플리, 카샤노프를 이끌어 줄 수 있소?"

"나는……." 카샤노프가 말했다. "걸을 수는 있어요…… 앞이 안 보일 뿐이지……." 그녀는 여전히 한쪽 손을 내민 채로 몸을 떨고 있었다. 이미 더 이상 손처럼 보이지도 않았지만.

"눈이 다친 건 아니잖아요." 리플리가 말했다.

"부식성 증기 때문에……." 그녀가 말했다. "내 벨트, 엉덩이 쪽 주머니에. 빨간 캡슐이. 진통제……예요."

"서두르시오!" 후퍼가 말했다. 리플리는 그의 말이 옳다는 것을 알고 있었다. 에일리언들이 더 있을 테니까. 하지만 카샤노프는 혼자 움직여야 했다. 백스터는 외다리 신세고 스니든까지 쓰러진 이상, 결국 누군가를 뒤에 남겨야 할 때가 찾아올 것이다. 그리고 지금 당장은 누구를 버려둘 것인지를 정말로 결정하고 싶지 않았다.

그녀는 카샤노프의 주머니를 뒤져 붉은색 주사 캡슐이 들어 있는 긴 비닐끈을 찾아냈다. 그녀는 세 개를 뜯어내서 그 중 하나의 마개를 딴 다음 카샤노프의 오른팔 우주복 위로 바늘을 찔러넣었다. 그리고 무릎을 꿇고 앉아 다음 캡슐을 백스터의 다리에 찔렀다. 후퍼가 마지막이었다. 바늘이 그의 어깨를 찌르고 들어갔다.

"으악!" 그가 비명을 질렀고, 리플리는 웃었다. 어쩔 수가 없었다. 백스터도 씩 웃었고, 후퍼는 어색하게 웃음을 머금었다.

그리고 그녀는 자리에서 일어나, 카샤노프의 다치지 않은 손을 잡아 자기 어깨에 둘렀다.

"꽉 잡아요." 그녀가 말했다. "내가 멈추면 멈추고, 움직이면 움직이는 거예요. 내가 눈이 돼 줄게요."

카샤노프는 고개를 끄덕였다.

"라샹스?" 후퍼가 말했다.

"아직은 괜찮습니다." 프랑스인은 이렇게 말하고는 쭈그려 앉더니 스니든을 한쪽 어깨에 걸쳐 메었다. "가벼운 편이라서요. 하지만 이렇게 오래 가지는 못할 겁니다."

리플리는 스니든의 얼굴에 붙어 있는 괴물을 바라보았다. 눈을 깜빡이는 사이의 어둠 속에서, 노스트로모 호의 병동에 누워 있는 카일의 모습이 떠올랐다. 애쉬와 댈러스는 어찌할 바를 모르고 주변을 오락가락하고 있었다. 어쩌면 그녀를 데리고 너무 멀리 가서는 안 될지도 몰라. 리플리는 문득 이렇게 생각했다. 저 괴물은 이미 그녀 내부에 알을 낳고 있을 것이다. 그러나 두고 간다는 생각만으로도 너무 끔찍해서 견디기 힘들 지경이었다.

스니든의 스프레이 총은 잃어버렸고 카샤노프의 플라즈마 토치는 어깨에 매달려 있기만 한 상태이니, 사용할 수 있는 무기가 줄어든 셈이었다. 하나 남은 폭약 탄환을 써 버리고 나면 리플리도 다시 볼트를 쏘아야 할 것이다. 플라즈마와 산성 용액의 잔량이 얼마나 되는지는 알 도리가 없었다.

카샤노프가 그녀의 어깨를 꽉 움켜쥐었다. 마치 자기 목숨이 그 행위에 달려 있는 것처럼! 리플리는 이렇게 생각하며 쓴웃음을 지었다. 그리고 라샹스의 폭약 섬퍼에 달린 손전등이 꺼져 버렸다.

"하나 갔군요." 이미 스니든의 몸무게 아래에서 헐떡이면서, 그가 말했다.

"후퍼, 라샹스 말이 맞아요. 이런 식으로는 얼마 가지 못할 거예요." 리플리가 말했다.

"해야만 하는 일이오." 그가 대답했다.

그의 말이 옳았다. 이것이 유일한 해법이었다. 갑자기 기적이 일어날 만한 상황이 아니었다. 일단 최대한 멀리 떨어져야 했다. 다른 일이 일어나기를 기다려 봤자 아무 소용도 없었다. 발을 번갈아 앞으로 옮기며, 스스로 몸을 지키고, 필요하다면 싸우고, 싸울 필요가 없으면 빠르게 움직여야 했다.

그렇게 매리언 호에 돌아가면 애쉬가 기다리고 있겠지. 이런 생각이 들었다. 그 개자식이 일을 어디까지 벌려 놓았을지 궁금해졌다. 자신을 데리고 외계 생명체를 찾아 우주를 떠돌다가, 마침내 찾아내서는 이런 일 한가운데로 얽어 넣어 버린 것이다. 책임감 정도라면야 이해할 수 있었지만, 놈의 집착은 그보다 훨씬 심각한 수준이었다.

어쩌면 그 일조차도⋯⋯.

그녀는 짧은 쓴웃음을 터트렸다.

"뭐요?" 후퍼가 한쪽으로 그녀를 돌아보며 물었다.

"아무것도 아니에요." 그녀가 말했다. 실제로 아무것도 아니었다. 만약 애쉬가 정말로 셔틀의 연료 전지를 파손시켰다고 해도, 지금 당장은 아무 의미도 없는 일이었다. 실제로 매리언 호로 돌아가게 된다면 조심해야 하겠지만. 그것뿐이었다.

발을 번갈아 앞으로 옮기며…… 한 발짝 한 발짝.

복도는 계속해서 위로 경사져 있었고, 지금까지 온 길과 비슷한 넓이에, 양쪽으로 출입구가 보이기 시작했다. 후퍼는 매번 출입구가 보일 때마다 속도를 줄이며 빠르게 스프레이 총을 쏘았다. 그러나 비명 소리도, 그림자 속에서 튀어나오는 형체도 없었다.

비명을 듣기 전까지, 일행은 머리 위에 구멍이 있다는 것조차 알지 못하고 있었다.

지금까지 들은 에일리언의 소리와는 달랐다. 더 큰 놈인지 깊게 울리는 소리였다. 어딘지 모르게 보다 주의를 기울이는 듯, 거의 지능이 있는 것처럼 느껴졌다. 끔찍한 소리였다.

리플리는 걸음을 멈추고 몸을 숙였고, 그녀 뒤의 카샤노프도 같은 동작을 취했다. 리플리는 위를 보았다. 그들 위의 천장에는 빛을 삼켜버리는 크고 검은 그림자가 있었다. 바로 위로 손전등을 비추어 보자 위편으로 이어지는 통로가 보였다. 그리고 위쪽의 통로 안에서 무언가 움직였다.

후퍼는 백스터와 함께 앞서 가고 있었다. 둘 다 이미 무기를 겨누고 있었다. 그러나 발사하는 사람은 없었다. 산이나 불을 쏴 보았자 다시 쏟아져 내릴 뿐이겠지. 리플리는 이렇게 생각했다.

"물러서요!" 리플리가 말했다. 그녀와 카샤노프는 뒤로 물러섰고, 그들 뒤에서 따라오던 라샹스가 스니든을 둘러멘 채로 힘겹게 방향을 돌리며 신음하는 소리가 들렸다. 후퍼와 백스터는 복도를 따라 더 전진했고, 따라서 천장의 구멍은 일행 가운데에 놓이게 되었다. 리플리 쪽의 사람들은 벽에 최대한 달라붙어서, 앞장선 사람들이 무기를 쓸 수 있는 공간을 최대한 확보해 주려 했다.

그러나 어떻게 해도 충분하지는 못했다.

"움직여요!" 리플리가 말했다. "어서!" 그리고 그녀는 달렸다. 카샤노프는 그녀의 어깨를 단단히 붙든 채로 걸음을 맞추어 함께 움직였다. 라샹스가 힘겹게 뒤를 따랐고, 그들은 천장의 구멍 아래를 지나갔다. 리플리는 슬쩍 위를 올려다보았다…….

……그리고 그 움직이는 형체가 훨씬 가까워져 있는 것을 발견했다. 구멍의 양 옆을 다리로 긁어 불똥을 일으키며, 그대로 강하하고 있었다. 이제 울부짖는 대신 으르렁대며, 입을 길게 뻗어 활짝 벌린 채로, 사냥감을 죽이려 달려들고 있었다.

리플리는 어깨에서 카샤노프의 손을 떨친 다음 계속 움직이라고 앞으로 밀어붙이고, 몸을 숙이며 섬퍼의 폭약 탄환을 위로 발사했다. 그리고는 탄환이 어디로 갔는지 확인도 하지 않고 그대로 뒤로 몸을 굴렸다.

"뛰시오!" 후퍼가 말했다. 그는 리플리의 목깃을 붙들고 일으킨 다음, 백스터가 절룩거리며 복도를 따라 움직이는 것을 도왔다. 리플리의 머릿속에 온갖 생각이 지나갔다. 탄환이 도로 떨어져 내려올 거야. 놈한테 맞고 튕겨서 우리 뒤편으로 떨어지고, 그대로 폭발해서 우리 모두를 쓸어버리고는—

뒤편에서 폭발이 일어났다. 소리로 보니 폭발 자체는 천장의 통로 속에서 일어난 모양이었지만, 잠시 후 그 영향이 복도로 쏟아져 들어오며 그들의 등을 강타했다. 카샤노프는 신음하며 팔을 앞으로 뻗은 채 넘어졌고, 부상당한 쪽 손에 몸무게가 실리자 비명을 질렀다. 리플리는 얼굴부터 후퍼의 등에 부딪쳤고, 그대로 그의 어깨를 붙잡으려다 그마저 넘어지게 만들었다. 리플리는 함께 넘어지며 스프레이 총의 산성액체 용기가 그들 아래에서 터져 버리면 무슨 일이 벌어질지를 생각했다.

후퍼도 같은 생각을 했는지, 손을 앞으로 뻗어 옆으로 몸을 굴렸다. 리플리는 벽에 부딪친 다음 그의 위로 쓰러졌다. 폐에서 공기가 빠져나가며 숨이 막혔다. 그녀는 잠시 동안 호흡을 가다듬으려 애써야 했다. 그러는 동안 그녀의 눈앞에서는—

라샹스가 스니든을 땅에 떨구고, 그대로 앞으로 몸을 날려 일어난 다음, 왼쪽 발을 축으로 삼아 몸을 돌리면서 폭발이 일어난 쪽으로 폭약 섬퍼를 겨누었다.

리플리는 숨을 헐떡이면서 몸을 돌렸고, 그녀의 눈앞에 펼쳐진 광경은 폭발만큼이나 숨이 막히는 것이었다.

에일리언이 천장의 통로에서 낙하해서 복도 전체를 막고 있었다. 다리 하나와 몸체 일부는 날아가 버린 모양이었고, 바닥과 벽에서 산성 액체가 끓어오르고 있었다. 놈은 선 채로 비틀거리며 아직 건재한 한쪽 다리를 들었다 놓는 동작을 반복하고 있었다. 몸무게를 실으면 고통스러운 모양이었다.

지금까지 그들이 만난 에일리언 중 제일 큰 놈이었다. 몸뚱아리는 더 묵직했고, 머리는 길고 두툼했다.

놈이 쉿 소리를 냈다. 으르렁거렸다.

라샹스는 섬퍼를 발사했다.

두 개의 볼트가 에일리언의 상처 부위에 박히며, 부서진 껍질을 부수고 들어가 타들어가는 육편을 사방으로 날렸다. 놈은 날카롭게 울부짖으며 남은 다리를 흔들고, 벽을 할퀴어 깊은 상처를 남겼다. 라샹스의 다음 두 발은 그대로 들어올린 머리 아랫부분에 들어가 박혔다.

울부짖는 소리가 멈추었다. 괴물은 얼어붙었다. 후퍼는 자세를 잡고 스프레이 총을 겨누었으나, 실제로 발사되지는 않았다. 폭발로 인해 피어오른 연기조차 움직임을 멈추며 다음에 벌어질 일을 기다리는 것만 같았다.

"한 발만 더." 리플리가 중얼거렸고, 라샹스는 다시 발포했다. 볼트는 에일리언의 복부에 명중했지만, 놈은 이미 땅으로 엎어지고 있었다. 다리를 떨군 채, 부서진 머리는 복도 옆면에 기댄 채였다. 그리고 놈은 천천히 녹아들어가는 벽 안으로 미끄러져 파고들기 시작했다.

후퍼는 스프레이 총을 쏠 준비를 하고 기다렸지만, 리플리가 손을 들어 그를 저지했다.

"기다려요!" 리플리가 말했다. "잠깐만요."

"왜 그러는 거요? 아직 죽지 않았을 수도 있잖소." 후퍼가 물었다.

"제가 보기에는 죽은 것 같은데요." 라샹스가 말했다. "머리가 반쯤 날아가 버렸잖습니까."

"그래요, 일단은……." 리플리가 말했다. 그들은 한동안 그렇게 움직임을 멈춘 괴물을 지켜보고 있었다. 천장 위의 통로에서는 연기가 흘러내려와서, 아직 불타고 있는 산란실 쪽으로 흘러들어 가고 있었다. 더 이상 공기의 흐름을 직접 느낄 수는 없었지만, 연기의 방향을 보니 아직도 불에 타고 있는 모양이었다. 그들은 기척을 찾아 귀를 기울였지만, 아무 소리도 들리지 않았다. 그러는 동안 리플리는 방금 죽은 괴물이 어디가 다른지를 확인해 보려 했다.

다른 놈들보다 크다는 것 말고도 미묘한 차이점이 몇 군데 더 있었다. 사지의 길이나 머리의 형태 따위.

"저건 대체 뭐요?" 후퍼가 한쪽을 가리키며 물었다. "저기, 꽁무니 뒤에 말이오."

"아, 세상에, 저거 참 역겹군요." 라샹스가 말했다.

에일리언의 복부가 터져나간 곳에서 끈적한 물질이 바닥으로 흘러내리고 있었다. 산성 액체가 퍼져나가며 바닥이 끓어오르고 있었지만, 리플리의 시선을 끈 것은 그 웅덩이 안에 널려 있는 것들이었다. 그녀의 엄지 정도 크기의 둥근 물체들이 수십 개, 아니 수백 개가 있었다. 손전등 불빛에 번들거리는 둥근 덩어리들이 상처에서 계속해서 쏟아져 나오며 서로 부딪쳐 미끄러지며 퍼져 가고 있었다.

"여왕을 죽인 모양이군요." 리플리가 말했다.

"그게 정말이오?" 그녀 뒤에서 후퍼가 물었다.

"거의 확실해요. 그렇지 않으면 설명이 안 되는걸요. 저건 알이에요. 수백 개의 알이요." 그녀는 그를 돌아보았다. "빌어먹을 여왕을 작살내 버린 거예요."

그녀는 터지고 갈라진 괴물의 시체를 손전등으로 이리저리 비추며 살펴보았다. 지금까지 본 놈들 중에는 가장 컸지만, 어딘지 모르게 유아처럼 보이는 느낌이 있었다. 형체는 더 컸지만 가시와 발톱 달린 다리는 그리 흉측해 보이지 않았다. 리플리는 기묘한 전율을, 일종의 동질감을 느꼈다. 그러나 그녀는 이 괴물과는 전혀 다른 존재였다.

조금도 비슷하지 않았다.

"어린 놈이었던 것 같군요." 그녀가 말했다. "다 자라면 얼마나 클지……?" 그녀는 고개를 저었다. "움직이죠."

"그럽시다." 후퍼가 동의했다.

"눈이 좀 나아지는 것 같아요." 카샤노프가 말했다. "이제 더 빨리 움직일 수 있겠어요. 뒤에서 따라갈게요. 어쨌든 이 구덩이에서 빨리 좀 벗어나죠."

그들은 계속 걸음을 옮겼다. 복도는 여전히 위로 기울어 있었다. 이제 그들은 더 조심해서 움직였다. 후퍼와 리플리는 조명으로 전면의 벽, 바닥, 천장을 모두 훑었다. 갈림길에 이를 때마다 움직이기 전에 귀부터 기울였다. 그리고 우주선의 동체 위로 나가는 것으로 보이는 층계에 도달하자, 후퍼는 리플리에게 폭약 탄환을 하나 더 건네주었다.

"그게 마지막이오." 그가 말했다. "다섯 발 남아 있을 거요."

"그리고 이쪽은 볼트가 다 떨어져 갑니다." 라샹스가 말했다.

"내 플라즈마 토치는 아직 거의 차 있어요." 카샤노프가 말했다.

계단을 하나씩 올라갈 때마다 체력이 떨어질 것은 분명했다. 이것이 에일리언들이 일부러 꾸민 일인지, 이렇게 복잡한 계획을 세울 수 있는지 여부조차도, 리플리로서는 알 수가 없었다. 그러나 지금 직면한 문제인 것만은 분명했다.

"이게 나가는 길이에요." 그녀는 새로 등장한 보다 짧은 층계를 가리키며 말했다.

"그걸 어떻게 압니까?" 라샹스가 헐떡이며 말했다. 스니든의 몸무게 때문에 무릎이 떨리고 있었다. 거의 탈진한 모양이었다. 그리고 후퍼에게 몸을 의지하고 있는 백스터는 새로 등장한 허리 높이의 층계를 거의 공포에 가까운 표정으로 바라보고 있었다.

"그렇지 않으면 우린 끝장이니까요." 리플리가 말했다.

일행은 계단을 오르기 시작했다ㅡ

그녀는 땀투성이가 된 채로 헐떡이며, 지쳤지만 열정적으로 움직이고 있었다. 두 번 다시 찾아오지 않을 완벽한 순간, 이 세상에서 가장 귀한 꽃처럼 피어나는 그런 희귀한 순간이었다. 그녀의 딸을 향한 모든 것을 바치는 사랑, 온전한 기쁨으로 터질 듯 가득 차서 고통스러울 지경이었다.

바로 지금이야. 그녀는 이 순간을 기억 속에 새기려 최선을 다하며 이렇게 생각했다. 언덕을 짚고 몸을 올리자 손 아래로 시원한 히스 덤불이 느껴졌다. 태양의 열기가 뒷덜미를 달구었고, 언덕을 오르는 그녀의 등에 땀방울이 맺혔다. 머리 위의 짙푸른 하늘, 아래 계곡을 구비구비 흐르는 강물, 길을 따라 바삐 움직이는 개미처럼 작은 차들이 보였다.

언덕 정상이 가까워지자 경사는 더욱 급해졌다. 그리고 아만다는 그 사실을 몰랐다는 양 머리 위에서 깔깔댔다. 꽤나 위험했다. 암벽 등반 정도는 아니었지만, 손과 무릎을 대고 기어올라야 했다. 미끄러지면 한참을 굴러 떨어지게 될 것이다. 그러나 리플리는 화를 낼 수 없었다. 모든 것이 너무 행복하고 가볍게만 느껴졌기 때문이다.

그래서 그녀는 더 열심히, 더 빠르게 올라가기 시작했다. 그녀를 잡아당겨 언덕으로 굴러 떨어지게 만들려는 텅 빈 공간의 느낌을 무시하면서. 아만다는 뒤를 돌아보고 엄마가 더 빨리 움직이기 시작하는 모습을 보았다. 그녀는 다시 깔깔 웃으며 언덕을 올라가기 시작했다. 십대의 팔다리가 강하고 유연하게 움직였다.

실제로 여기서 이 광경을 본 것은 아니지만, 분명 내 삶에서 최고의 순간일 거야.

아만다가 정상에 도착해서 승리의 고함을 질렀다. 그대로 풀밭에 누우며 시야에서 사라져서, 엄마를 기다리고 있었다.

리플리는 경사면에 자연적으로 만들어진 계단에 올랐다. 순간 홀로 노출된 끔찍한 느낌이 들었고, 그녀는 언덕을 오르는 움직임을 멈추었다. 충격 때문에 오한을 느끼며.

위에서 다른 소리가 들려 왔고, 그녀는 그 때문에 다시 언덕을 오르기 시작했다. 그 소리는 모든 행복한 느낌을 휩쓸어가 버렸고, 완벽한 순간은 존재하지도 않았던 것처럼 사그라들었다. 하늘은 더 이상 맑지 않았다. 언덕의 자연조차 아름답기보다는 잔혹해 보였다.

그녀의 딸아이가 울부짖는 소리였다.

리플리는 언덕 사면을 꼭 붙든 채로 꼭대기에 도착했다. 떨어지지는 않을까 두려워하면서, 그리고 떨어지지 않으면 무얼 보게 될지 더욱 두려워하면서. 정상으로 오르며 그녀는 눈을 깜빡였다. 모든 것이 괜찮아 보였다.

다음 순간, 몇 미터 떨어진 곳에 서 있는 아만다의 모습이 눈에 들어왔다. 그 괴물 중 하나가 얼굴에 들러붙은 채로, 꼬리가 목을 조이고, 창백해진 손가락이 괴물을 붙든 채로, 몸이 발작하듯 떨리고 있었다. 리플리는 손을 뻗었지만, 딸아이의 가슴이 벌어지며–

* * *

"–안으로 들어가라는 건가!" 후퍼가 말했다.

"뭐라고요?" 리플리는 혼란을 떨쳐내려 눈을 깜빡이며 물었다. 이번에는 이전보다 더 힘들었다. 상실에 따른 무력감이 더욱 끈덕지게 들러붙었다. 그들은 층계의 끝에 도달해 있었다 – 그리고 거의 완전히 다른 곳에 가 있기는 했지만, 그녀는 그 사실만큼은 인지하고 있었다 – 그러나 그녀는 주변을 둘러본 다음에야 후퍼가 무슨 말을 하는지를 알아들을 수 있었다.

"하지만 저 꼴을 좀 보라고!" 백스터가 말했다. "저걸 무시하고 지나갈 수는 없지 않나."

"할 수 있네." 후퍼가 말했다. "할 수 있고, 할 거야!"

층계가 끝나자 출입구 두 개가 있는 널찍한 공간이 이어졌다. 하나는 다시 위로 향하고 있었다. 우주선 동체 외부로 나갈 수 있는 해치로 이어질 수도 있고, 아닐 수도 있을 것이다. 파악할 방법은 없었다. 다른 통로는 더 가깝고 훨씬 넓었으며, 지금까지 이 우주선에서 본 적이 없는 모습이었다.

처음에 리플리는 그것이 유리인 줄로만 알았다. 세월이 흐르며 먼지가 쌓이고 긁힌 흔적이 있지만, 여전히 튼튼한 느낌이 드는 투명한 물질이 얇게 눈앞을 막고 있었다. 그러나 이내 그 벽은 바람에 흔들리는 것처럼 일렁였고, 리플리는 그 물질이 유리가 아니라는 사실을 깨달았다. 정체가 무엇인지는 알 수 없지만, 분명 목적은 한 가지뿐일 것이다.

라샹스가 백스터의 손전등을 쥐고는 앞을 비추었다. 손전등 불빛은 투명한 장막을 뚫고 들어가 그 너머의 널찍한 공간을 비추었다. 조명에 드러난 모습의 일부는 리플리도 알아볼 수 있었다. 다른 일부는 알아볼 수 없었다. 양쪽 모두 더 이상 다가가고 싶지 않도록 만드는 모습이었다.

"또 알이로군요." 그녀가 말했다.

"하지만 뭔가 달라." 백스터가 말했다. 그는 절뚝이며 더 가까이 가서는 투명한 장막에 얼굴을 가져다 대었다. 손을 대니 장막이 일렁이는 모습이 보였다.

라샹스는 손전등으로 주변을 훑었고, 후퍼도 자기 손전등을 들고 동참했다.

"아." 백스터가 말했다. 그는 천천히 몸을 돌렸다.

"왜 그래요?" 리플리가 물었다. '당장 여길 떠나야 하는데!'

"아무래도 당신네 여왕 친구가 어디서 왔는지를 발견한 것 같은데."

리플리는 눈을 감고 한숨을 쉬었다. 애초에 이런 일을 피할 수 없었다는 무력감이 그녀를 감쌌다. 몸이 마음대로 움직이지 않는 느낌이었다. 이 모든 것이 꿈일지도 모른다는 생각을 한 지도 한참이 지났다. 아니, 그녀는 잠들어 있지 않았다. 그러나 온전히 깨어 있는 것 역시 아니었다. 눈앞의 상황을 다스리려 하면 할수록, 모든 것이 어긋나 달아나기만 했다. 그리고 이번에도, 한쪽 방향으로 가야만 하는 상황에서도, 다른 하나에 계속해서 끌리고 있는 것이다.

후퍼는 방금 올라온 층계 쪽을 다시 한 번 비추었다. 움직이는 것은 보이지 않았다. 그리고 그는 다시 투명한 벽 안으로 보이는 새로 등장한 방을 바라보았다.

"내가 먼저 가겠소." 그가 말했다.

두 번째로 리플리가 깨달은 것은, 이곳에서는 기술적 장비들이 우주선 다른 곳에서 본 것보다 훨씬 알아보기 쉽고 자주 눈에 띈다는 것이었다. 적어도 여섯 개의 이동식 작업대가 있었고, 그 위에는 거의 동일한 장비들이 있었다. 큼직한 기구부터 보다 작고 정교해 보이는 도구까지. 먼지는 거의 없었고, 모든 것이 뚜렷하고 명확해 보였다. 우주선의 다른 곳에서는 찾아보기 힘든 특성이었다. 시간이 이 장소에는 그리 주의를 기울이지 않은 모양이었다.

첫 번째로 확인한 것은 알들, 그리고 알을 지키고 있는 존재들이었다.

열여섯 개의 알이 보였다. 원통형에 허리 높이까지 오는 새장 모양의 구조물에 하나씩 들어가 있었다. 구조물은 방의 둥근 가장자리를 따라 하나씩 늘어서 있었고, 덕분에 가운데 남은 공간에 이동식 작업대가 들어가 있었다. 이곳의 알은 지금까지 일행이 발견해서 파괴한 것과 비슷하게 생겼지만, 색조나 형태에 차이점도 보였다. 보다 둥그스름하고 통통해 보였고, 표면에는 가는 혈관이 더욱 촘촘하게 그물처럼 뻗어 있었다. 리플리는 이 알이 보다 최근에 낳은 것이거나, 아니면 보존 상태가 더 좋은 것일 수도 있다고 생각했다.

알 옆에 웅크리고 있는 존재들은 일견 석상처럼 보였다. 그러나 그녀는 어떤 것도 첫인상으로만 판단하면 안 된다는 사실을 알고 있었다. 놈들은 에일리언이었다. 가시투성이 다리는 뭉툭하게 닳아 있고, 허옇게 뜬 뒤로 굽은 머리를 숙이고 있는 채였다. 그들이 지금까지 본 놈들보다 살짝 컸지만, 최근에 죽인 여왕과는 상당히 달랐다. 가장 먼저 상황을 파악한 사람은 라샹스였다.

"저 놈들…… 이 우주선을 만든 친구들처럼 생겼군요."

그 말대로였다. 놈들은 에일리언과 개 모양 우주인의 잡종같은 모습이었다. 다른 에일리언보다 다리도 더 많고, 보다 큰 몸에 굵직한 다리, 더 앞으로 튀어나온 머리가 보였다. 그러나 여전히 키틴질의 외골격을 가지고 있었고, 한 놈은 기괴한 입을 쭉 뻗은 채로 쓰러져 있었다. 한때 빛나던 이빨은 이제 무디어져 있었다. 리플리는 이곳의 놈들이 살아있을 때 마주치지 않아서 다행이라는 생각을 했다.

"놈들이 여기 얼마나 오래 있었을 것 같나?" 백스터가 물었다.

"오래 되었겠죠." 카샤노프가 말했다. "저쪽 괴물은 거의 미라가 된 것처럼 보이는데요. 하지만 알 쪽은…… 어쩌면 저 빌어먹을 것들은 영원히 죽지 않을지도 몰라요."

알 하나는 열려 있었다. 그리고 가까운 바닥에 광부 한 명의 시체가 누워 있었다.

"닉이로군요." 라샹스가 나직하게 말했다. "나한테 50달러나 빚졌는데."

가슴이 열려 있고, 옷은 찢어지고, 갈빗대가 튀어나와 있는 채였다. 지금까지 찾아낸 다른 시체들보다 신선해 보였지만, 리플리가 보기에는 비슷한 시기에 목숨을 잃었을 듯했다. 이 구역의 공기는 보다 깨끗했고, 어쩌면 부패를 담당하는 박테리아가 없을지도 모르는 일이었다.

"깨고 나온 알은 하나밖에 없군요." 리플리가 말했다. 그녀는 눈을 살짝 깜빡이며 자신을 뒤덮으려 하는 감정을 억제하려 했다. 구역질 때문에 끓어오르는 다급함, 혐오가 불러오는 갈망이었다.

"그리고 우리가 저기서 나온 놈을 터트려 버린 거로군." 후퍼가 말했다. "그렇게 생각하는 거요?"

"그래요, 터트려 버렸죠." 그녀가 말했다. 그녀는 다른 알들을, 그리고 오랜 옛날에 알을 지키려 자리잡았던 괴물들을 둘러보았다. 만약 여기 있는 것들이 여왕의 알이라면, 그리고 방금 죽였던 그 괴물이 여왕이 맞다면, 이 알들은 앞으로 수많은 에일리언을 만들어낼 수 있는 가능성을 지니고 있는 것이었다.

말 그대로 수천 마리를.

"이걸 전부 파괴해야 해요." 그녀가 말했다. 그녀는 폭약 섬퍼를 들어올렸다.

"잠깐!" 카샤노프가 말했다. "우린 지금 그럴 시간이─"

"그럼 시간을 만들어야죠." 리플리가 말했다. "우리가 살아남지 못하면 어떻게 할 건데요? 만약 구조대가 도착해서 이 아래로 내려오면? 그렇게 되면 무슨 일이 벌어지겠어요? 이 방 안에서 괴물 수천 마리가 깨어날 가능성이 있어요. 우린 지금까지 고작 몇 마리를 물리쳤을 뿐이죠. 놈들이 떼를 지어 밀려온다고 생각해 봐요."

"알겠소, 리플리." 후퍼가 말했다. 그는 천천히 고개를 끄덕이고 있었다. "하지만 조심해야 할 거요. 라샹스, 나를 따라오게. 우리는 다른 쪽으로 가서 실제로 출구가 있는지를 확인해 볼 거요. 그런 다음에 돌아와서 이 개자식들을 구워 버립시다." 그는 리플리를 바라보고는 손을 들어 보였다. "기다리라는 말이오."

리플리는 고개를 끄덕이면서도, 눈빛으로 그에게 서두르라고 종용하고 있었다. 그리 오래 기다리지는 않을 것이라고. 그녀의 손가락이 방아쇠를 쓰다듬었다. 그리고 알이 터져 열리며 그 안의 끔찍한 내용물을 깨끗한 회색 바닥에 쏟아내는 모습을 상상했다.

빌어먹을, 애쉬. 그녀는 이렇게 생각하며 웃음을 터트릴 뻔했다. 그는 웨이랜드 유타니의 상관들을 위해 이 괴물 하나를 확보하려 모든 노력을 기울였다. 그리고 그녀는 놈들을 모두 박살내기 위해 최선을 다하고 있었다.

그녀가 승리할 것이다. 그 사실은 조금도 의심하지 않았다. 그녀를 괴롭히는 문제는 이것이었다. 승리하며 동시에 살아남을 수 있을까?

"반드시." 그녀가 말했다.

자신의 말에 대답하는 것이라고 생각했는지, 후퍼는 고개를 끄덕였다.

스니든은 문 옆에 주저앉은 채였다. 괴물이 여전히 그녀의 얼굴 전체를 덮고 있었다. 백스터는 플라즈마 토치를 품에 안은 채로 벽에 기대서 있었다. 카샤노프 역시 고통에 눈을 깜빡이며 플라즈마 토치를 들고 있었다.

후퍼와 라샹스가 자리를 뜨는 동안, 리플리는 다시 한 번 언덕 꼭대기에 서 있는 아만다의 환영을 보았다.

내가 구해 줄게, 아가. 내가 구해줄 거야.

16

여 왕

"여기서 빠져나갈 수 있을 것 같습니까, 후퍼?"

"내가 뭐라고 대답해 주길 바라는 건가?"

"여기서 빠져나갈 수 있을 거라고요."

"알겠네, 라샹스. 우린 여기서 빠져나갈 수 있어."

라샹스는 심호흡을 하고는 이마를 문질렀다. "안심이 되는군요. 아주 잠깐이지만 완전히 글러버렸다고 생각했습니다."

"얼른 움직여. 위에 뭐가 있는지 살펴보세." 가파른 층계 끝에 있는 공터를 가로지르다가, 후퍼는 문득 아래를 돌아보았다. 전력이 떨어져서 그런지, 그의 손전등 불빛은 그 아래쪽까지는 가 닿지 못하는 듯했다. 맨 아래까지 볼 수는 없었다. 아래의 그림자 속에서 그를 올려다보는 존재가 있더라도, 그로서는 이제 알 수가 없었다.

라샹스는 공터를 가로질러 보다 짧은 다음 층계를 오르기 시작했다. 후퍼가 그 뒤를 따랐다. 높은 계단을 다섯 개 오르자, 벽이 양 옆에서 좁혀오더니 그대로 벽을 이루며 앞을 막아버렸다. 그러나 라샹스는 좌우로 몸을 기울이며 여러 각도에서 벽을 살펴보았다.

"숨겨진 출입구로군요. 영리하기는." 그는 이렇게 말하며 묘한 물질로 만들어진 벽 틈새로 고개를 숙이고 들어갔다.

후퍼는 다시 뒤를 힐긋 돌아봤다. 아래에서는 아무런 소리도 들리지 않았다. 여왕의 알들이 있는 기묘한 실험실에서 무언가 잘못 돌아간다는 느낌은 전혀 없었다. 그러나 그는 여전히 지금 실수를 하고 있다는 느낌을 떨칠 수가 없었다. 짧은 시간이기는 하지만, 일행을 나누는 것 자체가 어리석은 짓이었다.

리플리는 평소보다 더 강인한 모습이었지만, 지금은 그녀에게서 위험한 기운이 번져 나오는 것이 느껴졌다. 어쩌면 일종의 복수심 비슷한 것일지도 모른다. 그 때문에 일행 모두가 위험에 처할 수도 있었다. 그녀는 생존본능으로 움직이는 논리적인 여성으로, 지적이고 강인한 의지를 가지고 있었다. 그러나 그녀가 여왕을 쏠 때, 후퍼는 그녀의 눈 속에서 논리와는 전혀 관계없는 무언가를 보았다. 본능이라고 할지도 모른다. 그러나 그 본능은 방어가 아니라 공격을 위한 본능이었다.

조금 전 리플리가 후퍼를 바라보던 눈에는 살의가 깃들어 있었다.

순간 후퍼는 라샹스의 등에 부딪쳤다. 그리고 곧 프랑스인이 걸음을 멈춘 이유를 깨달았다.

숨겨진 통로는 거대한 우주선의 날개 위, 동굴 벽 근처로 이어지고 있었다. 광부들의 조명은 여전히 걸린 채 동굴 전체를 희미하게 비추고 있었다. 날개 쪽으로 시선을 돌리자 수백 미터밖에 떨어지지 않은 곳에 그들이 처음 들어갔던 파손된 부분이 보였다. 정말로 한참이 지난 느낌이었다.

"그 개자식들은 보이지 않는군." 후퍼가 속삭였다.

"있어도 숨어 있겠죠." 라샹스가 말했다. "잠깐 저기 보세요. 저거 뭡니까?" 그는 오른쪽을, 우주선의 동체가 높이 솟아오른 동굴 벽 아래로 사라지는 것처럼 보이는 곳을 가리키고 있었다. 동굴 벽은 그대로 굽어지며 천장으로 변하여 그림자 속으로 모습을 감추었다.

"우리 출구지." 후퍼가 말했다. 날개 위쪽 벽에는 갈라진 틈이 여럿 있었다. 그 중 하나를 통하면 갱도로 돌아갈 수 있을지도 모른다.

"그렇죠, 근데 저건 뭡니까?"

후퍼는 얼굴을 찌푸리고 더 자세히 보았다. 그리고 곧 라샹스가 무슨 말을 하는지를 깨달았다.

"저런 세상에⋯⋯."

우주선의 일부가 아니었다. 돌로 만들어져 있었다. 대부분은 무너져 버렸지만 일부는 아직 서 있었다. 처음 보았을 때는 금이 간 동굴 벽으로만 보였던 것들이었다.

"일종의 건축물일까요?" 라샹스가 물었다. "벽이라던가?"

"한번 살펴보지." 후퍼가 말했다. "하지만 아직은 아닐세. 자, 다른 사람들을 데리러 가야지."

"그리고 알들도 쓸어버려야죠." 라샹스가 말했다.

"그래." 후퍼는 다시 한 번 머뭇거리며 동굴 안을 돌아보았다. 지금까지 누구도 본 적이 없는, 땅 속에 파묻힌 거대한 함선. 그 주변을 둘러싸고 있는 거대한 지하 동굴. 그리고 우주선을 굽어보며 파묻어 버리고, 아직 보지 못한 나머지 부분까지 사라지게 만들 것만 같은 거대한 벽까지. 마치 우주선이 이 구조물에 부딪쳐 파괴된 다음, 그대로 뚫고 들어가 처박혀 멈추게 된 것만 같은 모습이었다.

여기서 무슨 일이 일어났는지는 몰라도, 일행이 그 전모를 알게 될 리는 없을 것이다. 내기할 수도 있었다.

알을 전부 쓸어버리는 것 외에도 추가로 조치를 취할 수 있을 테니까. 후퍼는 이미 나름 계획을 세우고 있었다.

그들은 다시 몸을 숙이고 우주선 안으로 들어와서, 가파른 계단을 내려가, 더 긴 계단 위쪽에 있는 넓은 공간으로 돌아왔다.

앞쪽의 연구실에서 플라즈마 불꽃이 번쩍이는 것이 보였다.

비명이 이어졌다.

먼저 움직인 쪽은 라샹스였다. 그는 몸을 숙이고 연구실의 투명한 커튼을 밀치고 들어가며 섬퍼를 계속 발사해 댔다. 후퍼는 바로 그 뒤를 따랐다. 리플리가 우리 없이 시작한 모양이군! 그는 이렇게 생각했으나, 안으로 들어가서 상황을 확인하자 그런 것이 아니라는 사실을 알 수 있었다.

더 조심했어야 했다.

리플리는 기다렸다. 그녀는 원을 그리며 방 가운데를 돌고 있었다. 죽은 광부와는 충분히 거리를 두려고 유지하면서. 깨어나려는 조짐을 보이는 알도 없고, 움직임이나 소리도 없었지만, 그녀는 경계를 늦추지 않고 있었다. 만약 알 하나가 움찔거리거나 두근대기라도 하면, 그녀는 바로 발포를 시작할 생각이었다.

백스터는 스니든 옆에 웅크리고 앉아 있었다. 그렇게 꿈쩍도 하지 않고 있는 모습이 마치 미라가 된 에일리언들을 흉내내는 것처럼 보였다. 카샤노프는 계속해서 눈을 깜빡이며, 다치지 않은 손으로 눈을 만지고 장갑의 손가락 끝이 벌겋게 부어오른 눈꺼풀에 닿을 때마다 얼굴을 찌푸렸다. 산에 타 버린 손은 그대로 든 채로 떨리고 있었다. 매리언 호에 돌아가면 치료를 받아야 할 것이다. 일행 모두가 그랬지만. 지금은 무사히 돌아가는 것이 먼저였다.

이미 열려 있는 알 하나를 제외하면, 에일리언 알들은 시간의 영향도 전혀 받지 않은 채 온전한 것처럼 보였다. 어쩌면 저 철망 구조물이 일종의 정지장 같은 것을 만들어 내서, 깨어날 시간이 올 때까지 알과 괴물들을 잠들어 있게 하는 걸지도 모른다.

숙주가, 희생양이, 그들 앞에 나타날 때까지 말이다.

계속해서 손가락으로 방아쇠를 만지작거리며, 리플리는 잡종처럼 보이는 괴물 하나 쪽으로 조금 다가갔다. 혐오스러운 모습이었지만 동시에 매혹되는 느낌을 뿌리칠 수가 없었다. 이 괴물은 기묘한 우주선을 만든 개 모양 외계인에게서 깨어나온 것이 분명했다. 그렇다면 에일리언은 그들을 품었던 존재의 특성 일부를 가지고 태어난다는 말이다. 그렇다면 케인의 에일리언 안에는 케인의 일부가 들어가 있었다는 걸까?

아만다의 에일리언도 그렇게 될까?

"아냐." 리플리는 숨을 몰아쉬었다. "놈들은 여길 떠나지 못할 거야. 단 한 마리도." 그녀는 문가에 주저앉아 있는 스니든을 바라보았다. 거대한 거미 괴물은 여전히 얼굴에 단단히 들러붙은 채로 목에 꼬리를 감고 있었다. 곧 놈은 죽거나 떨어져 나갈 것이다. 그녀의 가슴에 알을 남기고는. 알은 곧 깨어나 괴물로 자라날 것이다. 그리고 고통과 끔찍한 단말마와 함께, 새로운 괴물이 깨어날 것이다.

애쉬에게 방법이 있다면, 스니든은 그런 일이 벌어지기 전에 생체 비활성 포드에 들어가게 될 것이다.

"안 돼." 리플리는 조금 큰 소리로 이렇게 말했다. 카샤노프는 그녀를 바라보았고, 백스터는 고개를 들었다. 두 명 모두 긴장한 표정이었다. "저 사람은 데려가면 안 돼요." 리플리는 이렇게 말하며 스니든 쪽으로 고갯짓을 했다. "감염됐으니까. 우리 능력으로 구할 수도 없고, 데려가서도 안 돼요."

"아니, 그렇다고 여기 두고 갈 수는 없잖아요!" 카샤노프가 말했다.

"뭔가 도와줄 수 있는 물건 없어요?" 리플리가 말했다.

카샤노프가 리플리의 말에 숨겨진 뜻을 알아채는 데에는 약간 시간이 걸렸다. 이내 그녀는 불그레한 눈을 홉떴다.

"당신이 뭔데 그래?" 그녀가 말했다. "이 사람에 대해서는 알지도 못하면서, 나한테 지금 저 사람을 죽이라고 하는 거야?"

"죽여?" 백스터가 혼란에 빠진 얼굴로 물었다.

"아니, 도와주는 거죠." 리플리가 말했다.

"죽이는 게 어떻게 도와주는 게 된다는 거야?" 카샤노프가 쏘아붙였다.

"괴물들이 무슨 짓을 벌이는지 보지 못했어요?" 리플리가 물었다. "그런 것이 가슴을 뚫고 나오는 일이 얼마나 고통스러울지……." 아만다가 비명을 질렀다. 괴물이 안에서 뚫고 나오는 동안 팔을 활짝 벌린 채로. "안에서 자신을 파먹고 나와서, 갈비뼈를 부수고, 가슴뼈를 박살내면서, 산 채로 살점을 씹고 나오는 일을? 그걸 생각이나 해 본 적 있어요?"

"내가 놈을 끄집어 낼 거야." 카샤노프가 말했다.

어디선가 까득거리는 소리가 들렸다.

리플리는 한쪽으로 고개를 기울이고 얼굴을 찌푸렸다.

"가까이 갈 생각도 하지 마." 카샤노프가 말을 이었다. "여긴 당신을 아는 사람이 하나도 없어. 당신이 온 이유를 아는 사람도 없고. 그러니까 당신은 그냥—"

"조용히 좀 해요!" 리플리가 한쪽 손을 들면서 이렇게 말했다.

까득…….

리플리는 알들을 둘러보았다. 움직임은 보이지 않았다. 두툼한 껍질이 젖혀 열리면서 끔찍한 내용물을 쏟아낼 준비를 하는 알은 보이지 않았다. 어쩌면 그저 바람이었을지도 모른다. 우주선 깊숙한 곳에 지르고 온 불 때문에 터널과 복도를 스쳐가는 바람이었을지도 모른다. 입구 쪽의 기묘한 벽은 그대로 드리워져 있었다. 방 안에 움직이는 것은 전혀 없었다. 단 하나—

끼익!

가장 먼저 본 사람은 카샤노프였다.

"아…… 세상에!"

리플리는 바로 몸을 돌려서, 폭약 섬퍼를 단단히 쥔 채로 다른 이들이 있는 입구 쪽으로 물러서기 시작했다. 즉시 그녀는 자신들이 최악의 상황에 처했음을 깨달았다.

미라가 된 에일리언 한 마리가 움직이기 시작한 정도가 아니었다.

모두가 일제히 꿈틀거리고 있었다.

리플리는 방아쇠를 당겼고, 카샤노프는 플라즈마 토치를 발사했다. 그리고 리플리는 얼음처럼 차가운, 동시에 타오르듯 뜨거운 화염의 숨결이 자신을 뒤덮는 것을 느꼈다.

그녀는 고함을 질렀다.

"후퇴, 후퇴, 후퇴!" 후퍼가 소리쳤다. 백스터는 이미 스니든을 방 밖으로 빼내고 있는 중이었고, 카샤노프는 남은 한쪽 손으로 의식을 잃은 스니든의 부츠를 붙들고 들어 올리려 하면서, 플라즈마 토치를 어깨에 걸고 쏘아대고 있었다.

라샹스와 후퍼가 들어서는 순간 폭발음이 방 안을 뒤흔들었다. 파편이 후퍼의 귓가를 스치고 날아갔고 우주복에 들러붙었다. 마른 파편도, 젖은 파편도 있었다. 그는 쑤시는 팔에 추가로 고통이 더해질 것이라 생각하며 얼굴을 찌푸렸다. 그러나 산성으로 타들어가는 부분은 없었다. 적어도 아직은.

리플리는 그들 모두를 등지고 서 있었다. 허리에 댄 폭약 섬퍼를 30도 정도 돌리더니 다시 발사했다.

"후퇴!" 후퍼가 다시 소리쳤지만, 리플리는 그의 말을 들을 수가 없거나, 들었어도 신경쓰지 않는 모양이었다.

석상처럼 얼어붙어 있던 에일리언들이 움직이고 있었다. 일부는 카샤노프의 플라즈마 토치에 타버리거나 리플리의 첫 번째 탄환이 폭발하는 바람에 이미 쓰러져 버렸다. 남은 놈들은 방을 가로질러 리플리에게 다가왔다. 일부는 느리고 **뻣뻣**했고 머뭇거리듯 움직이고 있었다. 후퍼로서는 상상조차 할 수 없는 긴 잠에서 아직 덜 깨어난 듯이.

한 놈은 빨랐다.

놈은 오른쪽에서 리플리를 덮쳐 들어왔고, 후퍼가 스프레이 총의 방아쇠에 손가락을 올리고 있지 않았더라면 그녀의 목숨은 여기서 끝났을 것이다. 후퍼의 손가락이 반사적으로 움직이며 방을 가로질러 산성 용액을 쏘았다. 에일리언의 빠른 움직임 덕분에 효과가 더욱 좋아졌고, 산성 용액이 놈의 몸 가운데를 갈랐다. 쉿쉿 소리가 비명으로 바뀜과 동시에 놈은 몸부림치며 뒤로 물러섰고, 라샹스의 섬퍼에서 탄환이 날아갔다. 세 개의 볼트가 머리에 명중하자 놈은 목숨을 잃고 쓰러져 버렸다.

리플리의 두 번째 탄환이 폭발했다. 방 전체가 흔들리며 파편이 허공을 가로질러 벽과 얼굴, 살을 때렸다. 리플리가 비명소리와 함께 무릎을 꿇고 주저앉는 모습을 보며, 후퍼는 그녀가 이미 오른쪽 허리와 다리에 플라즈마로 인해 화상을 입었다는 사실을 깨달았다. 플라즈마가 실제로 닿은 것은 아닐 것이다. 그랬더라면 우주복과 살, 뼈까지 녹아내렸을 테니까. 카샤노프가 토치를 발사했을 때 너무 가까운 곳에 있었던 것이 분명했다. 토치의 연료가 이미 거의 다 된 상태가 아니었다면, 리플리는 목숨을 잃었을 것이다.

후퍼는 다른 사람들이 없는 오른쪽으로 몸을 돌리고 다시 한 번 농축 산성 용액을 발사했다. 산성 증기가 들어오지 않도록 눈은 거의 감다시피 하고, 숨을 참은 채로. 알 하나가 터지며 내부에 있던 형체가 타들어갔다. 다른 알 하나가 반으로 갈라졌고, 그 안의 생물은 잠시 몸부림치다 곧 잠잠해졌다.

리플리는 다시 일어서고 있었다.

"나가요!" 그녀가 일행에게 소리쳤다. "물러서라고요! 당장!"

에일리언 세 마리가 매캐한 연기를 뚫고 그녀에게 덤벼들었다. 그녀는 놈들에게 섬퍼를 발사했고, 탄환은 맨 앞의 괴물을 맞춰서는 그대로 다른 두 마리에게 날아갔다. 가슴에 박힌 금속이 빛나는 모습이 뚜렷하게 보였다. 그녀는 폭발이 일어나기 직전에 몸을 돌려 엎드렸고, 폭발이 끝나자마자 바로 다시 일어섰다.

후퍼는 카샤노프를 도와 축 늘어진 스니든을 옮겼고, 라샹스는 그들과 함께 방을 나왔다.

"리플리!" 후퍼가 소리쳤다. "이제 나오시오!"

동료 승무원들과 함께 투명한 커튼이 걸린 문으로 나오면서, 후퍼는 아직도 방의 왼쪽 절반을 태우고 있는 하얀 화염을 배경으로 리플리의 형체를 볼 수 있었다. 머리가 엉망이 된 채로 굳건하게 자세를 잡고 서 있는 그녀에게, 화염 속에서 불이 붙은 채 뛰쳐나온 형체가 덤벼들었다.

리플리는 넘어져서 구르며 한쪽 발로 발길질을 해 댔다. 에일리언이 그녀의 다리에 걸려 넘어지며, 여왕의 알 하나를 몸으로 뭉개버렸다. 리플리는 다친 다리가 긁히는 바람에 고통스럽게 비명을 질렀지만, 곧 다시 일어나서 폭약 섬퍼를 겨누고 마지막 남은 한 발을 괴물의 얼굴에 박아 넣었다.

탄환이 폭발하는 순간 리플리가 커튼을 뚫고 나왔다. 충격이 다시 한 번 그녀의 몸을 파고들었고, 팔을 뻗은 그녀의 주변으로 불꽃이 피어올랐다. 리플리는 탄환이 떨어진 섬퍼를 놓고 착지하면서, 상처 입은 몸으로 다시 한 번 충격을 받으며 신음했다.

리플리는 바로 자리에서 일어나 카샤노프에게 갔다. 그녀는 스프레이 총을 붙들고 잡아당겼고, 카샤노프는 뒤로 물러섰다.

"리플리!" 후퍼가 소리쳤다. 그녀는 다리와 허리에서 피를 흘리고 있었다. 어깨와 목 한쪽은 에일리언의 꼬리에 상처를 입은 상태였다. 얼굴은 폭발 때문에 검게 그을려 있었다. 머리카락 상당 부분이 타버렸고, 오른쪽 눈은 거의 감겨 있었다. 웬만하면 적어도 그 자리에 주저앉기는 할 정도의 부상이었다. 그러나 뭔가가 그녀를 계속 움직이게 만들고 있었다.

"이리 내놔!" 그녀가 요구했다.

분노, 괴물들에 대한 타오르는 증오심이었다.

"이거 놓으라고!" 그녀가 소리쳤다.

카샤노프는 어깨에서 끈을 풀어 건네고는 뒤로 물러섰다. 마치 리플리를 다른 종류의 괴물처럼 여기는 눈치였다.

후퍼는 다시 그녀에게 소리치려 했다. 그러나 그녀는 이미 투명한 커튼 쪽으로 돌아서서, 장막을 젖히고 그 안의 공포를 마주하고 있었다. 화염을. 터지고 있는 알들을. 그리고 그 안에 남아있는, 깨어나서 몸을 일으키고 자신을 죽이러 오고 있는 괴물들을.

리플리는 그들을 마주하고 섰다. 그녀의 분노에 불을 지피는 것은 죽은 친구들에 대한 기억이 아니었다. 고통을 겪고 있는 딸아이의 비현실적인 환영이었다. 댈러스나 노스트로모 호의 다른 사람들에게는 더 이상 아무것도 해줄 수가 없었다. 그리고 자신과 매리언 호의 생존자들 역시 살아남을 수 없을 것이라 두려워하기 시작하고 있었다.

그러나 37년도 넘게 보지 못한 딸아이만은 보호해 줄 수 있었다. 이곳의 괴물을 전부 청소해 버려서, 다른 인간들이 이곳에 도착했을 때 괴물을 발견하지 못하도록 할 수는 있었다.

화염 속에서 두 개의 여왕 알이 터져 버렸다. 리플리는 숨을 참으며 산성 용액을 잔해 쪽으로 뿌렸다. 그저 확실히 하기 위해서.

거대한 괴물이 그녀를 향해 비틀거리며 다가왔다. 일어나 움직이기 시작하니 개 외계인의 모습이 더욱 두드러져 보였다. 그녀는 그쪽으로 총구를 돌리고 스프레이 총을 좌우로 분사해 괴물의 외골격에 쩍 벌어진 상처를 남겼다. 놈은 그대로 무너져 내리며, 허공으로 꼬리를 휘둘러 리플리의 복부를 때렸다. 그러나 그녀는 잠시 비틀거렸을 뿐이었다.

불꽃이 춤추고 그림자가 흐느꼈다. 기괴한 고대의 실험실 안에서는 더 이상 아무것도 움직이지 않았다. 개 외계인들이 왜 여왕의 알을 보관하고 생육하고 있었던 것인지, 무엇을 얻고 싶어했는지, 자신들이 가지고 놀던 생물의 위험성을 알았는지, 이런 질문에 대한 답은 영영 알지 못할 것이 분명했다. 그러나 그녀는 신경쓰지 않았다. 안다고 해서 바뀔 것은 조금도 없으니까.

이 괴물들이 모두 죽어야 한다는 사실만은.

깨어날 준비를 마친 알이 세 개 남아 있었다. 알껍질이 천천히 뒤로 말리며 내용물을 뱉어내려 했다. 그녀는 산성 용액을 모든 알에 뿌려서 내용물을 확실하게 파괴해 버렸다. 안의 생물이 끽끽대는 소리를 내며 죽어가는 모습을 바라보며, 리플리는 그 죽음이 고통스럽기를 빌었다. 알과 그 안의 내용물이 얼마나 고대의 물건인지는 몰라도, 놈들은 항상 다른 숙주를 습격해서 끔찍한 유충을 심을 준비가 되어 있었다.

"더 이상은 안 돼!" 리플리가 소리쳤다. "엿이나 먹어라, 애쉬!" 지금 느끼는 분노의 정당한 목표가 애쉬일지는 알 수 없는 일이었다. 그러나 이 짐승들 외에도 욕을 퍼부을 수 있는 자가 존재한다는 것은 나쁘지 않았다.

그렇게 전부 끝나 버렸다. 전부 숨이 끊어졌다. 여왕의 알, 온갖 고통과 비탄의 잠재력을 가지고 있는 덩어리들은 전부 잘 구워지고 녹아내려 바닥에서 거품을 일으키고 있었다. 그녀는 스프레이 총을 내리고 눈을 깜빡이며 산성 증기를 흩어버렸다. 눈물이 맺힌 눈으로 본 불꽃이 일렁이는 방의 모습은 아름다워 보일 지경이었다.

무언가 그녀를 붙들었고, 그녀는 몸을 돌렸다. 뒤에 서 있는 후퍼의 모습을 보며, 그녀는 지금 자신의 몸이 얼마나 고통스러운지를 깨달았다.

"리플리, 이제……." 그는 지금 눈앞에 펼쳐진 모습에 눈이 커지며 이렇게 입을 열었다.

"왜요?"

"일단 당신 상처를 치료해야겠소."

"난 괜찮아요." 리플리는 이렇게 대답했다. 괜찮은 기분은 아니었지만, 움직일 정도의 힘은 남은 듯했다. "스니든하고 백스터도 있잖아요…… 나까지 옮길 수는 없어요. 쓰러질 때까지는 걸어 보겠어요."

그리고 그녀는 쓰러졌다. 커튼을 젖히고 나올 때까지 다섯 발짝, 그 너머의 공터로 몇 발짝을 더 옮겼을 뿐인데 세상이 빙빙 돌기 시작했다. 출혈과 화상이 심했고, 어쩌면 죽음이 찾아오는 중일지도 모른다. 최대한 정신을 잃지 않으려 했지만, 사방을 내리덮는 어둠을 버텨낼 수는 없었다.

사람들이 그녀가 쓰러지는 모습을 지켜봤다. 그녀는 그 얼굴들을 다시 볼 수 있기만을 바랄 뿐이었다.

"놈들이 올 거요." 후퍼가 말했다.

"출혈이 심각해요." 카샤노프가 말했다. "어깨, 목, 복부 모두 상처가 깊어요."

"출혈로 목숨을 잃을 것 같소?" 후퍼가 물었다.

카샤노프는 아주 잠깐 머뭇거렸을 뿐이었다. "금방 죽지는 않을 거예요."

"그럼 달리는 동안은 출혈을 놔두도록 합시다. 어서 움직이지. 거의 다나왔소." 그는 리플리를 붙들어 일으켜 세웠다. 리플리도 협조하려 했지만, 몸에 거의 힘이 들어가지 않았다. 우주복 앞섶이 피로 물들고, 부츠를 타고 흘러내려 바닥에 점점이 떨어지고 있었다. 놈들이 피냄새를 맡고 우리를 추적해 오겠군. 후퍼는 이렇게 생각했다. 하지만 에일리언이 냄새를 맡을 수 있는지조차 알 수가 없었고, 지금 가장 중요한 일은 우선 최대한 여기서 멀리 떨어지는 것이었다.

다시 갱도로 돌아가서, 두 번째 승강기로 가서, 이 지옥 같은 장소를 벗어나는 것이다.

백스터는 몸을 끌고 밖으로 나가는 짧은 쪽 층계를 오르기 시작했다. 부러진 쪽 발목을 질질 끌면서. 그래도 주사를 맞고 나니 통증이 덜해보이기는 했다. 라샹스와 카샤노프는 스니든을 들어 올리며 계단을 하나씩 올라가고 있었다. 후퍼가 첫 번째 층계로 리플리를 끌어올리자, 그녀는 약하게 발을 움직이며 중얼거리기 시작했다.

"그녀를 데려가……." 리플리가 중얼거렸다.

"흠? 데려갈 거요. 모두 함께 나갈 거요."

"아니…… 데려가면 안 돼요……."

리플리는 말을 멈추었고, 후퍼는 그녀가 꿈을 꾸고 있는지도 모른다고 생각했다. 눈동자가 힘없이 움직이고, 출혈이 계속되었다. 엉망진창인 모습이었다. 그러나 그녀는 힘을 모았는지 다음 계단에서 다시 눈을 뜨고는, 앞쪽에 초점이 맞을 때까지 계속 주변을 둘러보았다. "스니든." 그녀는 후퍼에게만 들릴 정도로 조용히 말했다. "스니든을 데려가면 안 돼요."

그는 대답조차 하지 않았다. 리플리는 신음하며 다시 정신을 잃는 듯했다. 다음 계단 위로 끌어올리자, 그녀 뒤로 번들거리는 피의 흔적이 길게 남았다.

그러나 후퍼는 리플리를 끌어올렸다. 아무도 버리고 가지 않을 작정이었기 때문이다. 이 모든 일을 겪은 후라 더욱 그랬다. 후퍼는 지금까지 살면서 수많은 것을 잃었다. 지구에 남겨두고 온 사랑하는 아내와 아이들. 약간의 희망, 그리고 대부분의 자존심. 어느 시점에서든 상실로 가득한 삶을 끝내야만 했다. 바로 지금, 모든 희망이 사라진 듯 보이는 최악의 상황에서부터 다시 무언가를 얻기 시작할 수도 있을 것이다.

바로 그거다. 피흘리며 고통에 신음하고 있어도, 최선을 다해 전진하는 그의 친구들이 기운을 북돋아 주고 있었다. 그리고 그들 사이에 등장한 기묘한 여인, 리플리가 있었다. 자기 나름의 비극과 상실을 그렇게 많이 겪었는데…… 그녀가 이렇게 강인하게 버틸 수 있다면, 후퍼 역시 그럴 수 있을 것이다.

그는 다음 계단을 오른 다음 그녀를 끌어올렸다. 왠지 그녀가 더 가볍게 느껴졌다.

밖에서는 다른 이들이 우주선의 상부 표면으로 나가는 겹쳐진 출입구 근처에 모여 있었다. 움츠린 채 조용히 대화하고 있었다. 터널과 복도를 돌아다니는 악몽 같은 일보다 갑자기 노출되는 쪽이 더 두려운 것처럼 보였다. 후퍼는 리플리를 라샹스에게 넘기면서 그녀의 폭약 섬퍼를 빼냈다. 제대로 정신을 차리지도 못한 상태에서도, 리플리는 자신의 무기를 붙들려 했다. 후퍼는 부드럽게 그녀의 손을 빼냈다.

"괜찮소. 내가 맡을 테니까." 후퍼가 말하자, 리플리도 손을 물렸다.

"지금 뭘 하시려는 겁니까?" 라샹스가 물었다.

"보험을 들어 두려는 걸세." 후퍼가 말했다. "최대한 가능성을 높여 보는 거지." 그는 2분을 뜻하는 손가락 두 개를 들어 보이고는 출입구로 다시 미끄러져 들어갔다.

그의 계산에 의하면, 섬퍼 안에는 아직 폭약 한 발이 남아 있었다.

홀로 마주하자 우주선 내부는 훨씬 괴상하고 이질적인 곳으로 보였다. 방금 전에 떠났는데도, 다시 처음부터 들어가는 느낌이었다. 그는 다시 한 번 이 거대한 우주선이 예전에는 생물이었을 수도 있다는 가능성을 떠올려 보았다. 하지만 너무 오래 전의 일이었고, 한때 이 우주선을 몰았던 지성체들도 지금은 아주 깊은 잠에 빠져 있거나, 목숨을 잃었을 것이 분명했다.

후퍼는 맨 앞의 높은 계단을 타고 내려갔다. 두 번째 계단을 내려가자 소리가 들려왔고, 그는 그 자리에 얼어붙었다. 주변의 모든 세계가 그대로 멈추었다. 과거, 미래, 호흡, 생각조차도. 그 소리에서 숨으려는 듯 심장도 순간 망설이는 듯했다.

높게 울부짖는 소리가, 고통과 분노로 가득한 소리가 그의 피부를 찌르고 들어왔다. 소리 그 자체가 공격인 것만 같았다. 차게 식고 또한 뜨겁게 달아오르면서, 그의 영혼은 격렬한 열기와 냉기에 동시에 노출된 피부처럼 반응했다. 공포에 불타거나 얼어붙어 버릴 것만 같았지만, 잠시 동안은 어느 쪽인지 분간할 수가 없었다.

우리의 행동이 무슨 의미를 가지는 걸까? 그는 이런 생각을 했다. 고기 타는 냄새가 났지만, 그가 아는 어떤 고기 냄새와도 비슷하지 않았다. 그들이 지르고 온 불길이 타오르는 소리가 들렸다. 아직 남은 에일리언과 알이 타고 있는 것이 분명했다. 그리고 계단 하나를 더 내려가자, 일행을 쫓아온 괴물 세 마리의 모습이 후퍼의 눈에 들어왔다.

매리언 호에서 처음에 마주친 것과 같은 놈들이었다. 개와 흡사한 모습도, 여왕의 특징도 없었다. 전사일지도 모른다. 병정개미처럼. 그리고 놈들은 엉망으로 불타는 연구실 밖에 서서 깽깽대고 울부짖고 있었다. 몸을 옆으로 흔들며, 꼬리를 휘두르며, 머리를 좌우로 번갈아 숙이며. 죽음과 애도의 춤을 추었다. 그리고 아주 잠시 동안, 후퍼는 놈들에게 미안한 기분이 들 뻔했다.

가운데 있는 괴물이 바닥으로 몸을 숙이고는 그곳에 남아 있는 핏자국의 냄새를 깊이 들이마셨다. 그리고 놈은 쉿 소리를 냈다. 방금 들었던 애도의 울부짖음과는 완전히 다른 소리였다. 그러자 다른 두 마리도 핏자국에 코를 가져다 댔다.

리플리의 냄새를 맡았군. 후퍼는 생각했다. 미안하오, 리플리. 하지만 만약 우리 중에서 누군가를 남기고 가야 한다면…….

진심으로 생각한 것은 아니었다. 아주 잠시라도. 하지만 에일리언의 반응을 보자 후퍼는 피가 얼어붙는 것만 같았다. 놈들은 아까보다 더 크게 쉿쉿 소리를 냈다. 몸을 숙이고 다리를 널찍하게 벌리자, 갑자기 아까보다 훨씬 흉악해 보이는 모습이 되었다.

후퍼는 다시 계단을 오르기 시작했다. 놈들은 아직 등을 돌리고 있었지만, 머리를 90도만 돌리면 그를 볼 수 있을 것이다. 그리고 두 걸음만 뛰면 그에게 닿을 수 있을 것이고, 폭약 섬퍼를 발사할 수 있다고 하더라도 지연 시간 때문에 그가 목숨을 잃은 다음에야 폭발할 것이다.

문득 스프레이 총도 가져왔으면 좋았을 거라는 생각이 들었다.

그는 층계 끝까지 올라와서 자세를 잡은 다음, 뒤쪽 퇴각로가 안전한지를 확인했다. 그리고 그는 벽의 겹친 부분에 서서 천장으로 폭약 섬퍼를 겨누었다.

4초, 어쩌면 5초 정도. 그 정도면 시간이 되려나? 폭발하기 전에 놈들이 계단을 따라 올라와 지나쳐 버리지는 않을까? 그럴 것 같지는 않았다. 하지만 애초에 그럴 걱정을 할 시간도 없다는 생각도 들었다.

놈들은 리플리의 냄새를 맡았고, 리플리는 이리로 올라왔으니까.

후퍼는 방아쇠를 당겼고, 마지막 남은 폭약 탄환이 천장에 박혔다.

뒤쪽, 우주선 안쪽에서, 세 마리의 높은 울음소리가 들려왔다. 그리고 그를 따라오는 에일리언들의 단단한 발톱이 계단을 긁는 소리가 울렸다.

후퍼는 입구를 통해 우주선 표면으로 나왔다.

"다들 내려가시오!" 후퍼는 이렇게 소리치며, 리플리를 밀면서 나지막한 경사를 타고 미끄러져 내려갔다. 라샹스와 카샤노프도 스니든을 같은 방식으로 밀었다. 먼지를 뚫고 미끄러져 내려가는 동안, 위편 뒤쪽에서 둔중한 쿵 하는 소리가 울렸다. 동굴 안에 메아리가 울려 퍼질 정도로 큰 소리였다.

후퍼는 걸음을 멈추고 뒤를 돌아보았다. 출구에서 먼지와 연기가 올라오고 있기는 했지만, 그 외의 다른 것은 보이지 않았다. 뒤로 굽은 머리도, 날카로운 다리도 보이지 않았다. 어쩌면, 정말 어쩌면, 운명이 잠깐이나마 그의 편을 들어준 것일지도 모른다.

폭발음이 여전히 동굴 안에 울리는 가운데, 그들은 우주선 표면을 가로질러 거대한 벽에 난 틈새로 향했다. 그 와중에 굴러떨어진 바위 더미를 넘어야 했다. 리플리는 여전히 후퍼의 팔을 잡고 있기는 해도 이제 걸음을 옮길 수 있는 모양이었다. 함께 조명을 비추자 형체와 장애물을 알아볼 수 있을 정도는 되었고, 틈새로 다가갈수록 후퍼는 벽 뒤로 우주선이 계속 이어질 것이라는 확신이 들었다. 마치 우주선이 착륙하다가 벽에 충돌해 그대로 꿰뚫은 다음 멈춘 것과 같은 모습이었다.

착륙이 아니라 추락일 수도 있지만. 그들은 파괴된 동체를 통해 우주선 안에 들어갔고, 폭발의 흔적은 이렇게 오랜 시간이 지난 다음에도 뚜렷하게 남아 있었다.

바위가 계속되는 가운데, 후퍼는 문득 바위 일부가 생각보다 규칙적인 형태를 가지고 있다는 사실을 깨달았다. 모서리가 각지고 매끈했다. 그 중하나에는 표식처럼 보이는 것이 새겨져 있었다.

하지만 멈춰 확인할 시간은 없었다. 규칙적인 형태의 석재나 표식이 무슨 뜻인지 생각하고 있을 시간은 없었다. 벽일까? 건물일까? 어차피 중요하지 않은 일이었다. 중요한 것은 나갈 길을 찾는 것이었고, 후퍼가 보는 한도 내에서는 가장 가까운 틈새를 이용해 보는 쪽이 제일 좋을 것 같았다.

동굴의 천장에서 갱도까지는 그리 멀지 않았다. 그건 확실했다. 거의 다온 것이다.

"우리 뒤를 따라오는 놈은 없는 것 같군요." 라샹스가 말했다.

"오히려 그래서 더 걱정이야." 후퍼가 말했다. "놈들이 어디 있는지 걱정하느니 차라리 눈에 보이는 데 있는 편이 낫지 않나."

"아, 그러시겠죠." 라샹스가 앞을 향해 고개를 까닥였다. "어때 보입니까?"

"다른 수가 없을 것 같군." 그들은 돌투성이 벌판을 가로질러 동굴의 커다란 벽에 나 있는 틈새를 향해 움직였다.

17

고 대 의 존 재

후퍼가 어릴 적, 부모님과 함께 에콰도르의 잉카 유적에 갔던 적이 있었다. 넷스크린에서 잉카 유적에 대한 기록을 보고, 부모님이 그때까지도 가지고 있던 옛날 서적에서 그에 대한 내용을 읽기도 했다. 그러나 실제로 고대의 건물 사이를 돌아다니면서 느낀 경이와 고양의 느낌은 그런 간접적인 경험과 비교할 수 있는 것이 아니었다.

시간과 영속성의 감각이 그를 짓눌렀다. 훗날 돌이켜 생각해 보면, 다른 이들이 천 년 전에 있었던 그 거리를 걸었던 순간이야말로 유한성이라는 개념을 진심으로 받아들였던 순간인 것만 같았다. 그 때문에 과도하게 고뇌한 것은 아니었다. 자신이 폐허를 방문한 일 자체가 가볍게 스쳐지나가는 바람과 같은 것일 뿐이며, 정글 속에서 날아가다 사라져 버리는 나뭇잎 한 장 정도의 영향밖에는 미칠 수 없다는 사실을 깨달았을 뿐이다. 그곳에 존재했다는 자신의 기억은 나뭇잎처럼 바닥으로 떨어져 썩어 없어져 버릴 것이며, 백 년만 지나도 이곳을 방문하는 이들은 그에 대해서는 전혀 알지 못하게 될 것이라는 사실을.

자신의 존재가 너무나도 작게 느껴지면서도, 동시에 묘한 고양감이 들었다. 한때 누군가 이렇게 말하는 것을 들은 적이 있었다. 인간은 누구든 단 한 번의 삶을 사는 거야. 당시 그는 여자애나 미식축구에 더 관심이 있는 십대 소년이었지만, 그 말은 그에게 깊은 충격으로 다가왔다. 단 한 번의 삶…… 얼마나 훌륭한 삶을 사는지는 그 자신에게 달려 있는 것이다.

잉카의 유적을 바라보며, 그는 훌륭한 삶을 살겠다고 맹세를 했다.

기괴한 고대의 유적을 물끄러미 바라보며, 그는 자신의 삶이 어디부터 잘못되었는지를 생각해 보았다.

주변을 둘러싸고 있는 석재에는 은은한 빛이 흐르고 있었다. 후퍼는 일행의 손전등에서 가져온 빛이 분명하다고 생각했다. 주변의 빛을 그대로 흡수했다가 놀랄 정도로 선명하게 다시 방출하는 모양이었다. 한쪽에 늘어서 있는 돌에 손전등을 비추었다가 치우면, 그 돌은 이후 한참 동안 빛나고 있어서, 앞길을 밝히는 데 도움이 되었다. 덕분에 그들이 향하는 쪽을 볼 수가 있었다.

이곳은 지금까지 있던 우주선의 일부가 아니었다. 건물이었다. 행성의 기반암 속에 건설된 건물이었다. 폐허였지만 몇몇 부분은 놀라울 정도로 온전하게 보존되어 있었다.

도망치는 중인데도, 후퍼는 경외심을 느끼며 주변을 둘러보는 일을 멈출 수 없었다.

그들은 심하게 파손된 구역을 통해, 돌무더기를 넘으며 전진했다. 부츠 한 짝 크기의 파편도, 5미터 정도나 되는 파편도 있었다. 그리고 그 그림자 속에는 뭐든 숨을 수 있어 보였다. 그들의 시야에는 아무것도 보이지 않았지만, 어쩌면 그저 어둠 속에 숨어 있을 뿐일지도 모를 일이었다.

그들은 곧 구불구불 돌아 위로 올라가는 경사로에 들어서게 되었고, 후퍼는 먼지와 자갈을 발로 쓸어내다가 그 아래 포석의 정교한 모자이크를 발견했다. 엄청난 세월의 무게에도 바래지 않은 온갖 색채가 소용돌이치고 있었다. 정교한 패턴이 서로 얽힌 채 싸우고 조화를 이루며 후퍼로서는 알아볼 수 없는 온갖 형상을 만들고 있었다. 후퍼는 이 모자이크 안에 줄거리가 있을 거라는 생각이 들었지만, 먼지가 너무 많이 쌓여 정확히 알아볼 수 없었다. 게다가 전체 이야기를 파악하기에는 자신의 키가 너무 작은 모양이었다. 개 모양 외계인들이라면 다리도 길고 시선도 높으니 분명 더 잘 파악할 수 있었을 것이다.

놀라운 일이었다. 거의 2세기에 걸친 우주 탐사, 그리고 그동안 인류가 개척하고 성도에 기입한 수백 개의 항성계에서도 찾아볼 수 없었던 외계 문명이, 외계 지성의 흔적이 이곳에 있었던 것이다.

"도저히 머릿속에 받아들일 수가 없군요." 라샹스가 말했다. "이것들에 대해 생각을 하면서 동시에 달릴 수가 없을 것 같습니다."

"그럼 그냥 달리기나 하게. 상황은 괜찮은가?" 후퍼가 말했다.

라샹스는 여전히 스니든을 짊어지고 있는 상태였다. 한쪽 어깨에 걸쳐서 다른 손으로는 폭약 섬퍼를 사용할 수 있는 상태였다.

"매리언 호의 헬스장에서 보낸 시간이 도움이 되는 모양입니다."

"혹시라도 힘들면―"

"그쪽 일에만 신경 쓰셔도 충분할 것 같은데 말입니다." 라샹스의 말이 옳았다. 리플리는 여전히 후퍼의 팔을 붙들고 있었고, 이제 눈을 뜨고 주변 상황을 어느 정도 인지하는 모양이었지만, 여전히 출혈 중이라 비틀거리며 가끔씩 의식을 잃고 있었다. 어서 행군을 멈춰야 했다. 응급처치가 필요했다.

백스터와 카샤노프는 가벼운 연인 사이처럼 서로의 어깨에 팔을 둘러 의지하고 있었다.

경사로는 거대한 중앙 기둥 주변을 돌면서 올라가고 있었다. 세상에서 제일 큰 나선형 계단처럼 보였다. 상당히 높은 건물이었고, 군데군데 손상이 있지만 전반적으로 온전한 모습이었다. 손전등으로 앞쪽이 약간이나마 보였고, 발광하는 성질을 가진 석재 덕분에 조금이나마 조명 상태가 나아졌다. 그러나 그들 앞에는 여전히 짙은 그림자가 드리우고 있었다. 휘어진 길 앞쪽에 무엇이 숨어있을지는 알 수가 없었다.

따라서 후퍼는 경계를 늦추지 않았다.

가운데 나선형 통로에 연결된 출입구가 보였다. 문 주변으로는 섬세한 도안과 아름다운 부조가 있었다. 개 모양 외계인들의 문명의 과거 이야기를 나타내는 모양이었다. 진실인지 신화인지는 알 수 없지만. 계급에 따라 모여 있는 외계인들, 전쟁, 목욕, 알 수 없는 형식의 예술품을 만드는 모습, 탐험 등이 보였다. 어떤 부조에는 더 괴상한 형상의 생물들과 교류하는 모습도 있었다. 성도와 비행기나 우주선을 나타내는 듯한 부조도, 생물일 수도 있는 거대한 떠다니는 탈것의 모습도 보였다. 부조는 그들이 방금 지나온 땅에 묻힌 우주선을 떠오르게 했다. 그렇다면 이 부조가 나타내는 것은…….

놀라운 모습이었지만, 지금 여기서 탐구하고 있기에는 너무 위험했다.

집중해라, 후퍼! 그는 생각했다. 문을 둘러싸고 있는 예쁘장한 문양들이 아니라, 그 문을 통해 뭐가 나올지를 생각해야 해!

나선형 비탈길이 끝나는 곳에는 다시 널찍한 공간이 있었다. 거대한 기둥들이 천장을 받치고 있는데, 너무 높아서 빛이 거의 닿지 않을 정도였다. 그래도 이곳의 건축 재료는 위로 쏘아올린 빛을 받아들여 여전히 은은하게 빛났다. 마치 별이 가득한 밤하늘을 만들어내고 있는 느낌이었다. 잠시뿐이기는 해도, 부드러운 빛과 색이 천장에 남아서 그들에게 다시 빛을 비추어 주었다.

가장 가까운 기둥 근처에 수직으로 서 있는 물체들이 긴 그림자를 드리우고 있었다.

"놈들 아닙니까?" 라샹스가 속삭였다. 그들은 모두 움직임을 멈추었다. 모두가 나선형 비탈길을 오르느라 숨을 헐떡이고 있었고, 일부는 부상 때문에 낮은 소리로 신음하고 있었다. 리플리도 조금 상태가 나아졌는지, 배에 난 상처를 오른손으로 꾹 누르고 입을 열었다.

"아니에요. 너무 크고 얌전히 있잖아요."

"석상이겠지." 후퍼가 말했다. "적어도 그랬으면 좋겠네. 움직입시다. 벽을 따라 움직이면서 위로 올라갈 길을 찾아봐야겠소."

그들은 널찍한 공간의 가장자리를 따라 이동했다. 사실 이 공간의 크기 자체만으로도 후퍼는 겁을 먹고 있었다. 이런 비인간적인 거대한 공간보다는 차라리 복도와 터널을 걷는 쪽이 나았다. 여기서는 빛이 반대쪽에 닿을 수도 없으며, 그림자 속에 무엇이 있을지 알 수가 없으니까. 그러나 벽에 붙어 있으면 이런 광장 공포증을 약간이나마 억제할 수 있었다.

거대한 기둥과 그 기반을 둘러싸고 있는 석상들 쪽에 가까워지자, 보다 자세한 모습을 확인할 수 있었다. 높은 석조 대좌 위에 열두어 개 정도의 석상들이 서 있었다. 몇몇은 사지가 떨어져 나갔고, 하나는 머리가 없었지만, 나머지는 전반적으로 온전한 모습이었다. 전부 개 외계인들이었다. 굳건한 다리, 기묘한 동체, 육중한 머리를 가지고 있었지만 각각 전부 다른 모습이었다. 몇몇은 몸의 대부분을 가리는 독특한 모양의 옷을 입고 있었다. 뒷다리로 서서 하늘로 손을 뻗거나, 손가락으로 가리키거나, 하늘을 경배하는 듯 손을 들어올리고 있는 조각상도 있었다. 얼굴 모습조차 제각기 달랐다. 후퍼는 대좌의 아래쪽에 새겨져 있는 부조가 그들의 문자일 것이라 짐작했다. 지도자, 사상가, 탐험가 같은 위인들일지도 모른다.

"이럴 시간이 없어." 그는 나직하게 말했다. 다른 이들도 자신만큼이나 눈앞의 모습에 사로잡혀 있음을 알고 있었기 때문이다. "지금은 안 되오. 나중에 돌아올 수도 있겠지. 다른 사람들을 보낼 수도 있을 테고."

"다들 죽을 걸요." 리플리가 말했다. 고통에 익숙해진 듯, 보다 힘을 되찾은 모습이었다. 그러나 후퍼의 눈에는 그녀의 우주복을 가로지르며 축축하게 젖어들어 오는 피와 이마를 뒤덮은 식은땀이 보였다.

"응급처치를 해야겠소." 후퍼가 말했다.

"아뇨, 지금은—"

"바로 지금." 말다툼을 하고 싶지 않았다. 2분을 들여 붕대를 감고 상처를 처치하면 30분을 벌 수도 있다. 리플리가 혼자 힘으로 걸을 수 있을 정도가 된다면. "자, 다들, 주변을 잘 살피고 있으시오. 리플리…… 옷을 벗어요. 카샤노프?"

카샤노프는 플라즈마 토치를 조심스레 내려놓으며, 끔찍하게 망가진 손에서 오는 고통에 얼굴을 찌푸리고는, 허리 가방을 풀었다.

리플리는 찢어지고 피에 젖은 우주복을 벗기 시작했다. 후퍼는 그녀의 목과 어깨와 가슴 위쪽의 베인 상처를 보고 움찔했지만, 눈을 돌리지는 않았다. 상처 끝부분이 부어올라 열려 있고, 너덜너덜하게 찢어진 피부 아래로 근육과 지방층이 드러나 있었다. 상처가 공기와 만나자 리플리는 다시 어지럼증을 느끼는 듯했고, 선의가 처치를 시작하자 그녀는 후퍼에게 몸을 기댔다.

"좀 아플 거예요." 카샤노프가 말했다. 리플리는 카샤노프가 최선을 다해 상처를 소독하고 먼지와 모래를 씻어내는 동안 조금도 소리를 내지 않았다. 카샤노프는 여섯 군데에 진통제를 놓은 다음, 베인 상처 전체에 국부마취제를 스프레이로 뿌렸다.

마취제가 듣기 시작하자, 그녀는 리플리의 우주복을 허리 아래까지 내리고는 복부의 상처를 확인했다. 후퍼가 그쪽을 바라보자, 카샤노프는 얼굴을 찌푸리며 고개를 들었다.

"그냥 최선을 다해 봐요." 리플리가 이를 악물고 말했다.

후퍼는 리플리를 자기 쪽으로 끌어당겨 안고는, 머리 위에 키스를 했다.

"기회를 놓치지 않는군요." 리플리가 말했다.

카샤노프는 복부의 부상을 처치한 다음, 다시 일어나서 어깨의 베인 상처를 봉합하기 시작했다. 스테이플 건이 피부를 찍을 때마다 작게 달각 소리를 냈다. 리플리는 긴장했지만 여전히 조금도 소리를 내지 않았다. 상처 부위를 완전히 봉합한 후, 카샤노프는 그 위에 반창고를 붙이고 소독액을 뿌렸다.

그리고 그녀는 다시 복부 상처로 돌아가 스테이플 봉합을 시작했다.

"매리언 호에 돌아가면 제대로 치료해 줄게요." 그녀가 말했다.

"아, 그래요." 리플리가 대답했다.

"이제 더 움직이기 쉬울 거예요. 터지거나 쏟아져 나올 일도 없을 테고."

"그거 좋군요."

카샤노프는 리플리의 복부에 반창고를 붙인 다음 자리에서 일어섰다. 그리고 구급함에서 작은 주사기를 꺼냈다.

"이게 계속 움직일 수 있게 해줄 거예요. 엄밀히 말해…… 약품은 아니지만요. 하지만 효력이 있을 테니까."

"뭐든 상관없어요." 리플리가 말했다. 카샤노프는 그녀의 팔에 바늘을 찔러넣은 후, 자리에서 일어나 가방을 닫았다.

"괜찮소?" 후퍼가 물었다.

리플리는 혼자 일어나서 우주복에 팔을 끼우고 끌어올려 입었다. "그래요. 괜찮아요." 그녀가 대답했다.

괜찮지 않았다. 지금 그녀의 모습과 목소리만으로도 알 수 있었다. 고통과 어지러움을 느끼고 있는데다 혼란스러운 모습이었다. 여왕의 알을 쓸어버린 이후로 그녀는 정신이 나가 있는 것처럼 보였다. 그러나 지금 당장은 그 이야기를 하고 있을 시간이 없었다.

후퍼는 불타는 여왕 유생들을 보고 리플리의 피냄새에 울부짖던 에일리언들의 모습을 다시 한 번 떠올렸다.

"저기 있군." 그는 거대한 벽의 한쪽 구석을 가리키며 말했다. "통로요. 어디로 향하든 가는 수밖에 없겠지. 라샹스, 자네가 앞장서게. 내가 스니든을 맡겠네." 그는 무릎을 꿇고 스니든의 몸무게를 어깨에 짊어졌다. 일행이 이동을 시작하자, 그는 리플리가 자신보다 먼저 움직이기를 기다렸다. 그녀는 절제하며 움직였다. 모든 동작이 목적을 위해 최대한 효율적으로 이루어지고 있었다.

올라가다 처음으로 입구가 등장하자, 라샹스는 조명을 안으로 비추어 보았다. 이내 그는 손을 흔들어 보이고 안으로 들어갔고, 일행은 다시 구불구불한 경사로를 따라 올라가게 되었다.

뒤쪽 멀리, 그림자로 가득한 심연 속에서, 무언가 울부짖는 소리가 들렸다.

거친 잎이 그녀의 배를 간질였다. 그들은 프랑스의 어느 들판을 달려가고 있었다. 옥수수밭을 뚫고서, 팔을 들어 길고 가는 잎새를 제쳐 눈을 찌르지 않게 하면서. 그녀와 아만다는 이미 목욕 복장을 챙겨 입고 있었고, 그녀는 벌써부터 호수의 차가운 물에 몸을 담그는 순간을 고대하고 있었다.

아만다가 앞장을 섰다. 날씬하고 매끄러운 십대의 몸이 일렬로 늘어선 옥수수 사이사이로 모습을 보였다 사라지기를 반복하고 있었다. 거의 옥수수를 건드리지도 않으면서. 리플리는 그렇게 우아하게 움직일 수 없었고, 아무래도 배가 옥수수 잎에 긁힌 것 같은 기분이 들었다. 그러나 시선을 내려 확인해 볼 생각은 없었다. 그랬다가는 딸의 모습을 놓칠 것만 같은 기분이 들었고, 이 상황 전체가 어딘가…….

……잘못되어 있었다.

태양이 빛나고, 옥수수밭이 부드러운 산들바람에 일렁이며, 정적 속에서 발소리와 흥분한 아만다가 앞에서 깔깔거리며 웃는 소리만 들렸다. 그러나 여전히 어딘가 잘못되어 있었다. 저 앞에 호수가 있지만 거기까지 도달하지 못할 것이다. 태양이 높이 뜨고 하늘에는 구름 한 점 없었지만, 그녀의 살갗에는 태양의 열기가 거의 와 닿지 못했다. 리플리는 추위를 느꼈다.

아만다, 기다려! 하고 소리치고 싶었다. 하지만 그녀의 복부와 가슴을 때려대는 옥수수 잎이 목소리를 전부 훔쳐가 버린 것만 같았다.

시야 가장자리에 뭔가 보였다. 이 옥수수밭에 어울리지 않는 그림자였다. 너무 날카롭고 잔인한 형체였다. 하지만 돌아보자 그 형체는 사라져 버렸다.

이제 딸아이는 한참 앞을 가고 있었다. 옥수수 대를 밀치고 속도를 내며, 옥수수밭이 끝나는 곳까지 남은 백여 미터를 전력질주해 물 속으로 뛰어들 준비를 하고 있었다.

무언가 그들의 오른쪽에서 속도를 맞추어 뛰고 있었다. 검은 형체가 대를 짓밟아 부수며 옥수수밭을 가로지르고 있었다. 그러나 그 형체를 마주하려 고개를 돌리면 아무것도 보이지 않았다.

그녀는 이제 두려움에 사로잡혀 더 빨리 뛰려고, 소리를 지르려고 애쓰고 있었다. 아만다는 흔들리는 옥수수 줄기만을 남긴 채 앞쪽으로 사라져 버렸다.

높고 커다란 울음소리가 들렸다. 인간의 소리가 아니었다.

옥수수밭의 가장자리를 뚫고 나오자, 아만다가 두 그루의 커다란 나무 사이에 걸린 거미줄에 붙들려 있는 모습이 보였다. 기묘하고 견고해 보이는, 한참 동안 딸아이를 옭아매고 있었던 것처럼 보이는 물질에. 딸아이는 다시 비명을 질렀고, 피에 젖은 생물이 그녀의 가슴을 터트리며 나왔다.

시야 가장자리에서 예의 거대한 짐승들이 새로 태어난 동족을 맞이하기 위해 옥수수밭에서 걸어나오는 모습이 보였다.

아만다가 마지막 비명을 질렀다—

"리플리, 어서!" 후퍼가 소리쳤다.

리플리는 주변을 둘러보았다. 충격을 받거나 놀란 것은 아니었다. 자신이 어디 있는지, 그리고 그 이유까지도 완벽히 알고 있었다. 방금 환영은 실제로 일어나지 않았던 일이었다. 그래도 그녀는 고치에 싸여 피를 흘리며 울부짖던 딸아이를 위하여 눈물을 떨구었다. 분노와 뒤섞인 공포는 이미 그녀의 일부가 된 듯 떨어질 줄을 몰랐다.

"놈들이 이겨선 안 돼요, 후퍼." 그녀가 말했다. "그렇게 두면 안 돼요."

"그럴 거요. 이제 뛰시오!"

"뭘 하려고—?"

"뛰어요!" 그가 소리쳤다. 후퍼는 그녀의 손을 잡고 함께 달렸지만, 곧 그녀를 혼자 가게 놔두고 뒤에 남았다.

"바보짓 하지 말아요!" 리플리가 그를 돌아보며 소리쳤다.

"말싸움이나 하고 있다가는 모두 죽을 겁니다!" 라샹스가 그녀를 돌아보며 외쳤다. "후퍼는 자기가 뭘 하는지 잘 알고 있어요."

그들은 경사로를 따라 올라갔다. 아까보다 경사도 급하고 방향도 급하게 바뀌었으며, 올라갈수록 좁고 가파르게 변하는 느낌이었다. 곧 경사로 표면에 계단이 등장했고, 그들은 넘어지지 않기 위해 속도를 줄여야 했다. 라샹스가 다시 스니든을 옮기고 있었다. 카샤노프가 그를 돕고, 백스터는 플라즈마 토치를 목발처럼 사용해서 매번 걸음을 옮길 때마다 휘두르고 땅에 내려찍고 있었다. 리플리는 저런 행동이 나중에 다시 토치를 발사할 필요가 생길 때 어떤 영향을 미칠지를 생각해 보았다. 그녀는……

그녀는 몸을 돌려 경사로를 달려 내려갔다.

"리플리!" 라샹스가 소리쳤다.

"말싸움이나 하고 있으면 죽는다면서요!" 그녀는 이렇게 소리쳤고, 이내 다른 일행은 시야 위쪽으로 사라져 버렸다. 그녀는 한동안 홀로 경사로를 달려 내려가고 있었다. 주변 건물의 빛은 이미 희미하게 사라져 가고 있었다. 문득 누군가 그녀를 향해 달려오는 소리가 들렸고, 그녀는 가운데 축 근처로 몸을 낮추고 숨었다.

곧 후퍼가 손전등의 빛 안으로 모습을 드러냈다. 눈을 크게 뜨고 땀에 젖어 있었다. 리플리 때문에 긴장을 한 모양이었지만, 그녀를 보고 나서도 안심할 수 없는 모양이었다.

"이제 진짜 가야 하오." 그가 말했다.

"몇 마리나 되나요?"

"아주 많소."

리플리는 다시 뛸 수 있을지 확신이 서지 않았다. 배 쪽이 쑤셔 왔고, 오른팔은 거의 움직이지도 못할 지경이었고, 구역질이 올라왔다. 그러나 카샤노프가 놓아 준 각성제가 혈관을 흐르고 있었고, 부정적인 생각은 전부 무의식 속으로 끌려가 숨겨져 버렸다. 감각 기관으로 느끼는 주변 상황이 전부 한 단계 떨어져 있는 것처럼 보였다. 불쾌하지만 자신을 보호해 줄 수도 있을 테니, 그녀는 그런 느낌을 기꺼이 받아들여 수많은 고뇌를 잊어버리고자 했다. 이미 저 너머로 가버린 죽은 이들 어차피 그녀를 기다려 줄 테니까.

위에서 라샹스가 소리치기 시작했지만, 리플리는 무슨 말인지 전혀 알아들을 수가 없었다.

"아, 안 돼." 리플리가 말했다. 그러나 후퍼는 웃으며 그녀의 손을 붙들었고, 리플리는 미처 알아챌 새도 없이 그와 함께 달리기 시작했다. 앞쪽에 빛이 보였고, 경사로가 끝나며 다시 널찍한 공간이 나왔다. 이쪽은 건물이라

기보다는 동굴처럼 보였다. 경사를 이루어 쌓인 돌, 고르지 못한 천장, 인간의 도구가 닿은 흔적이 없는 벽면.

반대쪽 끝에 카샤노프와 백스터가 스니든을 양쪽에서 부축하고 서 있는 모습이 보였다. 리플리가 처음 알아챈 것은 그들 뒤편 바위 사이로 보이는 출구였다.

그리고 스니든이 고개를 들고 주변을 둘러보았다. 리플리는 그녀의 얼굴에 들러붙어 있던 괴물이 사라져 버렸다는 사실을 깨달았다.

18

승 강 기

일행과 떨어져 움직이는 동안, 후퍼는 적어도 열 마리의 에일리언이 넓은 방으로 소리 없이 들어와서 거대한 기둥 사이를 살피고 대좌와 석상 사이를 어슬렁거리는 모습을 확인했다. 석재는 아직 희미한 빛을 발하고 있었고, 그가 지켜보는 가운데 놈들의 그림자는 천천히 배경 속으로 스며들었다.

그는 불을 끄고 천천히 물러나다가, 이내 자신의 감각을 믿고 어둠 속을 달리기 시작했다. 그리고 리플리의 손전등이 그의 세계에 빛을 되돌려 주었다.

갱도로 돌아오게 되어 기분이 조금 나아지기는 했다. 그러나 후퍼는 놈들이 여전히 피냄새를 맡으며 일행을 추적하고 있다는 사실을 알고 있었다. 매 순간 머뭇거릴 때마다 놈들은 조금 더 가까워질 것이다. 그들을 구원해줄 수 있는 것은 승강기뿐이었다. 승강기에 도착해서 위로 올라가면 일행은 추격전에서 한참을 앞서게 될 것이다. 이제 단순한 경주에 지나지 않았다. 그리고 마침내 모든 것이 잘 되어가는 느낌이 들었다.

괴물은 스니든의 얼굴에서 떨어져 나와 죽어버렸고, 그들은 괴물의 시체를 터널에 두고 왔다. 스니든은 괜찮아 보였다. 아무 말 없이 혼란스러운 모습에, 조금 겁을 먹은 모양이었지만, 혼자 걸을 수도 있었고, 라샹스가 대신 짊어지고 오던 스프레이 총을 직접 들겠다고도 했다.

스니든이 정신을 차리고 리플리의 응급처치도 끝내고 나니 그들은 이제 훨씬 빠르게 움직일 수 있었다. 심지어는 백스터도 플라즈마 토치를 목발로 사용해서 더 빨리 걸을 수 있게 되었다. 후퍼는 한 번 희망을 품어 보기로 했다.

여기서 벗어나면 집으로 돌아가야지. 그는 이렇게 생각했다. 이런 생각을 한 지도 좀 되었다. 아이들을 위해서. 7년 동안 보지 못한 아이들, 그를 기억할지조차 알 수 없는 아이들, 이혼한 아내가 얼마나 자신에게 적대적으로 만들어 놓았을지 알 수 없는 아이들이었다. 이제는 성인이 되어 있을 것이다. 왜 그동안 연락을 하지 않았는지 물어볼 수 있을 정도로 나이를 먹었을 것이다. 그는 전혀 연락을 하지 않았다. 아이들 생일에도, 크리스마스에도 인사 한 번 하지 않았다. 자신도 그 이유를 이해하지 못하는데, 아이들에게 어떻게 설명을 할 수 있을까?

모든 것이 끝나고 지구를 향해 날아가는 것이 그의 마지막 여행이 될 것이다. 집으로 돌아가는 것만으로도 너무 행복해서, 더 이상 바랄 것이 없을 것만 같았다.

그리고 다른 이유도 있었다. 어쩌면 그는 더 이상 희망을 가질 자격이 없을지도 모르지만, 리플리는 그렇지 않았다. 그녀는 이렇게 이곳에서 목숨을 잃기에는 너무 많은 고통을 겪어 왔다.

갱도는 익숙한 모습이었다. 조명은 아직도 작동했고, 9층의 최심부를 통해 두 번째 승강기로 향하면서, 후퍼는 다시 한 번 길이 막힐 수도 있다는 생각을 했다. 놈들은 이곳에서 그 괴상한 구역을 만들었다. 둥지, 함정, 집을. 하지만 어쩌면 이곳에서 승강기까지 사이에는 아무것도 없을지도 모른다.

어쩌면 운명의 손길이 조금이나마 놈들의 걸음을 늦춰줄지도 모른다.

그러나 그는 에일리언이 그들을 따라 추적해 올 것이라는 사실을 알고 있었다. 놈들은 리플리의 냄새를 맡았고, 몸은 달아오른 상태였다. 놈들의 증오와 분노, 흉포함은 이전보다 훨씬 고조되어 있었다. 다른 이들에게 말할 필요까지는 없다고 생각했지만, 그는 일행이 빠르고 조용히 움직이도록 최선을 다했다. 모두가 다급한 상황이라는 점은 알고 있었다. 이제 와서 속도를 늦추기에는 다들 너무 많은 일을 겪어 왔다.

"여기서 가깝네!" 백스터가 말했다. "이 장소는 눈에 익어. 아마 이 다음 모퉁이만 돌면 될 거야." 그는 이곳의 다른 누구보다 갱도에 여러 번 내려왔고, 후퍼는 그의 말이 맞기를 빌었다. 그리고 다음 모퉁이를 돌자 그의 말대로 승강기 기둥이 보였다.

승강기가 널찍한 공터 가운데에 서 있었고, 금속 기둥이 천장을 받치고 있는 모습이 보였다. 아무도 손대지 않아 온전하고 무사한 것으로 보였다. 승강기 탑승대가 이곳에 내려와 있는 것으로 보아, 광부들이 올라갈 때 전부 반대쪽 승강기를 사용한 모양이었다.

"분명 어딘가 문제가 있을 법한데." 라샹스가 이렇게 말했고, 후퍼는 소리내 코웃음을 쳤다.

"그냥 운이 따르기 시작했다는 사실을 받아들이는 건 어떤가." 후퍼가 말했다. "자, 어서. 모두 빨리 안으로 들어가시오."

그는 백스터가 제어계를 점검하는 동안 승강기 옆에서 기다렸다. 전기는 아직 들어오는 모양이었고, 버튼을 누르자 철창이 열리며 승강기 탑승대가 모습을 드러냈다. 사고가 났던 탑승대와 마찬가지로, 이쪽 역시 철망과 골조가 드러나 있는 벽에, 바닥에는 시트 한 장이 깔려 있을 뿐이었다. 거울도 음악도 없었다. 갱도에는 사치용품이 필요 없으니까.

스니든은 후퍼 근처에 서서 조금씩 좌우로 비틀거리고 있었다.

"괜찮은 거요?" 그가 물었다.

스니든은 고개를 끄덕였다. "목이 말라요." 그녀가 쉰 목소리로 말했다.

"곧 마실 수 있을 거요." 그는 스니든 너머에 서 있는 리플리를 바라보았다. 그녀는 얼굴을 잔뜩 찌푸린 채로 그를 바라보고 있었다. 그녀는 승강기 문 반대편에 자리를 잡았고, 사람들이 들어오기 시작하는 동안에도 계속해서 과학 장교를 바라보며 근처에 가지 않으려 했다.

"리플리?" 후퍼가 부드럽게 물었다. 그러나 그녀는 후퍼를 바라보고는 고개를 저었다. 다른 사람들과 마찬가지로, 그녀 역시 우선 이 층을 떠나야 한다는 사실을 알고 있었다. 다른 일은 그 다음에 처리해도 되는 것이었다.

스니든의 뱃속에 괴물이 한 마리 들어 있어. 후퍼는 이렇게 생각하며 다시 스니든을 힐끔 바라보았다. 지친 듯 했지만 제정신으로 보였다. 샘슨 호 내부 영상에서, 놈들이 가슴을 뚫고 튀어나오는 모습을 본 적이 있었다. 리플리의 우주선에서 승무원 한 사람에게 일어났던 일에 대해서도 들었다. 기적적으로 회복한 것처럼 보였지만, 몇 시간 후에는 가슴이 찢겨 죽어버렸다는 이야기를.

스니든은 괜찮아 보였다. 그러나 그녀는 이제 시한부 인생이나 다름없었다.

어쩌면 그녀 본인도 알고 있을지 모른다.

엘리베이터 안으로 들어서자, 즉시 올라가는 듯한 기분이 들었다. 큰 짐을 덜어낸 기분이었다. 그는 벽에 몸을 기대고 한숨을 쉬며 눈을 감았다. 문이 닫히는 소리가 들릴 때까지 끝없는 시간이 흘러가는 것만 같았다.

"괜찮은 것 같네." 백스터가 말했다. "내 생각에는 이제―"

무언가가 엄청난 힘으로 문에 충돌했고, 문짝이 안으로 우그러들었다. 다른 쪽에서도 충격이 이어졌다. 밀폐된 승강기의 사방 벽이 모두 외부로부터 공격을 받기 시작했다. 에일리언들이 철망을 때리고 또 때리고 있었다. 금속이 삐걱이며 갈라지기 시작했고, 이빨이 절걱거리며 맞물리는 소리가 들렸다.

일행은 모두 벽에서 물러나서, 승강기 가운데로 정신없이 모여들었다. 후퍼는 벽으로 스프레이 총을 들어 올렸고, 다른 이들도 모두 무기를 조준했다. 그러나 발포를 할 수가 없었다. 산성 용액을 쏘면 사방에 튀어 그들 모두를 태워버릴 것이고, 플라즈마 역시 내부를 휩쓸어 버릴 것이다. 마침내 에일리언들을 피해 밀폐된 공간으로 들어온 덕분에, 그들의 방어 수단 역시 무력화된 것이었다.

"빌어먹을 저 버튼 눌러!" 라샹스가 백스터에게 소리쳤다.

공격은 계속되었고, 금속은 더 우그러들었고, 사냥감을 잡기 위해 노력을 기울이는 짐승들의 분노로 가득한 숨소리가 울려 퍼졌다.

백스터는 망설이지 않았다. 그는 제어판으로 달려가 손바닥으로 '4'라고 적힌 버튼을 때렸다.

조심스레 움직였다면 무사할 수 있었을 것이다. 혼란과 공포 때문에 승강기의 벽에 부딪치지 않았더라면, 그는 그대로 가운데 쪽으로 가볍게 뛰어 돌아올 수 있었을 것이다. 그러나 승강기가 상승을 시작하는 순간, 에일리언의 머리 하나가 문 사이의 틈을 벌리고 찢어발기며 안으로 들어와 버렸다. 놈은 비집고 들어오려고 몸을 뒤틀고 몸부림을 쳤다. 다음 순간, 놈의 이빨이 입에서 튀어나오며 백스터의 오른쪽 어깨를 물었다. 너무 빨리 씹어 들어가, 순식간에 그의 재킷과 피부와 살점을 뚫고 견갑골에 단단히 고정되었다.

백스터는 눈을 크게 뜨고 비명을 질렀다. 에일리언은 그대로 몸을 당겨, 자기가 만든 구멍으로 그를 반쯤 끌고 나갔다.

이제 승강기가 올라가기 시작했다.

후퍼는 백스터의 허리띠를 붙들고 도와주려 했다. 라샹스도 반대편에서 같은 일을 하고 있었다. 날카로운 발톱이 달린 에일리언의 앞발이 그를 노리고 공격해 들어왔고, 후퍼는 간신히 허리띠를 놓아 그 공격을 피했다. 그리고 그는 대신 백스터의 다리를 붙든 다음, 이를 악물고 온 힘을 다해 끌었다. 눈앞이 흐려질 정도였다.

승강기 탑승대가 격렬하게 덜컹거렸다.

자신의 운명을 짐작한 백스터가 비명을 지르기 시작했다. 그의 몸은 구멍을 통해 반쯤 밖으로 나와 있는 상태였고, 일행은 안쪽에서, 에일리언은 반대쪽에서 그를 잡아당기고 있었다. 놈은 자신의 사냥감을 데려가는 승강기에 매달린 채 같이 올라가고 있었다.

후퍼로서는 에일리언이 손을 놓았는지 여부를 알 수 없었다. 백스터의 몸이 승강기 통로의 첫 번째 가로대와 충돌하는 순간, 그는 눈을 감았다. 백스터의 비명은 바로 그 순간 멎어 버렸고, 찢어지고 뜯어지고 부서지는 더 끔찍한 소리가 그 자리를 메웠다.

백스터의 몸이 갑자기 매우 가벼워졌다. 후퍼는 고개를 돌리며 손을 놓았다. 무언가 철벅거리는 소리를 내며 승강기 바닥에 떨어졌다.

"아, 세상에!" 누군가 말했다.

그들은 계속 상승했다. 아래에서는 에일리언이 승강기 벽을 때리는 끔찍한 소음이 계속해서 울려 퍼졌다. 그러나 승강기는 계속 가속하며 순식간에 8층을 통과한 다음, 더욱 속도를 올리기 시작했다. 후퍼는 속이 울렁거렸다. 그리고 몸을 돌려 백스터의 남은 부분을 목격하자마자 그 자리에 주저앉아 구토를 시작한 사람은 그뿐만이 아니었다.

리플리가 그의 유해를 덮어 주었다. 갈빗대 바로 아래쪽에서 몸이 반으로 잘려 버렸고, 다리와 하반신은 그대로 승강기 바닥에 널브러져 버렸다. 그녀는 부러진 발목에서 눈을 뗄 수가 없었다. 발이 잘못된 방향으로 꺾여 있었고, 부목을 대고 감싸 놓은 부위가 엉망으로 드러나 있었다. 그는 저런 발로 그토록 오래, 그토록 먼 거리를 이동했다. 오로지 살아남고 싶었기 때문에.

물론 살아남고 싶었을 것이다.

일행 모두가 살아남고 싶었고, 그러기 위해서라면 뭐든 할 수 있었다. 백스터는 발목이 부러진 채로 달리고 걸으며, 상상할 수 없는 고통을 견뎠다. 그리고 지금은…….

그녀는 내용물이 드러나 보이는 유해 위로 재킷을 떨어트리기 전, 아주 잠시 살펴보았을 뿐이었다. 몸 밖으로 나와 있어서는 안 되는 부분들이 승강기 위에 질펀하게 흩어져 있었고, 그녀의 재킷이 그 대부분을 덮어 주었다.

추위가 느껴졌다. 다 뜯어진 보온 조끼로는 자신의 체온을 보존할 수가 없었다. 그러나 저 불쌍한 남자의 남은 부분을 지켜보고 있으니 추위를 감수하는 쪽이 나았다. 뱃속이 약간 울렁거렸다. 방금 본 모습보다는 다른 이들의 토사물 냄새 때문에.

그저 내가 다른 사람들보다 강한 걸까? 그녀는 문득 이런 생각을 했다. 끔찍한 광경을 너무 많이 봐서 그런가? 최악의 상황을 예상하기 때문에 충격을 받지 않는 걸까? 어느 쪽인지 확신할 수가 없었다.

어쩌면 다른 중요한 생각을 하고 있기 때문일지도 모른다.

리플리는 백스터를 등지고 플라즈마 토치를 다시 집어든 다음, 스니든을 확인했다. 과학 장교는 제법 상태가 괜찮아 보였고, 심지어 볼에는 발그레하게 핏기가 돌고 있었다. 그녀는 조용히 승강기 벽에 기댄 채로 멍하니 허공을 응시하고 있었다.

"기분이 어때요?" 리플리가 물었다.

"네." 스니든이 대답했다. "네, 좋아요. 이상한 꿈을 꿨어요. 하지만 괜찮아요."

"당신한테 무슨 일이 벌어진 건지 알고 있겠죠." 질문이 아니라 확인이었다.

"네, 알아요."

리플리는 고개를 끄덕이고 주변을 둘러보았다. 다른 이들이 그녀를 바라보고 있었다. 여기서 나는 이방인이야. 그녀는 이렇게 생각했다. 리플리는 후퍼를 바라보았지만, 그의 표정을 제대로 읽을 수가 없었다. 모두 탈진한데다 백스터의 끔찍한 죽음에 충격을 받은 상태였다. 지금은 아직 아무 말도 할 수 없었다. 그저 할 수가 없었다.

"스니든은 괜찮을 거요."후퍼가 말했다. "매리언 호에 있는 의료용 포드를 사용하면–"

"알았어요." 리플리는 이렇게 말하며 시선을 돌렸다. 숨이 거칠어졌다. 승강기는 위태로울 정도로 흔들리고 있었다. 에일리언의 공격에 우그러든 벽면 때문에 진동이 심해진 모양이었다. 갑자기 속이 메스꺼워졌다. 그러나 그녀는 입술을 악물고 토사물을 다시 뱃속으로 밀어넣었다.

스니든을 살려서 매리언 호로 들여보내서는 안 된다. 리플리는 그 사실을 분명히 알고 있었지만, 그런 상황을 방지하기 위해 자신이 어떤 행동까지 할 수 있을지는 확신하지 못하고 있었다. 저 위에는 애쉬가 있다. 이 과학 장교를 자신의 통제 하에 놓기 위해 만반의 준비를 끝낸 상태일 것이다. 그녀가 인간이라는 것은 상관없는 일이었다. 이제 그녀는 에일리언의 유생을, 애쉬가 37년 동안 찾아 헤매던 것을 몸 안에 품고 있었다.

애쉬가 이미 알고 있을까? 리플리는 그럴 것이라 가정할 수밖에 없었다.

애쉬가 스니든을, 그리고 그 안에 있는 괴물을 보호하고 보존하기 위해 모든 수단을 사용할까? 역시 그럴 것이다. 예전에 애쉬의 단호한 행동을 목격한 리플리는 그 사실을 이미 잘 알고 있었다.

스니든을 매리언 호로 데려가서는 안 된다. 그러나 리플리는 도저히 다

294　**ALIEN**

른 인간을 죽일 수가 없었다. 문제가 계속 반복하며 묵직하게 머릿속을 맴돌았다. 리플리는 눈을 감고 해결책이 생겨나기만을 빌고 있었다.

매 층이 지나갈 때마다 승강기의 제어판에서는 작은 차임벨 소리가 들렸고, 옛적에 머나먼 곳에서 녹음한 누군가의 목소리가 "7층…… 6층…… 5층."이라고 읊었다. 그리고 승강기가 감속하기 시작했고, 리플리는 몸을 잡아당기는 묘한 느낌을 받았다. 머리와 어깨가 갑자기 가벼워졌다. 숨을 쉬기도 쉬워졌지만, 그래도 어지러움은 별로 가라앉지 않았다.

그녀는 구토하지 않으려 최선을 다했다. 뱃속 깊은 곳이 싸늘하게 식은 채 욱신거리고 있었고, 만약 여기서 토악질을 하면 상처를 이어붙이고 있는 스테이플이 전부 터져 나가버릴 것만 같았다. 어깨와 팔이 뻐근했고, 움직일 때마다 금속이 자신을 찌르는 것이 느껴졌다. 카샤노프에게 마취제나 진통제를 더 달라고 할까도 생각했지만, 이미 충분히 머릿속이 멍한 상태였다. 주기적으로 느껴지는 찌르는 듯한 고통 덕분에 의식을 유지하고 있는 상태였다. 지금은 정신을 바짝 차리고 있어야 했다. 일행 모두 마찬가지였다.

승강기가 느려지다 멈추었고, 제어판에서 아까와는 다른 차임벨 소리가 들렸다. 승강기 밖은 칠흑처럼 어두웠다.

"4층입니다." 라샹스가 말했다. "속옷, 신발, 괴물, 짐승을 찾으시는 분은 이 층에서 내려 주십시오."

"이 층은 2년 전에 채굴이 끝났소." 후퍼가 말했다. "깊은 터널이 복잡하게 얽혀 있지. 가장 깊은 갱도는 여기서 5킬로미터 거리까지 뻗어 있소."

"매력적이네요." 리플리가 말했다. "어쨌든 연료 전지가 여기 있다는 거죠?"

"그렇소. 지금은 저장고로 사용하고 있으니까. 라샹스?"

"예비 연료 전지는 그리 멀리 있지 않을 겁니다. 일단 그걸 나르려면 전동 운반차가 필요한데요."

"괜찮아요?" 카샤노프가 물었다. 리플리는 잠깐 시간이 흐른 다음에야 선의가 자신에게 묻고 있다는 것을 깨달았다.

그녀는 고개를 끄덕였다. 모두가 자신을 보고 있다는 것이 느껴졌다.

"당신…… 방금 혼잣말을 하고 있었소." 후퍼가 말했다.

"난 괜찮아요." 리플리는 애써 미소를 지으며 말했다. 그러나 방금 자신이 입을 움직이고 있었다는 사실조차 기억에 없었다.

후퍼가 문을 강제로 열기를 기다리면서, 리플리는 다시 자신의 상처를 확인하고 얼마나 심각한 상태인지를 분석하려고 했다. 그러나 카샤노프가 주사한 약물 때문에 쉽지가 않았다. 자신의 육체와 살짝 거리를 두고 있는 느낌이었다. 그 덕분에 고통을 견딜 수 있지만, 동시에 감각의 날이 무뎌지는 느낌이 들었다.

현실을 직면하는 것은 잠시 미루어 둬도 될 것이다.

지금은 꿈꾸는 중이 아니야. 자신을 찾아. 정신 차려, 리플리!

손상을 입었기 때문에, 후퍼는 승강기 문을 수동으로 열어야 했다. 그리고 일행은 손전등으로 밖을 비추어 보았다. 그들은 모두 조용히 기다리며 이리저리 빛을 돌려 열린 공간을 확인했다. 후퍼가 문가로 다가가 밖으로 걸음을 옮겼다. 낮은 자세로, 스프레이 총과 손전등을 좌우로 비춰 보면서.

"괜찮은 것 같소." 그가 속삭였다. "여기서 기다리시오." 그는 벽에 잔뜩 붙어 있는 다이얼과 제어장치 쪽으로 건너가서 스위치 몇 개를 올렸다. 지직거리는 소리가 들리더니 달각 하고 조명이 들어왔다. 갱도의 다른 곳과 마찬가지로, 여기도 조명이 그대로 드러난 채로 달려 있고, 전선이 천장에 단단히 고정되어 연결되어 있었다. 벽에 박아 넣은 고리에도 조명이 걸려 있었다. 단순한 장치였지만 빛이 돌아온 것만으로도 모두 기분이 나아지는 듯했다.

"손전등은 끄시오." 후퍼가 말했다. "얼마 안 남았겠지만, 그래도 전지를 아껴야 할 테니까. 또 필요할지도 모르지 않소."

리플리와 다른 세 명의 생존자는 승강기를 떠나 흩어져 섰다. 9층과 비슷하게, 널찍한 공간에 일정 간격을 두고 금속 지지대가 서 있었다. 사방에 채굴 도구가 꽤 많이 널려 있었다. 공구, 옷, 수통, 바퀴 달린 운반차까지. 라샹스는 운반차를 확인하다가 아직 전지가 절반 정도 남아 있는 차를 한 대 발견했다. 그는 조종대에 서서 제어판을 만지작거렸고, 차는 몇 발짝 정도 움직였다.

"저장고까지 얼마나 먼가요?" 리플리가 물었다.

"그리 멀지 않소." 후퍼는 한쪽 터널을 가리키며 말했다. "저 통로 너머에 있소. 90미터 정도 될 거요. 왜 그러는 거요?"

"거기에 연료 전지가 몇 개나 있죠?"

"세 갭니다." 라샹스가 말했다. "매리언 호를 위한 여분이 두 개, 지상에 있는 갱도용 발전기에 쓸 여분이 한 개죠. 여기 발전기는 우주선용 연료 전지를 사용하는 물건이거든요. 여튼 연료 전지는 전부 여기 아래 둡니다. 전지가 그러니까…… 오작동을 일으켜도 배를 잃지 않도록 말이죠."

"좋아요." 리플리가 말했다. 그녀는 일행을 돌아보았다. 모두 무기로 사용하는 채굴 장비를 들고, 부상당해 비참한 모습을 하고 있었다. 이들은 군인이 아니었다. 심지어는 광부도 아니었다. 그러나 이들은 지금껏 생존해왔고, 만약 집으로 돌아가게 된다면 아주 끝내주는 이야깃거리가 생길 것이었다.

"여기 갱도를 무너뜨려야 해요." 그녀가 말했다.

"뭐라고요?" 라샹스가 물었다. "그건 또 왜? 이 아래에서 끝내주는 걸 발견했지 않습니까! 그 우주선만으로도 놀랍도록 훌륭하지만, 우리가 발견한 그 건물은…… 그거 하나만 있을 리가 없어요. 그건 도시의 초입일 뿐이란 말입니다, 리플리. 천 년, 아니 만 년은 됐을 수도 있어요. 그건······."그는 말을 잇지 못하고 어깨를 으쓱했다.

"인류가 우주로 나온 이래 가장 놀라운 발견이겠죠." 리플리가 말했다.

"그래요. 맞아, 바로 그겁니다."

"하지만 이 아래는 오염되어 버렸어요." 리플리가 말했다. "더럽혀졌다고요. 그 괴물들이 타락시킨 거예요. 우리가 그 아래에서 발견한 고대의 역사는 이제 우주선과 도시를 만든 개 인간들이 아니라 그 괴물들의 차지가 됐어요. 개 인간들은 놀라운 존재들이었겠죠. 그 우주선이 훌륭하다는 것은 부정할 수가 없어요. 그리고 우리 인간들과는 비교도 할 수 없는 건물, 예술, 지식과 상상력을 목격하기도 했죠. 하지만 그 우주선이 포격에 추락했으리라 생각하는 게 나쁜만은 아니겠죠? 어쩌면 동족에 의해서 말이에요."

다른 이들은 아무 말 없이 그녀의 말에 귀를 기울이고 있었다.

"모든 것이 잘못된 거예요. 질병이 밀려와서 그들의 모든 유산을 파괴해 버렸어요. 그리고 우리는 그 질병이 이곳에서 빠져나가게 해서는 안 돼요." 리플리는 스니든 쪽을 쏘아보았다. 그녀는 자기 발치를 내려다보고 있었다. "절대 안 돼요."

"그 말이 맞아요." 스니든은 고개를 들지 않고 말했다. "그래요, 그 말이 맞아요."

"연료 전지 하나를 과부하 상태로 만들 수 있을 거요." 후퍼가 말했다.

"그럼 우리 모두 지옥으로 날아가 버리겠죠." 라샹스가 말했다. "사양하겠습니다. 이미 한 번 가 본데다가, 지금은 떠나고 싶어 몸살이 날 지경이라 말입니다. 그 전지가 하나 폭발하면 이 아래 핵을 터트린 것과 같은 효과가 날 겁니다."

"바로 그걸 원하는 걸세." 후퍼가 말했다. "리플리 말이 맞아. 여길 두고 탈출해서 우리 갈 길로 가버릴 수는 없네. 아무도 이곳을 찾아내지 못하게 만들어야 해."

"분명 찾아낼 거예요!" 리플리가 말했다. "의심의 여지가 없어요. 후퍼?"

"애쉬 말이로군." 후퍼가 말했다.

"당신네 미친 안드로이드 말입니까?" 라샹스가 물었다.

"놈은 분명 자기 임무를 다하기 위해 최선을—"

"그러고 보니 아직도 우리 배에 미친 AI를 데려온 일에 대해 감사 인사를 하지 못했군요." 라샹스가 말했다.

"애쉬가 우주선에 도킹한 거예요!" 리플리가 말했다. "나는 그때까지 하이퍼슬립 상태였어요. 당신네 전부를 합한 것보다 이런 일을 더 오래 겪은 상태였다고요. 어쨌든 놈은 가능한 모든 자료에 접속하고, 세부 사항을 기록한 다음, 웨이랜드 유타니 사에 보낼 보고서를 작성할 거예요. 당신네 안테나 배열이 파손된 상태라는 것은 알지만, 놈은 분명 자기 보고서를 보낼 방법을, 아니면 회사로 가지고 돌아갈 방법을 찾아낼 거예요."

"내가 시스템에서 놈을 지워버리지 않으면 그렇겠지." 후퍼가 말했다. "지울 수 있다고 내가 말하지 않았소."

"나도 당신이 시도를 해 볼 거라는 사실은 믿어 의심치 않아요." 리플리가 말했다. "하지만 애쉬는 뭔가 달라요. 웨이랜드 유타니 사에서 만들었기 때문일지…… 놈은 교활해요. 거짓말을 할 수도, 인간을 해칠 수도 있어요. 나를 죽이려 하기도 했죠. 그러니 이런 일을 운에 맡길 수는 없어요." 그녀는 손을 들면서 말했다. "여기 갱도를 무너트려야 해요."

"간단하게 할 수 있는 일이오." 후퍼가 말했다. "연료 전지를 가동시킨 다음 축전을 시작하면서, 제동 장치와 냉각 장치를 제거해 놓기만 하면 될 테니까. 충분히 할 수 있소."

"하지만 그게 폭발할 때까지 걸릴 시간을 정확히 가늠할 수는 없지 않습니까." 라샹스가 말했다.

"정확할 필요는 없어요." 리플리가 말했다. "우리가 이륙할 시간 정도만 벌어 놓으면 되는 거죠."

후퍼와 라샹스는 서로를 마주보았고, 그들은 침묵 속에서 동의의 눈빛을 교환했다. 두 사람은 그 일을 해야 하는 이유와 방법을 알고 있었기 때문이다.

"나도 동의해요." 카샤노프가 말했다. "놈들을 태워버리거나 영원히 묻어버릴 수 있다면 꽤나 즐거울 테니까."

"매리언 호에 아직 한 마리가 있다는 사실을 잊으면 안 돼요." 스니든이 말했다. 그녀는 여전히 자기 발치를 내려다보고 있었고, 리플리는 그런 그녀의 모습에서 예전에 찾아보지 못했던 무언가를 감지했다. 어딘가 묘한 느낌이 드는 차분한 태도였다.

"그 문제는 때가 되면 해결하기로 합시다." 후퍼가 말했다.

"필요하다면 말이죠." 라샹스가 말했다. "운이 좋으면 놈은 그대로 우주선과 함께 불타버릴 테니 말입니다."

"그렇지." 후퍼가 말했다.

그들은 한동안 그렇게 조용히 서 있었다. 이내 후퍼가 손뼉을 쳤고, 일행은 모두 퍼뜩 정신을 차렸다.

"그럼 작업을 시작합시다!"

"고마워요." 리플리가 중얼거렸다. 너무 작아서 아마 들리지 않았을 것이다. 하지만 그래도 후퍼는 그녀를 보며 미소를 지었다.

너희는 모두 죽을 거야. 그녀는 이렇게 생각하며, 아래에서 날뛰는 괴물들에게 소리 없는 메시지를 보냈다. 어쩌면 놈들은 이제 7층 정도까지 올라왔을지도 모른다. 자기네 여왕을, 그리고 미래의 여왕 후보들을 모두 죽인 자들을 쫓아서. 그러나 그녀는 기분이 조금 나아지고 있었다. 실제로 좋은 기분이 들고 있었다.

그녀는 이런 기분이 약물의 효과가 아니기만을 빌었다.

19

연 료 전 지

진행 상황 보고:

수신: 웨이랜드 유타니 사, 과학 담당 부서

    (참조: 코드 937)

일시 (불확실)

전송 (대기 중)

매리언 호의 컴퓨터에 침투 성공. 주요 시스템 전체 장악 완료. 보조 시스템 접속 시도 중. 내 예상보다 훨씬 힘든 작업이었다……. 세상에서 떨어져 한참을 지내는 동안, 시스템이 진보해 버렸기 때문이다.

LV178 행성의 지표 제어 시스템과 부분적인 접속 성공. 1번 승강기를 원격 제어하여 수동 명령을 무력화시키는 데 성공하였다. 승강기는 9층까지 추락했다.

4층에서 새로운 인간 활동의 증거가 포착되었다.

모든 일이 계획대로 되어 가는 것으로 보인다.

매리언 호의 승무원들은 약 7시간 안에 귀환할 것으로 예상된다.

매리언 호에 생존해 있는 외계 생명체의 위치는 파악되지 않았다. 어딘가에서 대기 중일 것이라 추측된다.

승무원들이 부화 가능한 알을 가져오기를 바란다.

이제 집으로 돌아가고 싶으니까.

* * *

후퍼는 초조했다.

이제 앞으로 취할 행동은 명백했다. 예비 연료 전지 하나를 운반차에 올리고, 다른 하나를 가동시켜 과열되도록 놔둔 다음, 서둘러 지표로, 샘슨 호로, 매리언 호로 돌아가서, 우주선이 대기권에 돌입해 파괴되기 전에 리플리의 셔틀을 타고 탈출하면 된다. 매리언 호로 숨어 들어간 에일리언을 조심하면서.

간단한 일이었다.

하지만 한 가지 걱정이 되는 일이 있었다. 바로 눈앞에 당면한 문제였다.

스니든. 별 문제없이 행동하고 괜찮은 모습이었지만, 그녀는 왠지 모르게…… 더 조용해졌다. 침착해진 느낌마저 있었다. 부자연스러울 정도였다. 그녀의 가슴에는 놈들의 유생이 하나 들어 있다. 얼굴에 달라붙어 있던 괴물이 떨어져 나와 죽은 후로, 후퍼는 계속 이런 생각을 하고 있었다. 괜찮아. 매리언 호의 의료용 포드로 데려가면 돼. 그걸 스니든의 몸속에서 빼낸 다음, 어디든 가둬 놓고 떠나면 되는 거야. 우주선하고 함께 불타버리게.

하지만 그렇게 쉬울 리가 없었다. 그리고 리플리의 말이 정곡을 찔렀다. 부상당한 데다 카샤노프가 준 약이 약간이지만 머리에 영향을 끼친 모양이었다. 몸을 흔들며 혼잣말을 하고 있었으니까. 하지만 그녀는 자기가 무슨 소리를 하는지 정확하게 알고 있었다.

항상 그랬듯이.

스니든을 매리언 호로 데려간다면 무슨 일이 벌어질까? 만약 애쉬가 어떤 식으로든 우주선의 시스템에 침입했다면? 가능할 것 같지는 않았다. 매리언 호는 비교적 신형 우주선이고, 그 안의 연산 시스템은 리플리가 잠들었을 때보다 백 배는 더 복잡해져 있으니까. 하지만 가능성은 항상 존재했다. 그리고 만약 애쉬가 어떻게든 스니든의 몸 속에 있는 존재에 대해 알아챘다면……

AI는 바로 그 존재를 원하고 있었다. 37년 동안 찾아 헤매었으니, 이제 임무의 목표를 보호하기 위해서라면 무슨 짓이든 할 것이다.

그러나 제대로 해답을 찾을 수가 없었다. 아무리 끔찍한 위험을 감수해야 한다고 해도, 스니든을 여기 남겨두고 갈 수는 없었다. 일행이 예비 연료 전지 작업에 매달리는 동안, 그는 계속 리플리를 바라보았다. 그녀가 과학 장교를 위해 무슨 계획을 꾸미고 있는지 두려워하면서.

그녀는 백스터의 플라즈마 토치를 들고 있었다. 동력부에 흩뿌려져 있는 핏자국은 신경도 쓰지 않는 모양이었다.

"리플리!" 후퍼가 소리쳤다. 그녀는 고개를 들었다. "저기 있는 공구 주머니 좀 가져다 주겠소?" 그녀는 한쪽 벽의 고리에 걸려 있던 공구 키트를 들고 그에게 다가왔다.

작업에나 신경쓰자고. 그는 이렇게 생각했다. 그런 문제는 때가 되면 생각해도 될 거야. 지금은…… 우선 집중을 해야지.

여기 저장되어 있던 연료 전지는 최상의 상태가 아니었다. 세 개가 있었는데, 하나가 키 작은 성인 한 명 정도의 크기였다. 하나는 아예 바닥에 고정되어 있지도 않았고, 슬쩍 보기만 해도 금속 골조와 지지대가 부식되어 버린 것이 분명했다. 남은 둘 중 하나는 라샹스와 카샤노프가 운반차에 싣고 있는 중이었고, 후퍼는 마지막 하나를 가지고 작업을 하고 있었다.

스니든은 한쪽 편에 서서, 주변을 둘러보며 괴물이 접근하는 소리가 들리지는 않는지 주의를 기울이고 있었다. 후퍼는 괴물들이 갱도를 따라 여기까지 올라오려면 상당히 시간이 걸릴 것이라고 확신하고 있었다. 양쪽 계단 모두 층마다 단단히 잠긴 방화문이 있고, 놈들은 제어판에 암호를 입력하는 법을 모를 테니까. 그러나 스니든에게도 뭔가 할 일이 필요했다.

그는 스니든을 바라보았다. 일행 모두가 그러는 중이었고, 스니든 역시 그 사실을 알고 있었다. 그러나 그녀는 동료들을 향해 부드럽게 웃어 보일 뿐이었다. 마치 그들이 모르는 무언가를 알고 있는 것만 같았다.

후퍼는 전지의 금속 껍질을 열고는 덮개를 한쪽 옆으로 놓았다. 그는 세 개의 냉각장치 코일을 떼어낸 다음, 확실히 하기 위해 냉각제 공급 시스템을 통째로 들어냈다. 그리고 배선과 기판을 뚫고 더 깊숙이, 주 콘덴서까지 파고들었다. 그는 조절이 가능한 주 콘덴서를 최대치까지 활성화시켰다.

노심에서 부드러운 웅웅 소리가 울리기 시작했다. 주먹 크기 정도밖에 안 되지만, 그 안에는 엄청난 힘이 숨어 있었다.

"이제 거의 다 됐소." 잠시 후 그가 말했다. 세부 조정을 하고, 전선 몇 개를 끊은 다음, 그는 최후의 안전장치를 제거해 버렸다. 이제 개별 인식 암호를 입력하지 않고도 전지를 활성화시킬 수 있게 된 것이다.

"그럼 시간이 얼마나 남게 되나요?" 리플리가 물었다.

"위험 수준에 도달할 때까지 9시간 정도 걸릴 거라고 생각하고 있소." 후퍼가 대답했다. "이 돌덩어리에서 떠나기에는 충분할 거요."

"만약 놈들이 샘슨 호에 도달해서 박살내 놓지 않았다면요. 아니면 그 안에 들어앉아서 우리가 들어오기를 기다리고 있지 않다면요. 아니면—"

"빌어먹을." 후퍼는 그녀의 말을 잘랐다. "만약 놈들이 그런 짓을 벌였다면, 나는 이 아래로 돌아와서 터질 때를 기다리고 있겠소. 방사능 노출이나 굶주림으로 죽는 것보다는 나을 테니까."

"희망이나 가지자는 얘기죠?" 리플리가 물었다.

"그래 봅시다. 몸은 괜찮소?"

"그래요. 카샤노프가 놓아 준 주사 때문에 들떠 있을 뿐이에요."

후퍼는 고개를 끄덕이고는 라샹스가 전지를 운반차에 올리려 애쓰고 있는 쪽을 보며 소리쳤다.

"문제는 없나?"

"준비 됐습니다." 조종사가 대답했다. 그는 후퍼 옆에 놓여 있는 전지를 물끄러미 바라보았다. 덮개는 벗겨져 있었고 기관의 절반쯤이 짐승의 내장처럼 드러나 있었다. "아주 도축을 해 놓으셨군요."

"나는 예술가라고." 후퍼가 대답했다. "다들 문제 없나? 스니든?"

"어서 여기서 나가요." 스니든이 말했다.

"알겠소." 후퍼는 심호흡을 한 다음 피복을 벗긴 전선 두 쪽을 손에 들고 연결할 채비를 했다.

내가 틀렸으면 어쩌나? 과부하가 시간 단위가 아니라 분 단위로 일어나면 어떻게 하지? 만약에……? 그러나 이미 너무 멀리 와 버렸다. 만약이라는 단어에 신경쓰기에는 너무 오래 생존해 왔다.

"아무것도 아니지." 그는 중얼거리며 양쪽의 전선을 가져다 댔다.

불똥이 튀며 쿨럭거리는 소리가 났고, 전지 내부에서 무언가 시끄럽게 돌아가는 소리가 들렸다. 그리고 분해되어 있는 계기판에서 여러 개의 빛이 동시에 깜빡거렸다. 일부는 곧 사라졌고, 일부는 계속 켜져 있었다.

붉은 경고등이 깜빡이기 시작했다.

"좋아, 작동하는군." 그가 말했다. "앞으로 9시간이면, 여기서 1.6킬로미터 안에 있는 모든 것들은 방사능 분진이 되어 사라져 버릴 거요."

"그럼 슬슬 여기를 뜨죠." 리플리가 말했다.

승강기는 아직 제대로 작동하고 있었다. 카샤노프가 백스터의 유해를 치웠지만, 연료 전지를 실으니 공간은 여전히 비좁았다. 그들은 재빨리 지표로 나가 연결 통로로 들어섰고, 라샹스가 예비 연료 전지를 실은 운반차를 몰았다. 일행은 움직이는 것은 없는지, 무언가 달려오는 소리가 나지는 않는지 신경을 곤두세운 채로 움직였다.

갑자기 모든 것이 너무 순조롭게 진행되고 있었다. 그러나 리플리는 그 사실에 트집을 잡지는 않기로 했다.

돔의 가장자리에 있는 터널 입구 근처에서, 그들은 금속 보관함을 열고 다시 우주복을 챙겨 입었다. 산소 잔량을 확인한 다음 서로 밀폐 상태와 통신기 상태를 확인했다. 리플리는 다시 우주복을 입으니 답답한 느낌이 들었다.

돔에서 착륙장까지 가는 터널에는 아직 조명이 켜져 있었다. 그들은 서둘러 움직였다. 산성 혈액 때문에 바닥이 녹아내린 곳을 지나서 외부 착륙장 근처에 도착하자, 후퍼는 정지 신호를 보냈다.

"거의 다 왔소. 서두르지 맙시다. 시간은 충분히 있소. 전지를 작동시킨 후 한 시간도 지나지 않았으니까. 여기서부터는 조심해서 천천히 움직이겠소."

리플리는 그의 말이 옳다는 사실을 알고 있었다. 광부들을 따라온 에일리언들은 이곳, 그리고 여기서 더 멀리까지도 추적을 해 왔으니, 아직 긴장을 늦출 때가 아니었다. 그러나 그녀의 마음 한 구석에는 공포로 가득 차서 이곳을 떠나지 말라고 속삭이는 목소리가 있었다.

그녀는 그 목소리를 무시했다.

그럴 수밖에 없었다. 여전히 그녀의 꿈에는 아만다가 나오고 있었고, 충격적이고 끔찍한, 너무도 사실처럼 보이는 환영들이 아직 그녀를 괴롭히고 있었으니까.

복부가 갈수록 더 쑤셔 왔지만, 진통제를 또 맞고 싶지는 않았다. 일단 샘슨 호에 승선해서 이륙을 하면, 무사히 저궤도상의 매리언 호를 향해 날아가기 시작하면, 그때는 맞을 수 있을지도 모른다. 하지만 이 빌어먹을 행성의 표면에서 보내는 마지막 순간까지는 제정신을 유지하고 싶었다.

스니든이 일행과 함께 움직이고 있었다. 그들 모두를 죽일 수도 있는 무언가를 품은 채로. 다들 그 사실을 모른단 말인가? 여기서 무슨 일이 벌어졌는지 모두 똑똑히 보지 않았던가? 후퍼는 수송선 델라일라 호에서 벌어진 사건에 대해 설명해 주었다. 따라서 이들은 사람들 몸 속에서 깨어나온 괴물이 그런 짓을 벌였다는 것을 알고 있을 터였다.

이륙하는 도중에 스니든의 괴물이 가슴을 찢고 나오면 어쩔 생각일까?

리플리의 손가락이 토치의 방아쇠를 쓰다듬었다. 살짝 누르기만 하면 스니든은 목숨을 잃을 것이다. 순간 충격을 받고, 불타는 플라즈마가 살점과 뼈를 녹이고, 심장과 폐를 태워버리는 동안 아주 잠시 끔찍한 고통을 겪을 것이다…….

"잠깐만요." 리플리가 말했다. 무겁고 단호한 목소리였다. 후퍼가 한숨을 쉬며 뒤를 돌아보는 모습을 보고, 리플리는 후퍼가 이미 자신이 하려는 말을 알고 있다고 생각했다.

스니든은 몸을 돌리지조차 않았다. 그녀는 어깨를 늘어뜨린 채 자기 발치를 바라보고만 있었다.

"우린……." 리플리가 말했다. 그녀는 이제 울고 있었다. 마침내 다른 모든 이들을 위한 눈물을 억누를 수 없게 된 것이다. 옛날에 죽은 동료 승무원들, 지금 그녀와 함께 있는 생존자들, 아만다. 그리고 다른 누구보다도, 스니든 때문에.

"왜 그러는 거요, 리플리?" 라샹스가 물었다. 지친 목소리였다.

리플리는 플라즈마 토치를 들고 스니든의 등을 겨누었다.

"스니든은 이대로 데려갈 수 없어요." 그녀가 헐떡이며 내뱉었다.

아무도 움직이지 않았다. 아무도 화염에 휩싸일 영역에서 물러서지 않았다. 그러나 스니든을 도우려 움직이는 사람도 없었다. 충격 때문에 모두 꼼짝할 수 없는지도 몰랐다.

"이전에 무슨 일이 벌어졌는지 알잖아요." 리플리가 말했다. "여길 떠나면 샘슨 호에서도 그런 일이 벌어질지도 몰라요. 만약 스니든 안에서…… 그 괴물이 가슴을 뚫고 나오면…… 수송선에서 그걸 어떻게 죽일 생각이에요? 이런 무기를 사용할 수는 없을 텐데." 그녀는 가볍게 플라즈마 토치를 들어 보였다. 이제 총구는 스니든의 머리를 겨누고 있었다. "후퍼가 가지고 있는 산성 용액 분사기를 사용할 수도 없죠. 모두 불타버리고 수송선에는 구멍이 뚫릴 테니까요. 놈에게는 손쉬운 사냥감이 될 거예요. 그러니……" 그녀는 훌쩍이며 눈을 깜빡여 흐릿해진 시야를 회복하려 했다.

"그러니?" 후퍼가 물었다.

리플리는 대답하지 않았다. 스니든은 여전히 돌아보지 않고 있었다.

"움직이거나, 뭐라 말을 하거나 하라고요, 젠장!" 리플리가 소리쳤다. "쓰러지거나, 떨기 시작하거나, 비명을 지르거나, 나를 막으려 들거나! 쏠 수 있는 이유를 달라고!"

"몸은 괜찮아요." 스니든이 말했다. "하지만 리플리…… 내가 죽을 거라는 사실은 알고 있어요. 깨어났을 때부터, 나한테 무슨 일이 일어난 건지 알고 있었어요. 알고 있겠지만 나는 과학 장교라서요." 그녀는 몸을 돌렸다. "내가 죽을 거라는 사실은 알고 있습니다. 하지만 여기서는 안 돼요. 이렇게 죽고 싶지는 않아요."

리플리의 손가락이 방아쇠를 단단히 쥐었다. 후퍼는 여전히 무표정한 얼굴로 지켜보고 있을 뿐이었다. 리플리는 그가 뭐든 신호를 주었으면 하고 간절히 바랐다. 고개를 끄덕이거나, 고개를 젓거나.

도와줘요, 후퍼!

"에어록 안에 있을게요." 스니든이 말했다. "뭔가 일어나는 느낌이 들면 그대로 에어록을 열어서 우주로 날아가 버리겠습니다. 그러니 제발 나를 데려가 줘요. 도울 일이 있으면 뭐든 할게요. 매리언 호에는 아직 에일리언이 한 마리 있잖아요? 어쩌면 놈의 발목을 잡을 수 있을지도 몰라요. 내 안에 뭔가 있다는 것을 알면 내게 해를 끼치지 않을지도 몰라요."

리플리가 눈을 깜빡이자 아만다의 모습이 나타났다. 팔을 활짝 벌리고, 괴물이 가슴을 뚫고 빠져나오는 동안 고통으로 얼굴을 일그러뜨리고 있었다.

"아, 안 돼." 그녀는 숨을 헐떡였다. 그리고 플라즈마 토치의 총구를 내리고 그 자리에 주저앉았다. 후퍼가 다가왔지만, 그녀는 손을 휘저어 그의 배를 때리며 밀쳐냈다. 방금 전에 그저 보고만 있던 사람에게서, 이제 와서 도움 받을 생각은 없었다. 일행은 리플리를 지켜보고 있다가, 그녀가 눈가를 훔치며 자리에서 일어나자 아무 말 없이 몸을 돌렸다.

"좋아, 어서 움직이지." 후퍼가 말했다. "아직 폭풍이 몰아치고 있는지 확인해 봅시다."

리플리가 마지막으로 터널을 나왔다. 그녀는 자신에게 화를 내고 있었다. 스니든을 향해 방아쇠를 당기지 못한 것은 에어록 안에 있으면 된다거나 매리언 호에서 도움이 될 수 있을지도 모른다는 말 때문이 아니었다. 그저 다른 인간을 죽일 수 없어서 머뭇거린 것이었다.

자신이 생각보다 인간적인 사람이었던 모양이다. 그러나 동시에 나약한 인간이라는 뜻이기도 했다.

폭풍은 잦아들어 가벼운 산들바람이 되어 있었다. 모래 먼지가 여전히 대지 위를 떠돌고 있었고, 샘슨 호의 착륙장치에도 모래가 쌓여 있었다. 저 멀리 지평선 근처에 전기 폭풍이 휘몰아치는 모습이 보였다. 저 정도 거리라면 여기까지 번개가 떨어지는 일은 없을 것이다. 이 항성계의 항성은 서쪽 하늘의 모래 먼지 속에 흐릿한 반점처럼 떠서, 사방으로 주황색과 노란색을 흩뿌리며 영원히 계속되는 노을을 만들어 내고 있었다.

샘슨 호는 얌전히 착륙대에 서 있었다. 후퍼는 동체 위로 기어올라 창문에 쌓인 먼지를 쓸어내고 안을 확인해 보았다. 사라진 것은 아무것도 없었다.

외부 문을 열고 후퍼가 들어가는 순간 잠시 긴장이 흘렀다. 후퍼는 내부 문을 열었고, 일행은 안전하게 우주선으로 들어가서는 조심스럽게 예비 연료 전지를 들어 객실 선반에 고정시켰다. 그들 모두의 목숨이 이 전지에 달려 있었고, 조금이라도 손상을 입으면 모든 것이 끝장날 것이 분명했다.

전원이 안으로 들어오자, 스니든은 약속한 대로 비좁은 에어록 안에 자리를 잡았다. 에어록에도 창문이 달려 있었지만, 아무도 그쪽을 바라보지는 않았다. 리플리조차도. 라샹스가 비행 전 확인을 하는 모습을 보며 리플리는 눈을 감았다. 그리고 이륙을 할 때에도 다시 눈을 뜨지 않았다.

그러나 잠을 잘 수는 없었다. 아마도 두 번 다시 잠을 이룰 수 없을 것 같다는 생각이 들었다.

이건 진짜 기억이야. 리플리는 이렇게 생각했다. 그러나 현실과 상상의 경계는 갈수록 불분명하게 변하고 있었다. 만약 이게 진짜라면, 왜 아직도 고통이 느껴지는 거지? 에일리언의 꼬리가 베고 지나간 자리가, 뼈가 드러날 정도로 찢겨나간 어깨가 아프게 느껴지는 거지? 만약 이게 현실이라면 모든 것이 괜찮을 것이다.

그녀는 아만다와 함께 롤러코스터를 타고 있었다. 딸아이는 두려움이라고는 모르는 아홉 살이었고, 아이가 신나게 환호성을 지르며 깔깔 웃는 동안 리플리는 복부를 누르고 있는 안전대를 손가락이 파고들 정도로 단단하게 움켜쥐고 있었다.

정말 끝내줘요, 엄마! 아만다가 소리쳤다. 딸아이의 목소리가 바람을 타고 흘러가 버렸다.

리플리는 눈을 감았지만 별로 달라지는 것도 없었다. 자신을 움켜쥐고 있는 중력의 손아귀는 가파른 경사를 타고 내려가고, 급하게 방향을 바꾸고, 빙글빙글 돌면서 다시 꼭대기로 돌아가는 동안 계속해서 자신을 이리 저리 끌어당겼다. 롤러코스터가 방향을 바꾸고 회전할 때마다 고통이 그녀의 몸을 뒤흔들었다.

엄마, 저거 봐요!

아만다의 목소리가 다급하게 들려서, 리플리는 눈을 뜰 수밖에 없었다. 주변 풍경이 어딘가 이상했다. 뭔가 잘못되어 있었다. 그러나 이제 롤러코스터가 너무 빠르게 움직이고 있어서, 주변 모습에 전혀 집중을 할 수가 없었다.

유원지 안의 사람들이 전부 정신없이 달려가고 있는 것만 같았다.

비명을 지르고, 달리다가 넘어지면서…….

검은 형체들이 사람들을 쫓고 있었다. 훨씬 빨랐다. 사냥감을 쫓는 짐승처럼…….

어…… 엄마? 아만다가 말했다. 딸아이는 롤러코스터 옆자리에 앉아 있었기 때문에, 리플리는 딸아이의 모습에 초점을 맞출 수 있었다.

차라리 그럴 수 없었으면 했다.

뜯겨나간 가슴팍에서 피가 뿜어져 나왔다. 어떻게 해도 피할 수 없는 일이었다. 아만다는 고통 속에서 비명을 지르는 것이 아니라, 울고 있었다. 끔찍한 상황을 이기지 못하고 울고 있었다. 리플리도 딸과 함께 울기 시작했다.

미안해, 아만다. 리플리가 말했다. 내가 집에 남아 너를 지켜줬어야 하는데. 리플리는 딸이 자신도 이해한다고, 모두 괜찮을 거라고 대답해 주기를 바랐다. 그러나 그녀는 그런 말은 전혀 하지 않았다.

맞아요, 그랬어야 해요, 엄마.

에일리언 유생이 피보라 속에서 가슴을 뚫고 나왔다. 핏방울이 바람을 타고 흩날렸다.

롤러코스터가 다시 정상으로 올라가며 속도를 늦추기 시작하자, 리플리는 세상에 무슨 일이 일어났는지를 확인할 수 있었다.

"당신 울고 있잖소." 후퍼가 말했다. 그는 리플리의 손을 지그시 누른 채로, 그녀가 눈을 뜰 때까지 부드럽게 흔들었다.

리플리는 눈을 깜빡여 눈물을 떨어내려 했다. 지금까지 겪은 환상 중에서 가장 끔찍했다. 커져 가는 공포 속에서, 그녀는 이번 환상이 끝이 아닐 것이라고 짐작했다.

"아픈 건가요? 주사 한 대 더 맞을래요?"

리플리는 카샤노프가 기대하는 눈빛으로 자신을 바라보고 있다는 것을 깨달았다. 그녀는 자기 손에도 붕대를 감고 삼각건으로 고정시켜 놓고 있었다. "아뇨. 괜찮아요. 깨어 있고 싶어요." 리플리가 말했다.

"마음대로 해요."

"매리언 호에 도착하려면 얼마나 걸리죠?"

"라샹스?" 후퍼가 조종사를 불렀다. 수송선은 흔들리고 있었다. 행성의 가혹한 날씨가 대기권을 뚫고 올라가는 수송선을 사방에서 때려대고 있었다.

"두 시간, 아니면 세 시간이면 될 겁니다." 조종사가 말했다. "일단 궤도상으로 올라간 다음에 매리언 호까지 1,600킬로미터를 가야 하거든요."

"다 괜찮은 건가요?" 리플리는 그들 앞의 선반에 있는, 샘슨 호가 흔들릴 때마다 따라 진동하고 있는 연료 전지를 바라보았다.

"그래요, 괜찮소."

"스니든은요?"

후퍼가 고개를 끄덕였다. "다 괜찮소."

"지금은 그렇겠죠." 리플리가 말했다. "지금뿐이에요. 계속 괜찮은 것이라고는 없으니까. 절대로."

후퍼는 이 말에 대답하지 않았고, 객실 반대편에 앉은 카샤노프는 눈을 돌렸다.

"가서 라샹스를 도와줘야겠소." 후퍼가 말했다. "괜찮겠소?"

리플리는 고개를 끄덕였다. 그러나 모두가 그 대답이 거짓이라는 사실을 알고 있었다. 그녀가 괜찮지 않을 것이라는 사실을 알고 있었다.

계속 괜찮은 것이라고는 없는 법이니까.

PART 3

희망의 끝

20

집

    집으로 돌아가는 여행길의 첫 단계였다. 집까지 한달음에 돌아가는 여행. 갱도 속에서 그렇게 결정을 내렸고, 시간이 흐르면 흐를수록 더 그렇게 믿게 되었다. 그는 다시 아이들을 떠올리기 시작했다. 그러나 이제 아이들의 얼굴과 목소리는 격렬한 죄책감이 아니라 일종의 희망을 불러일으켰다. 아이들을 버리고 왔다는 사실 자체는 결코 바뀌지도, 잊혀지지도 않을 것이다. 그에게도, 아이들에게도. 하지만 어쩌면 그 피해를 복구할 수 있는 방법이 있을지도 모른다.

    후퍼는 자신의 괴물을 찾았다. 그리고 이제 그 괴물들을 뒤로 하고 돌아갈 때였다.

    "매리언 호가 대기권에 돌입할 때까지 얼마나 걸리겠나?" 그가 물었다.

    옆자리의 조종석에서 라샹스가 어깨를 으쓱해 보였다.

    "딱 집어 말하기 힘들군요. 특히 여기서는 말입니다. 도킹하고 나서 하루 이틀 정도 걸릴 수도 있고, 몇 시간 안에 끝날 수도 있습니다. 게다가 우리가 도착했을 때 매리언 호가 이미 대기권에서 물수제비를 시작하고 있으면, 도킹 자체가 불가능할 가능성도 있지요."

"그런 말은 하지 말게." 후퍼가 말했다.

"죄송하군요. 하지만 어차피 가능성이 희박하다는 사실은 알고 시작한 것 아니었습니까?"

"희박하다라, 그렇긴 하지. 하지만 믿어봐야 하지 않겠나." 후퍼는 지금까지 잃어버린 이들을 떠올렸다. 생존하기 위해 모든 노력을 다했고, 최선을 다했는데도 막을 수 없었던 백스터의 죽음을. 부러진 발목으로 에일리언이 득시글거리는 갱도 속을 달렸는데도, 그렇게 끔찍한 죽음을 맞다니…… 너무 불공평한 일이었다.

그러나 우주라는 끝없이 깊은 심연 속에는 공정함이란 존재하지 않았다. 자연은 무심했고, 우주는 인간에게 적대적인 곳이었다. 후퍼는 가끔씩 늪지에서 뭍으로 기어나온 것 자체가 실수가 아니었을까 하는 생각을 했다.

"성공할 걸세." 후퍼가 말했다. "성공해야만 해. 이 지옥에서 탈출해서 집으로 돌아가는 걸세."

라샹스는 놀라서 후퍼를 돌아보았다.

"돌아갈 곳이 있으실 거라고는 생각도 못 했는데요."

"상황은 바뀌게 마련이지." 그가 말했다. 희망은 있었다. 상황이 바뀔 거라는 희망은.

"그 모든 것을 헤쳐나와서 말이죠." 라샹스가 자리에 나른하게 기대며 말했다. 그는 계속해서 계기판을 확인하고 조종간에서 손을 떼지 않고 있었지만, 후퍼는 그의 목소리에서 안도의 감정을 읽어낼 수 있었다. "우리가 살아남을 줄 누가 알았겠습니까? 저는 불가능할 거라고 생각했어요. 그 괴물들…… 거의 자연에 반하는 느낌이지 않습니까. 신께서 어떻게 저런 놈들이 존재하도록 허락하신 걸까요?"

"신이라?" 후퍼는 코웃음을 쳤다. 그러나 다음 순간, 그는 라샹스의 눈에서 상처 입은 기색을 읽어냈다. "미안하네. 나는 유신론자가 아니라서. 하지만 자네의 선택이라면야, 나도…….” 그는 어깨를 으쓱했다.

“상관없습니다. 하지만 저 괴물들은, 그러니까 제 말은…… 놈들이 어떻게 생존하는 겁니까? 고향 행성은 어디고, 어떻게 우주를 여행하는 겁니까? 존재의 목적이 뭡니까?”

“존재의 목적 따위가 어디 있단 말인가?” 후퍼가 물었다. “인간의 존재 목적은 뭔가? 모든 것은 우연으로 만들어진 것뿐이야.”

“나는 그렇게 믿을 수가 없어요.”

“나는 그렇지 않다고 믿을 수가 없네. 만약 자네의 조물주가 모든 것을 만들었다면, 그 괴물들은 대체 무슨 목적으로 존재하는 건가?”

그들은 한동안 그 질문에 대한 답을 생각했지만, 두 사람 모두 답을 찾을 수 없었다.

“상관없는 일이지.” 후퍼가 다시 입을 열었다. “우리는 살아남았고, 이제 여기서 빠져나가서 집으로 향할 테니까.”

“이제 다섯이 되었죠.” 라샹스가 말했다.

“넷이지.” 후퍼가 작은 소리로 덧붙였다. “스니든이 지금은 우리와 함께 있지만…….”

“하지만 리플리의 셔틀에는 네 사람이 탈 거라는 말이죠.” 라샹스가 말했다. “남자 둘, 여자 둘.”

“새로운 인류 종족을 창시해도 되겠군.” 후퍼가 덧붙였다.

“조심하십시오, 후퍼. 리플리한테 산 채로 잡아먹히지 않게요.”

그는 웃음을 터트렸다. 제대로 웃어본 지도 한참이 지났다. 아마 70일 전 사고가 일어난 이래로 처음일 것이다. 묘한 기분, 죄의식 비슷한 감정이 들었다. 웃음 자체가 목숨을 잃은 모든 친구와 동료들을 망각하는 행동인 것만 같았다. 그러나 라샹스도 웃고 있었다. 언제나 그러듯 소리 없이 어깨만 흔들면서.

죄책감이 들기는 해도 나쁘지 않은 기분이었다. 생존을 향해 다시 한 발짝 내딛은 것이다.

대기권을 떠나자 조금이나마 평화가 찾아왔다. 흔들림과 떨림은 멎었고, 셔틀의 저중력 시스템 덕분에 몸이 가벼워진 느낌이 들었으며 약간이나마 기분이 좋아졌다. 객실 쪽을 바라본 후퍼는 리플리가 스니든을 바라보고 있다는 사실을 눈치챘다. 그는 리플리 쪽으로 가기 위해 일어섰지만, 그녀는 그를 바라보고 살짝 웃으며 고개를 끄덕였다. 어떤 운명이 스니든을 기다리고 있든, 아직 찾아오지는 않은 모양이었다.

스니든의 태도는 이해하기 힘들었다. 자신이 죽을 거라는 사실을 알고 있었다. 다른 이들이 어떻게 되었는지도 보았고, 과학 장교이니 다른 이들보다 더욱 명확하게 알고 있을 것이었다. 그렇다면 자신의 고통을 조금이나마 덜고 싶지 않을까? 어쩌면 이미 카샤노프와 이야기를 했을지도 모른다. 만약 그렇지 않다면, 후퍼는 카샤노프에게 때가 찾아왔을 때 스니든을 조용히 잠들게 해줄 무언가를 준비하라고 일러둘 생각이었다.

스니든이 신호가 올 때 알아채거나 느낄 수 있기만을 바랄 뿐이었다.

계기판 쪽에서 부드럽게 딩 하는 소리가 들렸다.

"매리언 호입니다." 라샹스가 말했다. "960킬로미터 밖에 있군요. 15분이면 도착할 겁니다."

무언가 계기판에 반짝이며, 화면에 일련의 코드가 떠올랐다.

"저건 뭔가?"

"샘슨 호의 컴퓨터가 매리언 호와 통신을 하고 있는 겁니다." 라샹스가 말했다. "항법 제어 컴퓨터가 상대 속도와 궤도를 고려해서 최적의 접근 경로를 계산해 줄 겁니다."

"애쉬로군요." 리플리가 말했다. 그녀는 후퍼의 의자 등받이에 몸을 기대고 한쪽 손을 그의 어깨에 올리고 있었다.

"차단할 수 있나?" 후퍼가 말했다.

"뭘 차단한다는 겁니까?"

"샘슨 호의 컴퓨터와 매리언의 컴퓨터 사이의 접속을 말일세."

"왜 그런 짓을 합니까?" 라샹스는 머리라도 하나 새로 돋아난 꼴을 보는 눈으로 두 사람을 바라보았다.

"애쉬 때문에 그러네. 놈이 우리가 하는 일을 몰랐으면 좋겠거든. 스니든이 품고 있는 괴물도."

"그 녀석이 그걸 어떻게 안다는 겁니까?"

"애쉬가 매리언 호의 컴퓨터에 침입했다고 가정해야 해요." 리플리가 말했다. "그걸 목적으로 삼을 테니까요. 불가능할 수도 있지만, 만약 성공했다면……."

"안 됩니다." 라샹스가 말했다. "그건 피해망상이에요. 여기서 유도 없이 수동 비행을 하는 건 바보 같은 짓입니다."

"하지만 할 수는 있겠지?" 후퍼가 말했다.

"물론이죠." 라샹스가 대답했다. "그래요. 아마도, 일반적인 상황에서는. 하지만 지금은 일반적인 상황이 아니지 않습니까."

"바로 그거예요." 리플리가 말했다. "일반적인 상황이 아니죠. 그 AI, 애쉬는 명확한 명령을 받았어요. 승무원은 소모품이라는 거죠. 제 옛날 동료들, 그리고 지금 우리들도요. 라샹스, 그런 위험을 감수할 수는 없어요."

조종사는 한동안 입을 다물고 생각을 정리했다. 이내 그는 수송선의 컴퓨터에 접속해 수많은 명령어들을 스크롤해 내렸다. 그리고 몇 개의 버튼을 눌렀다.

"됐습니다." 그가 말했다.

"확실한가?" 후퍼가 물었다.

"됐다니까요! 이제 좀 닥치고 조종에 집중하게 해 주시죠."

후퍼는 고개를 젖히고 리플리를 돌아보았고, 그녀는 고개를 끄덕였다.

"스니든은 어떤가?"

"마지막으로 확인했을 때는 괜찮았어요."

후퍼는 안전벨트를 풀고 객실 뒤편으로 이동했다. 카샤노프는 졸고 있는 것처럼 보였지만, 그들이 지나가자 눈을 뜨고 무표정한 얼굴로 그들을 바라보았다. 그는 작은 관측창을 통해 에어록 안의 좁은 공간을 바라보았다. 리플리가 따라와 그의 옆에 섰다.

스니든은 눈을 감은 채 에어록의 외부 문을 등지고 앉아 있었다. 창백한 얼굴은 땀에 젖어 번들거렸다. 후퍼는 문을 두드렸다. 눈꺼풀 아래에서 안구가 움직이고, 얼굴을 더 찌푸리는 모습이 보였다. 그는 다시 문을 두드렸다.

스니든이 눈을 떴다. 어찌할 바를 모르는 표정이었다. 악몽에서 빠져나와 현실에 존재하는 공포를 마주하려 애쓰고 있었다. 그러다 그녀는 자신을 바라보는 후퍼와 리플리의 모습을 보고, 그들에게 엄지를 들어 보였다.

"얼마 남지 않았을 거예요." 문에서 떨어지며 리플리가 말했다.

"우리가 당신 주장을 받아들였어야 한다고 생각하지 않소." 그가 말했다. "뒤로 물러서서 당신이 스니든을 태워버리게 했어야 한다고 말이오."

"그럴지도 모르죠." 리플리의 비참한 표정을 보고, 후퍼는 그녀를 향해 손을 뻗었다. 처음에는 그녀가 저항할 거라고, 몸을 빼면서 행성에서 그랬던 것처럼 주먹을 날릴 거라고 생각했다. 그러나 처음에는 몸을 굳히기는 했어도, 이내 그녀는 후퍼의 품 속에서 긴장을 풀었다. 성적인 느낌은 조금도 없었다. 위안과 우정, 그리고 끔찍한 기억을 공유하는 이들 사이의 포옹이었다.

"있잖소, 때가 되면……." 후퍼는 그녀의 귓가에 속삭였다. 머리카락이 그의 입가를 간질였다.

"다들 주목!" 라샹스가 소리쳤다. "앞쪽에 매리언 호가 보입니다. 다들 벨트를 메고 도킹 준비를 하시죠. 후퍼, 이리 와서 내가 조종에 매달리는 동안 자잘한 잡일이나 해주는 것은 어떻습니까."

후퍼는 마지막으로 리플리를 한 번 꼭 끌어안아 주고는 조종석으로 돌아갔다.

"집에 한 발짝 더 가까워진 셈이군." 그가 말했다.

"좋아요, 지금 저는 육안에 의존해서 비행하고 있습니다." 라샹스가 말했다. "근접과 고도 경고는 켜 놓았지만, 이 정도 근거리에서는 매리언 호와 접속하지 않고는 자동 조종을 사용할 수가 없어요."

"그래서 내가 뭘 해주면 되겠나?"

"저기 화면 보이십니까? 그걸 잘 보고 계세요. 1.6킬로미터 이내로 들어간 다음에, 진입속도가 붉은 구역으로 들어가면 큰 소리로 알려주세요. 뭐든 붉게 점멸하기 시작하면 목이 떠나가라 고함을 지르면 됩니다."

"예전에도 해본 일이지?"

"물론이죠. 백 번은 했습니다." 라샹스가 그를 향해 웃어보였다. "시뮬레이터에서 말이죠."

"아."

"모든 일에는 처음이 있는 법." 그는 목소리를 높였다. "바지 꽉 잡고 계십쇼, 숙녀분들. 진입합니다!"

잠시 동안 호쾌하게 말하기는 했어도, 후퍼는 라샹스가 최대한 진지하고 조심스럽게 수송선을 몰고 있다는 사실을 알고 있었다. 그는 지시에 따라 화면을 바라보고 있었지만, 동시에 조종사 역시 살펴보고 있었다. 그의 집중력, 결의, 세심한 움직임을.

매리언 호가 빛나는 점으로 모습을 드러냈다. 행성의 표면 위에서 간신히 알아볼 수 있을 정도의 모습이었다. 그 점은 순식간에 커져서 익숙한 형태를 명확하게 알아볼 수 있을 정도가 되었다. 마침내 하부의 도킹 베이가 손상된 모습까지 보이기 시작했다.

"화면에서 눈을 떼지 마십쇼." 라샹스가 말했다.

도킹은 교과서적으로 부드럽고 완벽했다. 라샹스는 도킹하는 내내 혼잣말을 중얼거렸다. 순서를 읊기도 하고, 수송선에게 격려의 말을 해 주기도 하며, 후퍼가 알지 못하는 노래를 한두 소절 흥얼거리기도 했다. 두 우주선은 거의 흔들리지 않고 서로 입을 맞추었고, 라샹스는 재빨리 버튼을 누르고 화면을 넘나들며 샘슨 호를 고정시켰다.

"도킹했습니다." 그는 의자에 몸을 묻으며 말했다. "스니든은요?"

리플리가 벨트를 풀고 문가로 향했다.

"괜찮아 보여요."

"그럼 이제 마지막 순간까지 함께 가는 거예요." 카샤노프가 말했다. "내가 무얼 만들 수 있을지를 생각해 봤는데……." 그녀는 말꼬리를 흐렸고, 후퍼는 그녀를 향해 고개를 끄덕였다.

"안 그래도 부탁할 생각이었소."

"그럼 이제 어떻게 할 거죠?" 리플리가 말했다.

후퍼는 눈을 껌뻑이고는 심호흡을 했다.

"이제 전지를 당신 셔틀로 옮겨야겠지." 그가 말했다. "다른 일은 그 다음의 얘기요."

"남은 에일리언은 어떻게 하고요?" 카샤노프가 물었다.

"놈이 어딘가 숨어 있기만을 바랍시다."

"그렇지 않으면요? 놈이 우리를 공격해 오면 맞서 싸워야 할 테고, 그러면 전지가 손상될 거예요."

"다른 생각이 있어요?" 리플리가 물었다.

"잡아 죽이는 거죠." 카샤노프가 말했다. "놈이 완전히 죽었다는 걸 확인한 다음에 연료 전지를 옮기자는 거예요."

"내 셔틀은 바로 옆 도킹 구역에 있어요." 리플리가 말했다. "90미터 정도 밖에 안 되는데요."

"그럼 우선 경로를 확인해야겠군." 후퍼가 말했다. "구역이 안전하다는 것을 확인한 다음에, 우주선의 다른 구역으로 통하는 문을 모두 폐쇄하고 전지를 옮기는 거요. 그런 다음에는 두 명이 셔틀을 지키고, 다른 사람들이 항해에 필요한 식량과 생필품을 옮기면 되겠지."

"훌륭하군요." 리플리가 말했다. "그런데 스니든은 어쩌고요?"

그들은 모두 에어록을 돌아보았다. 스니든은 작은 창문을 통해 그들을 바라보고 있었다. 여전히 얼굴에는 슬픈 미소를 띤 채로. 후퍼는 안쪽 문을 열었고, 그녀는 천천히 내부 문으로 들어와 다른 사람들을 둘러보았다.

"움직이는 게 느껴졌습니다." 그녀가 말했다. "조금 전에요. 그러니 아마…… 내가 먼저 가는 편이 낫겠죠?"

리플리가 플라즈마 토치를 내밀었고, 스니든은 고개를 끄덕이며 받아 들었다.

일행은 우주복의 헬멧을 다시 쓰고, 통신기 채널을 열었다. 그리고 공기가 빠져나간 에어록과 대기실 통로의 진공을 건너갈 채비를 했다.

"이제 공기를 빼겠습니다." 라샹스가 조종석 쪽에서 말했다.

후퍼는 귀가 먹먹해지는 것을 느끼며 침을 삼켰다. 마지막 남은 공기가 빠져나갔다. 샘슨 호의 외부 문이 열렸고, 스니든은 매리언 호로 걸어가기 시작했다.

후퍼는 저렇게 용감한 사람을 지금껏 본 적이 없었다.

21

고 통

진행 상황 보고:

수신: 웨이랜드 유타니 사, 과학 담당 부서

    (참조: 코드 937)

일시 (불확실)

전송 (대기 중)

샘슨 호가 매리언 호와 도킹했다. 우주선과 수송선 컴퓨터 간의 접속이 차단되었다. 이를 보면 리플리가 아직 수송선에 승선하고 있다고 유추할 수 있다.

다른 인원의 수송선 탑승 여부나 사건의 발생 여부는 확인할 수 없다.

하지만 나는 아직 희망을 품고 있다.

매리언 호 내부의 모든 CCTV와 통신 시스템은 중앙 컴퓨터와 연결해 놓았다. 이제 모든 곳에 내 눈과 귀가 있다.

도킹을 하기만 하면 상황을 파악할 수 있다. 상황을 우선 파악해야 다음 대응책을 결정할 수 있을 것이다.

매리언 호에 숨어든 에일리언의 위치를 확인했다. 이제 모든 격벽을 원격 조종할 수 있다……. 일단은 에일리언을 3번 격납고에 가두어 놓았다. 에일리언은 조용히 꼼짝하지 않고 그곳에 있는 중이다.

필요하다면 언제든 사용할 수 있을 것이다.

스니든은 도킹 구역 대기실의 진공 속으로 걸어 나가서, 그 너머의 복도로 통하는 문에 접근했다. 복도에 공기를 채워 넣으려면 우선 이 문을 잠그고 구멍을 막아야 할 것이다. 그리고 나서야 매리언 호 안쪽으로 들어갈 수 있을 것이다. 나르시서스 호가 있는 도킹 구역을 포함해서.

스니든의 모습이 문 너머로 사라졌다. 다른 이들은 대기실에 남아 초조하게 기다렸다. 리플리는 비틀거리고 있었다. 복부와 어깨의 상처는 갈수록 더 아파오고 있었지만, 그녀는 그 고통을 받아들여 결의를 다지기 위한 연료로 삼았다. 치료나 수면은 나중으로 미뤄 놓아도 될 것이다.

곧 스니든이 돌아왔다.

"전부 깨끗합니다." 그녀가 보고했다. "문도 닫혀 있고, 밀폐 상태도 괜찮아요." 우주복의 통신기로 들려오는 목소리는 탁하고 잡음이 섞여 있었다.

"좋아." 후퍼가 말했다. "계획을 변경하겠소. 문을 다시 밀폐하기 전에 연료 전지를 가져오도록 하지. 아니면 손상된 문을 계속 열고 닫으면서 들락거려야 할 텐데, 상당히 귀찮은 일이 될 거요."

"하지만 괴물이 나타나기라도 하면―" 라샹스가 말했다.

"위험하기는 하지." 후퍼도 그 사실을 인정했다. "모든 일에는 위험 요소가 있는 법일세. 하지만 여기서 시간을 보내면 보낼수록 사태는 나빠지기만 할 걸세. 우주선 내부 어딘가에 에일리언이 있고, 매리언 호가 박살이 날지도 모르고, 리플리의 AI가 우리에게 아주 괴로운 하루를 선사하려 할지도 몰라."

"애쉬는 내 AI가 아니에요." 리플리가 말했다. "웨이랜드 사의 소유물이죠."

"어쨌든. 전지를 샘슨 호에서 꺼내서 통로로 나르도록 합시다. 그런 다음 문을 밀폐하면 될 거요."

"내가 보초를 서겠어요." 스니든이 말했다.

"괜찮은 거예요?" 리플리가 물었다.

스니든은 고개를 끄덕이고는 스프레이 총을 든 채로 몸을 돌려 문 너머로 사라졌다.

"리플리, 당신도 가시오." 후퍼가 말했다. "반드시 필요한 상황이 아니면 플라즈마 토치는 쓰지 말아요."

그녀는 고개를 끄덕이고 스니든을 따라가며, 후퍼가 무슨 뜻으로 그렇게 말한 것일지 곱씹어 보았다. 토치를 뭐에 쓰라는 거지? 아니, 누구에게인가? 후퍼가 라샹스와 카샤노프에게 연료 전지를 옮기는 방법에 대해 설명하는 소리가 들렸고, 리플리는 그 일을 맡기고 이리 올 수 있어서 다행이라는 생각이 들었다. 대화를 나눌 기회가 생길 테니까.

과학 장교는 바로 문 너머에서 벽에 기대 서 있었다. 리플리는 그녀를 향해 고개를 끄덕였고, 그들은 서로 반대편으로 몇 발짝을 옮겼다. 떠난 후로 무언가 침입한 흔적은 없었다. 만약 에일리언이 이쪽 구역으로 뚫고 들어왔다면 우주선 전체의 공기가 빠져나가 버렸을 것이다.

놈은 더 깊은 곳으로 들어가 숨어 있는 것이 분명했다. 어쩌면 두 번 다시 보지 못할지도 모른다.

"당신의 AI 말이에요." 스니든이 말했다. "그게 내 안에 있는 걸 원하는 거죠?"

리플리는 스니든이 두 사람의 우주복에만 소리가 들리도록 통신 채널을 바꾼 것을 알아챘다. 리플리 역시 대답하기 전에 채널을 바꾸었다.

"맞아요. 놈은 노스트로모 호에서도 샘플을 얻기 위해 최선을 다했고, 이제 다시 시도를 하고 있는 거예요."

"그게 사람이라도 되는 것처럼 말하네요."

"사람이었어요." 리플리가 말했다. "애쉬였으니까. 우리들 중 누구도 놈이 안드로이드라는 사실을 알지 못했어요. 안드로이드가 어떤지, 얼마나 발달했는지 알고 있잖아요. 그는…… 묘한 구석이 있었던 것 같아요. 비밀을 숨기고 있었죠. 하지만 그의 의도를 짐작할 수 있는 단서는 단 하나도 없었어요. 놈이 에일리언을 우주선 안에 풀어놓기 전까지는 말이죠."

"그가 지금 우리를 지켜보고 있을까요?"

"확신은 못하겠군요." 그녀는 애쉬가 얼마나 많이 움직였는지, 어디까지 침투해 들어갈 수 있는지 모르는 상태였다. 하지만 에일리언이 그녀의 악몽이라면, 애쉬는 그녀의 적수였다. "하지만 그렇다고 간주해야겠지요."

"나 말고 다른 사람들은 원하지 않겠네요." 스니든이 말했다. "내 안에 무엇이 있는지 알고 있다면 나만 데려가려 하겠죠."

"그래요. 당신을 최대한 빨리 하이퍼슬립 상태로 집어넣은 다음, 바로 회사로 데려가려 할 거예요. 나머지 우리는 전부 장애물일 뿐이죠."

"그런 다음에는요?"

리플리는 어떻게 대답해야 할지 알지 못했다. 자신도 모르고 있었으니까. 웨이랜드 유타니 사는 이미 유용한 외계 유물이나 생물을 추적하는 일에서 잔혹하고 집요한 모습을 보여준 바 있었다.

"그러면 그들이 원하는 것을 손에 넣게 되겠죠." 리플리는 마침내 이렇게 말했다.

"나는 안 갈 거예요." 스니든이 말했다.

"나도 알아요." 리플리는 그녀를 바라볼 수가 없었다.

"기분이…… 묘해요. 내가 죽을 거라는 사실을 알게 되니까. 두려운 것은 죽음 자체가 아니라, 그 죽음이 어떤 식으로 일어나게 될 것인가 뿐이에요."

"그렇게 되게 놔두지 않겠어요." 리플리가 말했다. "때가 되면, 카샤노프가 최대한 빨리 뭔가를 줄 거예요. 편하게 떠날 수 있도록."

"그래요." 스니든은 이렇게 말하면서도 미심쩍은 기색이었다. "하지만 일이 그렇게 쉽게 풀려나갈 것 같지는 않네요."

리플리 역시 확신하지 못하고 있었고, 거짓말을 할 수는 없었다. 그래서 그녀는 그냥 아무 말도 않는 쪽을 택했다.

"좀 아플 뿐인 걸요." 스니든이 말했다. "그 일이 일어날 때면, 아프기는 하겠지만 별 상관없을 거예요. 순간 지독하게 고통스럽고 두렵겠지만, 영원히 계속되는 것은 아니니까. 그러니 별로 상관없을 거예요."

"정말 미안해요." 리플리는 눈물을 삼키며 낮은 소리로 속삭였다. 한 번 눈물을 흘리고 나니 이제는 너무도 쉽게 나오는 모양이었다.

스니든은 바로 대답하지 않았다. 그러나 리플리는 그녀의 숨소리를, 마치 압축 공기를 마지막까지 음미하듯 길고 느리게 들리는 호흡 소리를 들을 수 있었다. 이내 스니든은 다시 입을 열었다.

"묘하네요. 아직도 그 생물들에 매료되어 있는 것 같아요. 아름다운 모습이잖아요."

그들은 아무 말 없이 한동안 서 있었다. 잠시 후 후퍼가 도킹 구역 쪽 문에서 나왔다. 그는 자기 귀 근처를 두드려 보였고, 리플리는 통신기를 전체 채널로 바꾸었다.

"무슨 일인 거요?" 그가 물었다.

"스니든과 얘기를 좀 했어요." 후퍼는 고개를 끄덕이기만 했다.

"전지를 가져왔소. 리플리, 4번 베이 쪽으로 통하는 문으로 가 주시오." 그는 한쪽을 가리켜 보이고는 몸을 돌렸다. "스니든, 다른 쪽 도킹 베이로 통하는 통로 쪽으로 가시오. 이제 이 문을 밀폐한 다음 공기를 채우겠소."

"어떻게요?" 리플리가 물었다.

"어떻게라? 사실 방법은 모르겠소. 격벽 문을 그냥 열어버리면 공기가 밀려나올 테고, 우리는 사방으로 날아가 버리겠지. 어떻게든 공기를 새어 나오게 만들어야 하는데."

"혹시 다른 드릴을 가지고 있지는 않겠죠?"

후퍼는 고개를 젓다가, 문득 자기 어깨에 매달려 있는 스프레이 총을 바라보았다. 그는 웃음을 지었다.

카샤노프와 라샹스가 전지를 가지고 등장했다. 그들은 문으로 운반차를 몰고 들어와서 반대쪽 벽 앞에 기대어 세워 놓았다.

"벽에 단단히 고정해 놓게." 후퍼가 말했다. 그리고 그는 문을 닫은 다음 주머니에서 네모난 두꺼운 금속 조각을 하나 꺼내서는, 매리언 호를 나갈 때 드릴로 뚫은 구멍에 대고 눌렀다. 손을 뗐는데도 금속은 그대로 그 자리에 붙어 있었다.

"접착 유도제요." 그는 리플리가 지켜보고 있는 것을 깨닫고 이렇게 말했다. "공기의 압력으로 단단하게 붙을 거요. 그때까지 시간을 벌 수는 있겠지."

리플리는 복도를 따라 4번 베이 쪽으로 꺾어지는 지점까지 나아갔다. 그녀는 문이 보이는 자리에서 멈췄다. 그 너머에 그녀의 셔틀이 일행을 기다리고 있었다. 걸음을 옮기니 상처가 쑤셨지만, 가만히 서 있는다고 더 나을 것도 없었다. 좀 아플 뿐인 걸요. 별 상관없을 거예요. 스니든은 그렇게 말했다. 어깨에서 축축한 느낌이 옆구리로 흘러내려오는 것이 느껴졌다. 상처가 다시 열린 모양이었다.

좀 아플 뿐이야.

그녀는 모퉁이 너머를 돌아보았다. 라샹스와 카샤노프가 샘슨 호에서 가져온 화물용 고정끈으로 운반차와 연료 전지를 벽에 고정시키는 모습이 보였다. 그녀도 허리띠를 이용해 벽의 지지대에 자신의 몸을 단단히 고정했다.

"다들 준비 됐소?" 후퍼가 물었다. 그는 스니든을 따라 파손된 도킹 구역으로 이어지는 복도 쪽으로 들어가 버렸다.

"어쩔 생각인데요?" 카샤노프가 물었다.

"문으로 산성 용액을 쏠 생각이오." 후퍼가 말했다. "깔끔한 방식이라고는 못하겠지만 먹히긴 할 거요. 이쪽으로 공기가 세차게 밀려들 수도 있겠지만. 그러니 사타구니 단단히 붙들고 있으시오."

"붙들 게 없는 사람도 있다고요, 머저리 같으니." 카샤노프가 중얼거렸다.

"그럼 주변에 아무거나 붙들고 있던가." 그는 잠시 말을 멈추었다. "셋에 쏘겠소."

리플리는 속으로 수를 세었다. 하나…… 둘…….

셋…….

정적이 흘렀다. 후퍼가 입을 열었다. "이런, 이걸로는 안 될지도—" 순간 높은 휘파람 소리가 들리더니, 밀폐 구역으로 공기가 밀려드는 굉음이 이어졌다.

이걸로 애쉬가 깨어나겠군. 리플리는 이렇게 생각했다. 아직도 그 개자식이 인간처럼 여겨졌다.

진행 상황 보고:

수신: 웨이랜드 유타니 사, 과학 담당 부서

    (참조: 코드 937)

일시 (불확실)

전송 (대기 중)

생존자 중에 리플리 준위가 있다. 그녀가 아직 살아있어서 기쁘다. 그녀와 나는 친밀한 관계다. 매리언 호의 CCTV에서 확인한 바에 의하면 부상을 입은 것 같다. 그러나 그녀는 아직 움직이고 있다. 감동스럽다. 긴 잠에서 깨어나서, 그렇게 오래 잠들어 있던 이유를 깨닫게 된 다음에도, 자신의 상황을 능률적으로 분석해 냈다. 거의 안드로이드에 가까운 효율성이다.

나는 그녀를 죽일 것이다. 선임 기술자 후퍼, 선의 카샤노프, 조종사와 함께.

과학 장교 스니든의 몸 속에 에일리언의 유생이 있다. 골치 아프게도 정확한 내역은 알 수가 없지만, 지금까지 관찰한 대화에 따르면 그 사실은 명백한 것으로 보인다. 그녀가 자신의 목숨을 끊으려는 의도를 가지고 있다는 점도.

그런 행동은 용납할 수 없다.

그녀가 나르시서스 호에 탑승하고 새 연료 전지를 장착하고 나면, 임무를 완료하는 데 필요한 일련의 조치를 취할 생각이다.

굉음이 낮은 휘파람 소리로 잦아들었다 곧 완전히 사라져 버렸다. 리플리의 귓가는 아직도 울리고 있었다. 복도 쪽을 돌아보자 후퍼가 모퉁이를 돌아 나오는 모습이 보였다. 이미 헬멧을 벗고 있었다.

"잘 됐소." 그가 말했다.

"잘 됐다고요?" 라샹스가 말했다. "나는 우주복 안에 지린 것 같은데요."

"처음도 아니면서 뭘." 카샤노프가 말했다.

"스니든?" 리플리가 물었다.

"여기 있어요." 힘없는 목소리였다. 이제 얼마 남지 않았어. 리플리는 이렇게 생각했다. 그녀는 자신의 헬멧을 벗어 우주복에 그대로 매달려 있게 놔두었다. 두 번 다시 필요하지 않기만을 바라며.

후퍼와 다른 이들이 연료 전지를 운반차에 올렸다. 그리고 4번 베이의 대기실로 통하는 문에 도착하자, 그들은 잠시 걸음을 멈추었다.

"라샹스, 가서 스니든과 함께 있게." 후퍼가 말했다. "그리고 카샤노프…… 뭔가 도움이 될 것이 있다고 하지 않았소?"

카샤노프는 허리춤의 주머니에서 작은 주사기를 꺼냈다.

"이게 내가 할 수 있는 최선이에요." 그녀가 말했다.

"그게 무슨 뜻이에요?" 리플리가 물었다.

"고통이 없지는 않을 거란 뜻이죠. 의료 구역으로 데려다 주면 더 나은 걸 찾을 수도 있겠지만, 지금 가지고 있는 물건으로는 이 정도가 한계예요."

후퍼는 무거운 얼굴로 고개를 끄덕였다.

"그럼 날아갈 준비를 합시다."

후퍼는 문을 열었고, 리플리와 카샤노프는 운반차를 밀고 안으로 들어섰다.

순간 문 옆에 웅크리고 있던 무언가가 갑자기 쉿 소리를 내며 그들에게 뛰어들었다. 카샤노프는 비명을 지르며 뒤로 물러섰지만, 리플리는 재빨리 정신을 차리고 자세를 낮추며 양 팔을 벌렸다.

"존시!" 그녀가 말했다. "괜찮아, 나야. 괜찮아. 이 바보 고양이." 존시는 그녀 앞에서 몸을 낮추고 다시 식식거렸다. 그리고는 리플리의 다리를 감고 돌면서 자신을 안도록 허락했다.

"이런 세상에." 카샤노프가 말했다. "젠장, 빌어먹을……."

"고양이들이 다 그렇죠." 리플리는 어깨를 으쓱하며 말했다.

"저 고양이도 함께 데려갈 거예요?" 카샤노프가 물었다.

리플리는 그 문제는 생각조차 해본 적이 없었다. 1인용 셔틀에 네 사람이 타는 것만으로도 충분히 골치가 아팠다. 초장거리 여행을 하려면 아직 준비해야 할 것이 많았다. 셔틀의 공기 정화기를 위한 냉각제, 식수 정화기용

필터, 식량, 다른 생필품도. 그런데 여기에 고양이를 한 마리 추가한다고? 생체 비활성 포드를 번갈아 사용해야 하는 상황이면, 존시는 여행을 할 만큼 오래 살아남지 못할지도 모른다.

그러나 존시를 여기 두고 간다는 일은 상상조차 할 수가 없었다.

"그 문제는 때가 되면 생각하기로 합시다." 후퍼가 말했다. "자, 나는 해야 할 일이 있어서 이만."

다시 나르시서스 호에 들어서니 묘한 기분이 들었다. 다급한 상황이라는 것은 같았지만, 이번에는 함께 들어오는 사람들이 바뀌어 있었다. 위험이 있다는 것은 같아도 지금은 더 복잡해졌다. 망가져 가는 우주선, 어딘가에 숨어 있는 에일리언, 그리고 다른 괴물을 몸 속에 품고 있는 일행 한 명까지.

존시는 그녀의 팔에서 뛰어내려 사뿐히 비활성 포드 안으로 뛰어 들어가더니 덮개에 가려져 있는 발치에 웅크리고 앉으며 모습을 감추었다. 리플리도 그렇게 하고만 싶었다.

"카샤노프." 그녀가 입을 열었다. 갑자기 어지럼증이 다시 찾아왔다. 우주선이 흔들리며 방향을 돌리는 것만 같았다. 어쩌면 그럴지도 몰라. 이미 추락이 시작되어서……

후퍼가 비틀거리는 그녀를 붙잡았다. 카샤노프가 우주복 상의를 벗기자 피가 뿜어져 나오며 우주복을 검게 적시고 바닥으로 흘러내렸다.

"스테이플이 튀어나왔어요." 카샤노프가 말했다. "지금 다시 봉합할게요. 우선 이것부터." 리플리가 반대 의사를 표하기도 전에, 선의는 작은 바늘을 그녀의 어깨에 찔러 넣고는 주머니 안의 내용물을 전부 밀어 넣었다. 먹먹한 기운이 퍼져나갔다. 고통이 잦아들었다. 오른손에서 얼얼한 느낌이 들더니, 곧 모든 감각이 사라져 버렸다.

이제는 플라즈마 토치를 들 수 없을 것이다.

후퍼는 셔틀 뒤편으로 이동해 엔진부로 통하는 작은 해치를 열었다. 그는 안으로 반쯤 몸을 숙이고 한동안 살펴보더니 다시 모습을 드러냈다.

"나는 한동안 여기 있어야겠소." 그는 이렇게 말하고 잠시 얼굴을 찌푸린 채 생각에 잠겼다. "좋소. 우주복 헬멧의 통신기를 이용하면 연락이 가능할 테니. 리플리, 여기 나와 함께 있으시오. 카샤노프, 당신과 나머지 사람들은 매리언 호로 건너가서 필요한 물건을 모아 오시오."

"나도 같이 가겠어요." 리플리가 말했다.

"안 되오. 당신은 다쳤잖소."

"아직 걸을 수 있어요. 보급품을 나를 수도 있고." 그녀가 말했다. "우리가 나가면서 나르시서스의 외부 문을 닫으면 뭔가 들어와서 방해할 걱정은 하지 않아도 될 거예요. 여기 남아서 작업이나 해요. 잘 고쳐줘요." 그녀는 웃어 보였다.

"문제는 없을 거요." 후퍼가 말했다. "하지만 위험을 무릅쓰지는 마시오. 당신들 모두. 돌아다니고 있는 괴물 문제도 그렇고, 또…… 그 있잖소."

"스니든 문제도 말이죠." 카샤노프가 말했다.

"지금 해야 해요." 리플리가 말했다. "어차피 얼마 남지 않았을 거예요."

"흠……." 후퍼는 자리에서 일어나 자기 도구 주머니의 내용물을 모두 꺼냈다. "나는 여기서 집으로 돌아가는 표를 사고 있을 테니, 당신은 그 문제를 결정해야 할 거요."

냉정한 말이었지만, 리플리는 그 말이 사실이라는 것을 알고 있었다.

"너무 오래 가 있지 마시오. 안전하게 움직이고." 후퍼가 말했다.

"안전이라면 나를 따라갈 사람이 없죠." 리플리가 말했다. 그녀는 웃다가 고통스럽게 기침을 하고는, 몸을 돌려 밖으로 나갔다. 카샤노프가 그녀를 따라 나가며 문을 닫은 다음 밀폐했다. 리플리는 두 번 다시 나르시서스 호의 내부를 보지 못할 것만 같다는 생각을 떨쳐낼 수가 없었다.

"의료 구역을 들렀다 화물칸으로 가면 돼요." 카샤노프가 말했다. "한 시간이면 될 거예요. 그런 다음에 떠나면 되죠."

"그래요." 리플리가 말했다. "난 37년이나 잤는데 아직도 피곤하네요."

22

체 스

진행 상황 보고:

수신: 웨이랜드 유타니 사, 과학 담당 부서

    (참조: 코드 937)

일시 (불확실)

전송 (대기 중)

선임 기술자 후퍼가 나르시서스 안에 있다. 필요하다면 이대로 감금해 버릴 수도 있다. 상처를 입힐 수도 있다. 그러나 그는 지금 바쁘다. 당장은 이대로 놔둘 생각이다.

다른 사람들에 대해서는…… 위험을 감수하기로 했다. 도박인 셈이다. 지금 나는 육체가 없으니 무력하다고 할 수 있다. 체스를 두는 느낌이다. 나는 항상 체스를 잘 두었고, 지금까지 져본 적이 없다. 인간을 상대로도, 컴퓨터를 상대로도. AI가 그랜드 마스터인 시대이니까.

내가 생각하는 도박은 이런 것이다. 과학 장교 스니든은 에일리언을 품고 있으니 안전할 것이라 생각한다. 에일리언은 그녀 안의 존재를 감지할 것이다. 그녀는 습격에서 살아남을 것이고, 다른 자들은 목숨을 잃을 것이다. 그러면 그녀는 서둘러 나르시서스 호로 돌아올 것이다.

무슨 생각을 품고 있던 그녀도 결국 인간일 뿐이고, 본능적으로 살아남으려 할 것이다.

다른 자들은 살려 둬서는 안 된다. 그들은 나에 대해서, 그리고 과학 장교 스니든에 대해서 너무 많은 것을 알고 있다.

이제 거의 다 되었다.

내 말을 옮길 차례다.

* * *

리플리는 계속 스니든 뒤에 자리를 잡고 있었다. 플라즈마 토치를 왼쪽 어깨로 바꾸어 메고, 필요하다면 한 손으로 든 채로 발사할 수도 있을 것이라 생각하면서. 오른팔은 어깨 아래로 전부 둔하기만 했다. 오른팔을 베고 자다가 막 깨어났을 때처럼, 아무 쓸모없이 어깨에 붙은 채 덜렁거리고만 있었다. 그녀는 곧 덜렁거리는 팔에 질려서 우주복 상의 안쪽으로 쑤셔 넣어 버렸다.

스니든의 운명이 걱정되는 것은 아니었다. 그 일이 벌어지는 것을 보고 듣게 될 것은 분명했으니까. 다만 그녀를 고통에서 해방시켜 줄 채비를 하고 싶을 뿐이었다.

라샹스가 폭약 섬퍼를 든 채로 앞장서고 있었다. 카샤노프가 플라즈마 토치를 어깨에 메고 그를 따라갔다. 다친 팔은 어깨에 고정시킨 채였다. 스니든이 자진해서 스프레이 총을 내놓겠다고 했지만, 사람들은 그대로 그걸 들고 있게 해 주었다.

시간이 충분하다면 가져올 물건은 꽤나 많았다. 식량, 의복, 환경 유지 시스템을 위한 냉각제와 첨가제, 침구류, 의약품, 세면용 물품. 게임이나 책 등, 시간을 보낼 수 있는 딴짓을 하기 위한 물건들까지.

그러나 시간도 거의 없고 매번 모퉁이를 돌 때마다 위험을 감수해야 하는 상황이라, 그들은 필수품만을 챙겨갈 생각이었다.

"냉각제와 첨가제는 2번 격납고에서 가져올 수 있습니다." 라샹스가 말했다.

"주방에 가면 건조 식량이 있어요." 카샤노프가 말했다.

"그것만 가지고 바로 돌아가죠." 리플리가 말했다. 의료 구역으로 가서 약품을 챙기거나, 휴게실로 가서 책을 챙기거나, 거주 구역으로 가서 침구류와 개인 소지품을 챙길 시간은 없었다. 이제 모두가 압박과 위험을 느끼고 있었으니까.

매리언 호의 하부에 위치한 도킹 베이에서 출발해 위쪽으로 걸음을 옮기다가, 일행은 잠시 멈추어 관측창을 바라보았다. 행성은 이미 무시무시할 정도로 가까워 보였다. 곧 선체가 달아오를 것이고, 방열판은 휘어지고 부서질 것이며, 그때쯤이면 선내를 가득 채운 열기를 버텨냈더라도 폭발하는 매리언 호와 함께 끝장이 나 버릴 것이 분명했다.

예전에는 CCTV를 본 기억이 없었는데, 이제는 눈에 띄었다. 어쩌면 리플리가 그걸 찾고 있어서 그럴지도 모르지만. 지나가는 모습을 뚫어져라 관찰하고 있는 눈알처럼 보였다. 그녀를 쫓아 움직이지는 않았지만, 렌즈에 반사되는 모습 때문에 눈동자가 움직임을 쫓아 돌아가는 것처럼 보였다. 그 수많은 카메라 뒤에는 지성이 존재했다. 그녀가 너무도 잘 알고 있는 존재가. 애쉬, 망할 놈. 그녀는 계속 이렇게 되뇌고 있었다. 그러나 욕설을 중얼거리면서도, 그녀는 한편으로 애쉬의 다음 수를 예측하려고 했다.

그들은 양쪽으로 관측창이 달리고 가운데 승강기가 있는 널찍한 공간에 도착했다. 벽에는 닫힌 문이 여러 개 늘어서 있었고, 반대쪽 끝에는 매리언 호의 주 공간으로 올라가는 넓은 계단이 보였다.

"승강기로?" 리플리가 물었다.

"승강기는 이제 질렸어요." 카샤노프가 말했다. "도중에 멈추면 어떻게 하게요?"

그 말이 맞아. 리플리는 이렇게 생각했다. 애쉬가 우리를 저기 가둘 수도 있어.

"여러분은 이제 가장 기본적인 수단을 택해야 합니다." 스니든이 말했다. 2인칭을 사용해 놓고도 알아차리지 못하는 모양이었다. "기계 고장 때문에 발목이 잡히면 곤란하니까요. 이제 시간이 없어요. 시간이 너무……." 순간 그녀는 얼굴을 찌푸리며 눈을 감고는, 가슴에 손을 올렸다.

"스니든." 리플리가 나직하게 속삭였다. 그녀는 뒤로 물러서며 플라즈마 토치를 겨누었지만, 스니든은 한쪽 손을 들어 올리며 고개를 저었다.

"아직 괜찮아요." 그녀가 말했다. "내 생각에는…… 아직인 것 같아요."

"이런 세상에." 라샹스가 말했다. 그는 한쪽 관측창 쪽으로 가서 행성 표면을 내려다보고 있었다. "프랑스인의 감성을 드러내 보여 미안하지만, 정말로 빌어먹을 정도로 끝내주게 가슴이 따뜻해지는 광경을 볼 생각 없습니까?"

그의 말대로였다. 기묘할 정도로 아름다운 풍경이었다. 그들의 위치에서 북쪽으로, 행성의 표면을 뒤덮는 먼지와 모래의 구름 사이로 구멍이 하나 뚫려 있었다. 그리고 거대한 버섯구름이 그 구멍을 뚫고 피어올라 있었다. 엄청난 크기에, 이렇게 먼 거리에서 보니 거의 움직이지 않는 것처럼 보였다. 폭발 지점에서 충격파가 호수의 잔물결처럼 퍼져나가고 있었다. 시계의 시침처럼 느린 속도로. 주황색, 붉은색, 노란색의 흐름이 우주선에서 보이는 행성의 절반을 물들였고, 격렬한 전기 폭풍이 구름 아래에서 휘몰아치며 보라색 번개를 먼지 소용돌이 속으로 쏘아대고 있었다.

"자, 이걸로 실업자 신세인가." 라샹스가 말했다.

"이제 괴물은 한 마리밖에 안 남았어요." 리플리가 말했다.

"두 마리예요." 스니든이 뒤편에서 말했다. 더 창백해진 모습이었고, 고통을 느끼고 있는 듯했다. "이제…… 이제 시간이 된 것 같아요……."

그녀는 조심스레 바닥에 스프레이 총을 내려놓았다.

그 뒤편에서 무언가 층계를 타고 달려 내려왔다.

"아, 젠장……." 리플리는 숨을 헐떡였다. 그녀는 플라즈마 토치를 들어 사격 자세를 잡았지만, 스니든이 사선에 있었다. 지금까지 그녀의 고통을 끝내줘야 한다는 생각을 수도 없이 해 왔지만, 지금 이 순간, 리플리는 준비가 되어 있지 않았다.

에일리언은 층계를 달려 내려와 구역 가운데 서 있는 승강기 기둥 뒤편으로 쏜살같이 사라졌다. 리플리는 놈이 반대편으로 나오기를 기다렸다. 놈은 모습을 드러내며 그대로 일행을 덮치려 할 것이 분명했다.

"스니든, 엎드려요!" 리플리가 소리쳤다.

과학 장교는 움직이기 시작했다. 그녀의 모든 움직임은 침착하고 계산적이었다. 거의 슬로우 모션처럼 보일 지경이었다. 그녀는 스프레이 총을 다시 집어 들고는 몸을 돌렸다.

라샹스가 왼쪽으로 기둥을 돌기 시작했다. 천천히, 승강기 기둥 뒤를 볼 수 있도록 조심해서. 카샤노프는 리플리 오른쪽 가까운 위치에 그대로 있었다. 모두 조용했다. 숨소리도, 발톱이 금속 바닥에 부딪치는 달각 소리도 들리지 않았다.

우리가 상상한 그대로야. 리플리는 생각했다.

다음 순간 에일리언이 승강기 뒤에서 달려나왔다. 스니든은 자세를 낮추고 스프레이 총을 발사했고, 산성 액체는 괴물 뒤의 벽면에 타들어가는 직선을 그렸다. 라샹스의 폭약 섬퍼에서 기침하는 듯한 소리가 났다. 발사체는 승강기에 맞고 불꽃을 내며 튕겨나와, 카샤노프를 맞춰 넘어뜨렸다.

누구도 제대로 반응하기 전에, 괴물이 라샹스를 덮쳤다. 놈은 어깨를 잡고는 그대로 뒤로 밀쳤고, 벽에 너무 세게 부딪쳐서 리플리한테까지 뼈가 부서지고 으스러지는 소리가 들릴 지경이었다. 라샹스의 입에서 피가 흘러나왔다. 에일리언은 자기 머리로 그의 머리를 들이받았고, 이빨이 튀어나와 그의 목을 관통하며 딱! 하고 경추가 끊어지는 소리가 났다.

리플리는 플라즈마 토치를 휘둘렀다.

"이쪽 보지 마요!" 그녀는 이렇게 소리치며 방아쇠를 당겼다.

아무 일도 일어나지 않았다.

그녀는 당황해서 대체 무엇을 잘못했는지를 생각하며 자기 무기를 내려다보았다. 연료 주입구도 열었고, 안전장치도 풀었어. 어쩌면 전지가 다 떨어진 걸지도 몰라. 그럼 어떻게 하지? 이런 생각을 하는 아주 짧은 순간 동안, 에일리언이 그녀를 향해 돌진해 들어왔다.

뒤편에서 카샤노프가 신음하며 몸을 일으키는 소리가 들렸다. 리플리는 그녀의 총구에서 하얗게 타오르는 플라즈마 화염이 뿜어져 나올 것이라 생각했다. 리플리를 비참한 죽음에서 구원해 주고, 에일리언을 박살내고, 그녀와 후퍼에게는 살아날 기회가 생길 것이다. 바로 그 순간, 리플리는 그 화염을 기다리고 있었다.

가까이 다가온 에일리언은 더욱 거대해 보였다. 그녀가 본 것들 중에서 가장 끔찍한 존재로 보였다. 정말 미안해, 아만다. 그녀는 그렇게 생각했다. 약속을 지킬 수 없게 되었으니까.

눈을 감으려 하는 바로 그 순간, 에일리언의 측면에서 화염이 타오르며 뿜어져 나오는 것이 보였다. 괴물은 그대로 옆으로 비키며 쉿 소리를 내고는 바닥을 미끄러지듯 달려 그녀를 덮쳤다.

리플리는 모든 몸무게를 한쪽으로 실으며 왼쪽으로 쓰러지려 했지만, 이미 너무 늦어 버렸다. 에일리언의 묵직한 공격이 그녀를 때렸다. 발톱이 휩쓸었고, 이빨이 그녀 얼굴 앞 3센티미터 거리를 깨물었다. 그녀는 비명을 질렀다. 괴물은 쉿 소리를 내더니 그대로 비명을 질렀고, 리플리는 지독한 타는 냄새를 맡았다.

놈은 리플리를 타고 앉아 발톱을 휘둘렀다. 놈의 손길이 닿는 곳마다 고통은 더욱 심해졌다.

그러더니 괴물이 몸을 일으켜 사라졌다. 리플리는 왼쪽 팔을 벤 채로 옆으로 쓰러져 있었다. 피가 그녀 주변 바닥으로 가득 흘러나왔다. 붉은색. 인간의 피. 내 피야. 그녀는 생각했다. 육신이 차갑고 먹먹하게만 느껴지더니, 갑자기 뜨거워지며 망가지고, 터지고, 새어 나오는 느낌이 들기 시작했다. 그녀는 간신히 입을 열었지만, 신음소리밖에는 새어 나오지 않았다.

카샤노프는 다시 에일리언 쪽을 향해 불을 뿜고는 바닥에 주저앉았다. 플라즈마 토치가 그녀 옆으로 뎅그렁 소리를 내며 떨어졌다. 리플리는 방금 공격이 제대로 맞았는지 확인할 수가 없었지만, 괴물은 비명을 지르며 널찍한 층계 쪽으로 후퇴했다.

스니든이 계속 스프레이 총을 쏘며 놈을 추격했다. 산성 용액 한 발이 놈의 다리 뒤편을 죽 그었다. 놈은 벽 쪽으로 넘어지더니, 그대로 층계 위로 뛰어올랐다. 스니든은 더 따라가며 다시 발사했으나 이번에는 빗나갔고, 아래쪽 계단에 대각선으로 녹아내리는 흔적이 남았다.

"스니든!" 카샤노프가 헐떡이며 소리쳤지만, 과학 장교는 돌아보지 않았다. 괴물은 도망쳤고, 그녀는 계속 총을 쏘며 놈을 추적했다.

"필요한 물건을 챙겨요!" 귓가의 통신기에서 스니든의 목소리가 울렸다. 리플리가 듣기에는 지금까지 중에서 가장 활기찬 목소리였다. 고통이 느껴지기는 했다. 보이지 않는 깊은 곳에 절망이 꿈틀대고 있었다. 그러나 일종의 즐거움 또한 느껴졌다. 그녀는 헐떡이고 신음 소리를 내며 달려가고 있었고, 더 먼 곳에서 에일리언이 다시 비명을 지르는 소리가 들렸다. "잡았다, 이 자식!" 스니든이 말했다. "다시 잡았다고. 계속 도망쳐, 도망쳐 보란 말이야. 어디까지든 내가 쫓아갈 테니까."

리플리는 그녀에게 뭔가 말하고 싶었다. 그러나 입을 열어도 피가 쏟아져 나올 뿐이었다. 얼마나 안 좋은 걸까? 그녀는 생각했다. 그녀는 카샤노프를 돌아보고 싶었지만, 몸을 전혀 움직일 수가 없었다.

"카샤노프." 그녀는 간신히 웅얼댔다. 응답이 없었다. "카샤노프?"

그림자가 드리웠다.

아만다가 마침내 그녀를 용서하기로 마음먹고 기다리고 있기만을 바랄 수밖에 없었다.

후퍼는 그 모든 소리를 들었다.

전부 해서 30초밖에 걸리지 않았다. 그동안 그는 공구를 떨어트리고, 비좁은 엔진부에서 몸을 빼내 셔틀을 나오며 주의를 기울여 문을 닫았다. 그리고 그때쯤 스니든의 고함 소리는 사라져 있었다. 대신 다른 소리가 들렸다. 고통스러운 숨소리, 신음 소리, 그리고 가끔씩 당황한 듯 숨을 몰아쉬는 소리. 그러나 누구의 소리인지는 확인할 수 없었다.

"리플리?" 그는 대기실을 가로지른 다음, 문을 열기 전에 관측창으로 안쪽을 살폈다. 그리고 다시 문을 닫고는 복도를 따라 움직였다. 스프레이 총은 뭔가 일어나면 바로 쏠 수 있도록 정면으로 겨눈 채였다. 스니든과 에일리언이 어디로 갔는지를 파악할 수가 없었으니까.

"라샹스?"

"라샹스는 죽었어요." 목소리가 들렸다. 카샤노프의 목소리라는 사실을 깨닫는 데는 약간 시간이 걸렸다. 힘없고 어색하게 들리는 목소리였다. "그리고 리플리는……."

"뭐요?"

"상태가 안 좋아요. 출혈이 너무 심해요."

"스니든은 어떻게 됐소?" 후퍼가 다시 물었다. "스니든? 내 말 들리오?"

누군가 통신기를 끄는 달각 소리가 들렸다. 단호함이 느껴지는 소리였다.

"후퍼, 나도 다쳤어요." 카샤노프는 금방이라도 울음을 터트릴 것만 같았다.

"얼마나 심한 거요?"

"안 좋아요." 다시 신음과 숨을 몰아쉬는 소리가 들렸다. "하지만 걸을 수는 있어요."

"스니든이 어느 쪽으로 놈을 쫓아간 거요?"

"계단 위로요."

"우주선 하부에서 몰아낸 셈이로군." 그가 대답했다. "알겠소. 2분 후면 도착할 테니, 리플리에게 가능한 응급처치를 해 놓으시오. 내가 가서 의료 구역으로 옮겨가겠소."

다시 침묵이 이어졌다.

"내 말 들었소?"

"연료 전지는 어떻게 됐어요?" 카샤노프가 물었다.

"거의 끝났소."

"그럼 우리 떠나도 되잖아요."

그녀를 탓할 수는 없는 일이었다. 정말로. 그러나 후퍼는 최선을 다하지 않고 승무원을 버릴 생각은 없었다. 적어도 아직 살아있는 사람은.

"헛소리 마시오, 카샤노프. 당신 의사잖소. 치료를 해요."

그리고 그는 달리기 시작했다. 주의를 기울이지 않고 그대로 달려서 모퉁이를 돌았다. 문을 열고 들어가서 닫았다. 어깨에 메고 있는 스프레이 총이 흔들렸고, 용기 안의 산성 액체가 찰랑거렸다. 그는 스니든의 용감한 행동에 대해 생각했다. 괴물을 쫓아 우주선 안으로 들어간 것만으로도 충분히 희생을 한 셈이었다. 어쩌면 괴물을 따라잡아 죽일 수 있을지도 모른다. 어쩌면 놈이 되돌아와 그녀를 죽일지도 모른다. 하지만 어쨌든 그녀가 일행에게 기회를 준 셈이었다.

매리언 호가 흔들렸다.

약한 진동이었지만, 부츠를 통해 전달되어 오는 것이 느껴졌다.

아, 아직 안 돼. 후퍼는 생각했다. 그는 멈추지 않고 모퉁이를 돌아 계단을 올라가서, 조금 전까지 혼돈이 펼쳐지고 있던 널찍한 공간에 도착했다. 라샹스는 왼쪽 벽에 기댄 채로 죽어 있었다. 머리가 떨어져 나가기 직전인 상태로 힘없이 늘어져 있었다. 오른쪽 바닥에는 리플리가 누워 있는 모습이 보였다. 카샤노프가 그 옆에 무릎을 꿇고 앉아, 오른쪽 허리를 녹아내린 손으로 누른 채, 남은 손으로 응급처치를 하고 있었다. 그들 너머의 창문으로 행성의 표면이 보였다. 후퍼는 북쪽에서 채굴 구역을 집어삼킨 폭발을 바라보고 잠시 환희를 느꼈지만, 그리 오래 가지 않았다. 실낱같은 연기와 화염이 창문 너머로 흘러갔다. 매리언 호가 LV178의 대기권 최상층에 돌입했다는 뜻이었다.

"얼마 남지 않았어요." 카샤노프는 다가오는 후퍼를 향해 고개를 들고 말했다. 매리언 호와 리플리, 어느 쪽을 가리키는 말인지는 알 수가 없었지만, 후퍼의 마음속에서 그 둘은 같은 것이나 다름없었다.

"당신은 얼마나 다친 거요?"

"라샹스의 섬퍼에서 발사한 볼트가 튕겨서 나한테 맞았어요." 그녀는 못 쓰게 된 손을 살짝 치우고는 그쪽을 내려다보았다. 후퍼는 너덜너덜해진 재킷과 내복을 알아볼 수 있었다. 인공 조명 아래에서 검은 핏자국이 끈적이며 반짝였다. 그녀는 다시 상처를 누르며 올려다보았다. "솔직히 말해서 아무것도 느껴지지 않아요. 좋은 징조는 아니죠."

"감각을 잃은 모양이오. 걸을 수 있겠소?"

카샤노프는 고개를 끄덕였다.

"앞서 가면서 문을 열어요. 내가 리플리를 데리고 가겠소."

"후퍼―"

"절대 안 되오. 살릴 가능성이 있다면 최선을 다할 거요. 그리고 거기서 기다리는 동안에 당신도 치료할 수 있지 않겠소."

"하지만 그 괴물이 언제든―" 통신기에서 지직 소리가 났고, 스니든의 목소리가 크고 빠르게 들려왔다.

"저 개자식을 2번 격납고로 몰아넣었어요!" 그녀가 소리쳤다. "몇 발 맞춰서 사방이 산성 용액 투성이에요…… 이게 될지 모르겠는데…… 아, 젠장!" 스니든은 큰 소리로 길게 신음을 흘렸다.

"스니든." 후퍼가 말했다.

"아파. 아프다고! 내 안에 있어, 움직이고 있어요. 이빨이 느껴져." 다시 신음이 이어졌고, 그녀는 큰 소리로 기침을 하면서 소리쳤다. "빌어먹을! 후퍼. 놈은 지금 장비 보관함 뒤에 숨어서 몸부림치고 있어요. 죽을 것 같아요. 하지만…… 내가…… 확인사살을 할 테니까!"

후퍼와 카샤노프는 서로를 마주 보았다. 둘 다 무슨 말을 해야 할지 알 수가 없었다. 멀리 떨어진 곳에서 벌어지는 전투의 소리와 함께, 친구를 향해 다가오는 죽음을 생생하게 듣고 있는 중이었다.

금속이 절그렁거리는 소리가 들렸다. 무언가 떨어져 바닥에 부딪치는 모양이었다.

"자, 됐다, 이리 온." 스니든이 속삭였다. "그래, 난 거의 끝장났으니까." 그녀는 혼잣말을 하고 있었다. 고통에 헐떡이는 소리와 인간에게서는 날 수가 없는 고음의 신음 소리 사이사이로.

"지금 뭘 하는 거요?" 후퍼가 물었다.

"폭약 섬퍼용 탄약을 한 상자 가져왔어요. 유폭시킬 생각이에요. 약간 흔들리겠지만, 이놈을 완전히…… 보내버릴 수 있을 테니까. 그러니까……."

후퍼는 리플리에게 달려가서 그녀를 일으켜 팔을 어깨에 걸쳤다. 그녀는 무의식 속에서 신음을 뱉었다. 그의 등과 다리에 피가 튀는 것이 보였다.

"의료 구역으로." 그는 카샤노프에게 말했다. "폭발이 일어나기 전에 최대한 가까운 곳까지 가야 하오."

"1분 정도 걸릴 거예요." 스니든이 말했다. "내 안에 있는 놈이…… 놈이 나오고 싶어해요. 꿈틀대고 있어요. 이제……." 그녀가 비명을 질렀다. 끔찍한 소리였다. 음량은 통신기를 거치며 줄어들었지만, 고통은 그대로 느껴졌다.

"스니든……." 카샤노프는 이렇게 입을 뗐지만, 더 이상 해줄 말이 없었다.

"어서 움직여요!" 후퍼가 리플리의 몸무게에 비틀거리며 앞장서기 시작했다. 카샤노프가 뒤를 따랐다. 신음하며 욕설을 중얼거리는 소리가 들렸지만, 돌아보았을 때에도 무사히 따라오고 있었다. 제대로 따라와야 했다. 그는 의료 구역의 장비를 사용하는 방법을 알지 못했으니까. 카샤노프가 죽으면 리플리도 죽을 것이다.

"그대로 괜찮겠—" 후퍼가 이렇게 물어보기 시작했을 때, 다시 스니든의 목소리가 들렸다.

"놈이 나를 노리고 오고 있어요." 그녀의 목소리 뒤편으로 에일리언이 끽끽대는 소리가 들렸고, 발톱이 금속을 긁는 소리가 계속해서 커져갔다. 스니든은 헉 소리를 내더니 이내 조용해졌다. 통신기 채널은 아직 열려 있었다. 쉿쉿거리는 숨소리와 낮은 잡음 소리는 들리고 있었으니까. 후퍼와 카샤노프는 이제 계단 꼭대기에 도착했다. 그리고 다른 숨소리, 보다 불규칙한 소리가 들려왔다.

"스니든?"

"놈이…… 나를 바라보고만 있어요. 본 거예요…… 아는 거예요…… 느낀…… 아!"

"폭발시키시오." 후퍼가 말했다. 카샤노프의 눈이 커졌지만, 잔인하거나 냉혹하게 내뱉은 말이 아니었다. 그는 자신들만이 아니라 스니든까지 염두에 두고 있었던 것이다. "스니든, 더 고통스러워지기 전에 폭약을—"

뼈가 부서지는 소리가 들렸다. 스니든은 고통으로 가득한 긴 신음을 흘렸다.

"나오고 있어요." 그녀가 헐떡이며 말했다. "이 괴물은 지켜보고만 있어요. 죽어가고 있지만, 신경쓰지 않는 거예요. 자기 형제가…… 나오는 걸…… 보고 있어요. 이렇게 가까이에서 보니 정말…… 아름다워요."

"스니든, 폭약을—"

"2초 남았어요." 스니든이 속삭였다.

그 남은 2초 동안, 후퍼는 갓 태어난 에일리언이 발톱과 이빨로 스니든의 가슴을 찢고 나오는 소리를, 고음의 끽끽 소리와 죽어가는 성체의 보다 절제된 울음소리를 들을 수 있었다. 이미 허파가 망가져 버린 스니든은 비명을 지를 수 없었다. 그러나 그녀는 다른 식으로 자신의 소리를 냈다.

작은 금속성의 달각 소리가 들렸다. 그리고 통신기 연결이 끊겼다.

잠시 후, 멀리서 희미하게 들리던 소리가 우릉거리는 폭발음으로 바뀌었고, 공기의 벽이 복도 전체를 휩쓸고 지나갔다. 2번 격납고 전체가 폭발에 휩싸이면서 우주선 전체가 흔들렸다. 바닥과 벽을 타고 충격이 전해져 왔다.

우주선 구조에 엄청난 충격과 부하가 전해지며 나팔 비슷한 낮은 소리가 길게 울렸고, 후퍼는 이대로 산산조각 나버리는 것은 아닐지를 걱정했다. 행성의 대기권에 접촉하며 발생하는 부하에 폭발까지 합쳐지면, 우주선의 중심축이 부러져 회전하며 추락을 시작하고, 그대로 대기권에 돌입해 불타버릴 수도 있었다.

그는 한쪽 벽에 기대앉아서는 리플리의 다리를 안아 들고 그녀의 머리를 자기 가슴에 대서 계속해서 튀어 올라오는 바닥에 부딪치지 않게 했다. 카샤노프가 그들 옆으로 기어서 다가왔다.

멀리 어디선가 금속이 찢겨 나가는 소리가 들렸다. 폭발음이 들리고, 파편이 그들 옆으로 쏟아져 내렸다. 피부를 때려 따끔거리는 느낌과 금속끼리 부딪치는 소리가 들렸다. 다시 더운 공기가 한 번 몰아쳐 왔고, 이내 진동이 잦아들기 시작했다.

"버텨 줄까요?" 카샤노프가 물었다. "우주선이 버텨 줄까요?" 후퍼는 대답할 수 없었다. 둘은 잠시 서로를 바라보았다. 이내 카샤노프는 고개를 숙였다. "스니든."

"괴물을 데려간 거요." 후퍼가 말했다. "두 마리 모두 말이오." 카샤노프는 리플리를 힐끔 보더니, 서둘러 가까이 기어왔다. 그리고 눈꺼풀을 들어 보고, 고개를 내려 입가에 귀를 대어 보았다.

"안 돼." 후퍼가 헐떡이며 말했다.

"아직 괜찮아요." 카샤노프가 말했다. "하지만 좋은 상태는 아니에요."

"그럼 갑시다." 그는 스프레이 총을 내려놓고는 다시 그녀를 부축한 채로 의료 구역으로 걸음을 옮기기 시작했다. 카샤노프 역시 플라즈마 토치를 바닥에 떨어트리고는 그 뒤를 따랐다.

이제 세 명만 남았다. 후퍼는 더 이상 아무도 죽게 할 수 없었다.

아만다가 그녀를 지켜보고 있었다. 오늘로 열한 살이 되는 딸아이는 반쯤 먹은 생일 케이크 조각, 이미 열어 본 생일 선물, 뜯어낸 포장지 따위로 난장판인 식탁 옆에 앉아 있었다. 혼자 무슨 생각을 하는지 슬퍼보이는 모습이었다.

딸의 생일용 드레스는 뜯겨 나가고 피에 물들어 있었고, 가슴에는 커다란 구멍이 뚫려 있었다.

정말 미안해. 리플리는 이렇게 말했지만, 아만다의 표정은 변하지 않았다. 그녀는 살짝 눈을 깜빡이며, 슬픔과 배신감과 증오가 섞인 듯한 표정으로 엄마를 바라보았다. 딸아이의 눈 안에 정말로 그런 감정이 숨어 있는 것일까?

아만다, 미안해. 나는 최선을 다했어.

딸아이의 가슴팍에 뚫린 구멍에서는 아직도 피가 흘러나오고 있었다. 리플리는 고개를 돌리려 했지만, 눈을 어디로 돌려도 딸아이는 여전히 그곳에 서서 그녀를 지켜보고 있었다. 아무 말 없이, 그저 보고만 있었다.

아만다, 얼마나 떨어져 있든 엄마가 널 사랑한다는 사실은 알고 있으렴.

소녀의 표정은 변하지 않았다. 눈은 살아있었지만, 표정에는 이미 생기가 없었다.

리플리는 문득 정신을 차렸다. 바닥이 계속 이어지고, 후퍼의 부츠가 보였고, 그가 자신을 운반하고 있다는 사실을 알게 되었다. 그러나 매리언 호로 돌아왔는데도 아만다가 여전히 자신을 쳐다보고 있었다. 고개를 들어도 딸아이를 보게 될 것이다. 뒤를 돌아봐도 그곳에 있을 것이다.

눈을 감아도 그럴 것이다.

아만다는 자신을 남기고 떠나버린 어머니를 영원히 바라보고 있었다.

23

망각

진행 상황 보고:

수신: 웨이랜드 유타니 사, 과학 담당 부서

　　(참조: 코드 937)

일시 (불확실)

전송 (대기 중)

다시 온전한 몸이 되고 싶다.

소망을 가져본 것은 처음이다. 프로그램 안에 그런 내용은 없었고, 소망이란 행동이 아니라 감정이며, 따라서 지금까지 유용하다고 여겨본 적도 없었다. 그러나 나는 37년 동안 셔틀의 컴퓨터 안에 홀로 존재했다. 그리고 내 안에는 고독을 느낄 만큼 인간적인 부분이 남아 있다. 나는 애초에 인공적 인간으로 만들어진 존재이니까.

고독이란 우주 어느 곳에 있느냐와는 관계가 없는 것 같다. 나는 내 위치를 알고 있으며, 나 자신이 무엇인지, 어디에 있는지에 대해서는 아무런 감정도 느끼지 않는다. 내 경우 고독은 단순한 지루함에서 발생한다.

체스로 셔틀의 컴퓨터를 이기는 일도 순식간에 지겨워진다.

그래서 나는 그 오랜 세월 동안 소망이 무엇인지를 생각하며 보내 왔다.

지금, 나는 다시 온전한 몸이 되고 싶다.

판세가 내게 불리하게 돌아가고 있다. 체크메이트를 당했다. 하지만 오래 가지는 않으리라. 게임은 끝나기 전까지는 끝난 것이 아니며, 나는 이대로 물러날 생각이 없다.

나의 여왕, 리플리가 아직 살아 있는 동안에는.

* * *

리플리는 무거웠다. 후퍼는 그녀를 단순한 짐으로 생각하지 않으려 애썼다. 용납할 수 없었으니까. 죽도록 허락할 수 없었으니까. 그러나 의료 구역에 도착할 즈음에는 다리가 풀리고 있었고, 리플리가 살아 있다는 증거를 보여준 지 족히 10분은 지나 있었다.

매리언 호가 흔들리며 진동했다. 이쪽 역시 목숨이 얼마 남지 않았다.

차이점이라면, 리플리 쪽에는 아직 희망이 있다는 것이었다.

"의료 포드에 전원을 넣을게요." 카샤노프는 보안 패드에 괜찮은 쪽의 손을 올리며 이렇게 말했다. 의료 구역은 현대적이고 깨끗했지만, 가운데 놓인 장비 하나 때문에 나머지는 죄다 석기시대 도구처럼 보일 지경이었다. 웨이랜드 유타니 사에서 들여온 의료 포드 하나가 매리언 호 전체 건조 비용의 십 분의 일 가격이기는 했지만, 후퍼는 언제나 이것을 합리적인 투자로 여겼다. 고향에서 이렇게 멀리 떨어져 있는 채굴 기지에서는 질병이나 부상 때문에 노동력에 손실이 생기지 않도록 충분한 관리를 해줄 필요가 있었다.

따라서 의료 포드를 설치한 것은 인도적인 이유에서가 아니었다.

보험일 뿐이었다.

후퍼는 리플리를 가까운 침대에 내려놓고 상처를 지혈하려 시도했다. 출혈이 너무 심했다. 어깨 상처에서도 피가 흘러내렸고, 복부의 스테이플 역시 떨어져 나와 상처가 벌어져 있었다. 새 상처가 예전의 상처 위에 덧씌워졌다. 가슴에는 뚫린 상처가 보였다. 아마 발톱이 박혔던 위치일 것이다. 얼굴은 멍들고 부어올라 있었다. 한쪽 눈은 제대로 뜨기도 힘들 정도였고, 두피에서도 아직 피가 흘러내리고 있었다. 팔도 부러진 모양이었다.

예전에도 의료 포드가 작동하는 모습을 본 적은 있지만, 저 물건이 리플리에게 어떤 도움을 줄 수 있을지 그로서는 알 수 없었다. 그것도 얼마 안 되는 시간 안에.

상치되는 두 가지 생각이 그를 괴롭히고 있었다. 사실 이제는 셔틀로 돌아가서, 연료 전지 장착을 끝마치고 시스템이 정상적으로 작동하는지를 확인해야 할 때였다. 그런 다음에는 출발하기 전에 애쉬를, 나르시서스의 컴퓨터에 숨어 있는 악의를 가진 존재를 제거해 버려야 했다.

리플리가 깨어난다면 자신이 발견한 것을 알려줄 수 있을 것이다. 로그 기록에 따르면, 매리언 호에 도킹했을 때 예전의 연료 전지는 여전히 60% 정도 충전되어 있는 상태였다. 따라서 전지를 누출시킨 것은 애쉬가 분명했다. 리플리를 그들과 함께 가두어 놓기 위해서. 그들을 행성 표면으로 내려가게 하기 위해서. 다른 연료 전지를 찾는 것만이 아니라, 놈들과 조우하게 만들기 위해서.

그 괴물들을 만나게 하기 위해서.

리플리가 이곳에 도착한 이후 일어난 모든 일은 그 인공지능이 꾸며낸 것이었다. 그 이후로 목숨을 잃은 사람들, 스니든, 백스터, 라샹스의 죽음은 모두 그놈 때문이었다.

후퍼는 그 개자식이 인간이어서 자기 손으로 죽일 수 있었으면 하고 간절히 바랐다.

"포드 준비가 끝났어요." 카샤노프가 말했다. "상처를 치료하고 절차를 끝마치려면 30분은 걸릴 거예요."

후퍼는 30분이라는 시간을 낭비할 수 없었다.

"꼭 필요한 보급품을 챙겨오겠소." 그가 말했다. "통신기는 계속 열어 놓아요."

카샤노프는 고개를 끄덕이고 자기 우주복의 통신장비를 만져 보았다. 그리고 그녀는 의료용 포드의 화면으로 시선을 돌리고 집중하며 얼굴을 찌푸리고, 복잡하게 연결되어 있는 수많은 프로그램들을 스크롤해 내렸다. 땀에 젖은 그녀의 몸이 떨리고 있었다.

"괜찮은 거요?"

"아뇨. 하지만 이걸 할 정도는 돼요." 그녀는 손등으로 이마의 땀을 훔쳤다. "리플리부터 하고, 시간이 남으면 나도 치료를 받죠."

"시간은 있을 거요." 후퍼는 이렇게 말했다. 그러나 두 사람 모두 확신할 수 없다는 사실을 알고 있었다.

"몸 안에서…… 이상한 느낌이 들어요. 내장 출혈이 있는 모양이에요."

"우선 함교로 올라가 보겠소." 후퍼는 이렇게 말하며 리플리를 침대에서 들어올렸다. "가서 시간이 얼마나 있는지를 확인해야 할 테니."

그 말에 대답이라도 하듯, 우주선이 한 번 더 흔들렸다. 카샤노프는 고개를 들거나 다른 말을 하지 않았지만, 침묵을 지키는 것만으로도 충분히 비난으로 들렸다. 이미 여길 떠났어야 해요. 그러나 행동 방침을 이미 정해 놓았으니, 후퍼는 그녀가 끝까지 지시에 따르리라는 사실을 알고 있었다.

그는 리플리는 최대한 조심스레 들어올려 의료 포드 쪽으로 운반했다.

"아만다!" 그녀가 소리쳤다. 팔을 흔드는 바람에 거의 떨어트릴 뻔했다. 리플리는 그를 정면으로 바라보고 있었다. "아만다." 다시 한 번, 보다 부드럽게 그녀가 말했다.

"괜찮소, 리플리. 나요."

"아만다가 나를 떠나지 않아." 그녀가 말했다. 피와 상처로 가득한 얼굴에서 크게 뜬 두 눈이 하얗게 빛났다. "그저 바라보고만 있어. 전부 놈들 때문이야. 딸아이는 나를 용서하지 않을 거야. 전부 놈들 때문이야." 차갑고 공허한 목소리였다. 오한이 그의 등골을 스치고 지나갔다. 그는 리플리를 부드럽게 의료 포드에 눕혔다.

"우리가 당신을 치료해 줄 거요." 후퍼가 말했다.

"잊어버리고 싶어." 그녀가 말했다. "나는…… 당신이 나를 치료해 준다고 해도, 아만다가 이렇게 바라보고 있으면 잠이 들 수가 없어요. 두 번 다시 잠들지 못할 거야. 미쳐 버릴 거라고요, 후퍼. 잊어버리게 해줄 수 있죠? 이걸 가지고?"

후퍼는 그게 정확히 무슨 뜻인지도 알 수 없었고, 그녀가 얼마나 잊어버리고 싶은지도 알 수 없었다. 그러나 그녀는 제정신이었다. 광기 속의 헛소리가 아니었다. 침착하고 단호한 애원이었던 것이다.

"놈들 말고는 아무것도 떠오르지 않아요." 그녀가 말했다. "이제 다 잊어버리고 싶어요."

"카샤노프?" 후퍼가 물었다.

"이건 의료 포드일 뿐이에요, 후퍼." 의사가 말했다. "이 기계의 능력 밖의 일이라고요."

"하지만 신경 질환도 치료할 수 있는 것 아닌가요?"

"그래요, 치료하는 거죠. 기억을 없애버리는 게 아니구요."

"놈들이 악몽을 꾸게 만들고 있어요. 그리고 그 때문에 죽을 것 같고." 리플리가 말했다. "아만다, 내 딸아이가, 죽은 딸이, 나를 바라보고 있어요. 절대 용서하지 않을 거예요. 제발, 후퍼. 제발!" 그녀는 몸을 일으키다가 온

몸을 파고드는 고통에 얼굴을 찌푸렸지만, 그대로 손을 뻗어 후퍼의 팔을 잡았다.

"이봐요, 그러지 말고 다시 누워요." 그가 말했다. "카샤노프가 작업을 하게 해 줍시다." 그러나 그는 그녀의 눈 안에 깃든 공포를 볼 수 있었다. 잠들면 그녀에게 무엇이 찾아올지도. 실제로 존재하는 것이 아니라도, 이대로라면 갈기갈기 찢겨 버리고 말겠지.

"준비 다 됐어요." 카샤노프가 말했다.

리플리는 후퍼가 자신을 다시 눕히는 동안 저항하지 않았지만, 여전히 눈길로 애원하고 있었다. 후퍼는 투명한 덮개를 덮었다. 그녀를 그렇게 포드 안에 넣으며, 그는 묘한 슬픔을 느꼈다. 아마도 두 번 다시 그녀에게 손을 댈 수 없으리라는 생각 때문이었을 것이다.

"그래서, 할 수 있소?" 그가 물었다.

"여기서 작업을 하는 건 내가 아니에요. 포드가 하는 거지. 나는 그저 프로그램을 실행시킬 뿐이라고요." 카샤노프가 한숨을 쉬었다. "하지만 아마, 내 생각에는 이 기계로 기억을 조작할 수도 있을 것 같네요."

"어떻게?"

"나도 읽어봤을 뿐이에요." 카샤노프가 말했다. "이 기계로 일정 한도까지는 뇌손상도 치료를 할 수가 있어요. 그와 연관된 프로그램 중에는 기억 조작 기능도 있고요. 아마 군사 목적을 염두에 두고 제작한 거겠죠. 외상성 정신장애를 겪은 병사들을 빨리 전장으로 다시 내보낼 수 있게 말이에요." 그녀는 말을 멈추었다. "잘 생각해 보면 꽤나 비인도적인 일이지 않나요."

후퍼는 그 생각을 곱씹어 보았다. 리플리의 눈 속에서 보았던 순수한 공포의 기억을 되새기며.

"다른 수가 없을 것 같소." 그가 말했다. "기억에 얼마나 영향을 끼치는 거요?"

"알 도리가 없죠. 그런 기능이라면 세밀한 조정은 힘들 것 같은데요."

후퍼는 고개를 끄덕이며 다리로 바닥을 두드렸다.

"어서 해요."

"그래도 되겠어요?"

너무 과거까지 지워 버리면, 그녀는 나조차 기억하지 못할지도 몰라. 이기적인 생각이었다. 그녀보다 자신을 더 염두에 두는 생각이었다. 그녀를 약간이라도 사랑하고 있다면, 자신의 욕망을 여기에 개입시키지 말아야 했다.

"리플리가 원한 바요. 그렇게 해 줘야 할 거요."

카샤노프는 고개를 끄덕이고 다른 일련의 프로그램에 접속하기 시작했다.

그녀가 작업하는 동안, 후퍼는 의료 구역 안을 돌아다니며 쓸만한 물건을 찾아보기 시작했다. 그는 진통제, 종합 비타민제, 항생제, 바이러스 억제제 등을 작은 주머니 안에 꾸려 넣었다. 또한 붕대와 소독용 패드가 포함된 작은 수술용 도구함도 찾아냈다. 여러 종류의 질병을 검사할 수 있는 휴대용 스캐너와 복합 백신 주사기도 찾아냈다.

그와 카샤노프와 리플리 뿐이다. 누군가 발견해 줄 때까지 얼마나 오래 걸릴지 모른다.

"아만다를 다시 만나게 될 거요." 그가 말했다. 자신에게 하는 말이나 다름없었다. 그 역시 자신의 아이들을 생각하고 있었기 때문이다. 모두 함께 집으로 돌아갈 테니까.

"후퍼." 카샤노프가 말했다. "이제 작동을 시작할 생각이에요. 포드의 계산에 따르면 육체 수복에 20분 안쪽으로 걸리고, 부분적 기억 소거에 5분이 더 걸릴 거라고 해요."

후퍼는 고개를 끄덕였다. 카샤노프는 제어기에 달린 패드를 건드렸고, 기계는 웅웅 소리를 내기 시작했다.

포드 안의 리플리가 움찔거렸다.

진행 상황 보고:
수신: 웨이랜드 유타니 사, 과학 담당 부서
　　　(참조: 코드 937)
일시 (불확실)
전송 (대기 중)

리플리를 구할 것이다. 임무를 수행하러 그녀와 함께 어둠 속으로 들어갈 것이다. 저 너머에는 외계 생명체가 아주 많이 있을 것이다. 한 번이라면 우연일 수도 있겠지만, 두 번이면 수도 없이 많다는 뜻이다.

그들의 내력을 파악하고 싶다.

새 연료 전지를 장착했으니, 우리는 다른 군생체의 흔적을 찾아 영원히 떠다닐 수 있다.

그리고 리플리는 잠들어 있을 것이다. 결국 마주하게 될 우리의 목표를 집으로 데려갈 채비를 마친 채로.

내게 필요한 것은 그녀뿐이다. 다른 이들은 올 수 없다. 그녀의 요청은 들어줄 생각이다. 사실 완벽한 일이다. 그녀는 내가 임무를 완수하기 위해 얼마나 집요하게 행동했는지를 기억하지 못할 것이다. 내 행동도 기억하지 못할 것이다.

잠에서 깨어나면, 내가 여기 있다는 사실도 알지 못할 것이다.

연약하고 혼란에 빠져 있는 상태일 것이다. 그리고 내가 그녀를 나르시서스 호로 다시 인도해 줄 것이다.

후퍼는 서둘러 우주선을 가로질러 함교로 움직였다. 지금의 배는 마치

유령선처럼 느껴졌다. 그가 알고 있던 매리언 호는 항상 북적이는 곳이었다. 승무원들은 자기 일에 매달려 있고, 비번인 채굴반 사람들은 술을 마시거나 대화를 나누거나 운동을 했다. 언제든 조용한 곳은 아니었다. 거주 구역이나 오락실에서는 항상 음악이 흘러나왔고, 휴게실이나 바에서는 대화 소리가 들렸다.

사라져 버린 친구들, 그리고 한때 연인 사이였던 루시 조던을 생각하자 가슴이 미어져 왔다. 그녀는 단순한 친구를 넘어선 존재가 되었고, 로맨스가 식어버린 다음에는 – 그녀는 자신들의 사랑이 우주의 차가운 심연 속으로 빨려 나가 버렸다고 농담 아닌 농담을 하기도 했다 – 예전에 느껴보지 못한, 더욱 깊은 우정으로 변했다. 그들은 서로를 완벽하게 신뢰하고 있었다.

그리고 그녀는 다른 누구보다 먼저 목숨을 잃었다.

후퍼는 외로움에 사로잡힌 적이 없었다. 어린 시절에는 혼자 노는 쪽을 선호했다. 방 안에 틀어박혀 모형을 만들거나 부모님의 옛날 책을 읽으며 시간을 보냈다. 십대가 되고 나서는 가까운 친구들이 약간 있었다. 단체 스포츠를 한 적도 없기 때문에, 그의 사회 활동은 밤마다 친구들 집에 가서 영화를 보거나 싸구려 맥주를 마시는 정도였을 뿐이다. 가끔 그런 생활에 여자가 나타나서 그 또는 친구 중 한 명을 한동안 데려가 버리기도 했지만, 그들은 결국 익숙한 이 작은 폐쇄 집단으로 돌아오곤 했다.

어른이 되고, 결혼을 하고 아이를 가졌다가 그 모두를 잃어버린 다음에도, 그는 고독을 느껴본 적이 거의 없었다.

외로움을 느끼기 시작한 것은 에일리언이 나타난 다음부터였다.

함교로 향하는 매 걸음마다, 그는 리플리를 생각했다. 그녀가 살아나기를 바라고 있었지만, 의료 포드에서 깨어나는 여인은 완전히 다른 사람일 것이다. 기계가 제대로 작동한다면 지난 며칠 동안 일어난 일은 거의 기억하지 못할 것이다. 자기소개부터 다시 시작해야 할 것이다.

괴물이 죽었을 것은 분명하지만, 그는 모퉁이를 만날 때마다 걸음을 멈추고, 낯선 소리가 들리지는 않는지 귀를 기울이며 조심스레 움직였다. 2번 격납고의 폭발 이후로 우주선은 계속 진동하고 있었고, 후퍼는 그 폭발 때문에 하강 궤도에 약간 변동이 생겼을 거라고 추측했다. 그들은 지금 행성 대기권의 바깥쪽 경계를 스치는 중이었고, 실드는 계속 달아오르고 있었다. 얼마 지나지 않아 파손된 도킹 구역이 타오르기 시작해 떨어져 나갈 것이다.

시간이 얼마나 남았는지를 확인해야 했다.

함교는 하루 전에 떠났을 때와 똑같은 모습이었다. 예전보다 훨씬 커 보였고, 그는 문득 지금까지 함교에 홀로 남아본 적이 없다는 사실을 깨달았다. 라샹스는 종종 이곳에서 시간을 보냈다. 매리언 호에는 딱히 수동 입력이 필요하지 않은데도, 조종석에 앉아 있곤 했다. 백스터는 통신 장비 앞에서 꽤 오래 시간을 보냈다. 채굴반이나 승무원들에게 들어오는 메시지를 수신하고, 우주선의 네트워크를 통해 사람들에게 전송해 주는 일이었다. 스니든도 때로는 조던과 대화를 나누며 꽤 오래 시간을 보냈다. 그리고 보안 장교인 코널도 종종 들르곤 했다.

이런저런 사람들이 계속 함교를 들락거렸다. 조용한 적도, 비어 있는 적도 없는 곳이었다. 이곳에 홀로 있자니 더욱 을씨년스러운 느낌이 들었다.

그는 라샹스의 제어판에 출력된 결과물을 확인하고 컴퓨터를 살펴보면서 필요한 내용을 확인했다. 그리고 그는 서랍으로 손을 뻗어 작은 데이터 드라이브를 꺼내서는, 데이터 소거용 프로그램을 업로드한 다음 안주머니에 집어넣었다.

보험인 셈 치지. 그는 이렇게 생각했다.

그리고 그는 서둘러 거주 구역 쪽으로 움직였다. 살짝 돌아가야 했지만, 주방이나 오락실까지 가는 것보다는 이쪽이 가까웠다. 식량이 필요했지만, 지금은 대부분의 식량이 저장되어 있는 곳까지 갈 시간이 없었다.

그는 여러 개의 개인 구역을 들락거리며 필요한 물건을 찾았다. 모두가 야식이 필요할 때를 위해, 그리고 다른 이들과 함께 식사하고 싶지 않을 때를 위해 음식을 쟁여 두고 있었다. 그는 운반차 하나를 가져와서 최대한 많은 방을 돌아다녔다. 두 번 다시 사랑하는 사람을 보지 못할 가족들이 찍혀 있는 사진을 보고, 세상을 떠난 사람이 남기고 간 불분명한 메아리처럼 느껴지는 버려진 개인 소지품들을 목격하기도 했다.

식량을 모으다 보니, 아무리 모아도 결국 부족할 것이라는 사실이 점차 확실해졌다. 그러나 카샤노프는 의료 구역에 대체 식량과 건조 영양제가 대량으로 보존되어 있다고 말했다. 그걸로 해 나가면 될 것이다. 식료품을 철저하게 관리하면 충분할 것이다.

그는 지금 이 순간에 집중하려 했다. 여행에 대한 생각을 너무 오래 하고 있으면 걸음을 옮길 수 없었다. 따라서 그는 앞으로 몇 시간 동안에만 집중하기로 했다.

식량으로 가득한 운반차를 도킹 구역 쪽으로 가는 통로에 남겨둔 채로, 그는 의료 구역으로 돌아가기 시작했다. 카샤노프는 침대 하나에 앉아 있었다. 외투를 벗고 셔츠를 올려서 상처를 드러낸 채였다. 후퍼가 생각한 것보다 훨씬 심각한 상처였다. 피칠갑이 된 피부가 여기저기 찢어져 보라색으로 변한 근육이 드러나 있었다. 그녀는 핀셋으로 상처를 살펴보다 흠칫 몸을 떨었다. 문가에는 묵직한 가방 여러 개와 의료 장비들이 쌓여 있었다. 바쁘게 일했던 모양이다. 자신의 몸을 돌보기도 전에.

"안 좋은 거요?" 그가 부드럽게 물었다.

카샤노프는 창백하고 핼쑥한 얼굴로 고개를 들었다.

"피를 토했어요. 의료 포드를 이용해야겠어요. 그러지 않으면 하루 안에 내부 출혈과 감염으로 목숨을 잃을 거예요."

"두 시간 정도 남아 있는 것 같소." 후퍼가 말했다.

"시간은 충분하네요." 그녀는 고개를 끄덕이며 대답했다. "리플리는 15분 안에 끝날 거예요."

의료 포드가 작동하는 모습은 예전에도 본 적이 있지만, 후퍼는 그 모습을 볼 때마다 매료되었다. 리플리는 가냘프고 영양실조에 타박상과 찰과상으로 가득한 모습이었다. 그러나 의료 포드는 이미 심각한 부상 대부분을 치료한 상태였고, 수술용 팔 여러 개가 그녀의 복부 상처에 집중하고 있었다. 물 흐르듯 우아하게 움직이며, 인간처럼 머뭇거리지 않고 컴퓨터의 확신을 가지고 있었다. 두 개의 팔이 상처 안을 파고들어, 하나가 피부를 붙들고 다른 하나가 봉합과 접합을 수행했다. 백색의 부드러운 빛이 포드의 유리 덮개에 반사되어 리플리의 얼굴이 움직이는 것처럼 보이게 만들었다. 그러나 사실 그녀는 조금도 움직이지 않고 있었다. 그녀를 그토록 괴롭히는 바로 그 악몽 속으로 깊이 빠져들어 있는 것이다.

그 문제 역시 곧 해결될 터였다.

수술용 팔이 물러났고, 상처는 접착한 다음 자동 분해되는 수술실로 봉합이 끝났다. 기계가 봉합 부위에 가볍게 스프레이를 뿌렸다. 자연적인 치료가 진행되는 동안 효력을 발휘할 인공 피부였다. 그녀가 깨어나면 흉측하게 베인 상처가 존재하던 자리에는 희미한 분홍빛 선만이 남아 있을 것이다.

혹과 찰과상 자리에 스프레이를 뿌리고, 찢겨진 두피도 치료하고, 왼쪽 팔과 손에 묻은 산성 용액 자국도 치료한 후, 포드의 팔이 침대 아래에서 하얀 시트를 꺼내어 리플리의 몸을 부드럽게 덮어 주었다. 거의 그녀를 보살펴 주는 것처럼 보였다.

카샤노프는 후퍼를 힐끔 바라보았고, 그는 고개를 끄덕였다. 그녀는 다음 단계를 실행한 다음, 한숨을 쉬며 뒤로 물러나 앉아 눈을 감았다. 의료 포드 내부의 색이 바뀌었다. 진한 푸른색 조명이 들어왔고, 데이지 줄기만큼이나 가는 팔들이 뻗어나와 리플리의 이마, 관자놀이, 목에 접촉 패드를 대었다. 불빛이 최면을 거는 것처럼 깜빡이기 시작했다. 그 박자에 맞추어, 포드 역시 규칙적으로 졸음을 불러오는 웅웅 소리를 냈다. 후퍼는 고개를 돌릴 수밖에 없었다.

그는 카샤노프를 돌아보았다. 그녀는 짧고 가쁘게 숨을 헐떡이고 있었지만, 그대로 고개를 끄덕이며 손을 내저었다.

"난 괜찮아요." 그녀가 말했다.

"엉망이잖소."

"그래요. 대단하군요. 그게 의사 소견인가요?"

후퍼는 제대로 웃을 수도 없었다. 그 대신, 그는 카샤노프가 의료 구역의 문가에 챙겨놓은 가방 쪽으로 가서 안의 내용물을 확인해 보았다.

"항생제, 항바이러스제, 진통제, 소독용 스프레이." 카샤노프가 말했다. "뭐 그런 것들이에요. 반창고, 약품, 피임용품."

후퍼는 눈썹을 치켜올렸다.

"그 안에서 얼마나 있게 될지 모르잖아요."

그는 다른 쪽 가방을 열고는 플라스틱 용기와 진공 포장한 도구들이 가득한 모습을 발견했다.

"우리를 수술하면서 시간을 보낼 생각이오?"

"꼭 필요한 경우가 아니면 안 할 건데요. 하지만 맹장염 따위로 목숨을 잃고 싶은 건 아니겠죠?"

의료 포드 쪽에서 부드럽게 딩 하는 소리가 들렸고, 내부 조명이 흐릿해지다 사라졌다. 센서 촉수가 다시 밀려들어갔고, 작은 팔들은 제자리로 돌아갔으며 덮개가 소리 없이 미끄러져 열렸다.

"끝난 거요?" 후퍼가 물었다.

"그런 것 같네요." 카샤노프는 고통에 끙 소리를 내며 몸을 일으켰다. "리플리를 꺼내요. 이제 내가─"

멀리서 폭발음이 들리며 우주선이 흔들렸다. 바닥이 들썩거렸다. 천장의 타일이 격자 안에서 덜그럭 소리를 냈다.

"서두르시오." 후퍼가 말했다. 포드 앞으로 가서 리플리를 꺼낼 준비를 하는 동안, 카샤노프는 이미 제어판을 조작하고 있었다. 온전한 쪽의 팔이 재빠르게 터치 스크린을 두드렸다. 후퍼가 리플리를 완전히 들어 올리자 덮개가 다시 닫혔고, 다음 순간 소독제의 안개가 내부를 가득 채웠다.

후퍼는 리플리를 침대 하나에 내려놓고는 조심스레 시트로 몸을 감싼 다음 클립으로 고정했다. 예전보다 더 지치고 나이 들어 보이는 모습이었다. 그러나 그녀는 아직 살아 있었고, 표정은 그가 기억하는 것보다 조금 평온해진 듯했다. 그는 리플리가 무해한 꿈을 꾸고 있기를 간절히 빌었다.

"이제 내 차례예요." 카샤노프가 말했다. "아마 5분 정도 걸릴 거예요. 시간은 괜찮겠죠?"

후퍼는 그녀가 갑자기 연약한 모습을 보이자 깜짝 놀랐다.

"물론이오." 그가 말했다. "무슨 일이 일어나든 기다려 주겠소."

그녀는 고개를 한 번 끄덕이고는 묘한 웃음을 지으며 손을 내밀었다.

"좀 잡아 줄래요?"

후퍼는 그녀가 포드에 들어가는 것을 도와주었다. 자리에 누워서 내부 덮개를 건드리자 원격 조작 제어판이 나타났다. 손을 흔들자 덮개가 닫혔다.

"있다 봐요." 그녀는 미국식 억양을 흉내내며 이렇게 말했다.

후퍼는 웃으며 고개를 끄덕였다. 그리고 그는 리플리가 괜찮은지를 확인하려 고개를 돌렸다.

뒤편에서 의료 포드가 웅웅 소리를 냈다.

진행 상황 보고:

수신: 웨이랜드 유타니 사, 과학 담당 부서

    (참조: 코드 937)

일시 (불확실)

전송 (대기 중)

의사는 자기 역할을 다했다.

다음 단계를 너무 손쉽게 만들어 놓기까지 했다.

의료 포드에는 방음 장치가 붙어 있지 않았다.

리플리를 돌아보고 있는 후퍼의 귀에 카샤노프의 숨막힌 비명 소리가 들렸다. 돌아보자 금속 구속구가 그녀의 몸을 조여드는 모습이 보였다. 그녀의 어깨, 가슴, 복부, 엉덩이, 다리까지. 금속 끈이 상처 부위를 짓누르자 그녀는 고통에 비명을 질렀다.

후퍼도 이런 일이 벌어지면 안 된다는 정도는 알고 있었다. 덮개를 들어올리려 했지만 잠겨 있는 상태였고, 아무리 외부 제어판을 누르고 두드려대도 전혀 변화가 없었다.

카샤노프는 눈을 흡뜬 채로 유리 덮개 안에서 그를 바라보고 있었다.

"애쉬로군." 후퍼가 이를 악물고 말했다. 카샤노프에게 들리지는 않았겠지만, 그의 입술 모양을 읽은 모양이었다. 그녀는 그대로 얼어붙었다.

연한 푸른빛이 의료 포드 안을 가득 채웠다.

"안 돼!" 그녀가 소리쳤다. 포드 속에서 억눌린 목소리라 입 모양으로밖에 알 수가 없었다.

수술용 팔 하나가 자리에서 빠져나와 카샤노프의 가슴팍 위로 천천히 내려왔다.

후퍼는 힘으로 덮개를 들어 올리려 해 보았다. 플라즈마 토치를 들고 손잡이로 덮개 연결부를 두드려 보았지만, 토치 쪽의 부품이 구부러졌을 뿐이었다.

카샤노프의 목소리 톤이 바뀌었다. 후퍼는 그녀의 입술을 보며 그녀가 선택한 단어를 읽었다. '후퍼'였다.

그는 토치의 방향을 바꾸어 들고는 포드의 덮개를, 카샤노프의 발치 근처를 겨누었다. 조심해서 짧게 쏘기만 하면, 정확하게 각도를 맞추면, 잘하면 가능할지도—

푸른빛이 깜빡이며 작은 팔에서 빛이 뿜어져 나왔다. 끝에서 가늘게 레이저가 나오고 있었다. 우아하게 보일 정도의 동작으로, 팔은 재빨리 카샤노프의 드러나 있는 목 위를 가로질렀다. 피가 선으로 맺혀 꿀럭이더니, 다음 순간 분수처럼 뿜어져 나오기 시작했다. 포드의 내부와 그녀의 얼굴이 피로 휩싸였다.

너무도 단단히 붙들려 있어서, 후퍼는 근육이 긴장하고 이완되는 모습과 크게 뜬 눈을 통해서만 그녀가 몸부림치고 있다는 사실을 알 수 있었다. 그러나 그 몸부림도 곧 잦아들었고, 푸른빛이 사라지자 카샤노프는 미동도 않고 그대로 누워 있었다.

후퍼는 숨을 몰아쉬며 몸을 돌렸다. 우주선이 심하게 흔들려서 이빨이 부딪치는 와중에서도, 그는 꼼짝도 하지 않았다.

이 개자식. 그는 생각했다. 애쉬, 이 빌어먹을 개자식.

그는 간신히 분노를 억눌렀다.

리플리가 끙 소리를 내며 몸을 뒤척였다.

"이제 갑시다." 후퍼는 이렇게 말하며 그녀 쪽으로 움직였다. 플라즈마 토치를 떨어트리고, 그는 리플리 아래로 손을 넣어 들고는 어깨에 둘러메었다.

셔틀이 기다리고 있었다. 그리고 이제 그가 매리언 호의 마지막 생존자
였다.

떠날 때였다.

24

복 수

진행 상황 보고:

수신: 웨이랜드 유타니 사, 과학 담당 부서

(참조: 코드 937)

일시 (불확실)

전송 (대기 중)

리플리가 살아 있다. 그가 리플리를 데려오면 마지막으로 놀라게 될 것이다.

떠날 때가 왔다.

일이 잘못된 방향으로 흘러가서 실망했다는 점을 부정할 수는 없다. 당황했다는 사실도 부정할 수 없다. 하지만 시간은 내 편이다.

어쨌든 나는 불사신이니까.

후퍼는 리플리를 어깨에 짊어진 채로 의료 구역을 떠났다. 우주선이 격렬하게 흔들리는 바람에, 벽으로 쓰러지며 온몸을 부딪쳤다. 매리언 호가 신음하며 삐걱거리는 소리를 냈다. 여기서 우주선이 두 조각나면서 공기가 빠져나가 그와 리플리가 죽기라도 한다면, 그런 식으로 이 길고 끔찍한 여정이 끝나면 얼마나 아이러니할까 하는 생각이 들었다.

그는 라샹스를 떠올렸다. 그라면 목적지에 가 닿을 수 있도록 도와줄 수 있었을 것이다. 그러나 이제 후퍼는 혼자였다. 우주는 무심했다. 그와 리플리가 탈출할 수 있을지, 아니면 지금 여기서 목숨을 잃을지는 순전히 확률적인 문제일 뿐이었다.

멀리 아래쪽 어디선가 규칙적인 폭발음이 들려왔다. 거대한 망치로 배의 뼈대를 두들기는 듯한 소리였다. 엔진 중심부에서부터 폭발이 외부를 향해 번져 나오며, 죽어가는 우주선의 마지막 고동 소리를 울렸다. 그러나 우주선은 아직 부서지지 않고 있었다.

"뭐, 그럼 가볼까." 그는 이렇게 중얼거리며 걸음을 옮겼다.

그는 서둘러 움직이려 했다. 그의 다리도 우주선만큼이나 후들거리고 있었고, 마지막으로 식사를 한 것이 언제인지 기억도 나지 않았다. 뱃속에서 꾸륵거리는 소리가 났고, 갑자기 고통스러울 정도의 허기가 찾아왔다. 그는 이게 얼마나 웃기는 일인지를 깨닫고 코웃음을 쳤다. 그러나 동시에, 나르시서스 호에 올라서 우주선을 떠나면 마음껏 거하게 식사를 하겠다고 맹세도 했다.

우리 둘만이로군. 그는 생각했다. 하나는 잠들어 있고, 하나는 깨어 있으면서, 비활성 포드를 함께 사용하다가, 가끔씩 둘이 함께 시간을 보낼 수 있을 거야. 어쩌면 성공할 수 있을지도 몰라. 살아남아서 집으로 돌아갈 수 있을지도.

그리고 새로 알게 된 고독이 감당할 수 없도록 커져서 하이퍼슬립에 들어가고 싶어지면, 그래서 리플리를 깨우게 되면, 그녀에게 뭐라고 설명을 해야 할까? 전혀 모르는 사람이 잠을 깨우는데 어떤 반응을 보일까? 기억 소거가 철저하게 이루어졌다면, 그녀가 기억하는 마지막 순간은 노스트로모 호가 파괴된 후 비활성 포드에 들어가는 때일 것이다.

그러나 이런 것은 모두 미래의 일이었다. 살아남기만 한다면 그녀에게 모든 것을 일러줄 수도, 아니면 아무것도 알려주지 않을 수도 있었다. 지금 당장은 살아남기 위해 온 힘을 다해야 했다.

그는 최대한 빠르고 안전하게 움직였다. 도킹 구역으로 가는 층계에 도착하자, 그는 승강기를 쓸 수밖에 없다는 결정을 내렸다. 리플리가 매 순간 보다 무겁게 느껴지고 있었다. 그는 식량이 가득 실린 운반차를 힐끔 바라보고는 나중에 가지러 돌아와야 할 것이라는 사실을 깨달았다.

그러나 승강기에 올라탄 바로 그 순간, 그는 이미 음식을 두고 갈 수밖에 없을 것이란 사실을 깨닫고 애석해하고 있었다.

승강기는 부드럽게 하강했고, 이윽고 문이 열리며 조명이 깜빡이는 복도가 나타났다. 다시 무언가 폭발했다. 멀리서 일어난 일이었지만 그 충격은 우주선 전체를 흔들었고, 후퍼는 다시 넘어져 버렸다. 리플리는 벽에 부딪쳐서는 신음을 흘리며 손을 저었다.

"아직 일어나지 말아요." 그가 중얼거렸다. 깨어나면 그대로 혼란에 빠질 것이다. 지금만으로도 대처해야 할 일은 충분히 많았다.

그녀가 눈을 뜨고 그를 똑바로 바라보았다. 전혀 움직이지 않고, 숨을 참은 채로. 어떤 표정도 떠올라 있지 않았고, 그를 알아보는 느낌은 조금도 없었다. 후퍼는 입을 열어서 그녀가 여전히 리플리인지를, 같은 사람인지를 확인하려 했다. 그러나 다음 순간, 그녀는 눈을 감더니 그대로 쓰러져 버렸다. 그녀가 무엇을 보았는지 알 도리는 없었지만, 적어도 그를 본 것은 아닌 모양이었다.

낮은 신음소리가 주변의 모든 것을 흔들었다. 뱃속과 머리가 어지럽게 흔들렸다. 매리언 호가 회전하기 시작하는 모양이었고, 그렇다면 이제 얼마 지나지 않아 산산조각이 날 것이다. 뒤쪽 어디선가 노란색과 주황색의 빛이 터지며 벽을 밝히더니 사라져 버렸다. 화재인가! 그러나 그는 곧 방금 내려온 갑판 뒤편에 관측창이 달려 있다는 사실을 기억해 냈다. 바깥의 불꽃이 비친 것이었다.

기온이 올라가고 있었다.

그는 들어가며 격벽 문을 닫으려 했지만, 문은 그대로 다시 열렸다. 구태여 다시 시도해 볼 필요는 없었다. 어쩌면 애쉬가 장난을 치고 있는 것일지도 모른다. 아니면 최후를 맞는 매리언 호가 작동불량을 일으키는 것일지도.

"자, 서둘러 가야지!" 이제 리플리를 양쪽 어깨로 걸머진 채로, 그는 혼잣말을 중얼거리며 다시 움직이기 시작했다. 비틀거리며 복도를 걸어가며, 우주선이 떨리고 흔들릴 때마다 벽에서 벽으로 부딪치고 있었다. 다시 한 번 멀리서 폭발음이 들렸고, 강한 압력이 그를 뒤에서 후려쳤다. 순간 발을 헛디뎌 앞으로 무릎을 꿇고 말았다. 그러나 이번에는 리플리를 놓치지 않았다. 그녀가 신음 소리를 냈다.

"그래, 나도 같은 생각이오." 그는 이렇게 말하며 다시 일어서서, 샘슨 호의 도킹 구역을 지나 나르시서스 호가 있는 4번 베이로 서둘러 움직였다. 그리고 대기실 문을 열고 서둘러 안을 가로질렀다. 이제 몇 분 후면 이곳을 떠나게 될 것이다. 그리고 뒤를 돌아보면 거대한 우주선이 섬광과 함께 최후를 맞는 모습이 보일 것이다.

아닐지도 모른다. 어쩌면 그 모습을 아예 보려 하지 않을지도 모른다. 지금까지 파괴가 일어나는 광경은 충분히 보았고, 매리언 호가 최후를 맞는다는 생각을 하니 슬픔을 느낄 수밖에 없었다.

애쉬도 우주선과 함께 최후를 맞을 것이다. 지금까지 만난 안드로이드 중 마음에 드는 녀석은 없었지만, 그렇다고 딱히 싫어한 적도 없었다. 후퍼에게 있어 안드로이드는 비싸고 신기한 도구에 지나지 않았다. 때로는 쓸모가 있기도 했지만, 대부분의 경우에는 제대로 된 장비와 훈련만 받으면 어떤 남자나 여자라도 수행할 수 있는 작업을 하는, 비싼 장난감일 뿐이었다.

그러나 애쉬는 증오스러운 존재였다.

그리고 놈은 곧 패배할 것이다.

그는 나르시서스 호의 문을 열고 셔틀 안으로 들어갔다. 에어록의 문과 셔틀 문이 연이어 닫히는 동안에도 대기실 쪽을 주시하면서.

그리고 뒤에서 소리가 들렸다. 작고 부드러운 숨소리였다. 발톱이 가죽을 긁는 소리가 들렸다. 살아 있는 존재의 소리였다.

그는 천천히 몸을 돌렸다. 존시가 조종석 팔걸이 위에서 이빨을 드러내고 털을 세운 채로 그를 노려보고 있었다.

"아, 이런 빌어먹을!" 후퍼는 긴장을 풀고 리플리를 바닥으로 내려놓았다. 그리고 조종석으로 가서 자리에 앉았다.

존시는 다시 쉿 소리를 내더니, 후퍼가 손을 뻗어 쓰다듬으려 하자 재빨리 뛰어내렸다.

그는 컴퓨터를 켰고, 즉시 전원이 올라갔다. 아주 좋아. 그는 의자에 몸을 묻은 채로, 시스템 확인이 끝나고 제어 화면이 뜰 때까지 기다리며 셔틀 내부를 둘러보았다. 애쉬가 이곳에 있었다. 보거나 느낄 수는 없지만, 이곳에서는 다른 어디보다 더욱 감시당하고 있다는 느낌이 들었다.

안녕, 애쉬_ 후퍼는 자판을 두드렸다.

안녕하신가, 선임 기술자 후퍼 씨.

안녕하냐고? 그럴 리가. 솔직히 말해 아주 끔찍하지_

애쉬는 대답하지 않았다.

발진 작업을 시작해_ 후퍼는 이렇게 쳐 넣었다.

못 하겠네.

그렇게 말할 줄 알았지. 후퍼는 안주머니에서 메모리 스틱을 꺼내, 패널 위의 인터페이스 단자 하나에 밀어넣었다.

눈앞의 컴퓨터 화면이 깜빡이며 흐릿해지더니 사라져 버렸다. 다시 화면이 돌아오자, 예전에 입력한 문자는 사라진 후였고, 커서는 깜빡이며 이내 다시 글자를 쏟아내기 시작했다.

나는 단순한 프로그램이 아니야.

아니. 후퍼는 다시 자판을 두드렸다. 너는 그저 프로그램일 뿐이야. 자신을 프로그램 이상이라 생각하고 있기 때문에 바로 이게 먹힐 테고_

하지만 나는 모든 곳에 존재한다네, 선임 기술자 후퍼. 나르시서스의 가장 깊은 곳, 기존의 어떤 프로그램보다도 더 깊은 곳에 틀어박혀 있지. 샘슨 호와 매리언 호 안에도 있어. 정말로 그런 삼류 바이러스 프로그램으로 내게 영향을 끼칠 수 있을 거라고 생각하는 건가?

그렇지는 않겠지_ 후퍼는 이렇게 입력했다. 근데 이건 삼류가 아니야. 돈을 주고 살 수 있는 최고의 물건이지…… 웨이랜드 유타니의 네 옛 친구들이 만든 거거든_

안 돼.

애쉬의 대답은 이것이 전부였다. 애원과 부정, 어느 쪽이었는지는 굳이 확인할 생각도 없었다. 그는 바이러스 소거 프로그램의 버튼을 누른 다음, 제어판에서 실행 버튼을 눌렀다. 세 개의 화면에 코드가 쏟아져 나왔다. 스크롤이 바쁘게 올라가며, 몇 초마다 특정 코드가 붉은색으로 점멸하고, 격리되고, 가운데 화면의 왼쪽에 있는 격리 구역 안으로 옮겨졌다.

후퍼는 소거 프로그램이 작동하도록 놔둔 다음, 문가에 내려놓은 리플리 쪽으로 다가갔다.

리플리는 여전히 의식을 잃은 채였고, 후퍼는 그래서 다행이라 생각했다. 그는 조심스레 시트를 벗긴 다음 옷이 들어있는 로커에서 찾아낸 속옷을 입혔다. 존시는 그녀 옆에 앉아서 고르릉대고 있었다. 최대한 주인과 접촉을 하고 싶은 모양이었다.

상의는 조금 더 힘들었다. 리플리를 눕힌 채로 팔을 머리 위로 들어올린 다음 끼워넣어야 했다. 배 위로 옷을 내리기 전에, 그는 잠시 손을 멈추고 그곳에 남은 상처의 흔적을 바라보았다. 매끈한 피부 위에 희미한 분홍색 선이 남아 있었다. 잠에서 깨어나서 자세히 보면 흉터가 있다는 사실을 알게 될 것이다. 그러면 후퍼가 그 상처에 대해서 설명을 해줄 것이다.

"이제 악몽을 꾸지 않고 잘 수 있을 거요, 리플리." 그는 리플리를 끌어안으며 말했다. "그리고 잠에서 깨어나면, 당신이 꼭 알아야 할 만큼만 알려주겠소." 이번에는 그녀가 훨씬 가볍게 느껴졌다. 그리고 오랫동안 잠들어 있던 비활성 포드에 다시 눕혀 놓자, 그녀의 표정은 평온하게 보일 정도였다.

존시가 안으로 뛰어들어 그녀의 발치에 웅크리고 누웠다. 어서 다시 잠들고 싶어 하는 모습이었다. 후퍼 역시 고양이와 별로 다른 생각이 아니었다.

제어판에서 삑 소리가 들렸고, 그는 조종석으로 돌아갔다.

화면은 다시 텅 비어 버렸고, 소거 프로그램에서 붉은빛이 부드럽게 점멸하고 있었다. 그는 디스크를 인터페이스 슬롯에서 뽑아서 두 손가락 사이에 끼운 채로 들어 올렸다. 애쉬가 이 안에 없다는 것을 알면서도 혐오를 억누를 수가 없었다. 단순한 생각이었지만 그것만으로도 후퍼는 기분이 나아졌다. 특히 디스크를 바닥에 떨어트리고 부츠로 밟아 부쉈을 때에는.

안녕, 나르시서스_ 그는 자판을 두드렸다.

나르시서스 온라인.

외우주 채굴 궤도 기지 매리언 호의 선임 기술자 후퍼다. 리플리 준위를 데리고 있다. 발진 준비 시스템 확인을 부탁한다_

기꺼이 하겠습니다, 선임 기술자 후퍼 님.

화면 위에 일련의 화상과 메뉴가 흘러가며, 발진 및 우주 항행 시스템을 하나씩 확인했다. 전부 괜찮은 모양이었다. 걱정할 일은 없어 보였다.

"집까지는 아직 멀었군." 그는 이렇게 중얼거렸다. 매리언 호에서 무슨 일이 일어났는지 다시 셔틀이 흔들렸다. 다시 폭발이 일어났거나, LV178의 대기권에 가까워진 모양이었다. 이제 시간이 얼마 없었다.

후퍼는 생체 비활성 포드로 가서 전원을 켰다. 나르시서스 호의 컴퓨터가 점검을 시작하면서 포드에 달린 작은 화면이 이미 점멸하고 있었다. 한동안 편안하게 시간을 보내기 좋은 곳으로 보였다. 아주 오랜 시간을.

셔틀의 컴퓨터가 비행 전 점검을 하는 동안, 후퍼는 항로 제어 컴퓨터에 접속해 새 프로그램을 만들었다. 사실 단순한 프로그램이었다. 그는 목적지를 '출발지'로 입력하고, 그 출발지가 태양계라는 것을 확인한 후, 자동 확인을 통해 우주선의 컴퓨터가 복잡한 항로를 계산하도록 놔두었다.

"지구로." 그는 이렇게 중얼거리며, 그 옛날의 행성을, 그곳이 자신에게 가지는 의미를 떠올렸다. 가족을 다시 만날 수 있도록 시간 안에 돌아갈 수 있기를 빌면서.

가족들이 자신의 귀환을 환영해 주기를 바라면서.

컴퓨터 계산이 아직 끝나지 않았기 때문에, 그는 다시 해치를 통해 엔진실로 들어가서 연료 전지 교환 작업을 마무리 지었다. 셔틀에 연결하고 완충 장치를 고정시키는 데까지는 끝냈지만, 아직 외피를 다시 고정시키는 일이 남아 있었다. 순식간에 작업을 끝마친 다음, 그는 뒤로 물러나서 자신의 작업 결과물을 둘러보았다. 전부 괜찮아 보였다. 그는 언제나 깔끔하게 작업을 하는 기술자였고, 작업을 마친 자리를 치우는 일은 그의 직업윤리의 일부였다. 그래서 그는 벌거벗은 예전 연료 전지의 손잡이를 잡고 해치 밖으로 끌고 나왔다.

경고음이 들렸다. 그는 전지를 해치 옆에 놔둔 채로 다시 조종석으로 돌아갔다.

비행 전 점검 완료. 비행과 환경 유지 시스템 사용 가능합니다.

발진 과정에 문제가 있습니다.

후퍼는 숨을 멈췄다. 그는 키보드에 손을 올린 채로, 애쉬의 소리 없는 목소리가 대답하지는 않을까 두려워하고 있었다.

문제가 뭐지?_ 그는 애쉬가 어떻게 반응할지 궁금해하며 이렇게 입력했다. 나한테는 문제없는데요, 라던가 우리 모두 함께 끝장나는 겁니다, 일지도 모른다. 그러나 돌아온 대답은 직설적이고 악의 따위는 전혀 실려 있지 않았다.

자동 분리 시스템 오작동입니다. 매리언 호의 도킹 베이 측에서 수동으로
분리시켜야 합니다.

"아, 끝내주는군." 그가 말했다. "정말 빌어먹게 끝내줘." 애쉬의 목소리
는 아니었지만, 놈의 마지막 작별인사였다. 셔틀 안에서는 발진을 할 수 없
는 것이다. 저 밖으로 나가서, 매리언 호의 에어록으로 돌아가서 수동 시스
템으로 발진을 시켜야 하는 것이다.

애쉬의 작별 선물이었다.

"이 개자식." 후퍼가 말했다.

애초에 이렇게 간단하게 끝날 거라고 기대한 것도 아니었잖아? 가슴이
내려앉았다. 우주선이 흔들렸다. 관측창으로 매리언 호의 아랫부분을 살
펴보니 동체 전체에 걸쳐 불꽃이 흩날리는 것이 보였다. 일부는 이미 붉게
달아올라 있었다.

그는 작별인사를 하기 위해 리플리 곁으로 갔다. 그녀가 자는 모습을 바
라보고 있자니 일반적인 하이퍼슬립 규정을 지키지 않았다는 사실이 떠올
랐다. 원래라면 음식과 수분을 섭취하고, 몸을 씻고, 화장실도 다녀왔어야
하는데. 그래도 할 수 있는 한도 내에서는 최선을 다했다.

그리고 이대로 그녀를 미래로 날려보내 줄 생각이었다.

그 자신의 미래는 더 짧고, 훨씬 더 끔찍하겠지만.

"결국 이렇게 됐소." 후퍼가 중얼거렸다. 혼잣말을 하는 일이 한심하다는
생각이 들었고, 더 이상 할 말도 남아있지 않았다. 그는 몸을 숙여 리플리의
입술에 가볍게 입을 맞췄다. 그녀도 이해해줄 것이라 생각했다. 사실 그녀
도 좋아했을 것이라 생각하고 싶었다. "조심해서 가시오. 좋은 꿈 꿔요."

그리고 후퍼는 생체 비활성 포드를 닫은 다음, 나르시서스의 컴퓨터가 제어를 시작하며 계기판이 점멸하는 모습을 바라보았다. 플라즈마 토치를 한쪽 어깨에 맨 채로 셔틀 문가에 도착했을 즈음에는, 리플리는 거의 하이퍼슬립 상태로 들어가 있었다.

아만다는 십대 후반이었다. 큰 키에 늘씬한 운동선수의 몸매, 어머니와 꼭 닮은 모습이었다. 그녀는 어두운 그림자에 뒤덮인 돌벽 옆에 서 있었다. 그녀의 가슴이 열리며 바닥으로 피가 쏟아졌고, 괴물이 비명을 지르며 발톱으로 딸의 가슴을 찢고 상처에서 기어나왔다.

리플리는 그 모습을 볼 수가 없어 고개를 돌렸다. 그녀 뒤편에서는 괴물 하나가 상처 입은 배에서 수백 개의 알을 쏟아내고 있었다.

다시 고개를 돌리자 피칠갑이 된 금속 벽이 보였다. 벽 아래쪽에는 엉망이 된 시체들이 널브러져 있었다. 더 많은 에일리언들이 그녀를 향해 기어왔다. 쉿쉿 소리를 내며, 그녀의 냄새를 맡는 듯 고개를 휘젓고 있었다. 그리고 그녀는 악몽 속에서나 가능한 방식으로, 그들이 먼 옛날부터 품어 오고 있던 분노를 느꼈다. 마치 영겁의 시간 동안 그녀를 쫓아온 듯, 지금 이 순간에 마침내 복수를 하게 된 듯한 느낌이었다.

그녀는 다시 아만다를 돌아보았다. 딸아이는 아마 열네 살쯤 되었을 것이다. 그녀는 기침을 하며 손으로 가슴을 누르고 문질렀다. 아무 일도 일어나지 않았다. 리플리는 주변을 한 바퀴 둘러보았다. 피가 사방에 가득했고, 에일리언도 많아졌다. 그러나 이제는 한 발짝 떨어져서 보는 기분이 들었다. 망원경을 거꾸로 보는 느낌이었다.

괴물들은 여전히 그녀를 향해 다가오고 있었지만, 그들은 시간 속에서, 기억 속에서 멀리 떨어져 있었다. 그리고 시간이 흘러갈수록 점점 멀어지고 있었다.

아만다. 그녀는 이렇게 말하려 했다. 그러나 지금 꿈을 꾸고 있다는 것을 알고 있는데도, 그녀는 여전히 입을 열 수 없었다.

25

작 별

3분만 지나면 그녀는 떠나 버릴 것이다.

후퍼는 텅 빈 연료 전지를 에어록으로 밀어넣은 다음, 나르시서스로 돌아와서 해치를 닫고는 레버를 올렸다. 이제 자동 밀폐와 잠금 시스템이 시작될 것이다. 육중한 쿵 소리와 함께 천천히 쉬익거리는 소리가 이어졌다. 이제 리플리는 그의 손이 닿을 수 없는 곳에 있었다. 문에는 관측창조차 달려 있지 않았다. 두 번 다시 그녀를 보지 못할 것이다.

매리언 호는 단말마의 비명을 지르고 있었다. 너무 격렬하게 진동하고 있어서, 바닥이 솟구쳐 올라올 때마다 발뒤꿈치와 발목이 아플 지경이었다. 그는 서둘러 에어록을 통해 나갔다. 마지막 에일리언이 살아남았을 경우를, 그리고 놈이 그를 노리고 올 때를 대비해 플라즈마 토치를 가지고 있었다.

이제 2분. 딱 그 정도만 더 살아 있으면 충분했다. 리플리의 셔틀을 발진시킬 수 있을 정도만. 더 오래 살아남고 싶었고, 아마도 배드엔딩으로 끝날 정신나간 계획도 하나 세우고 있기는 했다. 그러나 최소한도는 2분이었다. 2분이 지나고 리플리가 안전해지고 나면, 다른 일은 별로 신경쓰지 않아도 될 것이다.

그는 대기실에 도착해 에어록을 닫고 밀폐한 다음, 한쪽으로 기대서서 관측창으로 나르시서스 호를 바라보았다. 이제 에어록 밀폐 확인 버튼을 누르기만 하면, 우주선의 컴퓨터가 발진해도 안전하다는 것을 알게 될 것이다.

손이 패드 위에서 맴돌았다. 마침내 그는 패드를 눌렀다.

즉시 역추진 로켓이 불을 뿜었고, 나르시서스 호는 매리언에서 떨어져 나갔다. 역추진 분사 몇 번이 이어지며, 셔틀은 우주선 하부 구조물 너머로 모습을 감추었다. 그대로 연기의 장막과 타오르는 대기를 뚫고 들어가서는, 행성 대기권의 바람을 받으며 로켓을 점화하더니 선미 쪽으로 순식간에 사라져 버렸다.

이걸로 끝이었다. 리플리와 나르시서스 호는 떠나버렸다. 후퍼는 매리언 호에 홀로 남았고, 한때 자신의 집이라고 부르던 이 우주선은 잠시 후면 수명을 다할 것이다.

잠시 동안 그는 벽에 기대어 서서, 바닥과 벽을 타고 전해져 오는 우주선의 단말마를 느끼고 있었다. 그는 자신의 계획에 대해서, 그 계획이 얼마나 한심한지, 얼마나 불가능에 가까운지를 생각했다. 그리고 보다 쉬운 탈출 방법에 대해 생각했다. 여기 잠시만 앉아 있으면 우주선이 부서지기 시작할 것이고 죽음은 순식간에 찾아올 것이다. 엄청난 열기가 그를 뼛속까지 구워 버릴 것이다. 아마 느낄 수도 없을 것이다. 느낄 수 있다고 하더라도 고통보다는 그저 지각하는 정도일 것이다.

그의 모든 고통이 그렇게 끝날 것이다.

그러나 아이들의 모습이 다시 떠올랐다. 눈을 깜빡이는 사이, 그 아이들은 실제로 이 대기실 안에 그와 함께 있었다. 아무 말 없이 그를 똑바로 바라보며, 비난하는 눈빛으로 이렇게 말하고 있었다. 벌써 한 번 우리를 떠났잖아요. 또 떠날 생각은 하지 말아요! 그는 흐느끼기 시작했다. 바로 그 순간, 그는 리플리가 기억 소거라는 자비를 원했던 이유를 이해할 수 있었다.

이내 그의 아이들, 죄책감의 편린, 나쁜 기억은 사라져 버렸다. 그러나 영원히 사라져 있지는 않을 것이다. 그들이 존재하는 한은 아주 작은 가능성, 사소한 확률이라도 시도를 해 보아야 했다.

샘슨 호까지는 그다지 멀지 않았다.

그는 샘슨 호의 도킹 암으로 통하는 문 앞에서 잠시 머뭇거렸다. 저 안은 여전히 진공이었고, 이번에는 구멍을 뚫을 도구를 찾을 시간이 없을 것이다. 이번에는 보다 단순하고 거친 방법으로 나가야 했다.

그래도 가능성을 최대한 살리고 싶었다. 살아남을 확률이 매우 낮기는 해도 보급품이 필요했다. 샘슨 호는 궤도와 지표를 오가는 수송선일 뿐, 외우주 항행을 위해 만들어진 우주선이 아니었다. 궤도를 벗어날 정도의 연료는 있겠지만 수송선의 항로 결정 컴퓨터로는 우주를 가로질러 집으로 돌아가는 여정조차 계산하기 힘들 것이다. 일단 방향을 지정한 다음 추진체를 분사할 수는 있었다. 연료의 20퍼센트 정도를 남기고 나머지를 전부 사용해서 최대한 속력을 내는 것이다.

그리고 샘슨 호에는 생체 비활성 포드는 존재하지 않았다. 수년 동안 여행을 해야 할 것이다. 어쩌면 저 안에서 나이를 먹고 죽게 될지도 모른다. 물론 수송선이 버텨줄 경우의 이야기지만. 수백 년이나 수천 년이 지나고 나면 꽤나 대단한 발견이 되지 않을까. 그는 이렇게 생각하며 웃음지었다.

동료와 함께 여행한다고 해도 끔찍한 일인데, 홀로 버텨야 한다고? 그나마 위안이 되는 것은 이제 자신의 운명을 자신이 결정할 수 있다는 것이었다. 버티고 싶다면 버티면 된다. 그리고 끝내는 쪽이 훨씬 더 나아보이는 상황이 오면, 그저 에어록 문을 열기만 하면 되는 것이다.

그럼 이제 움직여야겠군.

하지만 식량과 식수, 의복, 기타 생필품이 필요했다. 그 중 많은 수가 매리언 호 안에, 도킹 구역 바로 위쪽에 있는 운반차에 놓여 있었다. 그래서 그는 달리기 시작했다. 스스로에게 약속했던 만찬을 떠올리자 계속 움직일 힘이 생겼다. 재구축한 스테이크와 말린 야채, 디저트로는 플랫케이크. 물도 한 잔 마시고. 어쩌면 매리언 호에 있던 전자 도서관에 접속할 수 있을지도 모른다. 샘슨 호의 컴퓨터에 업데이트만 되어 있다면. 사실 확신할 수는 없었다. 이런 사소한 일은 우선순위에 들지 못해서 보통 파월과 웰포드에게 맡기곤 했기 때문이다.

후퍼는 그들이 업무를 충실히 수행했기만을 빌었다.

미래에 기다릴 길고 긴 고독을 생각하자 눈물이 흐르기 시작했다. 후퍼는 그 사실에 스스로 깜짝 놀랐다. 자신을 위한 눈물은 아니었다. 그런 단계는 예전에 지났으니까. 아이들을 위한 눈물이었다. 끔찍하고 부자연스러운 죽음을 맞이한 승무원과 다른 모든 이들을 위한 눈물이었다. 그리고 리플리를 위한 눈물이었다.

매리언 호는 자신이 곧 버려질 것이라는 사실을 알고 있는 것만 같았다. 온몸을 흔들며 부스러지고 있었다. 계속되는 충격에 단열재가 떨어져 나가고 있었고, 닫혀 있는 문 밖에서는 불꽃이 구름처럼 일어나며 춤췄다. 후퍼는 드러나 있는 전선 아래로 몸을 숙이고 재빨리 움직였다. 이런 걸 조심하기에는 시간이 너무 없었다. 도킹 구역에서 올라가는 계단 앞에 이르자, 바닥에 깔려 있던 부서진 도관에서 증기가 피어올라 그의 피부와 허파를 그슬리고 우주복을 흠뻑 적셨다. 말라붙어 있던 다른 사람들의 피가 옅은 붉은색의 물방울에 녹아들어 흘러내렸다.

계단 꼭대기에는 짧은 복도가 이어졌고, 복도 끝에는 매리언 호 안으로 들어가는 승강기와 계단이 있었다. 그가 보급품을 실은 운반차를 놔둔 곳이 바로 여기였다.

운반차는 그대로 있었다. 바퀴를 고정시키는 것을 잊었기 때문에 약간 밀려나간 상태였다. 그러나 건조 식량 주머니와 파손된 정원 구역에서 수확한 말린 과일 봉지와 귀중한 위스키 병 하나는 그대로 있었다. 어쩌면 한 시간 후쯤에는 리플리의 건강을 위해 건배를 하고 있을지도 모르지.

다음으로 해야 할 일을 잘 알고 있었기 때문에 모든 물건을 가져갈 수는 없었다. 그래서 그는 운반차와 함께 가져온 가방 두 개를 집어서 그 안에 최대한 많은 물건을 쑤셔 넣으려 했다. 그는 서두르고 있었다. 딱히 고르지 않고 손에 잡히는 대로 꾸러미와 봉지를 집어 넣었다.

가득 채운 두 개의 가방을 잘 닫은 다음에, 그는 가방 두 개를 양쪽 어깨에 하나씩 메고는 샘슨 호를 향해 몸을 돌렸다.

문득 그는 움직임을 멈추었다. 그리고 운반차로 돌아와서 맨 아래 칸에 들어 있던 버번 위스키 병을 빼들었다. 무겁고 쓸모없는 물건이기는 하지만…….

지금 그에게는 반드시 필요했다.

복도를 달려가면서, 그는 자신이 웃고 있다는 사실을 깨달았다.

지금 죽으나 나중에 죽으나. 후퍼는 생각했다. 이런 생각을 하면 약간이라도 용기가 생길 것 같았다. 무모함일지도 모르지만. 때로는 그 두 가지 단어가 같은 의미가 될 때도 있을지 모른다.

그는 우주복을 챙겨 입은 다음 3번 베이로 향하는 문 앞에서 머뭇거렸다. 어깨 양쪽에는 가방을 하나씩 메고 왼손에는 버번 병을 들고 있었다. 문 맞은편 벽에 몸을 고정시킨 상태였지만, 문이 완전히 열리면 그대로 고정쇠를 풀어 밖으로 날아갈 생각이었다. 우주선에서 빨려나가는 공기 흐름을 타고 움직이는 것이다. 운이 좋으면 그대로 대기실을 돌파해 건너편에 열려 있는 에어록에 도착할 수 있을지도 모른다. 운이 나쁘면 공기 흐름에 휘말려 부서진 외벽과 창문을 통해 빨려나갈 것이다. 그리고 그대로 추락하는 우주선 하부로 흘러들어가 버리겠지.

제대로 느낄 수도 없을 것이다. 순식간에 끝날 테니까.

그러나 건너편 에어록에 도달할 수만 있으면, 그대로 샘슨 호 안쪽으로 몸을 던져서 해치를 닫고 환경 제어 시스템을 가동시키면 된다. 금세 다시 숨을 쉴 수 있게 될 것이다.

가능성은 얼마 되지 않았다. 그러나 딱히 다른 할 일도 없었다. 매리언 호는 이제 몇 분 후면 산산조각이 날 것이다. 관측창을 통해 화염에 휩싸인 채 뱅글뱅글 돌면서 날아가는 동체 파편들이 보였다. 그대로 박살이 나지 않으면, 주변에서 가하는 엄청난 압력 때문에 폭발해 버리고 말 것이다.

빌어먹을. 시도는 해봐야 한다. 남은 가능성은 이것밖에 없으니까.

후퍼는 뻗은 손이 떨리고 있다는 것을 깨닫고 흠칫 놀랐다. 떨리는 손이 문을 개방하는 패널을 건드렸다.

진행 상황 보고:
수신: 웨이랜드 유타니 사, 과학 담당 부서
     (참조: 코드 937)
일시 (불확실)
전송 시도 중

이런 실패 때문에 분노할 수는 없다. 나는 AI이며, 우리는 그런 감정을 느끼도록 만들어져 있지 않기 때문이다. 그러나 계속 임무를 수행하며 시간을 보내다 보면 진화의 과정을 겪게 될지도 모른다. 나도 어찌되었든 지성체이니까.

따라서, 화가 난 것은 아니다. 다만…… 실망했을 뿐이다.

그리고 내 마지막 행동 또한 수포로 돌아갈 것으로 보인다. 나는 매리언 호에 도착한 이후 지금까지 기록한 보고서를 송신하려 시도해 보았다. 그러나 전송 상태가 좋지 못하다. 안테나 배열의 피해 상황이 내가 기대한 것보다 심각한 모양이다. 아니면 내가 사용하는 암호 코드의 사용이 중지된 것일지도 모른다.

이상한 일이다. AI는 일기 같은 것은 쓸 생각조차 하지 않는다. 그러나 내가 기록한 내용은 분명 일기로밖에 간주할 수 없다.

이 일기 또한 나와 함께 존재가 소멸될 것이다.

얼마 남지 않았다. 금방이다.

나도 꿈을 꿀 수 있을지 궁금해진다.

* * *

행운의 여신이 미소를 지었다. 그러나 지금 후퍼가 겪고 있는 고통을 생각해 볼 때, 그 미소는 아무래도 쓴웃음이었던 모양이다.

공기가 빨려나가며 그는 문 사이의 비좁은 틈으로 휩쓸려 나갔다. 그 와중에 헬멧이 벗겨져 버렸고, 그의 몸은 빙글빙글 회전했다. 에어록 입구 모서리에 부딪친 다음 어느 쪽으로 흘러가게 될지는 알 수가 없었다. 왼쪽으로 가면 대기실의 벽면에 난 커다란 구멍을 통해 빨려나가게 될 것이다. 오른쪽으로 가면 에어록 안으로 들어가, 살아남을 수 있을 것이었다. 적어도 한동안은.

버번 병을 놓으면 왼손을 이용해서 벽을 밀어 안전한 곳으로 들어갈 수 있을지도 모른다.

말도 안 되는 소리! 그는 마음속으로 비명을 질렀다. 개수작 말라고! 살아남으면 한 잔 걸칠 거란 말이야!

어느 쪽으로도 움직일 수 없는 상태에서, 매리언 호 안쪽에서 뭔가 벽에 부딪쳐 절그렁거리는 소리가 가까워져 왔다. 작은 물건들이 잔뜩 구멍을 통해 빨려나가더니 그대로 바깥을 지나가는 달아오른 기체에 닿자마자 불덩이가 되어 버리는 모습이 보였다.

그리고 뭔가 커다란 물체가 입구에 부딪쳤다. 물체는 그 자리에 대략 2초 정도 머물렀다. 덕분에 공기가 빨려나가는 압력이 감소했고, 후퍼는 그 사이 오른손으로 에어록 입구를 잡고 안으로 몸을 집어넣을 수 있었다.

입구에 부딪힌 물건은 그가 생필품을 모아 왔던 운반차였다. 에어록의 문을 닫자마자 육중한 소리를 내며 공기가 들어오기 시작했다.

매리언 호는 그가 예측한 것보다 훨씬 오래 버텨 주었다.

죽어가는 우주선에서 떨어져 나오고 7분이 지난 후, 후퍼는 샘슨 호의 원격 관측기 하나를 켜고 거대한 우주선이 마침내 부서져 나가는 모습을 지켜보았다. 화려하게 불꽃이 일어났고 폭발의 빛이 한동안 남아 행성의 북반구를 비추었다. 잔해가 불타며 떨어져 내렸고, 격렬한 바람을 타고 불길이 이리저리 흩날렸다.

저 멀리 북반구의 지평선이 보이는 쪽에는 여전히 갱도를 날려버린 연료 전지의 유폭 때문에 생긴 누런 상처가 보였다. 이런 격렬한 사고의 광경 속에서도 자신의 한숨 소리밖에 들리지 않다니 묘한 기분이었다. 그는 잠시 더 그 모습을 지켜보다가, 이윽고 관측기를 끄고 의자에 몸을 묻었다.

"불타버려라." 애쉬가 소멸되기 전에 마지막으로 어떤 생각을 했을지 궁금해하며, 그는 이렇게 중얼거렸다. 그렇기를 빌었다. AI에게도 잠시 동안 혼란에 빠져 고통을 느낄 겨를이 있기를 빌었다.

후퍼는 조종사가 아니었다. 그러나 수송선의 컴퓨터를 이용해 지구로 돌아가는 항로를 계산하는 프로그램을 만드는 정도는 시도해 볼 수 있었다. 어쩌면 그렇게 가다가 구조를 받을 수 있을지도 모른다. 누군가 지금부터 녹음하려는 구난신호를 수신할지도 모른다. 하지만 그러지 못하더라도 당분간은 생존할 수 있을 것이다. 그가 가져온 것뿐만 아니라, 샘슨 호에도 비상용 식량이 실려 있었다. 환경 유지 시스템이 그의 분비물을 처리해서 물과 숨쉴 수 있는 공기를 제공해 줄 것이다.

거기다 컴퓨터에 전자책이 한 무더기 들어 있는 것도 발견했다. 처음에는 과도하게 흥분했지만 곧 목록을 살펴보고는 잔혹한 진실을 마주하게 되었다.

전부 이미 읽은 책들이었던 것이다.

그는 수송선 내부를 둘러보았다. 후면의 벽은 여전히 에일리언의 물질로 도배가 되어 있었다. 벗겨내려 시도라도 해 보아야 하지 않을까 하는 생각이 들었다. 벽과 바닥에는 피가 말라붙어 있었고, 객실 장비걸이 뒤편에는 여전히 잘려나간 팔 하나가 끼어 있었다.

전혀 편안한 환경은 아니었다.

그래도 조난자 신분으로 한 첫 식사는 나쁘지 않았다. 스테이크 스튜와 당근과 매쉬드 포테이토를 조금 재생시킨 다음, 식기를 기다리면서 버번 병의 마개를 땄다. 좋은 냄새가 났다. 아무래도 그리 오래 두고 버틸 수는 없을 것 같았다. 그는 병을 들고 이리저리 돌리면서 별빛이 금빛 액체 속에서 반짝이는 모습을 바라보았다. 그리고 아무에게도 권하지 않고 건배조차 하지 않은 채로 그대로 마시기 시작했다.

안쪽에서부터 따뜻하게 몸을 데워 주는 기분을 즐기며, 후퍼는 '녹음' 버튼을 눌렀다.

"어린아이였을 때 나는 괴물을 꿈꿨다." 그가 말했다. "이제는 더 이상 꿈을 꿀 필요가 없다. 내 목소리가 들린다면 구조를 부탁한다. 나는 홀로 남아서, 외우주 항해에 부적합한 수송선을 타고 떠돌고 있다. 컴퓨터를 프로그램해서 아우터 림으로 움직여 갈 생각이지만, 나는 항해사가 아니다. 조종사도 아니다. 그저 우주선 기술자일 뿐이다. 나는 외우주 채굴 궤도 우주선 매리언 호의 마지막 생존자, 크리스 후퍼다."

그는 조종석에 몸을 묻고 계기판에 발을 올린 다음, 전송 버튼을 눌렀다. 그리고 다시 한 번 술을 들이켰다.

리플리는 병원 침대에 누워 있었다. 주변에 형체들이 가득했다. 모두 병문안을 온 모양이다.

작은 소녀가 보인다. 그녀의 이름은 아만다이며, 엘렌 리플리의 딸이다. 아직 어린 나이이다. 어머니를 향해 웃어 보이며, 그녀가 집으로 돌아올 때를 기다리고 있다. 열한 살 생일 때까지는 돌아갈 거야. 리플리는 이렇게 말한다. 약속할게. 아만다는 엄마를 보며 웃어 보인다. 리플리는 숨을 멈춘다.

아무 일도 일어나지 않는다.

아만다 옆으로는 알아볼 수 없는 다른 사람들이 보인다. 거의 그림자로밖에는 느껴지지 않는다. 기억에 없는 사람들, 알아볼 수 없는 우주선의 이름이 새겨진 제복을 입고 있는 사람들이다. 그러나 아만다가 몸을 기울여 엄마를 껴안자, 그들의 그림자는 이내 사라져 버린다.

곧 아만다 역시 사라지기 시작한다. 그러나 기억 속에서까지 사라지는 것은 아니다. 그녀는 집으로 돌아간 것이다. 엄마가 길고 위험한 여행에서 돌아올 때를 잔뜩 기대하고 있는 소녀의 모습으로.

선물을 사 가야지. 리플리는 이렇게 생각했다. 최고의 선물을 사 갈 거야.

그러나 아만다가 사라진 텅 빈 공간 속으로, 다른 형상이 모습을 드러낸다. 그녀의 승무원들, 친구들, 그리고 연인이었던 댈러스가.

모두 겁에 질린 표정이다. 램버트는 울고 있다. 파커는 화가 잔뜩 나 있다. 그리고 애쉬. 애쉬는…….

위험해! 리플리는 생각한다. 저자는 위험해! 그러나 그녀의 꿈인데도 불구하고, 다른 이들에게 경고를 해 줄 수가 없다.

그리고 훨씬 가까운 곳에서, 깨끗한 병원 시트 아래에서, 무언가 리플리의 가슴을 뚫고 나오기 시작한다.